当代俄罗斯文学视野下的乌利茨卡娅小说创作：主题与诗学

DANGDAI ELUOSI WENXUE SHIYE XIA DE WULICIKAYA XIAOSHUO CHUANGZUO : ZHUTI YU SHIXUE

孙 超◇著

北京大学出版社
PEKING UNIVERSITY PRESS
黑龙江大学出版社
HEILONGJIANG UNIVERSITY PRESS

图书在版编目(CIP)数据

当代俄罗斯文学视野下的乌利茨卡娅小说创作:主题与诗学/ 孙超著. -- 哈尔滨 : 黑龙江大学出版社;北京:北京大学出版社,2012.11(2021.8重印)

ISBN 978-7-81129-485-9

Ⅰ. ①当… Ⅱ. ①孙… Ⅲ. ①乌利茨卡娅—文学创作—文学研究 Ⅳ. ①I512.065

中国版本图书馆 CIP 数据核字(2012)第 054488 号

当代俄罗斯文学视野下的乌利茨卡娅小说创作:主题与诗学
DANGDAI ELUOSI WENXUE SHIYE XIA DE WULICIKAYA XIAOSHUO CHUANGZUO:ZHUTI YU SHIXUE
孙 超 著

责任编辑 魏志军 章海宁
出版发行 北京大学出版社 黑龙江大学出版社
地 址 北京市海淀区成府路 205 号 哈尔滨市南岗区学府路 74 号
印 刷 三河市春园印刷有限公司
开 本 720毫米×1000毫米 1/16
印 张 17.25
字 数 240 千
版 次 2012 年 11 月第 1 版
印 次 2022 年 1 月第 2 次 印刷
书 号 ISBN 97 -7-81129-485-9
定 价 48.80元

本书如有印装错误请与本社联系更换。

序一

这部著作原本是孙超博士的博士后工作站出站报告，我因有幸做了一回他的合作导师，便有了优先拜读的荣幸。其实，由于研究侧重点的不同，我对乌利茨卡娅所知甚少，最初获取的相关学术信息大多来自孙超博士。很感谢他引我步入乌利茨卡娅斑斓的艺术世界，让我对这位出类拔萃的俄罗斯当代女作家有了实质性的认识和感悟。但认真说来，在学术研究层面上我也只是客串一下，既然受命为这样一部颇有分量的高度学术化的研究著述作序，我也只能勉为其难地谈点读后感，仅此而已。

我是怀着欣喜的感佩之情来读这本书的。当初，这个出站报告是用大十六开纸单面印刷的，看上去十分厚重，沉甸甸的。我因不专门研究这位作家，心中不免产生了一缕惶恐。然而，一读进去，便被深深地吸引住了。吸引我的并非乌利茨卡娅作品的赏心悦目，也并非孙超博士辞章的华美。魅力另有所在。

其一，我认识到，这是当代俄罗斯文学研究的一部学术价值不容小觑的力作，具有开乌利茨卡娅系统研究先河的意义。尽管近年来这位女作家已经成为俄国乃至当代世界文学中十分令人瞩目的优秀作家，但时至今日，不仅在中国，就是在俄国也没有一部对其进行全面系统研究的著述。看得出来，孙超博士由于在俄国多年的刻苦钻研已经有了丰厚的文学研究积淀，并且掌握了异常广博的学术信息。正因为如此，他才能够率先著就全面研究乌利茨卡娅二十世纪九十年代小说主题和诗学的难得佳作，并且处处表现出他的独立、鲜明的见解和分析问题的透辟。

其二（虽然是“其二”，但这一点特别值得称道），孙超博士对乌利茨卡娅二十世纪九十年代小说的文本把握得非常深入、细致，理解和感悟至深，既看到了作品中蕴含的国家与个人的冲突、梦想与现实的悖逆等俄罗斯文学固有的传统主题，体悟到作家笔下对俄罗斯文学道德探索和人道主义强大传统的承袭与创新，又捕捉到作品别具一格的对社会弱势群体的关注，以及心灵主题和自我牺牲主题的精微体现。

通过对乌利茨卡娅小说深层内蕴的发掘，作者让我们看到其中所反映出的作家的道德理想和改变现实的迫切愿望。全书风格质朴，用词准确，细致入微而又贴切地论说了作家小说创作思想内容和艺术风格的珍贵、独到之处：对普通人的阳光的、浸透欣赏之情的态度，穿透人心灵的心理探索的功力，对普通人人格尊严的维护，对人的温暖的关爱……而这一切对人性的深切情怀都是通过平缓的、自由式的叙述方式淋漓尽致地展现出来的。与此同时，每位主人公的语言又极富个性化特征，话语与人物内在的精神特质惊人的吻合，这尤其有益于揭示现存世界五彩缤纷的各类人物的驳杂个性及相互关系。

其三，论著的视域异常宏大，几乎涵括了俄国文化传统的方方面面——俄罗斯人的文化心理，古典文学的主题和诗学特征，乌利茨卡娅所处时代的文化语境，当今的各种文学流派，包括女性文学、后现代主义文学、新感伤主义文学等等。这种博大的视域为乌利茨卡娅研究大文化语境的把握和作家定位作了充分的准备。同时，孙超博士还研读了大量文化史、文学史、文艺理论、诗学理论、俄国二十世纪各文艺学流派的代表性著作，以及俄国当代文学批评、后现代主义文评、神话诗学、童话诗学等方面的著述，为专论研究打下了坚实的理论和文学批评的基础。

最后，孙超博士之所以能够窥探到乌利茨卡娅艺术世界的深层奥秘，还得益于他所采用的恰当的卓有成效的研究方法。多年以来，他一直致力于文本细读方法的运用，无论是在本书中运用的主题研究法，还是人物性格类型化的研究，都基于对作品文本的熟稔和潜心研读后的参悟，从不忽略对作品任何有价值细节的思索和诠释，而这些诠释都有着丰厚的俄罗斯文化蕴积和哲学思想的依凭。并且，这种研究还旁及与普希金、果戈理、陀思妥耶夫斯基、契诃夫及塔吉雅娜·托尔斯泰娅、柳德米拉·彼得鲁舍夫斯卡娅的比较，对乌利茨卡娅如何继承和建构古典文学并在时空观、梦境和叙事语言等方面所作的诗学创新，有着贯穿古今的精当把握。

在当今不乏浮躁之风的学术氛围中，孙超博士能够恪遵学术研究严谨、缜密、求真的风范，实在是难能可贵。这样扎扎实实地一步一个脚印地走下去，相信，这位年轻的学者定会大有作为。预祝孙超博士一帆风顺，学术研究有更多的建树，不断为学界带来富有前沿性的新成果！

金亚娜

2012 年 3 月 22 日

序二

关于现阶段的俄罗斯文学，当今的批评界有不少悲观的论调。我可以肯定地说，这些文章的作者或是读的书很有限，与此相应，也就对新作家新作品所知甚少，抑或是他们在书目的选择上不是很走运。现在，作出正确的选择并不是一件容易的事情。因为现今俄国的书摊上堆满了各式各样的图书，这在以前简直是无法想象的。令人眼花缭乱的包装，不是绘着半裸的美女，就是刻着神秘的预示符号，或是一幅鲜血淋漓的血腥图画，再配上令人胆战的标题……这样的书触目皆是，好像在冲着读者怒吼："快买我们吧，我们是精品，我们在出售……"但是，被这些缺少一定艺术含金量的作品蒙蔽的读者是很不幸的。显而易见，读过上面这些书根本就不会增长智力，更不会充实精神。

确实，现在真正的文学让那些写作狂和文学过客匆匆草就的低俗、媚俗作品冲击得无处藏身，被彻底淹没在文本的海洋中。但是，真正的文学还是存在的！普希金、莱蒙托夫、陀思妥耶夫斯基、列夫·托尔斯泰、契诃夫、布宁、安德烈耶夫、高尔基、纳博科夫、布尔加科夫、索尔仁尼琴等许多经典作家开创的美学传统并没有终止。寻找当代俄罗斯文学真正意义上的代表作家是一件费力不讨好的事情，甚至是一个存在争议的话题。有些人首先会列出贝科夫、马卡宁、希施金、尤泽福维奇、卡巴科夫、瓦尔拉莫夫、巴甫洛夫、鲁宾娜、阿库宁、奇若娃、佩列文、普里列平等人的名字，另外一些人则会列出其他作家的名字。还有一些人认为，当代文学大花园也缺不了比托夫、拉斯普京、伊斯坎德尔这样一些二十年前就闻名全俄且还健在并从事创作的作家。但有一点是确定无疑的，即无论让谁来拟定当代文学的“主流作家”名单，都无法避开一个名字，这就是乌利茨卡娅。

毫不夸张地说，这位当今文坛当红作家的名字从二十世纪九十年代中期起就闻名国内外。乌利茨卡娅创作的短篇小说、中篇小说、长篇小说、剧本和童话使她获得了众多的俄国和国际文学奖项，成了骑士勋章的获得者。她具有鲜明的公民立场，而且在公开的表述中不止一次地捍卫过这一立场。她已经走过了二十余年的创作历程，读者对她的新作总是翘首以盼，而且她也不会让喜爱她的读者失望。似乎在她的笔下从来没有诞生过质量低劣的作品，而且有目共睹的是，这位杰出作家的才华却日渐丰厚：题材不断地扩展，主题变得愈来愈有说服力，心理分析手法渐趋完善，哲理性愈来愈深刻。我为那些中国的文学（尤其是外国文学，这其中就包括俄罗斯文学）爱好者感到由衷的高兴，因为他们终于可以用母语来阅读关于乌利茨卡娅的学术著作。无疑，这种阅读必定会令人神往，同时也不无裨益。本书的作者孙超博士是一位有才华的年轻学者，他非常熟悉自己的研究对象。早在十多年前，他就发表过学术论文，既有中文的，也有俄文的。

众所周知，一切事物都是在比较中得到认识的。孙超博士把自己研究的作家的创作放置在一个相当广博的当代俄国文学语境中，这自然使他得出的结论更具说服力。读过本书后，读者会扩展自己的认识，也会对二十、二十一世纪之交的当代俄国文学有一个大致的了解，比如说当今文坛的常见主题，还有一些争论性的话题，像新现实主义、后现代主义、女性文学和新感伤主义等。

孙超博士详细地论述了乌利茨卡娅创作中的基本主题，如个性的成长过程、个体与社会、人与历史、个性与国家等，他指出，对于乌利茨卡娅而言重要的是一个人的心灵世界和心灵感受，这一点无疑是正确的。的确，是否具有一颗心灵构成了她笔下众多人物的评价标准。在本书中，这位年轻学者还有一个重要的发现，即关于作品主人公生活中梦想的特殊意义。在乌利茨卡娅的作品中，梦想确实经常会起到串联情节的作用,几乎是在“引导着”故事。梦想和现实是复杂且矛盾生活的两个组成部分。梦想可以使人超越日常现实,照亮他的生活,赋予生活以意义,并把日常生活提升为存在。孙超博士的研究切入到了作家的创作机体内部,这一点非常重要。对于这位年轻学者而言,分析文学作品的重点不是它写了什么,而是怎么写的,一部短篇或中篇是如何建构的。孙超博士认为,乌利茨卡娅发表的长篇《绿色穹顶》写的是二十世纪六十年代的苏联生活,写的是勇敢和背叛,写的是“六十年代人”的故事。这部书以真诚、抒情和毫不掩饰的冷峻征服了广大读者,也引起了广泛的争议。她的另外一部长篇《翻译达尼埃尔·什塔因》引起了更大的反响。俄国的社会意见调查表明,这部书的发表成了2006年俄罗斯的重大新闻。在这部篇幅巨大的社会历史兼宗教哲学作品中,相比较而言,乌利茨卡娅超越了对俄国生活和纷乱历史的描述,是对世界范围内善与恶的哲理思考,对生命意义的探寻,对处在历史语境下个体作用的拷问,对自由选择及宿命作用的求索。

相信孙超博士一定不会停留在已取得的成绩上,真心预祝他出更多的科研成果,也希望他今后能继续研究乌利茨卡娅最新创作的长篇小说。无疑,这位作家绝对配得上这种学术关注。

符拉基米尔·阿列克谢耶维奇·麦斯金

2012年3月25日

目　录

引　言

乌利茨卡娅是当代俄罗斯文学蓬勃发展的一个鲜明代表。在较短的时间里，无论是在本国还是在世界文坛上，作家都赢得了普遍的关注。她的作品被译成三十余种文字，受到了世界各国读者的喜爱。作家的很多作品相继被改编并搬上了银幕和舞台。乌利茨卡娅获得的众多文学奖项是对她艺术创作水平的最好证明：1996 年获法国"美第契"奖，1997 年获"莫斯科—彭内"国际文学奖，1999 年获意大利"朱赛佩·阿采尔比"奖，2001 年获俄罗斯"布克"文学奖，2004 年在莫斯科第十七届国际图书展销会上乌利茨卡娅因其创作"在非商业文学领域中享有的创纪录的畅销"而被评为年度作家，2005 年初，乌利茨卡娅被法国政府授予荣誉骑士勋章，2007 年又成为俄罗斯文学奖"大图书奖"的获得者。在当代俄罗斯文学界，乌利茨卡娅几乎是最受读者欢迎的作家。无疑，这一切成绩的取得与其在作品中描绘的独特艺术世界有着十分紧密的关系。

乌利茨卡娅的全名是柳德米拉·叶甫盖尼耶夫娜·乌利茨卡娅（Людмила Евгеньевна Улицкая）。1943 年 2 月 23 日出生在乌拉尔，战后随家人迁居莫斯科。1966 年毕业于莫斯科大学生物系，后在苏联科学院生物遗传研究所工作。1970 年，因阅读当时被禁的"地下文学"出版物而被研究所开除，从而成为了一名自由职业者。当时，乌利茨卡娅主要靠写儿童剧、广播剧和木偶剧等维持生计。1979 年至 1982 年，她进入莫斯科犹太话剧院担任文艺部主任。这以后，乌利茨卡娅正式开始文学创作。

1983 年，她的处女作《一百个纽扣》（Сто пуговиц，1983）[1]由“儿童文学”出版社出版，这似乎奠定了她今后作品的基本体裁，要知道，作家一向重视儿童题材小说的写作。此后，她还创作了剧本《我的孙子维尼阿明》（Мой внук Вениамин，1988），写过电影剧本《彩缎姐妹》（Сестрички Либерти，1990）和《大众女性》（Женщина для всех，1991）。最初，乌利茨卡娅从事写作的目的就是为了养家糊口。所以，她的早期作品艺术价值并不十分突出。

二十世纪八十年代末九十年代初期，她的一些短篇小说相继发表在《新世界》《星火》《首都》《大陆》《俄罗斯思想》等报纸、杂志上。但这些作品并没有引起评论界的足够重视，这可能是因为它们多数发表在一些从严格意义上来论文学性并不十分鲜明的报纸和杂志上。[2]

1992 年，发表在《新世界》杂志第七期上的中篇小说《索尼奇卡》（Сонечка，1992）给作家带来了相当大的声誉，这部小说入围了 1993 年度“布克”文学奖的最终决赛名单，引起了学术界的关注。同时，也出现了对作家创作的一些评论文章。[3] 可以说，《索尼奇卡》是乌利茨卡娅的成名作。

1994 年，乌利茨卡娅早期创作的代表作——短篇小说集《穷亲戚们》（Бедные родственники，1994）在俄罗斯出版。这部短篇小说集又分为《穷亲戚们》和《小女孩》（Девочки，1994）两个系列，共收录了作

---

① 括号内标明的是这部作品的俄文名和首次出版的年代。文中以后出现的作品在第一次出现时，均如此标注。——作者注

② 如发表在以下报纸和杂志上的小说：*Улицкая Л.* Бронька // Огонёк. 1989. №52. С. 20 – 23；Три рассказа // Крестьянка. 1989. №2，1990. №3；Счастливые // Ковчег. 1991. №2. С. 85 – 89；Перловый суп // Столица. 1991. №46/47. С. 120 – 121。

③ 详见下列文献：*Прусакова И.* Людмила Улицкая. Сонечка. Повесть // Нева. 1993. №1. С. 236；*Золотоносов М.* Чувствительность с приставкой «нео» //Московские новости. 7 фев. 1993. №6. С. 5В；*Лямпорт Е.* 10 000 фунтов лиха // Независимая газета. 12 авг. 1993. №151. С. 7；*Кузичева А.* В списках значится… «Вечная Сонечка»? // Книжное обозрение. 17 дек. 1993. №50. С. 13；*Быков А.* «Сонечка» и другие // Урал. 1994. №2 – 3. С. 287 – 288。

家早期创作的短篇小说十四篇。乌利茨卡娅的这部小说集多次再版,“几乎成为了当今文坛的经典”①。需要特别指出的是,这部小说集首先是在国外出版的,先有法文版,然后有德文版,之后才有俄文版。难怪评论界认为,乌利茨卡娅的艺术才华是在国外最先获得承认,之后又提升了作家在俄罗斯本国的知名度。

1996 年,《新世界》又发表了乌利茨卡娅的中篇小说《美狄娅和她的孩子们》(Медея и её дети,1996),它也入围了 1997 年度的“布克”文学奖最终决赛。这部小说被专家学者誉为二十世纪九十年代俄罗斯文学的代表作之一。② 从此,乌利茨卡娅进入了当代俄罗斯一流作家的行列。

1998 年,她的中篇小说《欢乐的葬礼》(Весёлые похороны,1998)发表,同样受到了读者和评论界的好评。

2000 年,她的长篇小说《库科茨基医生的病案》(Казус Кукоцкого,2000)发表,它可以说是乌利茨卡娅在文学创作领域的又一部杰作。2001 年,这部小说终于让作家获得了梦寐以求的“布克”文学奖。

虽然乌利茨卡娅在文学创作领域取得了相当突出的成绩,但是对其作品的评价却争议不断,客观、公正的论述比较少见。下面,我们就梳理一下国内外对乌利茨卡娅作品的评论文献。

目前,对乌利茨卡娅的研究主要是发表在期刊上的学术文章。总体上看,评论家们对乌利茨卡娅的接受充满了矛盾:有人把她看作是

---

① *Молчанов А.* Настоящая женская проза или Феномен Людмилы Улицкой. 9 дек. 2002. http://writer.fio.ru/news.php?n=200578&c=1668.

② 详见下列文献:*Тимина С.* Ритмы вечности. (Роман Людмилы Улицкой «Медея и её дети») // Пером и прелестью. Женщины в пантеоне русской литературы: Сб. ст. Ополе, 1999. С. 145; *Немзер А.* Замечательное десятилетие. О русской прозе 90-х годов // Новый мир. 2000. №1. С. 219。

所谓"女性文学"①的代表作家，经常把她的名字同"太太小说"②、"街巷文学"③联系起来；也有人把她视为"后现代派"④作家；还有人称乌

---

① 详见下列文献：*Казарина Т.* Бедные родственники: Людмила Улицкая. Серия «Первая книга». М., «Слово». 1994 // Преображение. 1996. №4. С. 169; *Ремизова М.* GRANDES DAMES прошедшего сезона // Континент. 2002. №112. С. 405; *Молчанов А.* Настоящая женская проза или Феномен Людмилы Улицкой. 9 дек. 2002. http://writer.fio.ru/news.Php. n = 20057&c = 1668; *Барашкова С., Желобцова С.* Сюжетообразующая функция сна в романах Л. Улицкой и К. Вольф «Размышления о Кристе Т.» // Русское литературоведение в новом тысячелетии. В 2 тт. М. ИД «Таганка», 2003. Т. 2. С. 199; *Колядич Т.* Можно ли считать «женскую прозу» явлением // Проблема эволюции русской литературы XX века. Вып. IX. М.: МПГУ, 2003. С. 242; *Ровенская Т.* Опыт нового женского мифотворчества: «Медея и её дети» Л. Улицкой и «Маленькая Грозная» Л. Петрушевской // Адам и Ева: Альманах гендерной истории. М.: ИВИ РАН; СПб.: Алетейя, 2003. С. 333。

② 详见下列文献：*Латынина А.* Кровь и кубики / Финалисты Букера – 97 с двух точек зрения // Литературная газета. 24 сен. 1997. №39. С. 11; *Архангельский А.* «Триумф» и трагедия / Литературные итоги года: анкета «Знамени». Критики о премиях // Знамя. 1998. №1. С. 193; *Чупринин С.* Россия на пути от самой читающей и самой пишущей страны в мире // Знамя. 1998. №1. С. 204; *Рыжова О.* Коитус Кукоцкого, или Самая интеллигентная домохозяйка // Литературная газета. 22 – 28 сен. 2004. №37. С. 11。

③ 详见下列文献：*Улицкая Л.* «Я пишу для вас...»: [Беседа с писательницей Л. Улицкой / Записала Наталья Мавлевич] // Семья и школа. 2002. №3. С. 26; *Минералова И.* Послесловие к статье И. А. Остренко, опубликованное в сборнике статей «Мировая словесность для детей и о детях». Вып. 9. Ч. 1. М., 2004. С. 62。

④ 详见下列文献：*Дарк О.* Без/с бесов: Чистые кристаллы постмодернизма после объяснений // Независимая газета. 26 янв. 1994. №15. С. 7; *Ишкина Е.* Поэтика рассказов Л. Улицкой // Актуальные проблемы современной филологии. Литературоведение. Киров, 2003. С. 102。

利茨卡娅是当代俄罗斯文坛新感伤主义流派的主将。[①] 这么驳杂的观点说明作家艺术文本内部的复杂性和多样性。评论家梅拉的论述可以作为例证。在自己的文章中,作者试图从女性主义文学批评的视角来阐释中篇小说《索尼奇卡》,但是在对文本的详尽解读后,作者得出的结论却完全相反:乌利茨卡娅并不是以女权主义者的观点去描绘生活、塑造女性,而完全"是从男性的角度"[②]出发来写作的。评论家们花费了大量的精力来阐述乌利茨卡娅文学创作的归属流派。这在作家本人看来纯粹是在做无用功。她曾调侃似的说过,若是评论家们"能在她的身上贴上个标签的话"[③],他们就会感到轻松些。

对乌利茨卡娅作品本身的评价同样是各抒己见。库克林详细分析了作家作品中作者对待主人公的态度,并以此认为乌利茨卡娅先前从事过的遗传学专业对作家创作影响很大。在评论家看来,乌利茨卡娅是一个"执迷于书写日常生活的作家","大自然以及自然属性的工作者,纯粹的自然主义者"。根据库克林的观点,作家对待自己作品中的主人公就像是对待"生物学研究的对象"一样,他们在她笔下就是"植物"。这位评论家认为,乌利茨卡娅的一切创作"一文不值"。他认为,作家在读者中所取得的成绩主要是因为她写的是"智力、迫害、侮辱、受难的题材"[④]。

雷若娃的观点更加偏激。她认为,在小说集《穷亲戚们》中,"精

---

① 详见下列文献: *Золотоносов М.* Чувствительность с приставкой «нео» // Московские новости. 1993. №6. С. 5В; *Лейдерман Н.*, *Липовецкий М.* Современная русская литература: В 3-х кн. М.: «УРСС», 2001. Кн. 3. С. 83–86; *Нефагина Г.* Русская проза конца XX века. М.: Флинта: Наука, 2003. С. 93–94。

② *Мела Э.* «Сонечка» Людмилы Улицкой с гендерной точки зрения: новое под Солнцем? // Преображение. 1998. №6. С. 107.

③ *Улицкая Л.* «Считайте меня ретроградом» // Санкт-Петербургский университет. 25 дек. 1998. №28–29. С. 4. http://www.spbumag.nw.ru/oldindex.html.

④ *Куклин Л.* Казус Улицкой // Нева. 2003. №7. С. 177, 180, 183.

神自由”与“性解放”紧密相连。评论家把《索尼奇卡》看作是一部典型的“太太文学”作品、“爱情小说”，认为《美狄娅和她的孩子们》主要体现了作家对“生理现象”的格外关注，《欢乐的葬礼》说明了“家庭主妇在当代‘严肃文学’中是完全可以占据一席之地的”。按照雷若娃的观点，《库科茨基医生的病案》写得很差，“甚至非常差”，小说的第二部“简直是后现代派手法，不然，就简直没有办法称呼它”，《您忠实的舒里克》(Ваш искренний Шурик, 2004)是一部生物学小说，对于作家新发表的短篇小说，则说其艺术世界“由于文本自身的控诉倾向显得虚情假意、可怜兮兮，足以腐蚀任何人”。①

我们认为，上面几位学者的观点从根本上偏离了文艺学的文本分析方法，太多主观片面的言论，所以，它们无助于揭示乌利茨卡娅创作的艺术特色及其作品中存在的不足，更不利于客观、公正地阐释作家的整体写作风格。难怪作家本人对这样的评论一向保持缄默，有时会略带些许的不满。②

在为数不多的评论文章中，也有一些观点独到、分析精辟的见解，值得我们格外关注。

例如，季敏娜运用神话诗学的方法详尽地解读了《美狄娅和她的孩子们》。她把乌利茨卡娅看作是这样一类作家中的一员，“这些人甚至就是在恐怖的年代，也不会畏惧把惊慌失措、屡受践踏，但无论何时

---

① *Рыжова О.* Коитус Кукоцкого, или Самая интеллигентная домохозяйка // Литературная газета. 22 – 28 сен. 2004. №37. С. 11.

② 详见下列作家的采访录：*Улицкая Л.* «Мне интересна жизнь “серых людей”»: [Беседа с писательницей Л. Улицкой / Записала Маргарита Рюрикова]// Литературная газета. 20 сен. 1995. №38. С. 3; *Улицкая Л.* «Принимаю всё, что даётся»: [Беседа с писательницей Л. Улицкой / Записала Анастасия Гостева] // Вопросы литературы. 2000. №1. С. 224; *Улицкая Л.* Интервью радиостанции «Эхо Москвы» 1 июл. 2001 г. http: // www. echo. msk. ru/interview/intrview/5017. html ; *Улицкая Л.* «Я пишу для вас…»: [Беседа с писательницей Л. Улицкой / Записала Наталья Мавлевич] // Семья и школа. 2002. №3. С. 26。

又无比强大的'精神的'人置于他们精心构建的世界的中心"①。

斯科沃尔措夫和斯科沃尔措娃在自己的文章中分析了《欢乐的葬礼》中自我牺牲的爱情主题以及主人公们独特的世界观。评论家们试图揭示乌利茨卡娅作品的核心主题以及中心思想,并把这部小说同当代哲学家(如亚斯贝斯等人)的有关论述结合起来进行分析。②

谢戈洛娃把乌利茨卡娅的几部中长篇小说放置在当代俄罗斯文学进程的大背景下审视,意在揭示作家创作的基本理念。评论家认为,乌利茨卡娅创作的主要特色是作者对待笔下人物的独特态度,是平缓的叙述方式。她公正地指出,"乌利茨卡娅受到读者的好评并不是因为她对人性的格外关注,而是因为她对人性的深切同情,这种素质在当今文坛并不多见"③。

由此可见,上述评论文章主要分析的是乌利茨卡娅的几部中长篇小说,作者们都试图对作品的内容作概要精练的分析。

总体上看,西方斯拉夫学者对乌利茨卡娅的评价要比俄国国内的评论家们客观、公正许多。法国的文评专家称乌利茨卡娅的小说是"自白性质的",认为"她敏锐地捕捉到了人性的细微感受,并为它们披上了华美、精准的语言这层外衣后,献给了读者。作家的创作想象力是自身体验的继续,这种自身体验非常特别,而且在很多人看来又十分亲切。她笔下的主人公语言有个性,这种话语令人惊奇的准确,

---

① *Тимина С.* Медея XX века: полемика, традиция, миф // Санкт－Петербургский университет. 29 июн. 1998. №16－17. Источник материала найден в Internet. http: // www. spbumag. nw. . ru/ooldindex. . html.

② *Скворцов В.* , *Скворцова А.* Самобытие человека в повести Людмилы Улицкой «Весёлые похороны» // Вестник ВолГУ. Серия 2: Филология. Журналистика. Волгоград: изд-во ВолГУ, 2000. №5. С. 105－112.

③ *Щеглова Е.* О спокойном достоинстве и не только о нём: Людмила Улицкая и её мир // Нева. 2003. №7. С. 185.

并保留着词语最初的语义”。[①] 费尔南德兹认为,乌利茨卡娅的小说属于那种能够“穿透心灵”[②]的杰作。依照穆茨的观点,作家新近发表的短篇小说的核心主题是爱,“人与人之间的相互关系或者与人相关的一切、人的个性等,这些问题在乌利茨卡娅笔下都是通过爱来表达的……这种爱将自身创建的完全是另外的一种生活带入了现实生活中”[③]。德国文评家欧伯米勒在评价乌利茨卡娅的短篇小说集《直线》时,强调指出了作家同俄罗斯古典文学的承继关系,“乌利茨卡娅小说中反映的故事情景,如果偏离开俄罗斯文学,恐怕是不可能透彻理解的。在描述后苏联怪诞的日常生活时,作者不仅笔触精当,而且奇妙地再现了文学传统”[④]。

中国俄语文学界的同人们也为乌利茨卡娅研究作出了自己的贡献。到目前为止,作家的几部中长篇小说(除了《欢乐的葬礼》外)都译成了汉语。但有关乌利茨卡娅的评论文章多数属于介评性质[⑤],有

---

① 援引自对作家的采访录:*Улицкая Л.* «Считайте меня ретроградом» // Санкт-Петербургский университет. 25 дек. 1998. №28 – 29. С. 4. http: // www. spbumag. nw. ru/oldindex. html。

② Fernandez D. *Tolstoi et les bebes*, Nouvel observateur. P., 2003, №2038. p. 59.

③ Mouze C. *L'amour… est partour*, Quinzaine litt. P., 2002, №824. p. 10.

④ Obermuller K., *Von der Kunst der Lebensluge*, Weltwoche. Zunch, 2003, Jg. 71, №32. s. 71.

⑤ 详见下列文献:杨明明、李昕:《母性的呼唤——乌利茨卡娅的〈索尼奇卡〉述评》,载《文艺争鸣》2000 年第 6 期,第 69 ~ 70 页;侯玮红:《一部探讨人的存在之奥秘的杰作——评〈库科茨基的特殊病例〉》,载《外国文学动态》2002 年第 2 期,第 23 ~ 25 页;陈方:《拥有最多读者的俄罗斯女作家:乌利茨卡娅》,载《译林》2006 年第 4 期,第 197 ~ 200 页;余一中:《20 世纪 80—90 年代俄罗斯文学中的“世纪末”意识》,参见黑龙江大学俄语语言文学研究中心编:《俄语语言文学研究 · 文学卷》第一辑,人民文学出版社 2002 年版,第 273 ~ 290 页。

分量、有力度的分析佳作较少，或者侧重作品的女性气质[①]，或者是宽泛的、缺乏说服力的评议。[②]

评论界关于乌利茨卡娅短篇小说的评价数量有限，分析其主题及诗学的更是少之又少。在这样的分析文章中，学者们关注的重心又比较集中于短篇小说集《穷亲戚们》。

诺索娃研究了《穷亲戚们》中的主人公的独特性问题，对于作家笔下的"小人物"给出了自己的解释，"乌利茨卡娅的主人公有时会感到自己是一些'穷亲戚们'，但是作者对待人的那种阳光的、浸透着欣赏之情的态度，使得展现在我们面前的人物是一些具有人格尊严、民族智慧并善于爱的人"[③]。

伊什金娜在自己的文章《乌利茨卡娅短篇小说诗学》中，概要地对短篇小说集《穷亲戚们》中的核心艺术要素——主人公、作者观点、核心母题、文本所描绘的艺术世界的形象等，进行了归纳总结。[④]

卡扎琳娜、祖尔坎、奥斯特连科以及卡利亚季奇等学者的论述对研究乌利茨卡娅短篇小说的诗学作出了自己的贡献。

卡扎琳娜的文章是最早研究《穷亲戚们》的主题和诗学的学术专论。在自己的文章中，作者揭示了乌利茨卡娅作品中主人公的精神实

---

① 如下列文献：张建华：《俄罗斯民族历史的"文化寻母"——乌利茨卡雅长篇小说〈美狄亚与她的孩子们〉中的女性话语》，载《外国文学》2006 年第 5 期，第 54～61 页；许书豪：《柳德蜜拉·乌利茨卡娅笔下的女性典型》，http：//www2. pccu. edu. tw/CUAF/，2005；董颖：《俄罗斯当代女性话语的巨擘——乌利茨卡娅作品解读》，载《绍兴文理学院学报》2008 年第 1 期，第 99～103 页。

② 如下列文献：段丽君：《纯洁而崇高的"小人物"——试论俄罗斯当代女作家柳·乌利茨卡娅的创作特色》，载《当代外国文学》2001 年第 4 期，第 91～96 页；谢春艳：《〈索涅奇卡〉与犹太文化传统》，载《俄罗斯文艺》2007 年第 4 期，第 50～54 页；陈静：《〈库科茨基医生的病案〉之"存在与选择"主题初探》，载《南京师范大学文学院学报》2008 年第 2 期，第 136～141 页。

③ *Носова О.* Смешные, нелепые и-родные. http：// press. kolomna. ru/index. asp？ date = august2003/obzor21. 08.

④ *Ишкина Е.* Поэтика рассказов Л. Улицкой // Актуальные проблемы современной филологии. Литературоведение. Киров, 2003.

质、小说的核心母题、童话性以及神话基础等。她认为，乌利茨卡娅关注的核心问题是"人生存的'戏剧化本质'"①。

祖尔坎是第一个尝试将乌利茨卡娅《穷亲戚们》集子中的短篇小说当作一个艺术整体来考量的学者。我们认为，在某种程度上评论家进一步充实了卡扎琳娜的探索发现。在文章中，《穷亲戚们》在结构上的一致性、主人公类型、作家同古典文学之间的传承关系以及独特的写作风格等问题是学者详尽阐述的研究对象。②

奥斯特连科翔实地分析了短篇小说集《小女孩》中的三篇小说，审视了乌利茨卡娅艺术世界中的一个核心视角，即人的成熟主题。③

卡利亚季奇关注的是小说集结构组织层面的独特性。作者简要分析了乌利茨卡娅短篇小说结构上的组成要素，如时空、艺术细节、嘲讽、叙述方式等。评论家认为，乌利茨卡娅独特的写作风格主要体现在以下几个方面："对语句的清晰构建；连环修辞语的使用，经常会有各种色彩的修饰语或者复合修辞语；大量的称名句；各种副词（通常是时间及状态副词）的使用；大量新词语（作家根据联想创造出来的词语）的运用；各种词汇语体的混合使用，目的是为了表现评价效果。"④

上述几篇文章表明，对乌利茨卡娅的研究进入到了一个全新的阶段。这些学者的论述可以成为研究作家短篇小说诗学的方法论基础。

与此同时，我们也看到，目前对于乌利茨卡娅创作的研究还很不足、很不深入，在一些关键问题上还缺少一致的观点。

---

① *Казарина Т.* Бедные родственники: Людмила Улицкая. Серия «Первая книга». М., «Слово». 1994 // Преображение. 1996. №4. С. 172.

② 参见 *Цуркан А.* Единство в многообразии, или народ избранный // Старое литературное обозрение. 2001. №2. С. 136 – 139。

③ 参见 *Остренко И.* Субкультура детства в цикле Л. Улицкой «Девочки» // Мировая словесность для детей и о детях М.: МПГУ. УНФЦ, 2004. Вып. 9. Ч. 1. С. 55 – 62。

④ *Колядич Т.* Своеобразие организации циклов рассказов Л. Улицкой // Литературный процесс в зеркале рубежного сознания. Магнитогорск: МаГУ, 2004. С. 334.

其中的一个核心问题就是关于作家艺术世界中人的问题以及作家对待人性的观点的问题。正像利哈乔夫院士指出的那样，“人永远是文学创作的核心问题，所有其他的一切都紧紧围绕对人的描写而展开：不只是对社会现实、日常生活的描写，还包括对大自然、世界变革历史等”①。

无论是在俄国，还是在俄国以外，专门系统论述乌利茨卡娅小说中的主人公的研究文章几乎没有。但这又确实是一个关键问题，透过这个问题我们可以仔细考察乌利茨卡娅世界观的动态变化图景，从而发现作家艺术世界的形成及发展过程，并揭示其独特的艺术风格。

这构成了笔者的这部学术著作的现实意义。

本书尝试澄清乌利茨卡娅在二十世纪九十年代整个小说创作在主题和诗学层面的独特性。

本书运用了主题研究方法，它可以帮助我们有效揭示乌利茨卡娅文学创作中的性格类型问题。在本书中，性格是指“那些通过行为和行动表现出来的构成人的个性心理特征的总和”②。研究主人公的性格类型，可以更深入地思索作家的创作。通过对构成这些性格类型的主体特征的类比、描述、对比，可以清晰地勾勒出作家对待人的基本观念。

在文艺学著作中，对于作品人物性格的论述古已有之，主要观点如下：

波斯彼洛夫给出了文学作品中人物形象与性格的主要区别。他说，“人物形象这是……一个完整的个性，它表现了人的生活的主要特性，并以此唤起读者对自己的一定的观点”，而“人物性格的发展并不仅仅是靠自身，而是处在典型环境的影响下，虽然后者可能没有在作

① *Лихачёв Д.* Человек в литературе Древней Руси. М., Л.: Изд-во АН., 1958. С. 4.

② *Левидов А.* Автор-образ-читатель. Л.: Изд-во ЛГУ, 1983. С. 228.

品中得到表现”。[①] 这位文艺理论家认为，在文学作品中，在人物性格后面隐含的是他们的社会属性。由此可见，波斯彼洛夫似乎把性格置于文艺学研究的范围之外，主人公们好像在文本之外生活，以此来检验他们与自己的“典型性格”是否相符。按照波斯彼洛夫的这个观点，现实主义作家“迫使主人公在行动（愿望、思考、感受、说话）时要与他们所归属的社会属性的特征相符合，这种特征是由他们所在的国家和所处的时代的社会关系产生的”[②]。我们认为，这种观点尚有一定的缺陷。我们赞同鲍恰罗夫的观点，后者认为，不能将性格置于文本结构之外，这样的话，主人公就失去了在文本内容层面所扮演的重要意义。[③]

哈利泽夫区分了艺术作品人物形象的两种属性：“人物形象具有……双重属性。首先，人物是所描绘行为的主体，是那些组成故事情节的各个事件展开的起因。其次，也可以说是最重要的，在作品的构成中，人物形象具有不受故事情节（事件链）制约的独立的意义：人物是那些稳定的、牢固的（的确，有时也会经历各种变故）性质、特点、品质的承载者。”[④]这位学者认为，性格指的“并不是所描写的事物的生活基础，而是人物——那种于其多层面之中、在其诸多特征的相互联系中得到再现的，因而是作为活生生的人而被接受的人物”[⑤]。

本书作者赞同金兹堡的观点和立场，她把主人公定义为“是新特

---

① Введение в литературоведение / *Г. Поспелов*, *П. Николаев*, *И. Волков и др.*; Под ред. *Г. Поспелова.* М.: Высш. шк., 1988. С. 189,167.

② *Бочаров С.* Характеры и обстоятельства // Теория литературы. Т. 1. М.: Изд-во Акад. наук СССР, 1962. С. 313–315.

③ 参见 *Бочаров С.* Характеры и обстоятельства // Теория литературы. Т. 1. М.: Изд-во Акад. наук СССР, 1962. С. 313–315。

④ *Хализев В.* Теория литературы. М.: Высшая школа, 2000. С. 160.

⑤ 哈利泽夫：《文学学导论》，周启超等译，北京：北京大学出版社 2006 年版，第 45 页。

征的独特结合体,是性格"[1]。金兹堡认为,"文学作品中的主人公是对人的一种模拟",但与此同时这又不是一种抽象的行为,这是"具体的具有某种宽泛的象征意义的同一行为",这种象征意义能够表明小说的创作主旨,这是"对人的各种集合以及组成的综合认识"。[2] 这里既包括日常的性格特征,也包括个体的仔细观察,还包括作者自身的心理经验。文学传统、承继下来的叙述方式以及作者独特的艺术构思以这个综合体为基础塑造一个人的艺术形象。

在本书中,人物性格指的是文学作品艺术体系中的一个核心组成要素,它以某种特殊的方式表达作者的创作主旨。在塑造性格时,作者参照了生活经验中获得的观察感受、所在时代的世界观以及哲学观念,还有自己对人和世界的认识,但在作品创作完毕后,它获得了独自的存在。

在分析文学作品中主人公的性格时,作者还参照了塔玛尔琴科的合理观点。他认为,"文学作品的主人公,一方面,与类型没有本质的区别,当后者身上也具备任何形象都有的标准的独特性和普遍性特征;另一方面,又同性格区别不大,当在语言艺术中把任何对人的描写都看成是性格的话。显而易见,术语'形象'中性化色彩更浓一些;术语'人物'通常指的是'行为的主体'、'行动着的人'以及言语主体,它的限定比较清楚。人物可以根据参与事件的程度同文学作品中的主人公区别开来,分为次要人物以及在作品的言语结构中不占主导地位的言说的主题"[3]。

由此可见,人物性格问题并不单单是术语"主人公"的问题,它还是形象地揭示个性的原则、方法和手段的问题。在本书中,我们将把

---

① *Гинзбург Л.* О литературном герое. Л.: Советский писатель, 1979. С. 86.

② *Гинзбург Л.* О литературном герое. Л.: Советский писатель, 1979. С. 86.

③ Литературная энциклопедия терминов и понятий / Под ред. *А. Н. Николюкина.* М.: НПК «Интелвак», 2003. С. 176 – 177.

主人公的性格看作是一个艺术文本内容层面上的和形式层面上的其他所有元素都共同指向的中心元素。

本书的研究客体是乌利茨卡娅二十世纪九十年代的全部小说创作。通过对这个时期作家创作的深入研究，我们可以明晰乌利茨卡娅创作的本源，挖掘其小说独特风格的形成和发展过程。这样，对作家创作的历时性研究，可以让我们对乌利茨卡娅艺术世界（无论是内容层面，还是形式层面）的动态发展有一个清晰的认识。研究对象是乌利茨卡娅二十世纪九十年代小说的主题和诗学、构成其艺术世界内容层面的主导要素，以及形式层面的各种艺术手法、语言手段等。

本书的写作目的是：确定乌利茨卡娅在当代俄罗斯文学进程中的地位和作用，指出其小说创作的核心主题，最重要的是，揭示作家在塑造各种人物性格时所使用的独特的艺术手法。为了达到上述目的，我们力争要解决如下问题：1. 澄清当代俄罗斯文学所处的特有文化语境；2. 揭示乌利茨卡娅创作中同俄罗斯文学传统之间的继承关系与创新；3. 通过分析那些以人的本质及其使命为主题的小说，梳理作家塑造的性格类型；4. 研究作家塑造各种类型的人物性格所使用的艺术手法并确定其美学意义。

本书将乌利茨卡娅在二十世纪九十年代的小说创作当作一个整体来审视。首次将乌利茨卡娅的创作置于当代文学进程的大背景下去研究，剖析了作家创作的核心主题以及塑造人物性格时使用的主要的艺术手法，指明了文本思想内容层面的主要特征。有必要指出的是，虽然乌利茨卡娅的多数中长篇小说已被译介到我国，但对这位作家的研究几乎很少有人涉及，只是在一些有关当代俄罗斯文学的文章中简要地提及了作家的名字。所以，本书是我国学者研究乌利茨卡娅小说的首次尝试。

第一章　二十世纪八九十年代的俄罗斯小说

第一节　整体发展趋势

关于当代俄罗斯文学,可以听到各种不同的评论,各种意见有时甚至完全相左。正如评论家阿·拉蒂尼娜所说,“可以证明文学在滑坡,也可以说它蒸蒸日上”①。审视二十世纪八九十年代的文学状况,有必要先梳理这一时期艺术创作的整体发展趋势。首先,我们来看一看影响这段时期文学创作的整体文化氛围。

当代俄罗斯文学滥觞于二十世纪八十年代中期至八十年代末,缘起于当时苏联倡导的政治改革。但是,有必要指出的是,当代俄罗斯文学中所谓的“异样”文学,早在二十世纪五十年代苏联持不同政见者自办的刊物以及国外侨民办的刊物上就已萌生端倪。在 1986 年 6 月苏联第八次作家代表大会上,语言大师们公开宣称自己是改革的支持者。于是,慢慢地所有的文学作品都得到了发表的机会:从苏联十月革命前的被禁作家作品一直到二十世纪“侨民文学”和西方现代主义文学的作品。这标志着一个崭新的文学时代就要到来了。

1990 年 8 月 1 日,苏联文学审查制度被取消了。这不仅意味着苏联文学摆脱了模式化的审查,更重要的是,这使文学彻底摆脱了政治上的极权主义和心理上的恐惧情绪。正像作家乌利茨卡娅所说的,

---

① *Латынина А.* Фигурки на доске // Литературная газета. 26 янв.-1 фев. 2000. №4. С. 9.

“一切现存的禁锢都被打破了”①。这种完全取消了书刊审查制度的言论自由，为不同流派的作家自由地表达自己的艺术主张提供了可能。美学上追求自我成为艺术创作最时尚的口号。

归纳起来看，当代俄罗斯文学有以下几个特征：

第一，是它的过渡性。评论家常把当代俄罗斯文学称作“某种程度上的过渡性文学”。这里的“过渡”指的是从统一的处在严密书刊审查制度下的苏联文学完全向另外一种崭新文学的过渡，向一种自由表达的过渡。可以说，当代文学的这种过渡性决定了艺术创作的一些基本特质。总结过去，对生活进行末日启示录式的思索，同经典文学进行论争，因探寻永恒的心灵寄托而产生的精神危机，有关新型主人公的争论，寻找与新世纪相适应的表达语言——所有这一切都是跨世纪文学所面临的主要课题。② 无疑，文学的这种过渡性也影响到了各种文学体裁的发展和演变。现阶段，短篇小说、回忆录、随笔、警世寓言文、借喻文等体裁最灵活清晰地反映了新的美学领域，填补了艺术表达的空间，将对当今社会的认识和复杂的理解过程表现得淋漓尽致。近十年来，上述种种文体获得了明显的新生，令人耳目一新。

第二，是它的多元性。文学表达的自由使得俄罗斯文学创作呈现多元化的格局。一直雄踞文坛的社会主义文学及其创作原则——社会主义现实主义遭到了彻底的颠覆。后现实主义、现代主义、后现代主义、大众文学等几乎同时登上了历史舞台。再加上近十年来，大众传媒的普及，特别是电影、电视媒介覆盖面的日益扩大，因特网的便捷，更使得文学的存在方式发生了重大的变化。无疑，文学表达上的多声部，创作上缺乏统一的艺术手法，没有公认的领袖式的人物，这些都是当代文学的主要表现形式。这也导致了对文学接受的主观性。书评界对俄罗斯最佳十部或者三十部作品的点评往往各有不同。难

---

① *Улицкая Л.* Конец века – конец чернухи? // Искусство кино. 1998. №3. С. 166.

② *Черняк М.* Современная русская литература. СПб., М.: САГА: ФОРУМ, 2004. С. 4.

怪有关当代俄罗斯文学的几部学术著作均以鲜明的主观性而闻名。① 所以,评论界存在这样一种观点:俄罗斯文学按照其自身的体裁分流了。

第三,是各种文学流派、风格和体裁的相互融合。由于对创作者个性因素的极度推崇,文学打破了一段时间内的静态发展模式,各种流派、风格、体裁的相互借鉴、融合成为了这一时期文学发展的又一个鲜明特征。这里有"巨变"和"转折",也经历"碰撞"和整合、变化和更新,以及艺术体系与模式、艺术形式与结构上的同一和变形。正像著名文学评论家格尼斯所说的,"文学风格和体裁明显不是渐次发展的,而是共存的。也不存在以往的文学体系上的等级性。一切都存在于同一时间,而且有不同的发展方向"②。这在大众文学与精英文学之间的相互关系上体现得最为鲜明。两者既有所区别,又相互渗透。在当代俄罗斯文坛,将消遣性作为创作主旨、打破体裁界限的作家不胜枚举,如米·维列尔、亚·卡瓦廖夫、维·佩列文、亚·斯拉波夫斯基、

---

① 详见下列论述:*Нефагина Г.* Русская проза второй половины 80-х–начала 90-х годов XX века. Минск: Экономпресс, 1998; *Белокурова С.*, *Друговейко С.* Русская литература. Коней XX века. СПб.: «Паритет», 2001; Богданова О. Современный литературный процесс (К вопросу о постмодернизме в русской литературы 70-90-х годов XX века). СПб.: Филологический факультет Санкт-Петербургского государственного университета, 2001; *Лейдерман Н.*, *Липовецкий М.* Современная русская литература: В 3-х кн. М.: УРСС, 2001; *Тух Б.* Первая десятка современной русской литературы. М.: ООО Издательский дом «Оникс 21 век», 2002; *Минералов Ю.* История русской литературы: 90 – е годы. М.: Гуманит. изд. Центр ВЛАДОС, 2002; *Гордович К.* Русская литература конца XX века. СПб.: Изд-во «Петербургский институт печати», 2003; *Черняк М.* Современная русская литература. СПб., М.: САГА: ФОРУМ, 2004; Русская проза конца XX века / Под ред. *Т. Колядич.* М.: Издательский центр «Академия», 2005; Современная русская литература (1990 – е гг. – начало XXI в.) / *С. Тимина*, *В. Васильев*, *О. Воронина и др.* СПб.: Филологический факультет СПбГУ; М.: Издательский центр «Академия», 2005。

② *Генис А.* Иван Петрович умер. Статьи и расследования. М.: НЛО, 1999. С. 43.

维·托卡列娃等等。在这些作家的作品中占统治地位的是多维度的叙事，这种叙事既浸透了厚重的"文学性"，又建立在玩味旧有的文本、消解一系列文学传统的基础上。在很多场合，很难将他们的作品同大众文学区分开来。

第四，是它的后现代性。"后现代性"是俄罗斯新文学的又一主要特征。读者阅读俄罗斯当代文学作品，会经常碰到下列术语，如"苏联解体后的"、"后现实主义"、"后现代主义"等等。正像作家兼评论家贝格所说的，"俄国加入到世界大家庭之后是与俄罗斯进入世纪末的后现代主义空间同步的"①。那种深深的危机意识，对存在的荒诞感受以及对复杂社会生活的绝望和对语言的游戏态度，都是后现代主义文化语境下文学的主要表现特征。

综上所述，世纪末的文学本质上已经变成了另外一种文学。"新时期文化发展上的一个共同的特征就是非常明显的离心性。"②文学发生了本质的变化。起先，在俄国，文学是"'我们的全部'，它既是讲台，也是哲学，既是社会学，也是心理学。现在，当这些功能从文学手中被现实生活中的政治学、社会学、哲学及相关科学所代替时，文学就只是文学了"③。文学丧失了先前在社会文化生活中的核心地位，逐渐被"边缘化"，这是当代俄罗斯文学发展的一个明显标记。今天，文学理论界不断为自己这种新的创作现状寻找界定，产生了以下种种说法，如"万花筒"（杰德科夫）、"混沌"（利波维茨基）、"马赛克"（玛尔琴科）、"文化的终结"（艾普施坦）等等。

---

① *Берг М.* Проблема присвоения и перераспределения власти в литературе. М.: Новое литературное обозрение, 2000. С. 45.

② *Маркова Т.* Современная проза: конструкция и смысл (В. Маканин, Л. Петрушевская, В. Пелевин): Монография. М.: Изд-во Моск. гос. обл. ун-та, 2003. С. 3.

③ *Иванова Н.* О живом и застывшем: Полемические заметки о современном рассказе // Литературное обозрение. 1986. №2. С. 179.

第二节　创作流派及代表作家

在论述当代俄罗斯文学的发展状况时，指出存在其中的各种创作流派十分必要。我们认为，按照一些基本的文学范畴，结合作者的世界观和感受等特点，可以大致将当代俄罗斯小说分成以下四个风格流派。

第一种是在比较传统的现实主义流派框架内创作的小说。这一时期的现实主义作品，在保留原有的创作特点外，也获得了某些新品质。“它摆脱了六十年代作家的片面性和反思想性。为了反映当前独一无二的现实，它开始使用一些先前没有使用过的艺术手法，开始变得不那么循规蹈矩，变得更加宽泛自由。”①也有一些评论家将其称为“新现实主义”②。这种新现实主义在下列作家的作品中体现得较为鲜明，如列·包罗丁、尤·布依达、阿·瓦尔拉莫夫、亚·德米特里耶夫、波·叶基莫夫、奥·巴弗罗夫、瓦·拉斯普京、维·托卡列娃、柳·乌利茨卡娅、亚·艾佩尔等等。

经常可以看到新现实作家对世界和人的边缘状态的高度关注。这一特点在索尔仁尼琴的两段式小说和乌利茨卡娅的小说中体现得最为明显。不得不指出的是，新现实主义有向严酷现实主义过渡的倾向，这是由现实生活中社会状况发生了改变而引起的。从这一点上说，比较典型的作品有维·阿斯塔菲耶夫的《柳达奇卡》（Людочка, 1987）、瓦·拉斯普京的《下葬》（В ту же землю, 1995）和《新职业》（Новая профессия, 1998）等。

二十世纪八九十年代，俄罗斯小说发展的第二个流派是神秘隐喻

---

① *Лесной И.* Путь к реальности / Новая проза новой России: Четыре вектора пути развития современной прозы // Книжное обозрение. 26 июл. 1999. №30. С. 19.

② 这是向产生于二十世纪初期的文学术语的回归，当时“新现实主义”是指那种新的、区别于十九世纪经典文学的现实主义。——作者注

小说。这一创作风格的代表作家有阿·金、阿·库尔恰特金、符·马卡宁、柳·彼得鲁舍夫斯卡娅等等。他们的创作兼有现实主义和语词"魔幻主义"的风格特点①。

对于这些作家而言，自由问题是其创作的核心主题。这一点在符·马卡宁的"小三部曲"，即《逃跑的公民》(Гражданин убегающий, 1978)、《反派人物》(Антилидер, 1980)、《侍从》(Человек свиты, 1982)中表现得尤为明显。在这些小说中，作家力求表达一种崭新的自由定式。符·马卡宁令人信服地证明，如果个性不尊重自我价值，而且在现实世界和周围的人们之间没有道德上的联系，不对个人迈出的每一步有清醒的认识和反思，人的自由是根本不可能实现的。这个问题在柳·彼得鲁舍夫斯卡娅那里获得了另外一种展示。她为"四十岁一代"②的短篇小说引入了一个全新的主人公形象——作者。按照评论家的说法，"在柳·彼得鲁舍夫斯卡娅那里，正是作者的创作意识把对精细生活实质的那种无休止的心颤的感受，同那种企图将所有社会公认的理想的对生活和人的观念体系整个地从头到脚地颠倒过来的反抗式心理完美地结合起来，无论这种生活变得多么粗俗和不被人接受"③。在她的短篇小说中，生活被肢解了，失去了内在有机的联系，它好像整个地由一块块碎片组成。在这个意义上，比较典型的是她的《不朽的爱情》(Бессмертная любовь, 1988)、《克谢尼亚的女儿》(Дочь Ксени, 1988)、《流感》(Грипп, 1988)、《可爱的女士》(Милая дама, 1988)、《观望台》(Смотровая площадка, 1988)等短篇小说。

---

① *Яров В.* Путь к метафорике / Новая проза новой России: Четыре вектора пути развития современной прозы // Книжное обозрение. 26 июл. 1999. №30. С. 19.

② "四十岁一代"是俄国评论界提出来的，指的是在二十世纪七十年代后期登上文坛的一批四十岁左右的作家。——作者注

③ *Лейдерман Н.*, *Липовецкий М.* Между хаосом и космосом: Рассказ в контексте времени // Новый мир. 1991. №7. С. 247.

第三个流派是"严酷"小说。斯·瓦西连科、柳·卡贝舍娃、谢·卡列金,以及奥·叶尔玛科夫、奥·韩度西的一系列反映阿富汗战争的短篇小说,谢·巴尔金、符·莫斯卡连科的情色特写,都是这种"严酷"小说的代表。首先,这些作家的共同点表现在对"生活真实"的纯自然描写上。在这些作家的小说里,到处都在进行着血腥的、毫无意义的战争,不仅仅在阿富汗,而且也包括俄罗斯本土。尼·列依德尔曼和米·利波维茨基将这一文学流派表述为:"在这些小说里,军人或是囚徒相互折磨,这种折磨有时可怕得叫人毛骨悚然;在那里,手指轻轻一挥人就被打死了,长时间地践踏也可以置人于死地;在那里,制度体系的顽症痼疾在那些涉世不深但又被生活百般摧残的人、堕落的酒鬼、流浪者和囚徒等人物形象中得到了鲜明的体现。"①

令人深感震惊的不只是作家在这些可怕的场景里对现实生活的自然描述,更主要的是,人对客观现实的不接受态度已然成为一种习以为常的、司空见惯的现象。平日里的钩心斗角、阿富汗战争、锤炼心志的军旅生活,不仅使人联想起人们身边的整个现实,而且集中体现了其已然成为范式的丑陋面孔。应该说,这类"严酷"小说表现出来的荒诞性并不是作者刻意追求的写作手法,而是通过对生活的细致观察得出的对现实本身的一种反映。与此相应,在创作这种"当前流行体裁"时显露出的局限性,同在艺术分析时使用的传统现实主义的"技巧"("环境与人"之间的关系)被无情地颠覆有着密切的关系。无论是面对客观的环境,还是针对一直将"个人小世界"看作是精神家园,将世界的荒诞看作是生存的固有状态,把混沌视作宇宙责任的临时执行者的单独的个性,在他们令人难以捉摸的非理性面前,这种传统的现实主义的分析"技巧"失去了前行的动力。

第四个流派是后现代派小说,或称"新浪潮"小说。这一流派的代表作家主要有维克多·叶洛费耶夫、尤·玛姆列耶夫、叶·波波夫、

---

① *Лейдерман Н.*, *Липовецкий М.* Между хаосом и космосом: Рассказ в контексте времени // Новый мир. 1991. №7. С. 240.

维·皮耶楚赫、符·索洛金、塔·托尔斯泰娅等。他们在作品中探讨的主要问题有:关于美学上的戏说问题,其能量和限度,其必要性和无理据性,其独特的艺术伦理学和不道德性等。

大多数“新浪潮”小说家都是真正意义上的语言大师。与现实主义范式相反,在“新浪潮”小说家的作品里,推动情节发展的并不是人物形象的性格演变以及客观条件的逻辑演进,而是雅致精细的语词游戏以及被奇妙组织起来的灵活而又自由的叙述。

这一流派的作家关注的常常是一些不为俄罗斯文学所熟悉的主题,比如生存的荒诞性等。乖谬美学和震荡美学得到了表现的场所,对“脏”话、骂人话的兴趣也愈加浓厚,一些作家将这看作是点缀文本的必需。按照评论家的说法,对于这类小说来说,“有价值的只是以怀疑的目光审视其周围世界的创作者自身,他们用自己特有的嘲弄式的微笑把那些能够救赎精神的文学细节展示出来”[①]。

在“新浪潮”小说里,作者的形象是虚拟的。这表明,在这个世界上不可能有确定无疑的真理。这里的一切都遭到怀疑,所有的计测标准都是游移不定的。在这些作家眼中,对所有的衡量标尺都要进行重新审视。作者同自己道德上的“文化学说”一样也不是特例。正像维克多·叶洛费耶夫在为文集《俄罗斯的恶之花》(Русские цветы зла, 2004)撰写的前言中所说的,“新俄罗斯文学无一例外地怀疑起了一切:怀疑爱情,怀疑儿童,怀疑信仰,怀疑宗教,怀疑文化,怀疑美,怀疑崇高,怀疑母爱,怀疑民众的智慧……而晚些时候,又对西方产生了怀疑”[②]。我们认为,这是当代俄罗斯文学发展中无可争议的事实之一。

---

① *Вайль П., Генис А.* Принцип матрёшки // Новый мир. 1989, №10. С. 250.

② Русские цветы зла: Сб. / Сост. *В. Ерофеев.* М.: ООО «Издательство АСТ»: Издательский дом «Зебра Е», 2004. С. 12.

第二章　二十世纪八九十年代的“女性文学”

第一节　关于“女性文学”的争论

当代俄罗斯文坛出现了众多特色鲜明的女作家，如柳·彼得鲁舍夫斯卡娅、塔·托尔斯泰娅、柳·乌利茨卡娅、维·托卡列娃、加·谢尔巴科娃、瓦·纳尔比科娃、玛·帕列伊、伊·波利亚斯卡娅、尼·戈尔拉诺娃、亚·瓦西里耶娃、斯·瓦西连科、奥·斯拉夫尼科娃、达·鲁比娜等等。“俄罗斯文学开始了女性的时代。天空中出现了许多彩球和微笑。空降已实施，空中飞行着众多的女性。虽然各种景色此前都曾出现过，但这一景致还从来没有过。人们感到惊奇。看，女空降队员。飞行着女作者和女主角。大家都想写女性，女性自己也想写。”[①]维克多·叶洛费耶夫以这样形象又略带调侃意味的口吻，谈到了当代俄罗斯文学进程中的这个引人关注的现象。目前，一些问题迫切需要澄清，如什么是“女性文学”，是否有必要将其从整个文学进程中单独划分出来。关于“女性文学”这一术语本身，在俄国文学评论界产生了激烈的争论，是否可以将文学按照“性别特征”来划分成为了当代俄罗斯文学研究中的一个热点问题。最近二十年来从来就没有终止过类似的争论。

“女性文学”这一称谓出现于二十世纪八十年代，当时的苏联已入

① Ерофеев В. Время рожать // Предисловие к антологии современной прозы. М.: Подкова, 2000. С. 12.

垂暮年，社会各领域和层面几乎都面临着深度的危机。从二十世纪八十年代末到九十年代中期，苏俄文坛先后出版了七部重要的"女性文学"专集，这其中有《女人的逻辑》(Женская логика, 1989)、《不记恶的女人》(Не помнящая зла, 1990)、《纯净的生活》(Чистенькая жизнь, 1990)、《新女骑手》(Новые амазонки, 1991)、《主张禁酒的女人：当代女性小说集》(Абстинентки, 1991)、《会飞行的妻子：俄罗斯和芬兰女作家小说》(Жена, которая умела летать: Проза русских и финских писательниц, 1993)、《Glas. 女性视角》(Glas. Глазами женщины, 1993)。除了上述这些受到评论界注意并广为读者熟知的出版物外，还有一些地方省市出版的不甚知名的文集。文集本身体裁多样，包括中篇小说、短篇小说、剧本、诗歌、文学评论等，既有一些已成名的女作家的作品，也包括一些知名度不高或者当时不为人知的女作家的作品。

应该承认，渐趋自由化的俄罗斯民众被一时的公开性氛围和未来尚未明晰的民主烟雾所迷醉，人们需求的不仅仅是政治上的暴露和批判，而且还包括全新的文化轰动性现象。一种崭新的文学浪潮的出现似乎理应被大众所接受，如果不是热烈欢迎，起码也应该抱着理解、赞同的态度。然而，1989 年至 1993 年间问世的十部"女性文学"小说集，其反响非常特别。首先，它们基本上没有被评论界所重视。这一点后来被许多评论家和研究者所提及。第二点，在最初沉默之后出现的反响，主要是围绕着是否存在女性文学进行争论，或者准确点说，是围绕着女性文学不可能存在这一问题来阐述。在二十世纪九十年代初到九十年代中期，俄罗斯出现了将"女性文学"放在世纪末整个文学进程中进行客观审视的趋势。

二十世纪八十年代，苏联的评论界整体上否认将"女性文学"作为一个独立的文学流派来看待。最常见到的说法是："在评论界将文学按照性别特征来区分有些怪怪的味道。正像不存在男性科学和女性科学一样，文学上同样也不存在类似的分类。”[①]应该说，在评论界内部产生这种看法，在一定程度上是依据思想的，或者更准确地说，是依据意识形态的原则来评价的。一些著名的女性评论家，如纳·伊万诺娃、阿·拉蒂尼娜等，都避而不谈这个略显挑逗性的问题。其他一些女性评论家的意见有时则充满了矛盾。这可以在俄罗斯评论界最早论述“女性小说”的评论——叶·谢戈洛娃的文章中看到。虽然上面我们所引用的她的结论观点是很明确的，评论家紧接着在文章的后面就同这一结语发生了公开的争论，并开始罗列一些“女性文学”的典型特点。评论家认为，“女性对世界的接受角度从根本上区别于男性视角”[②]，“女性文学”对待世界是一种真正的女性的、母性的态度。

叶·斯特列利佐娃将“女性文学”同俄罗斯古典文学巨匠们的创作进行了一番比较后得出结论，女作家的写作任务和写作语言同经典范式是不一样的，从而在整体上确保了后者探索的结果。[③]

评论家伊·斯柳萨列娃也不倾向于把“女性文学”看成是一个独立的概念，虽然她对一些个别女作家的创作评价很高。她的论据反映了传统的自由派看待这个问题的实质：“女性能够并有权从事创作这是事实，这个事实只不过是个事实罢了。而且，看起来，这也不需要作出评价和注释。那么，坚持对其进行‘女性文学’类型特点的分析就是不谨慎的做法。好的小说好就是好，它是作为语言现象而突出的。”[④]

当然，相当一部分女性评论家则对此看法不同，她们承认“女性文学”的存在，并将其看成是一个独立的文学领域。她们积极借鉴西方一些女性主义文学的批评理论，结合俄罗斯文学的自身特点对当代女

---

① *Щеглова Е.* Полемические заметки о «женской прозе» // Литературное обозрение. 1990. №3. С. 19.

② *Щеглова Е.* Полемические заметки о «женской прозе» // Литературное обозрение. 1990. №3. С. 19.

③ 参见 *Стрельцова Е.* Женский круг // Современная драматургия. 1994. №4. С. 171 – 178。

④ *Слюсарева И.* Оправдание житейского: Ирина Слюсарева представляет «новую женскую прозу» // Знамя. 1991. №11. С. 238.

作家的创作给予了肯定的评价。如玛·阿巴舍娃写道："根据已有的资料来看，我们这里出现了女性小说。不，并非以前，十年或者二十年、三十年前，女性没有写过短篇及中篇。写过，也出版过。但是在'厚重的杂志'上出现了这么多女作家的名字却从来没有过。专门的女性小说文集……一本接一本地出版也是没有过的。况且有关是否存在女性小说的争论也没有过，因为没有争论的对象。"①评论家认为，"新女性小说"的出现表明女性在社会中具有了新的地位，并且她还重新提出了有关文学创作的独特特点等问题。

其他一些女性评论家，如叶·格谢、尼·加布利埃良、伊·萨夫基娜、叶·特罗菲莫娃、玛·阿尔巴托娃等，也把"女性文学"看作是当代女性渴望自由地表现自我的合理需求，看成是一种捍卫自己独特的女性世界观的有益尝试。她们认为，"女性文学"即女作家运用艺术手段实现上述观念的一种可能。

女性评论家积极地参加到有关是否可以按照性别特征对文学进行分类的争论中来。如玛·阿尔巴托娃将是否存在"女性文学"的问题转到女性权利问题的高度上来看。她这样写道："文学不能按照性别特征来划分！——男性中心主义者这样宣称。在现时段是分开的，而且在过去同样如此，只是带个说明号，男性文学是真正的文学，而女性文学则是备用文学……对于是否存在女性文学及其是否被全人类所需要这个问题的理解，应该只取决于下面这个问题，即妇女是不是人，而且女性世界及其精神世界的各种问题是否同男性世界和精神世界的各种问题一样重要。"②与此同时，玛·阿尔巴托娃还提出了重新审视男性独统文坛和文学已往经验的问题。

伊·萨夫基娜也持相同的观点："又一次地听到反对派们一贯的论调：'在精神的高度上没有性别之分'，那么有民族之分吗？有年龄

---

① *Абашева М.* Чистенькая жизнь не помнящих зла // Литературное обозрение. 1992. №5-6. С. 9.

② *Арбатова М.* Женская литература как факт состоятельности отечественного феминизма // Преображение. 1995. №3. С. 27.

之分吗？有信仰之分吗？当然，文学表现的是全人类的价值观念，但是与此同时，艺术家书写的又是来自于自己的经验——民族的、宗教的、社会的、精神的、肉体的……性的经验，是‘用自身的一切’、‘自己的全部整体’来进行创作的艺术个性的一个重要组成部分，其生物学视角在更大程度上体现为女性视角。但是术语‘女性文学’在我国的评论界仍然处于半合法的地位，经常作为一道智力难题出现，而不是严肃的研究对象。”①

不可否认，在男性意识浓重的当代社会，凸现女性意识的主体性是一件好事。但像上述所列出的，一些评论家执意强调女性的性别，把“女性文学”当作张扬女性意识的载体，似乎“女性文学”的任务就是要颠覆男权社会，摆脱“第二性”的附属地位，进而凌驾于男性之上并取而代之，这种看法未免有些过激。当然，“一个人之为女人，与其说是‘天生’的，不如说是‘形成’的。没有任何生理上、心理上或经济上的定命，能决断女人在社会中的地位，而是人类文化之整体，产生出这居间于男性和无性中的所谓‘女性’”②。就是说，女性应该把自己的意识融于普遍的社会，消除性别差异，制造出一个相对平等的无较大性别差异的社会，这才是人类走向完美的一条捷径。如果一味地以“女性意识”为旗帜，把它抬到绝对的高度，企图推翻几千年的固有思维模式，重新培养女性的自觉意识，还不如让两性携起手来，和谐共建，求同存异，共谋发展。这也是现阶段“女性文化”的核心思想。

有一点是明确的，即在那些坚持不能并且无须将女性小说单独划分出来的评论家当中，他们的论据也不尽相同。如果说女性评论家设想出一些方法以证明“女性文学”不可能对抗“高高在上的‘非女性

---

① *Савкина И.* Мария Жукова: эпизоды из жизни женщин // Мария. Литературный альманах. Петрозаводск: Карелия, 1995. Вып. 2. С. 211.

② 西蒙·波娃：《第二性》，桑竹影等译，长沙：湖南文艺出版社 1986 年版，第 23 页。

的'创作壁垒"[①]的话,那么,大多数男性评论家在谈论"女性小说"时选择的则是一种高高在上的、嘲讽的语气,好像是为自己预留一段安全的距离,以便保证自己的学术威望,使大家明白这一话题似乎根本不值得认真对待。

巴·巴辛斯基将"新女性小说"文集《不记恶的女人》不单单看作是一部书,而且还当作一部文学宣言。在这部文学宣言中,作者们是以"某个文坛新巨匠"的集体代言人而出现的。与此同时,他认为,只有这些作家本人才能为这部文集真正的规模和意义负责。这样一来,评论家好像将"女性小说"带到了整个文坛之外,并且为分析其优缺点而摘去了其文学和批评的职业性责任重负。评论家用全方位嘲弄的口吻掩盖了自己的惊慌失措。"一声震耳欲聋的枪响",这是他在谈论这部文集问世时所下的评语,并且接下来仔细地在文集前言里寻找一切可能的逻辑上的错误。评论家叶·格谢客观地指出,"在谈论所谓'女人的逻辑'时,这一经常能遇到的男评论家们故作宽容的评语,其陈腐和庸俗令人惊叹"[②]。

接下来,巴·巴辛斯基表明了自己的观点:"女性化的自我发现只有在有男性列席的情况下……就像是必需的催化剂一样,才能完成。女性胸襟的孤芳自赏——这是荒谬的领域,或者是病态的。"[③]这种表述,同这篇文章的性质一样,反映了传统的男权评论界对女性创作的一种普遍态度,即用一种男性特有的自认为全知全能和绝对正确的态度取代公正客观的分析评介。这种对"女性小说"的轻慢态度,甚至有时也会波及对待女性本身上。"她,这个絮絮叨叨的妇女又能向世界

① *Стрельцова Е.* Женский круг // Современная драматургия. 1994. №4. С. 171.

② *Гессен Е.* Продолжаем разговор о «новой женской прозе» // Литературная газета. 1991. №28. С. 11.

③ *Басинский П.* Позабывшие добро // Литературная газета. 1991. 20 февраля. №7. С. 10.

说什么呢?”[①]这就是普遍怀疑女性智力水平的尤·库兹涅佐夫的典型论调。

早在半个世纪前,弗吉尼亚·伍尔夫就曾经说过,每个力求坦率地谈论女性的特有心理和独特情感以及性爱感觉的女作家都会遇到这个问题。她坦白地承认,她本人也不能解决这一两难论断。她还认为,一直到男性能够耐心地对待女性的这种自我坦白之前,任何一个女作家都不能很好地解决这一点。这个问题直到现在仍然很尖锐。那些敢于用自己的语言进行创作的女作家,遭到了评论界公开的道义上的指责。比如,巴·巴辛斯基每次在谈论俄罗斯文坛著名的并且具有一定国际声望的女作家瓦·纳尔比科娃的创作时,总是强调说,她“就写作本身而言是不存在的”,“您愿意怎么说就怎么说吧,只是别向我证明,这是文学。并且,这一点是很正常的”。[②] 在指出二十世纪八十年代末期文学是“美学上的退化”时,评论家米·利波维茨基也总是以瓦·纳尔比科娃的小说为例来说明这一点。这些评论家论调的性质清楚地表明,他们在谈论女作家的创作时采用的并非是纯粹的文学批评的原则,而是依据文化意识形态领域内的创构原则。这一评价的出发点,正像我们上面已经指出的那样,在传统上有以下几点:远离规范(不合常规性)、残缺性及在文学空间之外来审视等。

根据谢·丘普里宁的观点,异样文学“如果不与当代小说针锋相对,那么,至少也处在其总语境之外”,他把女作家几乎没有涉及社会和生产关系,而将注意力集中到那些“评论家以前喜欢称其为狭窄的小圈子和自我利益领域”等方面作为缺点来强调。[③] 评论家以此将这些女性关心的问题以及不含普遍意义的思想在受众中广为扩散。

---

① *Кузнецов Ю.* Под женским знаком // Литературная газета. 1987. 11 ноября. №46. С. 5.

② Материалы круглого стола «Современная проза – “пейзаж после битвы”» // Вопросы литературы. 1995. Вып. IV. С. 17.

③ *Чупринин С.* Заметки о журнальной прозе 1988 г. // Знамя. 1989. №1. С. 214.

必须承认,这些批评家的非文学评论的视角与当代俄国一些优秀女作家的创作品质不相吻合。他们在整体上轻视这些杰出作家创作的同时,也暴露了自己男权意识极其浓厚的缺陷。这在一定程度上又激活了女性主义者的文学批评。正是这种高高在上的傲慢态度惹恼了另外一些坚决捍卫自己写作权利的女性评论家,使得双方在批评理论上自始至终都充满了刺鼻的火药味。这不仅于事无补,而且距离真正的文学批评也越走越远,可谓失之毫厘,谬以千里。

二十世纪九十年代下半期的俄罗斯评论界已经试图用一些新的角度来审视二十世纪八十年代的俄罗斯文学流派, 评价异样文学作为一种新的艺术发现的规模和意义,因为有了一定的时间距离,其评介眼光也略显客观与公正。评论家就此写了很多文章,这些文章成为文学期刊定期组织的各种各样圆桌会议的中心辩论题材之一。这些所谓的圆桌会议不仅为文学评论家们,而且也为作家们提供了畅所欲言的难得机会。多数评论家都承认,二十世纪八十年代的俄罗斯文学评论有些过于神话论了,充满了主观论战性质,其美学基础更多地带有宣言性质,而非文学性,并且它从整体上承继了二十世纪七十年代至八十年代评论的总体倾向。同时,当代作家在回应评论界应坚持传统经典的绝对价值观念时,却提出了重新审视作家的传统地位及其在俄罗斯的作用等问题。

二十世纪九十年代中期的俄罗斯评论界仍然保持着组建“作家组合”的传统,比如托尔斯泰娅—皮耶楚赫—彼得鲁舍夫斯卡娅、纳尔比科娃—维克多·叶洛费耶夫—波波夫组合等。评论家纳·伊万诺娃对二十世纪九十年代初期至中期的俄罗斯文坛现状提出了自己的观点:如果其前一个阶段(即二十世纪八十年代末至九十年代初),是以分裂、衰落、对抗及相互毁灭等为标志的话,那么二十世纪九十年代中期则是以“谨慎又独立的相互共存”为突出标志。在评论家眼中,1994年至1995年这一时段是趋同的俄罗斯文学的危机时刻,因为发生了个别的俄罗斯文学从统一整体的俄罗斯文学中分离出去的趋势。统一的俄罗斯文学分解成许多并列的文学分支,其中,每一个分支都有自己的美学纲领,"这一美学纲领的具体实施一定程度上参照了整个集体的要求,实现其自己'小组'的道德的硬性强制"①。每一个这样的文学分支小组都有自己的艺术语言，而俄语就好像是它们之间"交际"和"相互协作"的超语言。评论家纳·伊万诺娃没有将女性小说单独划分出来,她将女作家们按照其艺术和体裁喜好分成几类。比如把瓦·纳尔比科娃同加·萨普吉尔、弗·索洛金、列·鲁宾施坦等归入到亚历山大·格列泽尔的"绿灯"小组。维·托卡列娃是以灾难小说《雪崩》(Лавина, 1995)开始自己新时期创作的,这同格·巴克兰诺夫是一致的,而尼·萨杜尔和弗·沙罗夫一起被她说成是后现代主义者。巴·巴辛斯基则将斯·瓦西连科和玛·帕列伊视为俄罗斯新写实主义的代表。②

同纳·伊万诺娃不同,评论家弗·伊万尼茨基认为,俄罗斯当代"女性小说"的发展历程同俄罗斯整个文化及文学进程是不相吻合的。当二十世纪九十年代初期"男性"文化"绝望地相互对骂时,作家协会的旧场所和新地址四分五裂,编辑部的打印机和出版社的不动产被大家一哄而上、你争我夺,甚至到了动手打架的地步",女性作家"表现得恰恰相反。她们好像第一次睁开自己的双眼来审视这个世界,并且开始设法弥补先前失去的一切:急匆匆地相互交流起来,出版杂志和文集,组织研讨会,编辑电视节目。男人们相互之间不再往来。女人们则惺惺相惜起来"。③

在为文集《死亡的一英里》(Миля смерти, 1992)而写的评论中,巴·克拉斯诺佩罗夫说道:"女性主义者的创作并不完全遵循传统的

---

① *Иванова Н.* «Каждый охотник желает знать, где сидит фазан» // Знамя. 1996. №1. С. 216.

② 参见 *Басинский П.* В пустом саду: личные заметки на полях русской литературы 1992г. // Литературное обозрение. 1993. №3 – 4. С. 14。

③ *Иваницкий В.* Луна на ущербе // Новое время. 1997. №15. С. 14.

男性化的文学逻辑。”[1]他又指出,刊登在同一文集中的三个作者——柳·福缅科、尼·加布利埃良、艾·阿拉韦尔东茨,其作品相互之间并没有多少共通之处,但是,却造成“一种情感上的艺术统一体”,并且“是在同一的女权心理浪潮中创作出来的”。[2]

另外,还有一种趋势,即透过男性特有的光镜,将当代“女性小说”看作是一个独立的概念。在俄国的评论界,其缘起于奥·达克尔的文章《女性的二律背反》(Женские антиномии,1991)。作者认为,“某种文化学上的和心理学上的惯性,总是将那些具有鲜明女性特色的东西排挤到艺术情趣之外。女性的生活经验几乎是以走私者的身份进入到文学中来的,从情节的周边,经常是来自于‘二手’,即来自男性作家。但是只有它才能使从女性手指下流动出来的文学成为一个真正独立的现象,而且几乎是美学上具有转折意义的”[3]。奥·达克尔没有将女性作家的创作放在俄罗斯当代文学的总潮流内去比较,而是试图在俄罗斯“女性小说”的框架内进行审视。在这一时段内,奥·达克尔此举乃是俄罗斯评论界第一人。即使如此,奥·达克尔也没有跳出男人看女人、女性创作的男性视角。他原则上赞同对“男性”和“女性”特点与品质的传统理解:“如果我们审视一下对男人和女人原初的典型的分解的话,那么男人——是习惯于白天的人,明确的,社会性强的;而女人——是习惯于夜晚的人,隐晦的,自然属性更多的……但是当其身上那种原始的和自然的属性最大化地被揭示出来时,她会因此而使文学生辉。”[4]

这种态度看似公正,但仍没有超出对“女性小说”的父权审视,这

---

① *Красноперов П.* Рецензия на книгу «Миля смерти» // Новое литературное обозрение. 1993. №32. С. 317.

② *Красноперов П.* Рецензия на книгу «Миля смерти» // Новое литературное обозрение. 1993. №32. С. 317.

③ *Дарк О.* Женские антиномии // Дружба народов. 1991. №4. С. 257.

④ *Дарк О.* Женские антиномии // Дружба народов. 1991. №4. С. 257 – 258.

样的态度后来在其他评论家的文章中也可以看到。比如：符·哈尔切夫将“女性小说”的创作领域定义为一种能够“讲述还没有人述说过的事实，以及那种男人们无意关注的。也就是说，单方面又不正确地按照自己的设想叙述的故事。他们有时带有恶毒的预谋，有时没有恶意……”①值得注意的是，在这种批评话语下，评论家历来倾向于将“女性小说”的贡献看作是对爱情、家庭和母性主题的挖掘。

这种传统的以“生硬的两分法和等级化”为突出特点的所谓的“父权制的思维范畴”，遭到了女性主义者尼·加布利埃良的抨击。评论家认为，问题的症结在于，“男性的”和“女性的”互相对立的特质在文化中占有的地位与其真正具有的内涵是不相符合的。

不可否认的是，在二十世纪九十年代的俄罗斯评论界仍有一股势力，他们戴着有色眼镜去审视日渐成熟的女作家的创作。他们经常把女性发表的小说看成是太太文学（дамская литература）、玫瑰小说（розовый роман）、伤情小说（сентиментальная проза）等。

“太太文学”虽远远不是最反常的文化现象，然而这一术语自身却包含许多反面的标志。在谈论二十世纪八九十年代的俄罗斯“女性小说”时，使用这一语称就将打上标记的负面的载体直接移接到另外一种新的，还很少被广大读者熟知的，并且在文学研究领域很少被研究的语称。偷换概念是一种传统评论界为了表达一定的社会观念而采用的非常有效的方法。在这里，它明显是一种非善意的论调。

因此，我们再一次地追问，到底什么是“女性小说”？

第二节　“女性文学”的界定

尼·加布利埃良是这样回答的：“事先说明，我们这篇文章里的

---

① *Харчев В.* Вера，надежда..？// Север. 1992. №8. С. 160.

'女性小说'泛指女作家写的小说。"[①]在这个略显简单的定义后面,她又作了如下的阐释:"看上去,这些定义有些同义反复,但是类似的强调可以使我们或多或少避开一些涵盖在'男性'和'女性'这两组词自身内部的标志性的陷阱。因为在这个已形成的文化类型中,这些称谓指的不单单是生物学上的性别这样的中性名词,而是自身已带有一些评价因素,这些因素又包括一整套符号的分系统。"[②]这样一来,正像博·萨特克利夫所指出的那样,"女性小说"这一定义本身就已经带上了"同妇女在社会和文化中的地位相关的争论因子"[③]。

尼·加布利埃良将女作家自身的联合看成是一件具有特殊意义的事情。她认为,"文集(女性小说)的出版面世,即按照性别标志把作者联合起来,无论是在六十年代,还是七十年代,甚至八十年代初期,这都是不可能的事情。虽然推出文集的作者相互之间很少有相似之处……她们之中的绝大多数人都倾向于解构传统的男人和女人的形象,希冀挣脱掉以往的偏见,即女人眼中的自己不是以自己独有的眼光,而是以男人的眼光来评价的,她们不再单纯地复制男性的笔力,而是在自己的创作中竭力展现那些在父权制文化体系中被掩盖的纯女性的特质。恐怕正是这一点,'新女性小说'在整体上才有别于六十年代女作家以及七十年代女作家的创作"[④]。对于尼·加布利埃良以及其他完全赞同她的观点的评论家来说,他们最看重的是通过文学创作女性能够表达她们积累的经验。

伊·萨夫基娜还强调另外一个重要的因素:"当代俄罗斯女性小说在目前主要的努力方向应致力于打破的并不是真实反映女性面貌

---

① *Габриэлян Н.* Ева-это значит «жизнь» // Вопросы литературы. 1996. Вып. IV. С. 31.

② *Габриэлян Н.* Ева-это значит «жизнь» // Вопросы литературы. 1996. Вып. IV. С. 31.

③ *Сатклифф Б.* Критика о современной женской прозе // Филологические науки. 2000. №3. С. 118.

④ *Габриэлян Н.* Ева-это значит «жизнь» // Вопросы литературы. 1996. Вып. IV. С. 42.

的那面镜子，而是由男性文化传统塑造的关于女性魅力的神话。”[①]

随着时间的流逝，在批评界渐渐地出现了客观审视“女性小说”的趋势。就这一点来说，我们特别重视评论家塔·卡萨特基娜的意见。她认为，女性作家是“当代俄国文学中最令人感兴趣的一部分”[②]。根据她的观点，二十世纪九十年代后半期，俄罗斯“女性小说”的自身地位发生了变化。与此同时，接受这个文学现象的评价标准也发生了同样程度的改变。她从整体上指出了接受这一文学现象过程的渐变叠加。“总之，从前有过小说以及与其完全相对应或者作为某种特殊标志包含其中的‘女性小说’。当前，看来这种区分有些转变。有女性笔下的女性世界，这里包括她对于男人的理解，也有男人笔下的男人世界，其中包括其对女性的理解。”[③]评论家指出，在这两种情形下，这些理解恐怕未必能与现实相符合。但是，正是“女性小说”作为一种异样审视的出现使得我们意识到了这种有限性，因为全知全能及客观评价的现有体系本身遭到了质疑。

在这里，我们有必要质疑“女性文学”的提法。这一问题自“女性文学”在俄罗斯出现以来就频频被提及和被追问。“女性文学”除女性性别之外，真正进入到作品当中到底有多少是真正属于女性自己的东西？有些东西好像是女性特有的，实际上却是历史上形成的男权意识，若把这些东西抽除剥离后，真正属于女性特有的东西就少得可怜了。而且，里面还有很多落后的东西，或者没有达到我们所预期的高度。所以，我们认为，最好不要太过于强调女权、女性意识、女性身份等。况且，俄国的女性主义批评是在借鉴西方女性主义批评理论的基础上发展起来的。由于西方女性主义批评是基于对女权政治和妇女

---

① *Савкина И.* Говори, Мария!（заметки о современной русской женской прозе）// Преображение. 1996. №4. С. 65.

② *Касаткина Т.* «Но страшно мне: изменишь облик ты…» // Новый мир. 1996. №4. С. 212.

③ *Касаткина Т.* «Но страшно мне: изменишь облик ты…» // Новый мир. 1996. №4. С. 212.

解放的关注,因此,西方女性主义文学批评从某种视角看是一种政治学批评、社会学批评,大多忽略对于"女性文学"的诗性观照。在西方女性主义批评理论的影响下,俄国女性主义文学批评也很少从文学特征的角度去研究"女性文学",往往仅从女性意识、性别抗争、女性命运、婚恋主题等社会学的视角进行研究,而较少从文体特征、叙述方式、语言风格、象征隐喻等视角展开批评,致使女性主义文学批评疏离了诗性观照,仅仅成为一种社会学的批评。这也就是一些女作家坚决拒绝把自己列为"女性文学"代言人的原因。比如:塔·托尔斯泰娅就坚决反对"女性文学"的提法,也不赞成这种划分。为此她还杜撰了一个小情景来表达自己的想法:"如果您胆敢宣布没有'女性'和'男性'文学,而只有好文学和坏文学,那么反对的号哭声就会响彻云霄。而且只有在喊叫声结束之后,你才能战战兢兢地走出去,到走廊里吸一口烟,那些叛逆者就会向你爬过来并小声嘀咕说:我也是这么想,我觉得,天才比庸才强,但是要小点声,不然的话我还要在这里生存呢……"①柳·乌利茨卡娅则认为,"'好文学'或者'坏文学'的评价标准对于我来说,要比'男性文学'和'女性文学'重要得多"②。而维·托卡列娃在自己的长篇小说《保镖》(Телохранитель, 1997)中借女主人公之口道出:"问题大致在俄罗斯的记者以及西方记者那里都能看到。第一个问题:关于女性文学,好像还存在男性文学。布宁有这样的诗句:'女性与人类似,并在人们附近生活。''女性文学'也是这样,它与文学相似,并且存在于文学左近。但是我知道,文学中具有意义的不是性别,而是真诚和才华的多少……"③

① *Толстая Т.* Кого спасать–кошку или Рембрандта? // Московские новости. 1991. 28 июля. №30. С. 14.

② *Улицкая Л.* «Принимаю всё, что даётся». Беседу вела Анастасия Гостева // Вопросы литературы. 2000. №1. С. 224.

③ *Токарева В.* Из жизни миллионеров / Токарева. Телохранитель. М., «Оникс», «ОЛМА-Пресс», 1997. С. 211.

第三节　“女性文学”的贡献

当个性化逐渐成为当代俄罗斯文学的主体特征时,如果单纯强调某种集体意识就显得有些不合时宜。以柳·彼得鲁舍夫斯卡娅、塔·托尔斯泰娅、柳·乌利茨卡娅为首的一群女作家的创作,在当今的俄罗斯文坛占有一席重要的位置,这已是不争的事实。但是如果我们把她们的创作进行单独审视,有时就会陷入社会学、政治学批评的误区。另外,在多数评论文章中,对“女性文学”、“女性小说”、“女性意识”这些新术语界定时,要么采用后现代文化所突出的模糊性,要么经常充满了自相矛盾,至今没有一个明确统一的指称。而且,在不分青红皂白地将女作家一网打尽的同时,容易贬损其中一些具有真正意义的优秀作品。所以,我们在评论这些女性作家的作品时,应遵循文学批评的原则,慎重提出某些容易引起争议的概念,力求还文学批评以本来面目。

虽然我们不主张“女性文学”这一提法,但这并不意味着从整体上否认女作家作为一个集体所具有的创作优势。她们的创作证明了女作家有独特的女性创作心理,有她们区别于男性的看待世界的独特视角,正是她们为我们提供了另外一种审视自身的角度。

首先,以塔·托尔斯泰娅、柳·乌利茨卡娅、维·托卡列娃、加·谢尔巴科娃、玛·帕列伊、伊·波利亚斯卡娅、尼·戈尔拉诺娃等为代表的女作家的创作,用通俗易懂的语言表述了人类一些传统的价值观念以及人性存在的最高范畴:童年、爱情、家庭、健康的个性发展、舒适又稳定的生活、和谐的人际关系、对老年问题的关注等。这些文学主题正是我们这个愈来愈物质化、人与人之间愈来愈淡漠的时代迫切需要解决的问题。

另外,这些女性作家的创作以其对日常生活的高度关注,重新提出了俄罗斯文化史上的一个新观念,即日常生活同存在之间的相互关系。女作家们特别熟悉生活,并善于将其描述的生活同真正的生活同一化:主人公的言行,他们思想的转变,日常举止,等等。这一切在她们的作品中都显得非常逼真。这种从世俗琐细生活中提取的点滴展现都属于日常生活领域,它把各色人等集合起来。"日常生活——这是普通的日复一日生活的各种表现形式,这是所有人以及每个个体都熟知的东西。"[①]除此之外,日常生活又是紧密地附属于每个人身上的物质世界的体现,并且成为个人生存的延续,他肉体的外延部分。因此,对这些个性十足几乎是生存的各个隐秘细节的密切关注,初看上去,似乎超越了礼节的有限范围。实际上,这是当代俄罗斯文学对苏联体制下人们庸俗生活的一种表现。在苏联社会,日常生活中的人们相互之间紧密相依,致使这一隐秘生活领域被广为展示。苦痛且灰色调的红色苏维埃日常生活同舒适、安详、充满个性气息的日常生活等一点儿关联也没有。它像一块使旧了的破抹布一样被打磨得毫无光泽。但正是透过对这种暗淡生活的反映,开始渗透出那些先前在我们视线所看不到的东西——某些超越时间的生存本质。这种公开的、朴素的、构成这个简单厨房、产褥生活的东西逐渐浓缩、凝结,成为大家视线能够看到的东西。在当代俄罗斯多数女作家的作品中,情节的聚焦中心几乎都是主人公对生活难以满足的各种需求,很多问题都是在日常生活的层面上展开并得到解决的。透过日常生活表现生存本质,用世俗的细枝末节来表现生活的永恒本质,这是当代俄罗斯女作家又一有别于一些俄罗斯男作家的主要特征。

诚然,女性主义的研究切不可进入走火入魔的理论疆域。女性只有与男性携起手来,面对不合理的以男性主义文化为中心的政治统治格局,面对物质主义对人类文化的共同侵害,作出共同不懈的努力与奋斗,才能完整地表现这个时代真正的人性内容。

---

① *Казарина Т.* Современная отечественная проза. Самара: Самарская гуманитарная академия, 2000. С. 156.

第三章　乌利茨卡娅创作的传统与创新

第一节　乌利茨卡娅小说中的俄罗斯文学传统与艺术创新

分析乌利茨卡娅作品中体现出来的传统与创新的问题，可以使我们对作家在当代俄罗斯文学进程中所处的地位有一个清醒的认识。

每个世纪都有不同的发展时代，每个时代又都有对世界的独特认识和自己的精神。世纪末属于一个比较特殊的时段，对它的认识往往比较清晰。对于二十世纪最后十年来说，世纪末的那种一切要终结的氛围同别的世纪末是一致的，只不过已经不是十九世纪末期的现代主义语境，而是后现代主义语境。著名的文学评论家及哲学家米·爱坡斯坦形象地概述了二十世纪末的文化语境："没有了那种对巨变的精细、敏锐的感受，也没有了对病态和死亡的向往，有的只是对一切文化形式已然终结、消尽的怀疑感、痴迷感：只剩下把玩这些已然消逝的文化，并对别人说过的话进行重新组合、'重建'。"[①]前缀"后"成为这个时段的一个重要标志：后现代主义、后先锋主义、后写实主义、后工业化、后人文主义、后共产主义、后殖民主义、后结构主义、后乌托邦等等。按照很多评论家的观点，在二十世纪与二十一世纪之交，终结主

① *Эпштейн М.* Debut de siecle, или От пост – к прото. Манифест нового века // Русская литература XX века в зеркале критики. М., СПб.: Академия: 2003. С. 145.

题又成了一个主要主题，新时代与启蒙的终结、历史与进步的终结、意识形态与理性主义的终结、主观性与客观性的终结等。[①] 尼采著名的论断“上帝死了”在二十世纪末得到了一系列的回应：作者死了、人死了、现实是不存在的、真理是不存在的等。

“后现代主义”一般包含两个含义。它首先是一个文化的定义，其次才是纯文学的术语。我们这里指的主要是它的第一个含义。

为了进一步澄清这个术语，下面仅摘录一些相关辞书对它的界定来加以说明。如：“后现代主义是一个宽泛的文化概念，它涵盖最近二十年的哲学、美学、艺术以及人文学科”[②]；“后现代主义是当代哲学、艺术以及科学的一个主要流派”[③]；“后现代主义是一个多义的概念，它是随着历史的、社会的以及民族语境的不同而动态变化的哲学、认识论、理论科学以及情感美学等一系列认识的综合体。后现代主义是一种特定的民族心智，是一种对世界的独特认识和感受，是对人认知的可能性及其在周围世界所处的地位和作用的一种评价”。[④] 米·爱坡斯坦是这样定义后现代主义的：“通常情况下把后现代主义看作是一个文化发展阶段，一个历史时期，或者是理论及艺术运动的集合体，它的主要特征是原则上的折中主义、片段性以及对大型的涵盖全方位

① 详见以下论述，如：Постмодернисты о посткультуре：интервью с современными писателями и критиками. М.：Издание Р. Элинина，1996；*Скоропонова И.* Русская постмодернистская литература. М.：Флинта：Наука，2001；*Эпштейн М.* Постмодернизм в России：Литература в теория. М.：Издание Р. Элинина，2000；*Эпштейн М.* Постмодерн в русской литературе. М.：Высш. Шк.，2005。

② Культурология：XX век：Словарь // Гл. ред.，сост. и авт. проекта *С. Левит.* СПб.：Унив. кн.，1998. С. 348.

③ *Руднев В.* Энциклопедический словарь культуры XX века. Ключевые понятия и тексты. М.：Аграф，2003. С. 333.

④ Литературная энциклопедия терминов и понятий / Под ред. *А. Николюкина.* М.：НПК «Интелвак»，2003. С. 763.

世界观以及叙述的摒弃。”①

从上面的论述中我们似乎可以得出这样的结论：我们正处在一个独特的文化语境，它有自己独特的精神氛围。有时，很多作家、评论家将这种氛围暂称为后现代主义的氛围。②

很多学者将二十世纪末说成是“历史的终结”。显然，这种说法指的是在全球范围内蔓延的独特文化情势，这是一种特殊的文化语境，这时没有世界大战，也没有人类的相互敌对，而且人们也不再相互仇杀。

二十世纪的经验告诉我们，希冀拥有绝对的真实是非常可怕的事情，也是不人道的。那些所谓“掌握真理的人”总是想把自己的想法强加给世人，为了达到这一点不惜采取暴力手段。二十世纪的历史告诉我们这样一个道理，人们不应该分裂，而应该合作；我们要同呼吸共命运，我们应该用对话的方式创建一种“不含侵略性”的艺术，这种艺术不传播意识形态，而是承担连接众人、调和各种观点的功能。

在当今文明世界，大家都有这样一个共识，即一个善于思考的人应该是一个能够按照自己的思想，并且在不受任何外在干扰的情况下形成自己的对现实认识的人。他会自己作出判断，哪种语言、哪些观点和思维定式与他的世界观是相符的，但又不是抱死理，永远只认准一种观点。为了能够成为这样的人，就应该创建提供各种选择的可能性。

我们认为，这种享有一切的均等、平等对待各种文化（无论是以往的，还是未来千年的）的感受，在大众传媒的影响下得到了广泛的认同。这种感受在计算机时代显得更为突出。计算机拉近了各个时代，科技进步让人们可以进入任何一个时代，穿越任何一种时空。这种时

① *Эпштейн М.* Постмодерн в России：Литература в теория. М.：Издание Р. Элинина，2000. С. 5.

② 详见下列文献：«Современная проза –“пейзаж после битвы”» // Вопросы литературы. 1995. №4. С. 3 – 36；Современная литература：Ноев ковчег ? // Знамя. 1999. №1. С. 191 – 214。

空可以让人们获得与现实生活完全不一样的感受。这就意味着,现实的事物有可能又是不现实的,而非现实的事物则又可能是非常现实的。人们可以随意更换自己的生活空间,互相认不出对方,甚至可以取个别名、换种身份(年龄、性别、民族等)上网。这意味着可以完全"替代"现实中的自己。如果一个人曾经有过这种经历,那么现实同虚拟之间的界限就会变得模糊不清:你就不知道,生命在哪里终止,想象在哪里开始。一切都变得有点儿不现实。① 这种感受在后现代主义作品里体现得特别鲜明。在那里,一切并不是很认真,但幻想又有点儿像现实。人生活在一个虚幻的世界里,现实同臆想无法分得十分清楚。我们看到,后现代主义文化语境让我们对原本熟悉的一切既感到亲切又觉得疏离,一切都是真实的,一切又都不是认真的。

在后现代主义语境下,各种各样的甚至相互之间互为排斥的观点和平共存是其主要特征。这种语境对人的世界观影响非常大,人可以在众多的选择中随意选取中意的生活准则。社会学家把这种情况等同于政治上的民主,意识形态上的多元。确实,后现代主义艺术力求使民主和多元化不仅成为社会生活的基本准则,而且还是艺术创作的基本原则,让它们"灌输"到艺术作品的诗学内部。

后现代主义是当代俄罗斯文学的一个最为显著的现象。它是近年来很多文学家、评论家和读者争论、探讨的一个中心话题。

从二十世纪八十年代中期起,社会政治条件以及文化形势都发生了翻天覆地的巨变,当代俄罗斯文学也出现了新的发展征候。正是在这样的大背景下产生了新文学。当时的评论界对其给予了各种不同的称谓。丘普里宁称其为"异样文学",波塔波夫称其为"地下文学",

---

① 有关电脑对现代人思维和意识的影响详见以下论述:*Новиков В.* Деноминация: литераторы в плену безымянного времени // Знамя. 1998. №7. С. 206 – 213; *Сердюченко В.* Новейший проект российской словесности. Литература в Интернете // Вопросы литературы. 1999. №5. С. 3 – 14; *Эпштейн М.* Debut de siecle, или От пост-к прото-. Манифест нового века // Знамя. 2001. №5. С. 112 – 130。

伊万诺娃称其为“新浪潮小说”，有的人还将其称为“公开性时代的文学”、“尾声文学”、“精细的文学”、“流行的现代主义”以及“典型的超现实”、“无法归属的文学”、“坏文学”等。最后，终于有了一个固定的称谓，即“后现代主义”。

在后现代主义文学内部存在着众多的流派，而且后现代主义作家也都有自己的个性。有时，被称为后现代主义的作家就其艺术审美观点来说相互之间区别很大。尽管如此，还是有不少评论家力求对这一文学现象作出自己的评议，试图剖析出这一流派的主要特征。我们认为，评论家博格丹诺娃的论述比较有说服力。

首先，后现代主义同其他文学流派明显不同的是非政治性，按照评论家的话说是“给社会趣味的一记耳光”。虽然这个特征初看上去与文艺学分析相差甚远，但就所描写的现象而言，“正是这种反政治性是众多风格各异的作家的共同特征，所以才可以说他们相对而言属于某个共同的流派。正是这一‘特性’成为了后现代主义文学其他原则、特性以及成分的中介”①。

后现代主义文学的第二个特征是对主人公和作者形象的彻底颠覆。属于这一流派作品的艺术世界“几乎充斥了那些特别可怜的人、倒霉蛋、受到绝对伤害的人”②。主人公都是“盲从的人”、“乡下人”、犄角旮旯儿的住户、社会边缘人物。人的社会属性没有任何意义，最主要的是，他们都是与中心相对的边缘人。他们没有自己的个性，特征不鲜明，性格不正常。他们那“失去理智的”心灵，“暗淡无光”，又“被无一遗漏地暴露出来”，患上了“周期性的道德缺陷症”。③ 模糊不

---

① *Богданова О.* Посмодернизм в контексте современной русской литературы (60 –90-е годы XX века–начало XXI века). СПб.: Филол. ф-т. С. -Петерб. гос. ун-та. , 2004. С. 31.

② *Чуприни С.* Другая проза // Литературная газета. 8 фев. 1989. № 6. С. 4.

③ *Шкловский Е.* На рандеву с гармонией: Размышления о молодой прозе // Литературное обозрение. 1986. № 1. С. 27.

清的个性构成了当代后现代主义文学“小人物”的典型特征。

第三个特征是对传统的作者观点的改变。作者隐藏了起来，变成了讲述者，作者同主人公之间没有了距离，他们的声音合二为一。按照瓦伊利和格尼斯的观点，这可以确保“文本的零度写作”①。显然，这里指的是后现代文本没有鲜明的道德评价体系，由传统的“师长”和“指导者”变成了“冷漠的记录员”，变成了一个不参与任何事件的旁观者。

第四个特征是文本中独特的现实生活模式。这种模式不再有“尘世间的吸引力和事物的基本秩序”②。后现代作家笔下的现实没有逻辑，混乱不堪。其中，高尚与低俗、真理与谎言、完美与混乱等范畴完全处在同一个层面。现实世界荒诞离奇，既没有固定的特征，也没有可以依托的根基。现实世界是悲剧性的、灾难性的，荒诞无所不在。

正像评论家所说的，“最为重要的一点就是这种病态的主人公、无欲无求的作者以及光怪陆离、荒诞不经的现实对于后现代文本而言，不是对规范的偏离，而是规范本身，是基准点，这个基准点构成了后现代主义世界观的中心”③。

下面以乌利茨卡娅的文学创作为例，来分析一下后现代主义文学语境对其作品产生的影响以及她在自己的作品中是如何克服了后现代主义文学的干扰。

就后现代主义文学的第一个特征而言，在乌利茨卡娅同后现代作

---

① *Вайль П.*, *Генис А.* Современная русская проза. Анн Арбор：Эрмитаж, 1982. С. 78.

② *Богданова О.* Современный литературный процесс（К вопросу о постмодернизме в русской литературе 70 –90-х годов XX в.）. СПб.：Филологический факультет Санкт-Петербургского государственного университета, 2001. С. 15.

③ *Богданова О.* Современный литературный процесс（К вопросу о постмодернизме в русской литературе 70 –90-х годов XX в.）. СПб.：Филологический факультет Санкт-Петербургского государственного университета, 2001. С. 15.

家之间还存在一些共同的地方。作家的创作激情似乎也可以概括地称为是反苏联的。不少评论家就持有这种观点。“乌利茨卡娅的中短篇小说被翻译成多种语言,若是在十年前,她完全可以归入持不同政见者的行列。”[①]虽然乌利茨卡娅与后现代派作家对待过去这段历史的态度基本一致,但还是能够看到两者之间细微的差别。在后现代作家那里,可以找到明显的否定态度与解构意识,甚至还有对与苏联相关的一切事物的高姿态;而在乌利茨卡娅的作品中就没有这些。在乌利茨卡娅笔下,一切现象描述得都比较客观、隐晦,我们只有仔细阅读,通过分析隐藏在文本字里行间的潜台词以及一些艺术细节,才能捕捉到这一点。这并不偶然,因为作家对时代有自己的看法,“有时代精神,也有属于这个时代的趣味和口味,还有音乐以及罪责、迷误和诱惑。对此,使徒保罗的表述最准确,‘不要与时代的精神一致,要设法改变它’”[②]。由此可以看出,乌利茨卡娅对待特定时代的态度是建设性的,是积极的。在作品中,作家这种对待时代的态度,也决定了她对待主人公的态度。

如果说,后现代作家笔下的人物主要是边缘人,那么乌利茨卡娅笔下的边缘人则属于另外一种性质。后现代作家笔下的主人公大多是大众的人、小写的人、盲从的人。乌利茨卡娅笔下的主人公在某种意义上说也很普通、寻常,都是些“小人物”、“灰色的人”,是一些或多或少都处在社会以外的人:病人、老人、残疾人、疯子、孩童等。用时髦的话说,都是一些不上“档次”的人。但是,他们之所以受到作者的钟爱,恰恰是因为“在这些‘受排挤的人中’,要比那些所谓的苏维埃人

---

① *Улицкая Л.* «Мне интересна жизнь “серых людей”»: [Беседа с писательницей Л. Улицкой / Записала Маргарита Рюрикова] // Литературная газета. 20 сен. 1995. №38. С. 3.

② *Улицкая Л.* «Принимаю всё, что даётся»: [Беседа с писательницей Л. Улицкой / Записала Анаставия Гостева] // Вопросы литературы. 2000. №1. С. 227.

更加鲜明地体现了全人类对待生活的正常态度”[①]。作家感兴趣的是这些边缘人物身上蕴含的人性的品质。她关注的是主人公的内在精神世界，表现的是他们如何克服各种痛苦和不幸，从而变成一个配得上生活的人、幸福的人，并具有内在自由和精神道德的个体。如果说，后现代派作家笔下的个性因素模糊不清，那么在乌利茨卡娅笔下，我们看到的却是相反的现象，即她力求表达鲜明的个性因素，这一点甚至在那些最普通的人物身上都体现得特别明显。作家试图破解一个人的个性之谜。人的个体生活引起了乌利茨卡娅始终如一的关注。她笔下的人物会生活，会爱别人，也会恨别人，会保护自己免遭不测。正像她自己所说的那样，“尽管俄国当今生活非常艰难、复杂，他们还是获得了真正人的性格”[②]。经常可以看到乌利茨卡娅笔下描写的鲜明个性，这种个性像一束光一样照亮了周围的一切。一些人几乎被作者塑造成了道德的忠诚卫士。有些主人公甚至具备了圣智的光辉，成为了善良、睿智和有创造力的象征，如索尼奇卡、布哈拉、美狄娅、阿利克等。[③]

在表达作者观点层面，乌利茨卡娅同后现代派作家还有更为明显的区别。如果说后现代派作家是冷静的记录者，那么乌利茨卡娅就其内心而言，则是一个乐观的观察者。在作家的创作中，我们可以感到作者对笔下主人公的由衷赞赏，对生活以及我们身边的一切事物的愉悦和欣赏。她将人的生命看成是自然界的一部分，看作是上帝独一无二的造化。“如果你仔细观察一下大自然——看看树、山脉、飞翔的鸟、游动的鱼，这种美每个人都能发现。但当你以专业人士的角度审

① *Улицкая Л.* «Мне интересна жизнь “серых людей”»: ［Беседа с писательницей Л. Улицкой / Записала Маргарита Рюрикова］ // Литературная газета. 20 сен. 1995. №38. С. 3.

② *Улицкая Л.* «Литература происходит из жизни…» // Русская мысль. 20 ноя. 1996. № 4149. С. 16.

③ 他们分别是乌利茨卡娅的中篇小说《索尼奇卡》、短篇小说《布哈拉之女》(Дочь Бухары, 1993)、中篇小说《美狄娅和她的孩子们》《欢乐的葬礼》中的主人公。——作者注

视这一切的时候，那么你就会不停地赞美：这一切多么令人惊奇，这些事物本身多么美啊！比如：海上的星星连同其独特的运行轨迹和生存的奥秘，这里边有多少智慧和美好！"[①]乌利茨卡娅对笔下的主人公抱着欣赏的态度，对所有的人物都一视同仁，没有明显的好恶。在她看来，每个人都有生存的权利，都有获得幸福、关爱的权利。在作者最为喜爱的主人公身上，我们可以发现一种非常罕见的品质，即神圣性。作者并不是简单地描写普通人的行为，乌利茨卡娅好像以自己的善意和关怀护卫着笔下的这些宠儿，使他们免遭不测，不受外面险恶世界（无论是来自别人，还是来自当局和国家）的干扰。她是那样怜悯自己笔下的人物，诚挚地捍卫着他们的人格尊严，以至于很多作品都是以大团圆的结局收尾，给人一种人为编造的感觉，这也成为很多评论家指责的焦点。

如果说，后现代派作家笔下的现实荒诞、混乱，那么乌利茨卡娅笔下的世界就比较理性、和谐。作者向我们展示的往往是一个严酷的时代。如果我们仔细审读作家的文本，总是会发现其中描写的是某个具体的历史时间。对于作者而言，布罗妮卡、索尼奇卡、布哈拉、美狄娅、阿利克以及其他主人公之所以珍贵，恰恰是因为她们虽然生活在一个严酷的时代，一个艰难的社会政治氛围中，但她们却像对待天气、对待空气一样从容。她们的生活原则以及道德基础要比她们所处的环境厚重得多。

乌利茨卡娅的创作迥然不同于后现代主义文学。她为当代俄罗斯文学所作出的贡献被有些评论家称为新感伤主义。[②] 关于这个术语

---

① *Улицкая Л.* «Мне интересна жизнь “серых людей”»：［Беседа с писательницей Л. Улицкой / Записала Маргарита Рюрикова］// Литературная газета. 20 сен. 1995. №38. С. 3.

② 详见以下论述：*Золотоносов М.* Чувствительность с приставкой «нео» // Московские новости. 1993. №6. С. 5В；*Лейдерман Н.*，*Липовецкий М.* Современная русская литература：В 3-х кн. М.：УРСС，2001. Кн. 3. С. 83～86；*Нефагина Г.* Русская проза конца XX века. М.：Флинта：Наука，2003. С. 93－94。

目前还存有很多争议。但无论如何，不能否认乌利茨卡娅在二十世纪九十年代俄罗斯文坛的历史地位。作家全部作品（特别是早期作品）的意义在于：在新的历史条件下，对人的个体的独特性以及人的“个人生活”的首要意义等方面进行了全新的阐释。在乌利茨卡娅的很多作品中，社会文化的所有标记都获得了某种新特征，作家并没有像后现代派作家那样彻底否认这些特有的标记，而是重新提炼、改造它们，使之不再成为恐惧和残酷时代的象征，转而成为某种新事物，并且富有人文气息。

乌利茨卡娅笔下的人物是她的最大发现。他们往往生存在两个时空中，一个是同现实相关的外在世界，另一个是自己心灵感受到的内在世界。按照巴赫金的说法，“感受的世界完全是另外一个世界，在那里才实施并完成真正的行为，而且是统一的且唯一的世界，是具体可感的世界：所见所闻、所感所思，它整个地透着获得承认的价值意义的各种情感意志的色调”①。对于乌利茨卡娅的主人公而言，这个可感的世界要比那个他们置身其中的世界更实在、更有意义。这样一来，当代俄罗斯作家同十九世纪初期俄罗斯文学史上古典感伤主义形成了呼应。但与之不同的是，乌利茨卡娅笔下的主人公的感受是在消解了那些特定时代下影响他们生活的现实语境后得到的。正像当代俄罗斯文学史专家涅法金娜所说的，“二十世纪的历史时间从根本上制约着个体的时间，改变了它的性质，增加了不可预见的戏剧性。如果说，（十九世纪的）感伤主义小说中的戏剧性源自社会的不公平，而道义上的平等获得了胜利，那么在当代感伤主义小说中，社会生存条件滋生了特定的社会道德，这种社会道德与主人公的个体道德并不总是相互吻合的”②。外在世界与内在世界之间的相互影响构成了乌利茨卡娅作品的一个主要冲突。她的主人公无一例外地生活在无孔不

---

① *Бахтин М.* Заметки // *Бахтин М.* Литературно-критические статьи. М.: Художественная литература, 1986. С. 511.

② *Нефагина Г.* Русская проза конца XX века. М.: Флинта: Наука, 2003. С. 94.

入的体制内部，但却是一些自由的人。就像巴赫金所说的，他们“在自己身上”找到了“支柱和最高一级的审判所”。乌利茨卡娅用未曾受到时代以及意识形态熏染的个人的理想来抗衡社会主义现实主义的理性。作家创作的一个基本主旨就是展示在不人道的社会内部同样存在着那些能够同社会高压政策相对抗的渺小个体，这样的人物几乎贯穿了她的全部创作，如布罗妮卡、利列奇卡、索尼奇卡、布哈拉、美狄娅、阿利克、库科茨基等等。

乌利茨卡娅笔下的主人公的一个突出特征就是对现实生活如醉如痴的逃离，或者是回到过去，或者是全身心地投入到“梦想的”世界，结果都摆脱了丑恶不堪的现实，完成了自我救赎。他们的身边是战争、关押、流放、对人的随意处置，而他们只关注自己以及家人的生活。作家让他们按照自己的内在准则和节奏生活。他们遵循自己的感受、自己的心灵，以此来抵御外在世界的残酷、阴险狡诈，并都获得了当时普遍缺失的幸福感。只是这种幸福不是他们偷来的，也不是国家给予的，而是他们自己奋斗的结果，为此他们付出了惨重的代价。这种幸福的获得不是靠耍滑头、坑蒙拐骗，也不是通过侵占别人的利益而获取的。这种幸福可以说是上帝、命运或者作者专门赐给他们的。而且，什么也不能阻挡主人公为自己而生活，什么也不能妨碍他们因为对未来以及人性的坚信而成为幸福的人。在乌利茨卡娅的笔下，重要的是心灵的生活史，人应该懂得自己的心灵感受并遵循它的指引，而不应该压制自己的癖好和渴求。

在自己的作品中，如短篇小说《穷亲戚们》《幸福的人》(Счастливые, 1991)、《包不离手的格涅列》(Генеле-сумочница, 1993)，中篇小说《索尼奇卡》《美狄娅和她的孩子们》《欢乐的葬礼》等，乌利茨卡娅提炼出这样一个重要的思想，即每个人都有为自己生活的权利，都可以“自私”一点儿，作家肯定的是“个体”的人，肯定的是在这个庸俗而残酷的世界里，人身上的“微小的”并只对其个人来说有意义的感受和思想。

正像有的评论家公正地指出的那样，“乌利茨卡娅的感伤主义并不只是'流流眼泪'、幸福的结局以及受到的感动,也不只是塑造了没有保障的可爱的主人公形象,这是一些由于自己的弱势令人肃然起敬的个体。她的感伤主义中没有那份简陋,也不过分甜腻。其内涵同样源于对僵化的、傲慢的社会主义'古典主义'的反驳。与此同时,又在语言创作艺术中获得了某种特别复杂的观念的表述。这种独特性与'伟大俄罗斯作家们指向内心的绝望的道德说教'截然不同,也不同于'伟大苏联作家们'极端乐观的社会主义,后者认为最大的幸福就是服从于国家的意志"①。

必须指出,新感伤主义并不是俄罗斯当代文学的首创,这种潮流应该说是那股蕴藏在苏联社会主义现实主义时期的强大潜能在改革过程中的外化。评论家将它看作是对"抹黑文学"与"情色文学"的反驳,因为后者追寻的是混乱,肯定的是低级趣味,破坏了起码的言语礼节,选材上没有界限,也不关心社会道德问题,总体上看是一个反教育的文学。"正是在这样复杂的背景下,感伤战胜了一切。"②

在当代俄罗斯文学中,除了乌利茨卡娅,评论家将维涅季克特·叶拉费耶夫看作是新感伤主义流派的鼻祖,视巴金、维什涅维茨卡娅、德米特里耶夫、帕蕾、谢尔巴科娃等作家为这一流派的主要代表。③

显而易见的是,二十世纪八九十年代俄罗斯文学中的新感伤主义作家的创作同后现代派作家的创作截然不同,"后者破坏的不仅是文化的幻象,它还把文化积累中折射的那个现实变成了'假象'"④。新感伤主义重新回归了这一浪漫主义艺术类型的素有传统,将浪漫主义

---

① *Золотоносов М.* Чувствительность с приставкой «нео» // Московские новости. 1993. №6. С. 5В.

② *Золотоносов М.* Чувствительность с приставкой «нео» // Московские новости. 1993. №6. С. 5В.

③ 评论家的观点可能会有不同,每一位评论家都有自己的划分原则。——作者注

④ *Лейдерман Н., Липовецкий М.* Современная русская литература: В 3-х кн. М.: УРСС, 2001. Кн. 3: В конце века (1986 – 1990-е годы). С. 85.

的神话看作是最真实的现实。这就是当代俄罗斯新感伤主义作家的主要贡献。在他们中间,当然也有乌利茨卡娅的功劳。

如果把对乌利茨卡娅的各种评论综合起来看,作家与文学传统,特别是俄罗斯经典文学的传统有着深刻的联系,这表现在对小人物、圣徒乃至信守道德规范的怪人等的深深的同情,这与普希金、果戈理、陀思妥耶夫斯基、契诃夫、安德烈耶夫等作家的创作一脉相承。

"小人物"这个概念本身的出现要比在文学中形成这一特定类型的主人公早得多。最初,这是对第三等级(即下层)人的称呼,随着文学的民主化进程,他们引起了作家的广泛关注,出版了很多深受西方作家影响的小说,这些作品的主人公不是骗子就是牺牲品。卡拉姆津在《可怜的丽莎》(Бедная Лиза, 1792)中提出了感伤主义作家对人不取决于其社会地位的价值认识的主要纲领,即"连农民的女儿也会爱"。

十九世纪的俄罗斯文学较为具体地对这一形象进行了细致的描绘。

在普希金的《别尔金小说集》(Повести покойного Ивана Петровича Белкина, 1831)、果戈理的《外套》(Шинель, 1842)、陀思妥耶夫斯基的《穷人》(Бедные люди, 1846)和契诃夫的短篇小说中,"小人物"得到了多重的诠释。在这里,我们想概要地指出这一文学类型的主要特征,即外表平凡,年龄在三十到五十岁之间;智力平庸;住所贫寒;同更高级别官吏或者伤害自己的人经常发生冲突;毕生的梦想往往破灭;自发地进行抗争;最后是悲剧性的结局。按照巴赫金的话说,这一类型人物的演变过程是"从眼泪过渡到人"。

在陀思妥耶夫斯基的早期作品《穷人》中,尽管主人公完全受制于环境,并且是不幸的,但作家关注的焦点仍然是主人公的精神世界。但评论家杜布罗留波夫在《逆来顺受的人》中说过,"在陀思妥耶夫斯基的作品中,我们只找到一个共同的特性,这种特性在其所有的创作中都比较明显,那就是对认为自己不能够成为或者说没有权利成为一个真正的、完整的、独立的人的痛苦,不能成为或者说没有权利成为自我的痛苦”[①]。长篇小说《穷人》集中体现了普希金和果戈理对“小人物”的两种观点。因此,马卡尔·杰沃什金,这位阅读过《驿站长》和《外套》的主人公,得出的结论是“我们大家都是萨姆松·维林”。看起来,这是注定了的悲剧,因为人不可能与强大的环境抗争。

陀思妥耶夫斯基的名言:“我们大家都源于果戈理的《外套》。”说明了作家之间不仅仅是一种师生关系,而且其作品是对果戈理无限关爱人这一主题的承继。阿尔卡季·阿尔卡季耶维奇只生活在对外套的向往中,马卡尔·杰沃什金则把对瓦莲卡的关心当作生活的支柱。在《白夜》(Белые ночи, 1848)中,陀思妥耶夫斯基为我们塑造了一个幻想者的典型,他只满足于自己的眼前生活,害怕失去曾经拥有的。主人公自己给自己下了一个这样的结论:“幻想家……并不是人,而是某种中性的生物。幻想家多半居住在无路可入的角落里,好像躲在里边连日光也不愿见。”[②]这已经不是人们早已熟知的只耽于梦想世界而鄙弃现实的浪漫主义类型的主人公了,因为陀思妥耶夫斯基笔下的人物对这样的现实表示畏惧。这导致了心灵的死亡。在作家的整个创作中,这种“迷醉的人”非常多,但他们并不是被社会恶势力吓倒的,而是自身软弱的表现。执迷于迷醉并不能解救“再也无路可走”的人,它只会毁了一个人的生活,连累亲人们的命运:他的女儿、姐妹不得不出卖自己,妻子发疯,孩子也会夭折。

契诃夫对“小人物”并没有丝毫的同情,他竭力展现这些人物卑微的内心世界。在短篇小说《一个小官吏之死》(Смерть чиновника, 1883)中,死去的并不是一个“被欺凌与被侮辱”的人,而是一个在恐惧中丧失了自己自然面目的官吏。契诃夫用自己的创作证实了一个道理,即人不应该只满足于眼前的生活,过着像萨尔蒂科夫·谢德林笔下“极睿智的录事员”一样的生活,“人需要的不是三俄尺土地,他需

---

① *Добролюбов Н.* Собрание сочинений в 9-ти т. М.-Л.: «Гослитиздат», 1963. Т. 7. С. 242.

② 陀思妥耶夫斯基:《白夜》,荣如德等译,上海:上海译文出版社 1993 年版,第 169 页。

要的是整个地球”。作家认为，这种将自己封闭在“套子里的生活”危害极大。像别里科夫这种人不仅自己害怕，而且也让全城人感到害怕。彻底根除别里科夫性格并不是一件容易的事情，甚至在他死后一切都没有什么变化。在出殡的那天下起了猛烈的雨，于是人们都打开了伞。作者精心设计的这个结局具有很深的含义。它再一次表明全城人都处在别里科夫的“套子里”。

在俄罗斯经典作家中，与自己的前辈不同，契诃夫完全是从另外一种角度来看待“小人物”的。作家艺术思维的独特性在于，他认为人的全部意义和全部不幸并不取决于外在的条件，而是完全取决于自身。正像俄国评论家说的那样，“在我国作家中，契诃夫最先懂得，金钱、地位、威望、权势——这一切都只是人被奴役的外在属性，真正的原因是恐惧”①。这里的恐惧指的是对自己虚无的内心世界的恐惧。这种思想我们可以在乌利茨卡娅的很多小说中找到，如《布罗妮卡》（Бронька, 1989）、《那一年的 3 月 2 日……》（Второго марта того же года..., 1991）和《库科茨基医生的病案》等。

二十世纪初期的俄罗斯作家逐渐偏离了经典作家人本主义的世界观。这一时期的俄罗斯作家几乎将关注的目光从人的社会层面完全转到了人的道德层面，他们更关注主人公的精神生活。信仰、理想以及信念等问题引起了他们越来越多的重视。比如：对于布宁而言，人的个性价值首先同他的情感世界是否丰富有关，同他对世界的认识有关，同他能否感受到时代的联系有关。

二十世纪五十年代至八十年代的苏联文学继承了这个传统。这一时期的作家接触了一些刚刚解禁的“白银时代”作家的作品，并在解冻时期阅读了大量的外国文学作品，触及了各种各样的问题。首先是个人心理与全人类的关系的问题，一些作家甚至超越了曾经非常流行的狭隘的社会冲突论。安东诺夫、卡扎科夫、纳吉宾等作家写的主要

① В мире литературы / *А. Кутузов*, *А. Киселёв*, *Е. Романичева и др.*; Под ред. *А. Кутузова*. М.: Дрофа, 2002. С. 41.

是一些生活在大自然并与其息息相关的非常普通的人。

这一点在卡扎科夫的创作中体现得尤为鲜明。他彻底摒弃了描写时代迫切关心的问题以及对社会有限批评的习惯,在读者面前集中描绘了透着深厚情感的自然画卷并塑造了俄罗斯北方普通猎人、渔民等形象。他创作了一些反映人的精神世界的优秀小说,如《猎犬阿尔克图尔》(Арутур－гончий пёс, 1957)、《小蜡烛》(Свечечка, 1973)、《你在睡梦中痛苦地哭泣》(Горько ты плакал в ночи..., 1977)等。卡扎科夫关注的是人的情感变化过程,他喜欢在大自然的背景下塑造人物形象。在他的笔下,大自然会让人感受到一种做人的幸福,哪怕这种感觉很短暂。卡扎科夫笔下的人往往与自己的社会环境没有任何联系,这是一个孤立的人,没有任何非分之想的人。就像评论家所说的,"尤里·卡扎科夫的音乐性、抒情性小说光彩照人,话语不多,它透着对那些不幸的人的温情和好感"①。这种思想也是乌利茨卡娅创作中的一个核心思想。它在下面这些作品中体现得尤为鲜明,如短篇小说《幸福的人》《布哈拉之女》《可怜的幸运儿科雷万诺娃》(Бедная счастливая Колыванова, 1994),中篇小说《索尼奇卡》《美狄娅和她的孩子们》等。无疑,浸透着温情、善感的乌利茨卡娅的小说证明,屠格涅夫、契诃夫、布宁的文学传统以及帕乌斯托夫斯基、普利什文、卡扎科夫的景物描写的传统在当代作家的创作中都没有被彻底遗忘。

二十世纪六十年代的苏联文学还有一个特征,就是反斯大林暴政和追求个性自由的人道主义倾向。这在阿克肖诺夫、涅克拉索夫、格拉吉林等所谓的二十世纪六十年代作家的创作中表现得特别鲜明。这些作家创作的基本格调就是高扬个性、追求自由。

当代俄罗斯作家乌利茨卡娅继承了前辈的优良写作传统。在她的创作中,个性自由是一个基本主题。她认为,最不幸的就是她父母那一代人。他们几乎经受了二十世纪的所有大事:斯大林主义、红色

---

① *Эммануэль В.* Русская литература от Петра Великого до наших дней: Пер. Д. Сильвестрова. М.: РГГУ, 2002. С. 430.

恐怖、饥饿、卫国战争、流放、逮捕、经济停滞等。这些人类历史上最可怕的事件对每一个人都产生了不可估量的影响，极大地左右了整整一代人的思维和意识。人们不再相互信任，人与人之间充满了怀疑和畏惧。对于政权的恐惧以及对它的彻底服从使人成了温顺的奴仆，甘心做“建设社会主义”的一颗螺丝钉。乌利茨卡娅回忆说：“在我父母这一代人身上，我很少遇到懂得什么是自由的人。更少遇到想要成为一个自由人的人。这种感受被彻底遗忘，以至于人们根本就没有追求自由的渴望。”①

乌利茨卡娅正是从二十世纪六十年代作家身上继承了关于个性自由是人的规范的观点。她说：“我喜欢六十年代作家……他们把对自由的渴望返还给了人们，让人们认识到了自由的必须性。”②乌利茨卡娅甚至自称为“六十年代作家”的晚辈：“我之所以怀着深爱及喜悦的心情描写那些我极喜爱的老者，因为他们是这样一些人，就像宇航员在失重状态下穿上了专为自己设计的连衫裤一样。”③对于乌利茨卡娅而言，一个人是否具有内在的生活，是否具有精神追求是非常重要的。她钟爱的主人公都是些具有高尚道德准则的人。作家认为，这些人都有自己独特的微小的“生活准则”，而且这些准则都是他们自己发现的，这一点对于乌利茨卡娅而言非常重要。

在当代俄罗斯文学界，很多作家都对个体生活与社会生活之间相互关系的主题感兴趣。乌利茨卡娅也不例外，她格外关注处在特定历史语境下的个性这样的问题。通过使用恰当的艺术细节以及深刻的心理分析，她不仅展现了二十世纪俄罗斯的日常生活，而且重申了处在历史时刻的每一个个体的独特性和不同寻常性。所有这一切，作家

① *Улицкая Л.* «Младшая шестидесятница и ценности моей жизни»: [Интервью подготовила Мария Седых] // Общая газета. 2002. №20. С. 8.

② *Улицкая Л.* «Младшая шестидесятница и ценности моей жизни»: [Интервью подготовила Мария Седых] // Общая газета. 2002. №20. С. 8.

③ *Улицкая Л.* «Младшая шестидесятница и ценности моей жизни»: [Интервью подготовила Мария Седых] // Общая газета. 2002. №20. С. 8.

是带着深沉的关爱和欣赏的口吻书写的。同时，在作家的文本中并没有明显的反面人物形象。作家认为，生活是复杂的，人也是复杂的。善良的人在做善事，但是，恶人或多或少也在行善；或者相反。

我们认为，作家的这种世界观同她先前从事的职业、她对遗传学的偏爱有很大的关系。乌利茨卡娅大学期间学的是遗传专业。这在很大程度上促成了她看待世界以及个人的观点。为此，她在一篇采访录中承认："当然，我受过的自然科学教育都忘得差不多了，我现在既不是遗传学专家，也不是生物学家。但对于一个长时间从显微镜下看美丽生物的人而言，这一切或多或少总是会有一些影响。这种美感每一个人在欣赏大自然（如赏树、看山、观鸟、看鱼等）的时候都曾有过。但当你用专家的眼睛看待这一切的时候，你就会不由自主地赞叹：大自然的造化多么神奇，这些万物的内部组成是多么美妙！比如：海上的星星，以及它无与伦比的运行轨迹、生存奥秘，这一切有多么睿智，有多么奇妙！"①

在乌利茨卡娅的诗学中，积极建构的激情也是一个突出的特征。在当代俄罗斯文学界，她更像是一个建构者，而不是一个破坏者。当然，这在一定程度上同她作为女性、母亲有很大的关系。她认为，无论是社会，还是单个的个体，都需要某种禁忌。"禁忌是一种文化规范，某种制约机制。我并不属于那些要尽力破坏它的人。尽管这有时显得很可笑、很守旧。但是对我而言，永远都存在着一些基本准则，这些准则目前我是不会重新审视的。每个人都应自己来确定自己做人的底线，而且是内在的。"②

在当代作家里，乌利茨卡娅的创作显得既时尚又传统。奇怪的是，她的创新之处恰恰体现在对传统的回归以及刻意强调这种传统的

---

① *Улицкая Л.* «Мне интересна жизнь "серых людей"»: [Беседа с писательницей Л. Улицкой / Записала Маргарита Рюрикова] // Литературная газета. 20 сен. 1995. №38. С. 3.

② *Улицкая Л.* «Младшая шестидесятница и ценности моей жизни»: [Интервью подготовила Мария Седых] // Общая газета. 2002. №20. С. 8.

世界观。但与此同时,她又和我们一样,生活在后现代文化这样一个特殊的精神氛围中,这也不可能不影响到她对世界的认识和感受。在作家的创作中,特别是最近的一些作品,可以明显地看到一些不规范语言的刻意使用,这是后现代派作家的一个典型的写作手法。乌利茨卡娅的诗学是复杂多样的。其中,还有一些传统文学作品里很少见到的元素,比如:神秘情结、宿命母题、对人的潜意识的偏好等等。

第二节　《索尼奇卡》中的经典文学传统与创新

中篇小说《索尼奇卡》讲述了这样一个故事:索尼奇卡是一个普通的俄罗斯女性,其貌不扬且高度近视。她嗜书如命,整天埋在无边的书海里。卫国战争爆发后,她与家人从莫斯科迁到了乌拉尔。一次,在图书馆工作的索尼奇卡结识了正在斯维尔德洛夫斯克接受劳动改造的前著名先锋派画家罗伯特·维克多罗维奇。第二次见面,罗伯特把自己为索尼奇卡画的肖像送给她并向她求婚。索尼奇卡欣然同意。从此,她放弃了与书相伴的平静生活,跟随丈夫四处迁徙,颠沛流离,历经磨难。为了家庭,她拼命工作,逐渐变成了一个勤劳、务实、一心服侍丈夫和孩子的贤妻良母。不久,家境得到了明显的改观,丈夫的事业日渐好转,女儿也已长大成人。这时,一个善于利用男人改变自身命运的妙龄女子亚霞出现在年迈体衰的罗伯特身旁,唤起他进入新的创作高潮。索尼奇卡陷入了痛苦之中,不料丈夫并不想与她分手,依旧对她相敬如宾。索尼奇卡接受了这种微妙的生活,她认那个娇小的女子为"养女",三人之家在公众场合露面,舆论哗然。不久,罗伯特因体力衰竭猝然离世。索尼奇卡带着"养女"亚霞为丈夫成功地举办了画展。晚年,索尼奇卡谢绝了女儿塔妮娅和"养女"亚霞的盛情邀请,孤独地留在莫斯科自己简陋的住所里,重返昔日与书相伴的生活。

乌利茨卡娅以索尼奇卡的家庭生活为主线,展示了主人公及其家人在二十世纪三十年代至七十年代的日常生活。这部小说乍看上去情节似乎并无新奇之处，以至于有的评论家将其称作“消遣娱乐读物”[①]，但它却为作者赢得了巨大的声誉，不仅于1993年入围了俄罗斯文坛上最重要的文学奖项“布克”奖的决赛名单，还荣获了1996年法国“美第契”外国文学作品奖。在看似简单的故事背后，隐含着深刻的主题和创作主旨。如何在消弭个性的时代捍卫自身的尊严，如何在纷乱的尘世生活中坚守心爱的家园，是作家在这部作品中着力探讨的核心问题。坚守人性中美好的道德品质，信奉传统的自我牺牲精神，保有个人独特的生活空间，是作家为我们这些生活在信息时代的当代人提出的解决方式。索尼奇卡是乌利茨卡娅钟爱的主人公类型。作家正是通过这一中心人物传达了自己的这种想法。

小说中的索尼奇卡是一个完全从俄罗斯经典文学中走出来的现代人的典型，乌利茨卡娅使用了多种艺术手法来刻意强调这一点。

首先，作家运用了文学作品中常见的人名诗学。主人公的名字为“索尼娅”[②]，这一名字像是一个“互文”符号，使我们不禁想起了多部俄罗斯经典文学作品里塑造的同名主人公：如冯维辛五幕喜剧《纨绔子弟》（Недоросль，1782）和格里鲍耶多夫四幕喜剧《聪明误》（Горе от ума，1822—1824）中的索菲娅、陀思妥耶夫斯基长篇小说《罪与罚》（Преступление и наказание，1866）中的索尼娅·马尔美拉多娃、列夫·托尔斯泰长篇史诗《战争与和平》（Война и мир，1863—1869）里的索尼娅、契诃夫剧作《万尼亚舅舅》（Дядя Ваня，1897）中的索菲娅·亚历山大罗芙娜等。

在俄罗斯经典文学作品中，几乎所有被赋予这个名字的主人公都被认为是智慧的化身（索菲娅即是智慧的意思）。她们心地善良、性情温顺、乐于助人、甘于奉献，对亲人无私关爱、对弱势群体无限同情，更是这些人物最突出的精神品质。《纨绔子弟》中的索菲娅面对生活的

---

① *Лямпорт Е.* 10000 фунтов лиха-гигиенические заметки о премии Букера // Независимая газета. 1993. №151. С. 7.

② 索尼奇卡（Сонечка）是索尼娅（Соня）的指小表爱形式，它们的大名是索菲娅，俄文有两种表达方式，分别是 Сóфья 和 Софи́я。——作者注

荆棘，朦胧中始终坚信“道德的信条叫人不能不喜欢，它们是使人幸福的手段”[①]。《聪明误》中的索菲娅更是“圣善成性”，“见别人遭遇不幸，恻隐之心油然而生”[②]。在《罪与罚》里，陀思妥耶夫斯基将索尼娅对别人苦难的无上同情看作是能够拯救万恶世界的一股精神力量，当她想替别人辩解的时候，“她的整个面容上表露出一种不能餍足的同情心”[③]。索尼娅·马尔美拉多娃为了爱别人，宁愿自己背负沉重的十字架，为了不让全家人挨饿冻死，她跑到街上出卖自己的肉体。而拉斯柯尔尼科夫则以索尼娅的个人命运为标准来估量牺牲的尺度，“索尼奇卡……只要世界存在，索尼奇卡就是永存的”[④]。可以说，索尼娅·马尔美拉多娃不仅像一抹亮光照亮了《罪与罚》晦暗的艺术世界，也成为了俄罗斯精神文化领域不灭的导航明灯。《万尼亚舅舅》的剧情则是在索尼娅“耐心地忍受命运带给我们的考验”[⑤]的一大段独白中结束的。与这些人物类似的道德品质在当代特里丰诺夫的中篇小说《滨河街公寓》(Дом на набережной, 1976)和利·丘科夫斯卡娅中篇小说《索菲娅·彼得罗芙娜》(Софья Петровна, 1988 年)[⑥]中的同名主人公身上也能找到。

索菲亚[⑦]这一名字自身所具有的宗教文化品性在十九世纪末二十

---

① 冯维辛等:《冯维辛 格里鲍耶陀夫 果戈理 苏霍沃－柯贝林 戏剧选》，多人译，北京：人民文学出版社 1997 年版，第 52 页。

② 格里鲍耶多夫:《聪明误》，李锡胤译，哈尔滨：黑龙江人民出版社 1980 年版，第 59 页。

③ 陀思妥耶夫斯基:《罪与罚》，朱海观、王汶译，北京：人民文学出版社 1991 年版，第 421 页。

④ 陀思妥耶夫斯基:《罪与罚》，朱海观、王汶译，北京：人民文学出版社 1991 年版，第 57 页。

⑤ 契诃夫:《契诃夫文集》第十二卷，汝龙译，上海：上海译文出版社 1997 年版，第 261 页。

⑥ 这部小说创作于 1939 年至 1940 年，因其真实地讲述了斯大林时代，直到二十世纪八十年代末才得以与读者见面。——作者注

⑦ 当表示宗教文化含义时，学界流行用“索菲亚”，表示具体人物时，则常用“索菲娅”。——作者注

世纪初的俄罗斯宗教哲学家的著作中得到了进一步的阐释。索洛维约夫认为，索菲亚不仅是“上帝的至圣智慧”（Премудрость Божия），还是“世界灵魂”（Мировая душа）和“永恒女性”（Вечная женственность）。

无论是在俄罗斯文学作品精心塑造的一系列索菲娅形象中，还是在俄罗斯宗教哲学极富民族特色的索菲亚学说中，对于俄罗斯的精神文化，索菲亚都是一个永恒的现象，是理解俄罗斯人文文化的一个“不容忽视的特征”[①]。那么，在俄罗斯经典文学作品里，以索菲娅为名的这些女性形象到底体现了一种什么样的智慧呢？简而言之，她们都通过承受苦难从而认识到了生活的真谛，即一个人的生存意义在于用自己的真心去爱别人。毫无疑问，这是俄罗斯文学独有的一个“艺术发现”[②]。

其次，乌利茨卡娅笔下的索尼娅在肖像、言语以及行为等方面都与经典文学作品中的永恒女性形象形成了呼应。

乌利茨卡娅笔下的索尼奇卡，像其他众多同名的主人公一样，外貌丝毫不引人注目。她“细高个子，宽肩膀，干瘦的双腿，坐平的扁屁股”，还是近视眼，“从小就戴上了眼镜”。[③] 在画家罗伯特·维克多罗维奇看来，她“与耐劳、温顺的小骆驼有奇妙的相似之处”[④]。

就是在索尼奇卡不多的言谈话语中，我们也似乎能够感受到其“前辈”索尼娅·马尔美拉多娃的身影。当索尼奇卡听说了亚霞的不

---

① 金业娜等：《充盈的虚无——俄罗斯文学中的宗教意识》，北京：人民文学出版社2003年版，前言，第27页。

② Кузичева А. В списках значится … «Вечная Сонечка»? // Книжное обозрение. 1993. №50. С. 13.

③ 柳·乌利茨卡娅：《美狄娅和她的孩子们》，李英男、尹城译，北京：昆仑出版社1999年版，第3页。

④ 柳·乌利茨卡娅：《美狄娅和她的孩子们》，李英男、尹城译，北京：昆仑出版社1999年版，第6页。

幸际遇时感叹道:“可怜的孩子,真可怜啊”(*Бедная, бедная девочка*)[①],“可怜的孩子,孤苦伶仃,孤儿院里长大……上帝呀,怎么能这样!”(сирота, *бедная девочка*, детдом... *Господи, ну как же так можно*)[②]。这同索尼娅·马尔美拉多娃听到拉斯柯尔尼科夫说出杀死老太婆的真相之后的反应如出一辙:“啊,主啊!哦,我多么不幸啊!为什么,为什么我以前不认识你呢!为什么你以前不来呢?哦,主啊!”(*О господи!.. Ох, я несчастная!.. И зачем, зачем я тебя прежде не знала! Зачем ты прежде не приходил? О господи!*)[③];“难道,难道这一切都是真的吗?主啊,这怎么可能是真的呢?谁能相信呢?”(*Да неужель, неужель это всё взаправду! Господи, да какая ж это правда!*)[④]同样的怜悯之情,同样的恻隐之心。

与经典文学中的主人公类似,当代索尼奇卡最主要的性格特征是其独特的内在精神品格。而且,她的高尚品德和美好心灵并没有随着年龄的增长以及生活中发生的变故而有丝毫的变化,它是主人公的本质属性。在小说中,作家是通过索尼奇卡日常生活中点点滴滴的行动来表现她的这种品质的。

在生活中,她将全部心智都用在了自己的家人上面。丈夫、女儿、丈夫年轻的情人(在罗伯特死后成了索尼奇卡的“养女”)构成了索尼奇卡生活的全部重心。同罗伯特结婚后,索尼奇卡“为他们的共同生活奉献的是高尚、神圣的幼稚,还有对罗伯特·维克多罗维奇向她倾

---

① 柳·乌利茨卡娅:《美狄娅和她的孩子们》,李英男、尹城译,北京:昆仑出版社 1999 年版,第 37 页。俄文斜体部分是作者为强调标示出来的,以后书中凡是在括号内出现俄文文本的,均属此种情况,不再单独说明。——作者注

② 柳·乌利茨卡娅:《美狄娅和她的孩子们》,李英男、尹城译,北京:昆仑出版社 1999 年版,第 39 页。

③ 陀思妥耶夫斯基:《罪与罚》,朱海观、王汶译,北京:人民文学出版社 1991 年版,第 547 页。

④ 陀思妥耶夫斯基:《罪与罚》,朱海观、王汶译,北京:人民文学出版社 1991 年版,第 548 页。

诉的重大、崇高、又难以理解的事情的无限同情”[①]。临近分娩,丈夫的派出期限已到,马上要回到巴什基尔,索尼奇卡毫不犹豫,“坚决要和丈夫同行”[②]。在乡下生活异常艰难,父母劝索尼奇卡搬到他们那小住,但她坚决回答:“我应该和罗伯特·维克多罗维奇在一起。”[③]有了孩子之后,抚育女儿、照顾丈夫成为了她生活的全部意义。可以说,索尼奇卡成了家里的生活支柱:“战后的头几年,全家靠索尼奇卡来供养。”[④]索尼奇卡独特的精神世界在小说的情节冲突达到高潮时体现得最为鲜明。当得知自己的丈夫有了外遇,索尼奇卡没有丝毫的抱怨,也没有过多的哀叹,更没有像女儿那样大闹一场。与众人预料的相反,她还像先前一样关照着自己的家人:把丈夫照顾得无微不至,对女儿宠爱有加。至于亚霞,她也精心呵护,不仅把她像“养女”一样留在家里,而且“照旧把好吃的东西一块块地拨给亚霞吃”[⑤]。三个人甚至在众人面前公开露面,“像一家人似的”[⑥]大大方方地出席朋友的生日宴会。当得知丈夫突然辞世后,索尼奇卡更是表现得出人意料的坚强。她执着地要为罗伯特·维克多罗维奇办一个像样的画展,并在举行展览时携亚霞一起出席,“身穿黑色丝绸丧服的亚霞紧贴在没有体形的、粗壮的索尼奇卡身上,像个小企鹅躲在妈妈的翅膀下一样,从她

---

① 柳·乌利茨卡娅:《美狄娅和她的孩子们》,李英男、尹城译,北京:昆仑出版社1999年版,第12页。

② 柳·乌利茨卡娅:《美狄娅和她的孩子们》,李英男、尹城译,北京:昆仑出版社1999年版,第15页。

③ 柳·乌利茨卡娅:《美狄娅和她的孩子们》,李英男、尹城译,北京:昆仑出版社1999年版,第19页。

④ 柳·乌利茨卡娅:《美狄娅和她的孩子们》,李英男、尹城译,北京:昆仑出版社1999年版,第22页。

⑤ 柳·乌利茨卡娅:《美狄娅和她的孩子们》,李英男、尹城译,北京:昆仑出版社1999年版,第51页。

⑥ 柳·乌利茨卡娅:《美狄娅和她的孩子们》,李英男、尹城译,北京:昆仑出版社1999年版,第54页。

胳膊下面探出头来”[①]；她还暗中与亚霞在国外的亲戚联系，使她有了一个美妙的归宿：嫁给了一个法国人，定居在巴黎。

小说中的人物众多，但索尼奇卡是表达作家观点的核心人物，所以乌利茨卡娅只赋予主人公一个人这种独特的精神品性。这使她与众不同，难怪她的举动遭到了作品中其他人物的不解，有时甚至是猜疑。她在丈夫婚外情暴露的情况下，对待亚霞的行为连后者自己都“弄不明白”[②]，“‘她不是在耍什么心眼吧？’亚霞煞费苦心地琢磨着”[③]。朋友们也无法理解索尼奇卡在这个新组成的三口之家中的定位：“一些女士想责备索尼娅装假，因为在这样一个对她很不利的局面下她仍能表现良好；另外一些人则想对索尼娅表示同情，对罗伯特·维克多罗维奇表示谴责，但根本无法做到，因为他们完全像一家人似的，在桌边也组成家庭三角阵。”[④]

最后，连接现代索尼娅同经典文学作品中同名主人公的还有一点，就是她们都过着一种充实的、自我的精神生活。在乌利茨卡娅的创作中，根基以及与过往的精神生活有着紧密联系的母题素来是一个常见的话题，它几乎出现在作家的每一部小说中，往往对理解全书的创作主旨非常重要。

在《索尼奇卡》里，主人公与过去的联系是通过阅读经典文学作品体现出来的。索尼奇卡的家庭生活及其婚恋纠葛是小说的叙事核心，对女主人公在与罗伯特结识之前的生活作家交代得不是很详尽。但就是这还不到三页的篇幅对于理解索尼奇卡的内心世界却非常重要，因为正是少女时期对阅读的痴迷滋养了主人公鲜明的性格，并造成了

① 柳·乌利茨卡娅：《美狄娅和她的孩子们》，李英男、尹城译，北京：昆仑出版社1999年版，第58页。

② 柳·乌利茨卡娅：《美狄娅和她的孩子们》，李英男、尹城译，北京：昆仑出版社1999年版，第51页。

③ 柳·乌利茨卡娅：《美狄娅和她的孩子们》，李英男、尹城译，北京：昆仑出版社1999年版，第51～52页。

④ 柳·乌利茨卡娅：《美狄娅和她的孩子们》，李英男、尹城译，北京：昆仑出版社1999年版，第53～54页。

她独特的生活态度。这既是解析索尼奇卡精神世界之谜的关键,也是阐释这部中篇小说创作主旨的关键。

乌利茨卡娅向我们表明,主人公索尼奇卡身上的这种精神力量源于其具有的深厚人文传统。小说是从阅读开始展开叙事的,主人公有意识的生活也源于阅读。小说开篇即言:“早在孩提时代、刚刚告别了婴儿阶段不久,索尼奇卡就一头钻进了书堆里。”[①]具有象征意义的是,小说同样是在主人公静谧的阅读中悄然而止的:“晚上,她总要把轻巧的瑞士眼睛架在鸭梨般的大鼻子上,埋头在甜蜜的深渊、阴暗的林荫小径和猛如春潮的河水里。”[②]这种手法与以塑造人物命运为主的小说迥然不同。在传统小说那里,作家往往会比较侧重表现主人公的整个生命历程,从一个人的出生写到他最后的归宿。而《索尼奇卡》却不是这样。女主人公的故事不是肇始于生命的开端,也没有终止于生命的完结。小说的叙事始于阅读又终于阅读。在结构上,这就好比是一个独特的圆,它取代了古朴的生命轮回,将主人公一生不平凡的经历有机地连接了起来。这样的布局,显然是作家精心设计的结果,它意在强调经典文学作品对一个人的精神世界所起到的巨大作用和深远影响。

乌利茨卡娅向我们详尽地展示了阅读促成主人公丰富的内在精神世界的整个过程。阅读成为索尼奇卡唯一的爱好:“一翻开书就像是失去知觉似的,一直读到最后一页才苏醒过来”,“从七岁到二十七岁,连续二十年来,索尼奇卡几乎不停地看书”。[③] 不仅如此,像普希

---

① 柳·乌利茨卡娅:《美狄娅和她的孩子们》,李英男、尹城译,北京:昆仑出版社1999年版,第3页。

② 柳·乌利茨卡娅:《美狄娅和她的孩子们》,李英男、尹城译,北京:昆仑出版社1999年版,第60页。

③ 柳·乌利茨卡娅:《美狄娅和她的孩子们》,李英男、尹城译,北京:昆仑出版社1999年版,第3页。

金笔下的塔吉亚娜·拉林娜一样[①]，阅读完全占据了索尼奇卡的日常生活，成为了她赖以存在的一种生活方式。索尼奇卡完全沉迷于文学作品虚构的艺术世界里，书中描写的生活有时会不经意间与主人公自己的生活融为一体，"她对文字极为敏感，以至把杜撰出来的人物和现实生活中的亲人同等看待"[②]。她是如此地沉醉于艺术大师们杜撰的美好生活中，以至于无法区分这种生活和她周围的现实生活有什么不同，完全"混淆了虚构与真实之间的界限"[③]。在索尼奇卡看来，书本里虚构的生活甚至会替代（有时是完全取代）主人公自己的生活，使她"忘我地进入了幻想世界，使除此以外的一切都失去了意义和内容"，甚至当她做梦的时候也像是在看书，她"梦见一些引人入胜的历史故事，并根据故事情节去想象这本书中的字体，还能用奇特的方式感受到书中那些段落和省略号"，她在梦中"变成名副其实的小说中的男女主人公"。[④] 作者赞赏但又不失戏谑地称这种状态为"轻度的精神失常"、"精神错位"。[⑤]

阅读对于索尼奇卡来说，渐渐成为了一种实实在在的现实生活，是一种比真实还要真实的现实，成为了主人公通往理想世界的中介。在这样一个虚构的世界里，她不仅看到了与现实生活不一样的生活，

---

① 在普希金的作品里，"她很早就爱读小说；小说占据了全部生活；那些虚构的故事令她感动"，见普希金：《叶夫根尼·奥涅金》，王士燮译，杭州：浙江文艺出版社 1991 年版，第 66 页。——作者注

② 柳·乌利茨卡娅：《美狄娅和她的孩子们》，李英男、尹城译，北京：昆仑出版社 1999 年版，第 3 页。

③ 柳·乌利茨卡娅：《美狄娅和她的孩子们》，李英男、尹城译，北京：昆仑出版社 1999 年版，第 3 页。

④ 柳·乌利茨卡娅：《美狄娅和她的孩子们》，李英男、尹城译，北京：昆仑出版社 1999 年版，第 4 页。这一点同普希金诗体长篇《叶夫根尼·奥涅金》中的塔吉亚娜很相似，试比较："塔吉亚娜把自己想象成心爱作者的女主人公"（普希金：《叶夫根尼·奥涅金》，王士燮译，杭州：浙江文艺出版社 1991 年版，第 83 页）不同的只不过是塔吉亚娜是在生活中，而索尼奇卡则是在梦中。——作者注

⑤ 柳·乌利茨卡娅：《美狄娅和她的孩子们》，李英男、尹城译，北京：昆仑出版社 1999 年版，第 4 页。

而且也隐约意识到了个性存在的意义和价值。难怪索尼奇卡生活中的一切都与书籍密切相关。她就读的是图书管理专科学校,学的专业是图书学,在一个旧图书馆的地下书库工作。无论在何种情况下,出现在读者面前的她一直戴着一副厚厚的近视眼镜,这个小说中反复出现的细节,无时无刻不在告诉我们主人公的精神取向。而且,索尼奇卡经历了与普希金心爱的主人公塔吉亚娜相类似的初恋。"十四岁情窦初开时",索尼奇卡对同班同学维奇卡·斯塔罗斯金"产生了爱慕之情"。她也像塔吉亚娜一样,首先表达了自己的这份感情。与塔吉亚娜给奥涅金写了一封热情洋溢的情书不同,索尼奇卡表达爱意的手段是"眼睛贪婪地盯着这个黄头发不放"①。这段恋情的结局也不无相同之处,"粗野的奥涅金对他这个默默的女崇拜者及其倾慕的眼光感到压抑和心烦,于是约她在小公园的偏僻小道上见面,往她的屁股上啪啪揍了两下"②,甚至就连自己的幸福,索尼奇卡也是借助读书获取的,正是在图书馆的外借处索尼奇卡结识了自己未来的丈夫罗伯特。阅读还是索尼奇卡全身心投入"成人"生活后的一剂解药。丈夫的婚外恋情曝光后,她从书柜里随意拿来普希金的《村姑小姐》,"读着这些段落,索尼娅为完美无缺的语言和高尚文雅的精神所感染,顿时心中生辉,沉浸在静静的幸福之中……"③在搬迁后的第一个夜晚,索尼奇卡独守空房,她"从捆扎的一摞书里顺手抽出一本席勒选集,一直读到天亮。(别人看这本书早就会睡着的!)她用心阅读着华伦斯坦的故事,自愿沉浸在她年轻时代酷爱的文学麻醉之中"④。必须指出,乌利茨卡娅笔下的索尼奇卡这个人物形象是众多俄罗斯知识女性中的一

① 柳·乌利茨卡娅:《美狄娅和她的孩子们》,李英男、尹城译,北京:昆仑出版社1999年版,第9页。

② 柳·乌利茨卡娅:《美狄娅和她的孩子们》,李英男、尹城译,北京:昆仑出版社1999年版,第9页。

③ 柳·乌利茨卡娅:《美狄娅和她的孩子们》,李英男、尹城译,北京:昆仑出版社1999年版,第49页。

④ 柳·乌利茨卡娅:《美狄娅和她的孩子们》,李英男、尹城译,北京:昆仑出版社1999年版,第52页。

个典型，对她们而言，阅读不仅是一件神圣的事情，而且正像有人说的那样，成了一种“生存方式”[①]。

在小说里，阅读使得索尼奇卡完全生活在一种“小说中描绘的高尚而又异常纯正的现实中”[②]。她的灵魂被“千万卷阅读过的书本”“紧紧裹起”[③]，“俄罗斯伟人绝望至极、怒冲云霄的说教又使她神魂颠倒”[④]。这样，阅读就成为主人公“逃离现实生活的一种隐喻”[⑤]。就像是一个坚实、厚重的盾牌，将主人公彻底同混沌的现实生活隔离开来，形成了自己与外界毫无关联的内心世界。

可以说，以普希金、屠格涅夫、陀思妥耶夫斯基、列斯科夫、列夫·托尔斯泰为代表的俄罗斯经典文学对索尼奇卡的精神世界影响至深。它们不仅陪伴她度过了自己的青春年华，而且左右了其今后的价值取向和生活态度。

对于出嫁之后的索尼奇卡来说，阅读似乎变成了次要的事情，“现实的”生活占据了她的整个身心：“索尼奇卡对书本上的故事的那种五彩缤纷的活生生的感受，现在则好像蒙上了一层薄雾，变得刻板、毫无生机。她忽然发现书本之外最小的一件事……都比他人的初恋、他人的死亡，甚至比下地狱更加重要、更有意义”[⑥]；“索尼奇卡身边的一切发生了彻底的、深刻的变化，仿佛原来的生活转身带走了她如此热爱

---

① *Мела Э.* «Сонечка» Людмилы Улицкой с гендерной точки зрения: новое под солнцем? // Преображение. 1998. №6. С. 101.

② Проза 1980 – 2000 – х годов. Воронеж: Родная речь, 2003. С. 255.

③ 柳·乌利茨卡娅:《美狄娅和她的孩子们》，李英男、尹城译，北京:昆仑出版社 1999 年版，第 7 页。

④ 柳·乌利茨卡娅:《美狄娅和她的孩子们》，李英男、尹城译，北京:昆仑出版社 1999 年版，第 7 页。

⑤ *Парнель К.* К вопросу о «другом» в женской прозе // Ksiazki nieznane, ksiazki zapomniane… – Katowice: Wydawnictwo Uniwersytetu Slaskiego, 1999. ss. 136 – 149. http://www. a – z. ru/women_cd1/html/k_voprosu_o_drugom. html.

⑥ 柳·乌利茨卡娅:《美狄娅和她的孩子们》，李英男、尹城译，北京:昆仑出版社 1999 年版，第 14 页。

的书本内容。"[①]即使这样,索尼奇卡"与其说过的是一种普通的世俗生活,不如说还像生活在文学作品中虚构的世界里一样"[②],她对生活就像是在阅读一部经典佳作一样充满了虔敬和欣喜。这种感受恒定如一,始终未曾改变,哪怕生活充满了艰辛与磨难。而且,无论生活中发生了什么样的变故,这种态度都始终如一。所以,她能够时刻感受到幸福。无论外在环境发生什么样的变化,主人公的生活观念却始终未变。而且,情势愈是艰难,主人公的幸福感就愈强。

这些感受的实质就是以一种欣喜的心情去度过每一天、每一刻。无论生活中发生了什么事情,主人公都处在一种幸福的状态。这样,喻指时间的语言符号成为了一种常数,它们表示作品里"静止不变"的时间。每次喂奶的时候,"都会给她带来快感"[③];索尼奇卡认为,关心丈夫、照顾女儿是她"难以承受的双重幸福"[④];看到丈夫为孩子做的各种手工艺品,她会"抑制不住内心的幸福"[⑤];就是偶尔的阅读,主人公也认为是一种"静静的幸福"[⑥]。幸福就是那种"清晨的感受",这种感受"照耀着一整天,使所有的事情做起来都很顺当、轻松、干脆利索"。[⑦] 表示时间的这些语言符号,虽然在意义上表示的是一种变化、流动和交替,但在这部小说里,实际上指的却是索尼奇卡特有的且恒

---

① 柳·乌利茨卡娅:《美狄娅和她的孩子们》,李英男、尹城译,北京:昆仑出版社 1999 年版,第 19 页。

② *Щеглова Е.* О спокойном достоинстве – и не только о нём: Людмила Улицкая и её мир // Нева. 2003. №7. С. 185.

③ 柳·乌利茨卡娅:《美狄娅和她的孩子们》,李英男、尹城译,北京:昆仑出版社 1999 年版,第 20 页。

④ 柳·乌利茨卡娅:《美狄娅和她的孩子们》,李英男、尹城译,北京:昆仑出版社 1999 年版,第 20 页。

⑤ 柳·乌利茨卡娅:《美狄娅和她的孩子们》,李英男、尹城译,北京:昆仑出版社 1999 年版,第 22 页。

⑥ 柳·乌利茨卡娅:《美狄娅和她的孩子们》,李英男、尹城译,北京:昆仑出版社 1999 年版,第 49 页。

⑦ 柳·乌利茨卡娅:《美狄娅和她的孩子们》,李英男、尹城译,北京:昆仑出版社 1999 年版,第 20 页。

定如一的精神状态,即对生活的喜悦以及幸福的感受,"她自觉不配的女人的幸福染红了每天每日的黎明"①。

受过经典文学熏染的索尼奇卡的灵魂,甚至能够宽待丈夫的婚外恋情。她完全是从丈夫的角度去思考这件事情的,"年轻、美丽、温柔、秀气,又和他一样才华出众,这样不同凡响的女人陪伴在他的身边,是多么合乎情理呀。他已步入老年,能遇上这样的奇迹,使他再次转向他一生中最重要的事业,重新搞起艺术创作,这真是生活的英明安排"②。就是在这样的一种生活绝望的时刻,她还能够感受到对上天赐予的屡经磨难生活的满意之情,"索尼奇卡……躺在沙发上,入睡时还欣慰地想着罗伯特就在这里,只有一墙之隔,纤巧美丽的小亚霞在左边那间屋里"③;"索尼娅对罗伯特把她带来感到很高兴,而且认为他能够对她这样丑陋、衰老的妻子表现得如此忠诚,是值得骄傲的,对亚霞的美貌她也很欣赏"④。

索尼奇卡精神世界的独特之处还在于她把生活看作是某种神秘的事物,是同语言、文学、艺术创作一样的神秘和伟大,这种感受是她接受生活并对待生活的又一核心观念。正是基于这样的认识,索尼奇卡认为,生活中最重要的也就是能够使生活获得意义的事情并不是那些现实生活中发生的"轰动性"新闻,而是关于永恒与高尚内容的谈话和交流,对索尼奇卡而言,它们同文学作品一样具有特殊的魔力。至于说是否真正理解了交谈的内容,是否赞同谈话者的观点,这些丝毫也不重要。一切同语言相关的谈话、交流等都会引起索尼奇卡的兴趣,都会使她肃然起敬,"对丈夫在一些具体情况下所说的每句话她都

---

① 柳·乌利茨卡娅:《美狄娅和她的孩子们》,李英男、尹城译,北京:昆仑出版社1999年版,第24~25页。

② 柳·乌利茨卡娅:《美狄娅和她的孩子们》,李英男、尹城译,北京:昆仑出版社1999年版,第49页。

③ 柳·乌利茨卡娅:《美狄娅和她的孩子们》,李英男、尹城译,北京:昆仑出版社1999年版,第53页。

④ 柳·乌利茨卡娅:《美狄娅和她的孩子们》,李英男、尹城译,北京:昆仑出版社1999年版,第53页。

万分重视,永生难忘”[①];索尼奇卡为生活“奉献的是高尚、神圣的幼稚,还有对罗伯特·维克多罗维奇向她倾诉的重大、崇高、又难以理解的事情的无限同情”[②];“与妻子夜间的谈话,犹如神话中的点金石一样,替他洗刷着过去。”[③]

索尼奇卡过的似乎不是平常人过的普通生活,她好像是在“品读”生活。而且,这种“品读”并非有的放矢,而是不加选择地对生活中的一切都兴趣十足。于是,生活中的每一个微小的细节、每一天、每一件小事都被当作名著中的细节一样存留在了记忆深处,“索尼奇卡把每天的轮廓、每天的味道和色调都一一记下”[④];丈夫“对妻子事无巨细一一记下的本领不止一次地表示过惊讶:她竟能把一大堆日期、时间、细节统统装入脑海。……索尼奇卡也能把这些玩具一个个地记起来。一些小玩意儿,如木头刻出的小动物……模样吓人的木娃娃等等,索尼奇卡后来带到莫斯科去了,但她还一直怀念着留给拉吉莫夫一大帮儿孙……的那些东西”[⑤]。

成为人妻之后,索尼奇卡从一个高雅的少女变成了一个很实际的女主人。尽管如此,她仍然怀着一种真正意义上的书虫应有的激情与欣喜去对待日常生活的每一天,虽然它们看上去是那么缺乏诗意,她“一门心思把饭菜做好”;丈夫“用他特有的敏锐的眼光发现索尼奇卡搞家务确有艺术性,显示出智慧和创作之美”。[⑥] 作家也不无戏谑地

---

① 柳·乌利茨卡娅:《美狄娅和她的孩子们》,李英男、尹城译,北京:昆仑出版社1999年版,第21页。

② 柳·乌利茨卡娅:《美狄娅和她的孩子们》,李英男、尹城译,北京:昆仑出版社1999年版,第12页。

③ 柳·乌利茨卡娅:《美狄娅和她的孩子们》,李英男、尹城译,北京:昆仑出版社1999年版,第12页。

④ 柳·乌利茨卡娅:《美狄娅和她的孩子们》,李英男、尹城译,北京:昆仑出版社1999年版,第21页。

⑤ 柳·乌利茨卡娅:《美狄娅和她的孩子们》,李英男、尹城译,北京:昆仑出版社1999年版,第21页。

⑥ 柳·乌利茨卡娅:《美狄娅和她的孩子们》,李英男、尹城译,北京:昆仑出版社1999年版,第36、37页。

调侃注解说:"索尼娅的宗教如同《圣经》一样,也分为三个部分。不过,名字不叫做《律法书》、《先知书》和《文苑卷》,而叫做第一道菜、第二道菜和第三道菜。"[①]由此可见,索尼奇卡信奉的并不是某种虔诚的宗教,而是从实际生活出发生成的一种"实用性"很强的思维观念,一种道德信念。这表明,乌利茨卡娅笔下的主人公并不是"理想式的"[②]。作家关注的并不是主人公的宗教情感,而是她在特定环境下采取的具体的日常行为举止。

索尼奇卡尽管在精神品格、生活态度等层面上几乎与俄罗斯经典文学作品中的同名主人公相同,但乌利茨卡娅笔下的索尼娅还具有自身的独特素质,就是对个人私生活的一份执着追求、一种坚决捍卫。这是作家在当代俄罗斯文学进程中的独创。

主人公的这种个性生活方式可以透过作家在小说中设置的时空清晰地感受到。

索尼奇卡生活在人类历史上战乱不断、变故频仍的最为复杂的一段时期。二十世纪二十年代至七十年代,苏联社会生活中的几乎每一件大事都波及了主人公的个人生活。新经济政策晚期,索尼奇卡的父亲不得不"关闭了自己的修表店"[③];卫国战争爆发后,她又跟随双亲从莫斯科"疏散到斯维尔德洛夫斯克市"[④];与罗伯特结识的时候,他刚刚被从劳改集中营"刑满释放"[⑤];婚后不久,由于罗伯特派出期限

---

① 柳·乌利茨卡娅:《美狄娅和她的孩子们》,李英男、尹城译,北京:昆仑出版社 1999 年版,第 43 页。

② *Егорова Н.* Проза Л. Улицкой 1980 – 2000-х годов: Проблематика и поэтика. Автор. на соис. уч. ст. кандидата филологических наук. Астрахань, 2007. С. 7.

③ 柳·乌利茨卡娅:《美狄娅和她的孩子们》,李英男、尹城译,北京:昆仑出版社 1999 年版,第 4 页。

④ 柳·乌利茨卡娅:《美狄娅和她的孩子们》,李英男、尹城译,北京:昆仑出版社 1999 年版,第 5 页。

⑤ 柳·乌利茨卡娅:《美狄娅和她的孩子们》,李英男、尹城译,北京:昆仑出版社 1999 年版,第 7 页。

已到,怀有身孕的索尼奇卡又不得不随同丈夫,一路颠沛流离来到了"巴什基尔的达夫列坎诺沃村庄"①;二十世纪四十年代末至五十年代初,全家"经常迁徙"②;五十年代初期,"沉闷多年、不敢吱声的国人开口说话了,但这种自由交谈还是要关着门进行,恐惧的阴影依然伴随其后"③。

索尼奇卡生活中亲身经历的各种重大的历史事件,对于女主人公的个人生活而言丝毫也不重要,对主人公的内在生活及其精神世界而言也没有任何实质性的影响。在文本中,"现实的"时间和主人公"个人生活的"时间互不干扰,它们之间就像是两条平行线,永远也不会交会在一个点上。索尼奇卡过的完全是另外一种生活,一种内在的个人的生活:"他们的话题……和所处时代的忧患均不相干。"④而且,这种只属于"个人的"时间与普通人从童年、青年到老年的生活历程也不尽相同。在小说里,索尼奇卡的一生主要分为出嫁之前、婚姻生活以及寡居生活这样三个阶段。可以说,主人公是一个非常重视家庭观念的传统女性。更重要的是,主人公是怀着同一种欣赏和陶醉的心情来对待自己生活的每一个阶段、感受自己的个人生活的。

对于索尼奇卡来讲,日常生活时间(如早晨、白天、夜晚、黎明),也同历史时间一样,对主人公的内在生活没有实质影响。我们发现,在小说里用于表示昼夜时间意义的词或是用«каждый»(每……)来限

---

① 柳·乌利茨卡娅:《美狄娅和她的孩子们》,李英男、尹城译,北京:昆仑出版社 1999 年版,第 15 页。

② 柳·乌利茨卡娅:《美狄娅和她的孩子们》,李英男、尹城译,北京:昆仑出版社 1999 年版,第 21 页。

③ 柳·乌利茨卡娅:《美狄娅和她的孩子们》,李英男、尹城译,北京:昆仑出版社 1999 年版,第 26 页。

④ 柳·乌利茨卡娅:《美狄娅和她的孩子们》,李英男、尹城译,北京:昆仑出版社 1999 年版,第 26 页。

定,如«каждый вечер»[①](每天晚上)、«каждый божий день»[②](每一天)、«весь день»[③](一整天)、«каждое утро»[④](每天早晨)等,或是与未完成体动词连用,如«просыпалась Сонечка на рассвете...»(索尼奇卡天一亮就醒来)、«прижимала её к животу...»(把孩子挪过来贴近自己的肚皮)、«расстёгивала кофту...»(解开衬衣)。[⑤] 这些语言手段表明,生活中发生的事件以及主人公的日常行为是多次重复并且始终如一的,甚至在某种程度上显得有些单调乏味。但实际上,小说里却没有发生多少繁杂的事件,主人公也没有实施多少惊天动地的行为。这就说明,上述语言手段喻指的是索尼奇卡恒定不变的日常心理状态。

小说在空间上也类似一个封闭的圆,索尼奇卡在莫斯科开始了自己的生活,故事的结局也发生在莫斯科。由于主人公过的是一种内在的个人的生活,所以小说中出现的这些具体的地名,如莫斯科、斯维尔德洛夫斯克、达夫列坎诺沃村、亚历山德罗夫镇、加里宁市、普希金市、利阿诺佐夫镇等,对于索尼奇卡而言,没有什么实质的意义。它们只是表明主人公处在一个异常艰苦的环境,从而进一步强调了索尼奇卡坚韧、刚强的性格。

在小说里,外在现实生活与主人公内在个人生活之间的对比是通过一系列相对应的形象予以揭示的。

"寒冷的外在环境/温暖的地下室"、"黑暗/光明"之间的对立是

---

① *Улицкая Л.* Сонечка: Повести. Рассказы. М.: Изд-во Эксмо, 2002. С. 24.

② *Улицкая Л.* Сонечка: Повести. Рассказы. М.: Изд-во Эксмо, 2002. С. 25.

③ *Улицкая Л.* Сонечка: Повести. Рассказы. М.: Изд-во Эксмо, 2002. С. 25.

④ *Улицкая Л.* Сонечка: Повести. Рассказы. М.: Изд-во Эксмо, 2002. С. 29.

⑤ *Улицкая Л.* Сонечка: Повести. Рассказы. М.: Изд-во Эксмо, 2002. С. 25.

小说中反复出现的一组意象。索尼奇卡生活的城市不仅“寒冷”,而且“黑暗”[1];工作的图书馆“室内很冷,暖气供应不足”[2];随丈夫来到巴什基尔乡下,他们住在“又潮又冷、摇摇欲坠的破土房里”[3];生活是“难以想象的艰辛、穷困、寒冷”[4],并且“黑暗无光”[5]。与小说情节相关的一些主要事件,也大多发生在最为严寒的冬季。主人公是在卫国战争最严酷的1941年末的冬天,随着家人疏散到斯维尔德洛夫斯克市的。在乡下,索尼奇卡总感觉像是生活在冬天里,“一夏天阴雨绵绵,像是漫长的秋季,突然间,毫无过渡,又转入严寒的冬天了”[6];在“新年的寒冷”中,亚霞被塔妮娅作为贵客带到了家里,从而罗伯特“开始了最后的一段生活”[7];当索尼奇卡看破丈夫的婚外恋情时,也感觉像是处在“冰天雪地”[8]之中;罗伯特故去的时候,“接着,冬天又来了”[9]。这些都与索尼奇卡所处的个人空间相映衬。我们知道,主人公工作在“一个老图书馆的地下书库”[10],作者以索尼奇卡的口吻亲

---

① 柳·乌利茨卡娅:《美狄娅和她的孩子们》,李英男、尹城译,北京:昆仑出版社1999年版,第8页。

② 柳·乌利茨卡娅:《美狄娅和她的孩子们》,李英男、尹城译,北京:昆仑出版社1999年版,第10页。

③ 柳·乌利茨卡娅:《美狄娅和她的孩子们》,李英男、尹城译,北京:昆仑出版社1999年版,第19页。

④ 柳·乌利茨卡娅:《美狄娅和她的孩子们》,李英男、尹城译,北京:昆仑出版社1999年版,第19页。

⑤ 柳·乌利茨卡娅:《美狄娅和她的孩子们》,李英男、尹城译,北京:昆仑出版社1999年版,第13页。

⑥ 柳·乌利茨卡娅:《美狄娅和她的孩子们》,李英男、尹城译,北京:昆仑出版社1999年版,第19页。

⑦ 柳·乌利茨卡娅:《美狄娅和她的孩子们》,李英男、尹城译,北京:昆仑出版社1999年版,第41页。

⑧ 柳·乌利茨卡娅:《美狄娅和她的孩子们》,李英男、尹城译,北京:昆仑出版社1999年版,第48页。

⑨ 柳·乌利茨卡娅:《美狄娅和她的孩子们》,李英男、尹城译,北京:昆仑出版社1999年版,第55页。

⑩ 柳·乌利茨卡娅:《美狄娅和她的孩子们》,李英男、尹城译,北京:昆仑出版社1999年版,第4页。

切地称之为“自己的地下室”[1];她的丈夫是“一个来自地下的人”[2];婚后不久,他们生活在工厂管理局“一间没有窗户的地下室”,而且“室内很暖和,又几乎从来不停电”[3]。战后初期,通过换房全家人住进了位于森林公园内的“一栋两层木板楼房”,“周围还有花园”。[4] 通过这一组空间形象的对立,乌利茨卡娅无疑在强调主人公们过的完全是另外一种生活,一种与所生活的时代精神格格不入的自己的私人生活。难怪作者称主人公生活的地下室为“乐园”[5](райский сад)。

就是在主人公不多的话语中,我们也能感受到与当时那个时代的不融合。当罗伯特第二次与索尼奇卡见面时,他想打听索尼奇卡的名字,于是,他说道:“前回我忘了问。”在这句简单的话语中,由于罗伯特使用了前人经常使用的而现在却从通用词变成了俗语的«давеча»(前回)这一词语时,引起了索尼奇卡的好感,她“笑了起来”,并将之称为“可爱的词语”。[6]

索尼奇卡与家人因为只关注“个人”生活空间而与外界完全隔离。在小说中,作者将这种状态比喻成一座高塔,“他们深居简出,与世隔绝,像是住在斯万族的高塔里一样,同时又把二人原先各自的经历毫无遗漏地包容进去:既融进了罗伯特·维克多罗维奇……的一生……

---

① 柳·乌利茨卡娅:《美狄娅和她的孩子们》,李英男、尹城译,北京:昆仑出版社1999年版,第6页。

② 柳·乌利茨卡娅:《美狄娅和她的孩子们》,李英男、尹城译,北京:昆仑出版社1999年版,第5页。

③ 柳·乌利茨卡娅:《美狄娅和她的孩子们》,李英男、尹城译,北京:昆仑出版社1999年版,第13页。

④ 柳·乌利茨卡娅:《美狄娅和她的孩子们》,李英男、尹城译,北京:昆仑出版社1999年版,第25页。

⑤ 柳·乌利茨卡娅:《美狄娅和她的孩子们》,李英男、尹城译,北京:昆仑出版社1999年版,第19页。

⑥ 柳·乌利茨卡娅:《美狄娅和她的孩子们》,李英男、尹城译,北京:昆仑出版社1999年版,第10页。

也融进了索尼奇卡从他人杜撰的虚假的、迷人的故事吸取养料的生活"[①]。

正是由于索尼奇卡个人的全身心付出,家人的生活环境得到了明显的改善,但与此同时,她本人也在生活的磨砺下"迅速地"衰老。在书中,乌利茨卡娅使用对比的手法揭示了这一点。

比如,"他们的生活比许多人都要好"[②],丈夫也逐渐开始转向自己的艺术创作,他先是为女儿做各种"木条建筑"[③],然后又为莫斯科的剧院设计"布景模型"[④],后来,"被吸收为美术家协会会员"[⑤],还获得了一间独立的画室。可索尼奇卡却"人老面丑,嘴唇上面原来就有的绒毛渐渐变成乱七八糟的不男不女的胡须。眼皮下垂,使脸上出现老狗一样的表情,而长期劳累造成的眼下黑圈,即使经过星期天休息或两个星期的假期也不能消除了"[⑥]。

又如,家人先前的理想"一切如愿以偿。塔妮娅在二层楼上有了自己的小房间。索尼娅的父亲在临死前的最后一年也住进了一间偏房。有暖气的玻璃凉台变成罗伯特·维克多罗维奇的画室。全家在用钱方面也比过去宽松了一些"[⑦]。可是,"索尼奇卡已年近四十了。

---

① 柳·乌利茨卡娅:《美狄娅和她的孩子们》,李英男、尹城译,北京:昆仑出版社 1999 年版,第 12 页。

② 柳·乌利茨卡娅:《美狄娅和她的孩子们》,李英男、尹城译,北京:昆仑出版社 1999 年版,第 13 页。

③ 柳·乌利茨卡娅:《美狄娅和她的孩子们》,李英男、尹城译,北京:昆仑出版社 1999 年版,第 22 页。

④ 柳·乌利茨卡娅:《美狄娅和她的孩子们》,李英男、尹城译,北京:昆仑出版社 1999 年版,第 23 页。

⑤ 柳·乌利茨卡娅:《美狄娅和她的孩子们》,李英男、尹城译,北京:昆仑出版社 1999 年版,第 27 页。

⑥ 柳·乌利茨卡娅:《美狄娅和她的孩子们》,李英男、尹城译,北京:昆仑出版社 1999 年版,第 24 页。

⑦ 柳·乌利茨卡娅:《美狄娅和她的孩子们》,李英男、尹城译,北京:昆仑出版社 1999 年版,第 25 页。

她头发花白，身体发胖得厉害”[1]；“索尼娅变成长有胡须的胖老太婆。”[2]

索尼奇卡为捍卫心爱的家园不仅献出了自己的青春年华，还有全部心智。虽然索尼奇卡的外表发生了显著的变化，然而她的内心精神世界却始终未曾改变。她既没有对自己的全身心付出感到懊悔，也没有对美丽容颜的逝去感到丝毫的遗憾，她“与高傲的美人不同，对人老珠黄一点儿也不感到难受”[3]；“索尼奇卡对自己的命运没有任何怨言……一门心思把饭菜做好。”[4]作家先是通过小说中的人物向主人公传达了钦佩之情，把她喻为《圣经》中具有高尚道德品行的化身“利亚”[5]。在小说的结尾，作家也首次用名字和父称«Софья Иосифовна»[6]来称呼主人公，表达对她的由衷赞赏。

通过上述分析，我们看到，乌利茨卡娅笔下的索尼奇卡始终怀着一种“感恩的”[7]心态来对待生活，抱着一种“喜悦并陶醉其中的”[8]态度来感受生活。正是俄罗斯经典文学的优秀特质，如重视人的内在精

---

① 柳·乌利茨卡娅：《美狄娅和她的孩子们》，李英男、尹城译，北京：昆仑出版社1999年版，第27页。

② 柳·乌利茨卡娅：《美狄娅和她的孩子们》，李英男、尹城译，北京：昆仑出版社1999年版，第60页。

③ 柳·乌利茨卡娅：《美狄娅和她的孩子们》，李英男、尹城译，北京：昆仑出版社1999年版，第24页。

④ 柳·乌利茨卡娅：《美狄娅和她的孩子们》，李英男、尹城译，北京：昆仑出版社1999年版，第36页。

⑤ 柳·乌利茨卡娅：《美狄娅和她的孩子们》，李英男、尹城译，北京：昆仑出版社1999年版，第59页。

⑥ *Улицкая Л.* Сонечка：Повести. Рассказы. М.：Изд-во Эксмо，2002. С. 66. 中文译本却没有重视这一称谓的变化，还是把她当成了小名来翻译。这不得不说是一个小小的遗憾。——作者注

⑦ *Прусcакова И.* Людмила Улицкая. Сонечка. Повесь // Нева. 1993. №1. С. 236.

⑧ *Чистякова О.* Концепт «жизнь» в повести «Сонечка» // Русская и сопоставительная филология：Лингвокультурологический аспект. Казань：Казан. гос. ун-т，2004. С. 286.

神品格，以虔敬甚至是敬畏的态度对待生活，对弱势人物予以终极关怀，决定了索尼奇卡的这种价值观和生活观。同时，对个人生活的高度关注又使她有别于自己的前辈以及当代小说中众多迷失生活目标的同时代人。

第三节 《黑桃皇后》对普希金同名小说的建构

普希金中篇小说《黑桃皇后》（Пиковая дама, 1834）被陀思妥耶夫斯基誉为“魔幻艺术顶峰”[①]，自诞生之日起受到了极大的关注，对它的评论一直未曾中断过。小说的人物形象、基本题材、故事框架在普希金之后的俄罗斯作家的作品里得到了进一步的呈现。赫尔曼对金钱的极端贪婪和唯利是图的本性，无疑传继给了果戈理《死魂灵》（Мёртвые души, 1841）中的投机家典型乞乞科夫，从赫尔曼中也“走出了陀思妥耶夫斯基笔下众多灵魂出窍的复杂个性”[②]的人物。纸牌以及纸牌赌博母题成为莱蒙托夫《假面舞会》（Маскарад, 1835）、《宿命论者》（Фаталист, 1840），果戈理《赌徒》（Игроки, 1842）以及陀思妥耶夫斯基《赌徒》（Игрок, 1866）、《少年》（Подросток, 1875）等作品推动情节的基本动力。[③] 故事框架则几乎构成了陀思妥耶夫斯基代表长篇《罪与罚》故事情节的基础。[④] 当代俄罗斯作家乌利茨卡娅创

---

① 转引自 *Петрунин Н.* Пушкин и традиция волшебносказочного повествования（К поэтике «Пиковой дамы»）// Русская литература. 1980. №3. С. 50。

② 吴晓都：《普希金叙事创作对俄国文学的意义——纪念普希金诞辰二百周年》，载《外国文学评论》1999 年第 3 期，第 43 页。

③ 参见 *Лотман Ю.* «Пиковая дама» и тема карт и карточной игры в русской литературе начала XX века // *Лотман Ю.* Пушкин. СПб.: Искусство — СПБ, 2005. С. 800 – 810。

④ 参见 *Подковыркин П.* Творчество А. С. Пушкина 1830-х годов. http://ppf. asf. ru/lect16. htm。

作的同名小说《黑桃皇后》(Пиковая Дама, 1998)也是这样一部力作。作者复活了生活在十九世纪初的老伯爵夫人,让她生活在我们当代,演绎了一段全新的故事。这部小说虽然从主人公性格、人物形象结构体系、情节建构等方面都同普希金的小说形成了呼应,但作者将冲突的核心放置在家庭生活层面,对经典作品独特的解构使得小说的主题和主旨都有了不一样的含义。

解构(деконструкция)是后现代小说的一种写作策略,指"对文本的一种特殊策略,既包括对它的分解(деструкция),也包括对它的重构(реконструкция)"[①]。具体来说,解构是一种借用的过程,在这个过程中,"借用的概念不仅获得了某种与先前完全不同的意义,而且也可以改变原有的意义"。对文本进行解构的目的,"不是为了恢复层级秩序或者价值的本质属性,而主要是对层级自身进行价值转换"。这里所谓的"价值转换",指的"不是机械地改变秩序或者中和对立双方,而是重估作为层级秩序的概念和结构"。解构首先应重新思索原有的艺术观念,其次是"移位",即"载入新的内容"。[②] 下面,我们就来看看乌利茨卡娅的这部小说是如何对经典文本进行解构的。

乌利茨卡娅的《黑桃皇后》叙述了这样一个故事:安娜·费奥多罗夫娜同自己的母亲穆尔、女儿卡嘉、外孙列娜齐卡和格里沙一起生活。穆尔是一个只为满足自己的需求而活着的九十岁的老太太。突然,安娜的前夫马列克从遥远的南非来探望家人。他是一名才华出众的医生,由于工作关系,经常同老年患者打交道,具有丰富的经验。随着富有、风趣的马列克的到来,全家人安静的生活被打破了,主人公们的命运似乎要发生根本性的改变。马列克邀请孩子们到他希腊的私有房

---

① *Руднев В.* Энциклопедический словарь культуры XX века. Ключевые понятия и тексты. М.: Аграф, 2003. http://lib. ru/CULTURE/RUDNEW/slowar. txt.

② *Найман Е.* Деконструктивная методология Ж. Деррида // Учебно-методическое пособие к спецкурсу. Томск: ТГУ, 1996. http://ou. tsu. ru/hischool/derrid/22. htm.

产去度假。家人都明白,恶毒、嫉妒心强的穆尔会不惜一切代价阻止这次节庆之旅。他们背着穆尔偷偷地办理了出国护照,拿到了签证。一切准备就绪,就等着坐出租车去飞机场了。突然安娜发现,为穆尔准备的早餐里没有牛奶。她急着向商店跑去,由于跑得过猛摔倒在地,不幸意外地死去。

小说紧扣普希金的同名小说,甚至连主人公的名字也尽量与经典作品相呼应,如老伯爵夫人安娜·费多托夫娜与安娜·费奥多罗夫娜,俄国化的德国人的儿子赫尔曼与德国医生的女儿安娜,长生不老的犹太人、长命水和点金石的发明者圣热尔曼伯爵与研发了术后恢复器械的犹太人马列克,被称作"莫斯科的维纳斯"[①]的老伯爵夫人与喻指罗马神话爱神阿穆尔的穆尔。

如果说人名是乌利茨卡娅刻意的追求,希望与普希金同名小说形成一定的联系,那么两部小说中同样的人物关系就更见其用意,穆尔与安娜几乎是《黑桃皇后》中伯爵夫人与养女丽莎关系的翻版。两部小说里对此都有一段专门的描写。

在普希金那里:

"丽桑卡,"她说,"吩咐套马车,我们出去玩玩。"

丽桑卡从绣架后面站起来,收拾自己的手工。

"你怎么了,我的妈!你是聋了还是怎么的!"伯爵夫人提高嗓门说。"吩咐快点套马车。"

"马上就去!"小姐轻声回答,立即跑到前厅去。

一个仆人走进来,把巴维尔·亚历山大罗维奇公爵送来的几本书交给伯爵夫人。

"很好!很感谢,"伯爵夫人说。"丽桑卡,丽桑卡!你到底跑到哪儿去了?"

"换衣服。"

---

① 普希金:《普希金小说集》,冯春译,合肥:安徽文艺出版社 1992 年版,第 284 页。

“你还来得及的，我的妈。坐在这儿。翻开第一卷，大声念……”

小姐拿起一本书，读了几行。

“大声点！”伯爵夫人说。“你怎么啦，我的妈？嗓子哑了还是怎么的？……等一等，把脚凳挪给我，再近点……好！”

丽莎维塔·伊万诺夫娜又读了两页。伯爵夫人打了个呵欠。

“别读了，”她说，“真是一派胡言！把它送还巴维尔公爵，要谢谢他……可马车是怎么回事？”

“马车准备好了，”丽莎维塔·伊凡诺夫娜探头看看街上，说。

“你怎么还不换衣服？”伯爵夫人说，“老是叫人等你！我的妈，这可叫人受不了。”

丽莎赶紧跑到她的房间去。还不到两分钟，伯爵夫人便死命地按起铃来。三个使女一起冲进一扇门里，侍从则从另一扇门跑进来。

“你们耳朵都聋了吗？”伯爵夫人对他们说。“告诉丽莎维塔·伊凡诺夫娜，说我在等她。”

丽莎维塔·伊凡诺夫娜穿着晨衣、戴着帽子走进来。

“终于来了，我的妈！”伯爵夫人说。“怎么穿这身衣服？这是干吗？……向谁卖俏？……今天天气怎么样？看样子是刮风吧。”

“一点风也没有，夫人！天很好！”侍从回答。

“你们总是瞎说一气！把通风窗打开。你们看，有风！还很冷呢！卸掉马车吧！丽桑卡，我们不去了：用不着换衣服了。”

“我过的就是这种日子！”丽莎维塔·伊凡诺夫娜想。①

在乌利茨卡娅笔下：

“你喝的是咖啡，”穆尔用小巧的鼻子闻着说道。

飘过一阵清香，但她总冀求得到某种其他的东西：

“要是我，就喝一杯放巧克力的。”

“可可怎么样？”安娜·费奥多罗夫娜已经准备从桌子后面站起

---

① 普希金：《普希金小说集》，冯春译，合肥：安徽文艺出版社 1992 年版，第 290～292 页。

来,甚至还没来得及对这次被破坏的小憩感到遗憾。

“为什么要可可?您的可可简直令人难以忍受。难道冲一杯纯粹的巧克力都不行吗?”

“巧克力好像没有了。”

家里没有巧克力。当然,患者送的大盒巧克力糖曾摆成小山一样高,但家里从来就没有备过巧克力,无论是粉末状的,还是条状的。

“让卡嘉或是列娜齐卡去买。家里怎么能没有巧克力呢?”穆尔嗔怒地说道。

“现在是凌晨四点,”安娜·费奥多罗夫娜辩解说。但即刻又拍了拍双手,想起什么似的说:“有,上帝保佑,家里有!”

她从厨房碗柜里翻出一个未拆封的盒子,急匆匆地撕开咯吱作响的塑料包装纸,糖果撒落一地,她用餐刀小心把底部的巧克力同中间夹层慢慢剥开。穆尔本来准备要大发雷霆,看到这一情形后立刻平静下来,说道:

“马上送到我屋来……”

当她用母亲镀金的小汤勺将那些细小的奶沫从浓浓的咖啡里撇出去时,母亲屋里叫人的铃声响了:这是穆尔在叫她。安娜·费奥多罗夫娜把粉色茶碗放到托盘上向母亲的房间走去。穆尔像一个苦艾酒爱好者一样端坐在绿尼面牌桌后。她前面立着一个青铜色的小铃铛,底冲下顶在退了色的桌面上。

“我现在只想喝放牛奶的咖啡,请你什么巧克力也别放。”

“一,二,三,四……十,”安娜·费奥多罗夫娜像通常那样在心里默念。

“穆尔,你瞧,最后一点牛奶都来冲巧克力了……”

“那就让卡嘉或者列娜齐卡去跑一趟。”

“一,二,三,四……十。”

“现在刚刚凌晨四点半,商店还没有开门。”

穆尔心满意足地叹了一口气。一对细眉微微一颤。安娜·费奥多罗夫娜已经做好了迎接飞来茶碗的准备。穆尔干瘪的嘴唇连同那深陷的酒窝抿成了一条线，露出一道道细小的皱纹，嘲笑地问道：

"我现在只想要一杯白开水，家里不会也没有吧？"

"当然有，当然有，"安娜·费奥多罗夫娜慌忙答道。[①]

同样是暴戾乖张、无事生非的老妇人，同样是甘受折磨的受难者。因为有了普希金塑造的形象作铺垫，读者接受起来没有丝毫生涩之感，反而非常自然。

如果仅仅把老伯爵夫人搬到当代，在全新的环境下为她找到新的受难者，那么只能说是复制了普希金的经典作品。乌利茨卡娅小说的独特之处在于，作者对主人公、人物结构关系以及基本情节进行了重新塑造并将普希金笔下伯爵夫人性格中恶的品质提炼出来，使其扩大化、绝对化，使得恶有了不同的表现方式，奏响了不同的悲歌。

贯穿两部小说的一个关键人物就是"黑桃皇后"，她们作为故事的主人公推动着情节的发展，对于揭示小说的创作主旨起着重要的作用。表面上看两人都是自私自利的典型，但从深层意义上来说，两人的"恶行"是不一样的。

普希金笔下的伯爵夫人是一个"具有浪漫性格并富有魔力的女主人公"[②]。她既活在彼得堡的现实生活中，也闪现在以往的贵族生活中，还以鬼魂的模样出现在赫尔曼的意念中。关于她那神秘的传说就是整个小说的叙事核心，它"推动着赫尔曼的行动而展开小说的全部情节"[③]。伯爵夫人先是拒绝将三张牌的秘密透露给赫尔曼，然后，又"奉命来满足"[④]他的要求，但最后她化身为"黑桃皇后"，使赫尔曼输掉了决胜局。这个形象在文本中扮演着不同的功能。首先，她是赫尔

---

① *Улицкая Л.* Сквозная линия. Повесть. Рассказы. М.: Изд-во Эксмо, 2002. С. 202 – 204.

② *Шольц Уте* «Пиковая Дама» Л. Улицкой в современном диалоге культуры // Русское слово в мировой культуре. СПб.: Политехника, 2003. С. 456.

③ 谭绍凯：《质朴、精炼、离奇、合理　读普希金的〈黑桃皇后〉》，载《贵阳师范高等专科学校学报》（社会科学版）1986 年第 2 期，第 30 页。

④ 普希金：《普希金小说集》，冯春译，合肥：安徽文艺出版社 1992 年版，第 312 页。

曼贪心欲念的牺牲品。其次,她还是“赫尔曼与之相搏斗的无形力量的代表”[①]。再次,通过这个形象作者向我们展现了以其为代表的俄罗斯贵族的生活方式、价值观念以及文化习俗。[②] 虽然伯爵夫人养成了“冷酷的利己主义的习惯”[③],但她对待养女更多的是出于嫉妒,而非恶意。她对丽桑卡的刁难主要是由两者悬殊的社会地位造成的。在小说里,“伯爵夫人几乎不作为主体出来活动”,作者也很少触及“伯爵夫人的内心世界”,在描写这一人物时主要采用的是“外部描写的手法”。[④] 所以,普希金笔下的老伯爵夫人更像一个符号,更多的是一种象征,喻指暗中怀有恶意的“黑桃皇后”。

而在乌利茨卡娅的笔下,潜藏在老伯爵夫人身上的恶在穆尔身上得到了全面的体现,作者采用了多种艺术手法来表现这种恶的典型。

穆尔同伯爵夫人一样出身贵族,同样过着恣意的贵族生活,都对男性有着非同寻常的诱惑力。穆尔和伯爵夫人是如此相像,以至于马列克在评论自己的岳母时说:“普希金以穆尔为原型创作了‘黑桃皇后’。”[⑤]不同的是,穆尔似乎更喜欢成为大家注目的焦点,成为时代生活的弄潮儿,更主要的是,她自私自利的品性已经到了危及他人的地步。

穆尔具有能迷惑男性的特殊能力,可以使他们完全屈从于自己的

---

① *Лотман Ю.* «Пиковая дама» и тема карт и карточной игры в русской литературе начала XX века // Он же. Пушкин. СПб.: Искусство-СПБ, 2005. С. 803.

② 参见 *Есипов Б.* Исторический подтекст в повести Пушкина «Пиковая дама» // Вопросы литературы. 1989. №4. С. 194。

③ 普希金:《普希金小说集》,冯春译,合肥:安徽文艺出版社 1992 年版,第 292 页。

④ 王加兴:《从视角结构看〈黑桃皇后〉的作者形象》,载《解放军外国语学院学报》1999 年第 3 期,第 40、41 页。

⑤ *Улицкая Л.* Сквозная линия. Повесть. Рассказы. М.: Изд-во Эксмо, 2002. С. 212.

愿望和想法,因此,她的情人"数不胜数"[①],并且他们都是当时的名人,有白银时代的美学家、艺术家,国内战争时期的医生,还有苏联时期各行各业的精英:二十世纪三四十年代的飞行员和试验员,社会主义现实主义的经典作家和剧作家,剧院导演和科学院院士等。小说里提到的有数十个人,他们的生活和悲剧命运在很大程度上都和穆尔有关。

对于自己的亲人来讲,穆尔是一个真正的剥削者。她成为导致所有家庭成员不幸生活的本源。正是穆尔促使安娜离开了自己的丈夫,因为在自己生活的某个时段她急需一个随身护理。她把自己的女儿当成了一个忠实的仆人。对于女儿安娜不幸福的私生活,她一点儿也不在意。同时,对于"一生都服侍她的"[②]妹妹爱娃的不幸生活,穆尔也不无干系。穆尔恶毒的势力甚至也造成了外孙女卡嘉的不幸命运。正是她使七岁的小姑娘失去了亲生父亲。当然,她的重外孙们没有去成希腊度假,她更是主导的因素。她"从来就没有注意过年龄上的巨大差距"[③],甚至同自己的重外孙都冲突连连。穆尔是那样自私,甚至都不能体谅八九岁的小毛孩。经常因为一件小事情,她就同自己的亲人大吵大闹,在她的言辞中经常能够听到一些不雅的词语。这种骂人话在主人公话语中出现的频率之高,作者甚至不得不用省略号来表示。比如«вые… ть»,«е… ся», «п… головая курица»[④],等等。

与伯爵夫人死后牵挂养女并原谅赫尔曼不同,在穆尔身上找不到对别人的丝毫爱意、同情和关怀。对于她来讲,生活中没有任何神圣的事物,只有她一个人的存在,其他的一切都应该为她服务。她活着

---

① *Улицкая Л.* Сквозная линия. Повесть. Рассказы. М.: Изд-во Эксмо, 2002. С. 201.

② *Улицкая Л.* Сквозная линия. Повесть. Рассказы. М.: Изд-во Эксмо, 2002. С. 208.

③ *Улицкая Л.* Сквозная линия. Повесть. Рассказы. М.: Изд-во Эксмо, 2002. С. 225.

④ *Улицкая Л.* Сквозная линия. Повесть. Рассказы. М.: Изд-во Эксмо, 2002. С. 201, 216, 229.

就是为了满足自己的需求。“在先前,穆尔对自己周边事情和人的关注,只是因为把他们看作是自己生活的道具,自己歌剧中跑龙套的群众演员。但随着岁月的流逝,一切次要的东西都褪色了,于是在空荡荡的舞台中心只剩下她一个人,连带着还有她那些各种各样的愿望。”[①]她的需求无比巨大,她已经习惯了让所有生活在身边的人完成她随心所欲的无理念头。

作者在将穆尔的恶绝对化后,进一步解释道:现如今的穆尔已经失去了性别和年龄,“几乎没有血肉”[②]。难怪连她的肤色都是模糊不清的,就像一粒“干瘪的杏仁”[③]。叙述者将之称为“透明的昆虫”[④],这一称谓传达出一种特别的已经趋于死亡的灵魂。就这样,她没有性别,没有颜色,肉眼看不到她!乌利茨卡娅成功地塑造了一个恶的典型,她不是一时的邪恶,而是永恒的具有恶魔般力量的恶的典型。

我们看到,普希金似乎对自己的女主人公更温和、更宽容,他说:“伯爵夫人的心肠并不坏”[⑤](не имела злой души)。而乌利茨卡娅笔下的穆尔,按照马列克的说法,是“真正的奇迹……这是魔鬼,自私的天才,黑桃皇后,把所有人都毁掉了,把所有人都埋葬了”[⑥]。这两个人在很大程度上都决定了小说其他主人公的命运。普希金的《黑桃皇后》副标题已向我们预示了女主人公的危害性:“黑桃皇后主暗中怀有

---

① *Улицкая Л.* Сквозная линия. Повесть. Рассказы. М.: Изд-во Эксмо, 2002. С. 225.

② *Улицкая Л.* Сквозная линия. Повесть. Рассказы. М.: Изд-во Эксмо, 2002. С. 201.

③ *Улицкая Л.* Сквозная линия. Повесть. Рассказы. М.: Изд-во Эксмо, 2002. С. 207.

④ *Улицкая Л.* Сквозная линия. Повесть. Рассказы. М.: Изд-во Эксмо, 2002. С. 226.

⑤ 普希金:《普希金小说集》,冯春译,合肥:安徽文艺出版社 1992 年版,第 292 页。

⑥ *Улицкая Л.* Сквозная линия. Повесть. Рассказы. М.: Изд-во Эксмо, 2002. С. 223.

恶意。”①小说的故事情节也验证了这种推测。正是托姆斯卡娅伯爵夫人化身的黑桃皇后决定了赫尔曼的命运，使他落入了疯人院。而恶的典型穆尔几乎是以自己自私、冷漠的禀性杀死了自己的亲生女儿。即使这样，她仍然不改本性。在乌利茨卡娅的笔下，普希金小说里“牌场上的黑桃皇后已经变成一个现实生活中活生生的黑桃皇后”②。她的恶已不是暗中的，而是公开的；如果没有按照她的要求去做，这种恶就会对人造成危害。通过对老伯爵夫人的再现和重构，我们看到，不仅人物形象自身发生了变化，在作品中所起的作用也发生了变化，获得了新的意义。

乌利茨卡娅也解构了“家中的受难者”③这一形象。

在普希金的笔下，丽莎完全是彼得堡奢华贵族生活的附属品。文本中多次出现的修饰语«бедный»是对她所处地位的最好诠释：“苦命养女”（*бедная* воспитанница），“可怜的姑娘”（*бедная* девушка），“跑到她那简陋的房间里痛哭一场”（уходила плакать в *бедной* своей комнате）。④ 这个形象的引入，首先，在情节上起到了连接赫尔曼和伯爵夫人的作用；其次，作者表现了她可怜的社会地位，因为丽莎是“那个时代一般养女命运的真实艺术写照”⑤。丽莎与其说是伯爵夫人的养女，还不如说是颐指气使的老伯爵夫人的出气筒。她在伯爵夫人家里根本就没有话语权，是“家里最倒霉的人”，“她为伯爵夫人朗读小说，

① 普希金：《普希金小说集》，冯春译，合肥：安徽文艺出版社 1992 年版，第 281 页。

② Баранова О. Чем страшна Пиковая Дама? //Литература（Приложение к газете «Первое сентября»）. 2004. № 4. С. 2 – 3. < http://lit. 1september. ru/2004/04/2. htm >.

③ 俄文原文为«домашняя мученица»，冯春先生在其译作中称之为“家里最倒霉的人”（见普希金：《普希金小说集》，冯春译，合肥：安徽文艺出版社 1992 年版，第 292 页），现根据原文将其译为“家庭的受难者”。——作者注

④ 普希金：《普希金小说集》，冯春译，合肥：安徽文艺出版社 1992 年版，第 292 ~ 293 页。

⑤ 汪介之：《〈黑桃皇后〉：魅力与价值》，载《名作欣赏》1999 年第 2 期，第 82 页。

凡是作者的错误，都要怪她读错；她陪伯爵夫人出去散步，遇到天气不好或道路不平，她也要负责”，面对任性的伯爵夫人和她的刁难，她只能忍受，因为她寄人篱下，但是，她“深深明白自己的处境”，“迫切希望有人来解救她”。[①]于是，年轻军官赫尔曼的出现给她带来了摆脱自身社会处境的希望。面对后者大胆而狂热的追求，她轻而易举地上了当，充当了赫尔曼攫取金钱的工具。在文本中，丽莎是一个涉世不深、缺少主见、精神生活相对贫乏的人物类型，她的行为举止以及对事件的反应完全在赫尔曼的预料中。作者对她的态度“与其说是同情，不如说是揶揄更准确”[②]。丽莎似乎重复了伯爵夫人的人生之路，她像伯爵夫人一样嫁给了管家的儿子，而且“还收养了一个穷亲戚的女儿”[③]。

穆尔的压迫对象安娜与丽莎完全不同。首先，安娜经济地位独立，并享有一定的社会地位，她是著名的教授，医术高超的眼科专家；其次，她是一个精神生活十分丰富的人。在安娜的性格塑造上，作者主要采用了对比的方法。穆尔完全靠自己的直觉生活；与之相反，安娜则是一个行动的人，将感情置于次要地位。她是母亲糜烂生活的唯一见证人，穆尔对待感情的随意使她对爱情、生活不再抱任何希望，十六岁就决定“以后不再嫁人”，并且，她一直认为，“对于我来讲，婚姻是一种偶然”。[④] 对母亲失望后，安娜把理性、事业有成的医生父亲作为自己仿效的榜样。安娜虽然同赫尔曼一样，都是德国人的后裔，但

---

① 普希金：《普希金小说集》，冯春译，合肥：安徽文艺出版社 1992 年版，第 292～293 页。

② *Эткинд Е.* Наполеон или Мефистофель? («Пиковая дама») // *Эткинд Е.* «Внутренний человек» и внешняя речь. Очерки психопоэтики русской литературы XVIII–XIX вв. М.: Школа «Языки русской культуры», 1998. С. 73.

③ 普希金：《普希金小说集》，冯春译，合肥：安徽文艺出版社 1992 年版，第 318 页。

④ *Улицкая Л.* Сквозная линия. Повесть. Рассказы. М.: Изд-во Эксмо, 2002. С. 223.

与赫尔曼沉迷于幻想,逐渐丢弃家族“俭省、节制和勤劳”[①]的行为准则不同,在她身上一直保留着父辈的高尚品质:敬业、执着、随遇而安。与父亲一样,她过着虔诚的清心寡欲的天主教徒般的生活,也将自己完全献给了工作,成为一名成功的眼科医生,二人不仅同行,而且患者也对她很敬重。

像乌利茨卡娅笔下众多的女性形象(如索尼奇卡、布哈拉、美狄娅等)一样,安娜是神圣家园的守卫者,是严格恪守家庭价值观念的传统女性。这与母亲截然不同。她时刻准备着为了基督教教义的最高原则而牺牲自己的个人幸福。在安娜的生活中,像丽莎一样,也出现了自己钟情的男人马列克。与赫尔曼欺骗了丽莎的纯洁感情不同,两人是真心相恋。但母亲穆尔千方百计地拆散了他们。当生活让她在母亲和丈夫之间作出选择时,她毫不犹豫地选择了照顾自私的母亲,因为她“不能抛弃垂死的人”[②]。她不仅一直照料挑剔的母亲,竭尽全力完成自己做女儿的职责,而且维持、照顾家庭其他成员的生活。可以说,这是一个具有同情心、自我牺牲精神、高度道德感和责任感的人物类型,是善的代表。

这样,乌利茨卡娅不只是简单地改变了主人公的身份,将特定历史阶段的矛盾转到永恒的隔代人之间的矛盾,而且有意强化了母女性格上的鲜明对比,制造了特殊的悬念。

普希金“小说的重心在于表现赫尔曼发财欲望、冒险欲望和对人伦的践踏”[③],因此,赫尔曼是作者关注的焦点人物。他同其他人物的关系,毫无例外地都是为揭示他的内心世界而服务的。他与伯爵夫人之间的关系是小说情节发展的核心,他和丽莎以及丽莎和伯爵夫人之

---

① 普希金:《普希金小说集》,冯春译,合肥:安徽文艺出版社 1992 年版,第 295 页。

② *Улицкая Л.* Сквозная линия. Повесть. Рассказы. М.: Изд-во Эксмо, 2002. С. 208.

③ 张铁夫等:《普希金的生活与创作》,北京:中国社会科学出版社 2004 年版,第 333 页。

间的关系完全服务于这条主线。听完托姆斯基关于“三张牌”的奇闻后,赫尔曼一直在思考如何能够结识伯爵夫人并向她探听秘密。当他看见伯爵夫人的养女丽莎后,他明白,“这一刻决定了他的命运”[①]。于是,他怀着“满腔的激情”[②]给丽莎写从德文小说上抄录下来的情书。在赢得了纯情少女的轻信之后,他终于达到了自己梦寐以求的目的——见到了伯爵夫人,并借助某种神秘的力量,得到了“三张牌”的秘密。

在乌利茨卡娅的同名小说中,主人公也是三位,但他们之间的关系是迥然相异的。首先,穆尔、安娜和马列克是具有血缘关系的亲人,这就将外在的冲突转成了内在的、父辈与子辈之间的冲突;其次,如果说普希金笔下的伯爵夫人和养女之间的关系完全服务于赫尔曼同伯爵夫人这样一条情节主线,那么在乌利茨卡娅这里,穆尔同女儿安娜以及家庭其他成员之间的亲情关系,才是作者关注的焦点,是小说叙事的核心。

善良、有责任感、重视家庭的观念使得安娜完全不同于自己的母亲。然而,作为善的代表的她却完全屈服于穆尔。两者的关系类似于天使与恶魔之间的永恒对抗的关系。虽然安娜自己也不明白穆尔恶魔般的力量是从哪里来的。“穆尔是从哪里获取的能量呢?在这样的压力下她应该体验到的是委靡不振、虚弱不堪……而她却是挑衅连连、反应迅速,大概是某种其他的机制起了作用。是的,这是老年学。”[③]安娜对自己的母亲是既爱又恨,“小的时候她在她的门前静悄悄的,就像游泳运动员在跳水之前一样。成年后,她就像一名拳击手在同最强悍的对手决斗之前一样尽量争取的不是胜利,而是不失尊严

① 普希金:《普希金小说集》,冯春译,合肥:安徽文艺出版社 1992 年版,第 296 页。

② 普希金:《普希金小说集》,冯春译,合肥:安徽文艺出版社 1992 年版,第 299 页。

③ *Улицкая Л.* Сквозная линия. Повесть. Рассказы. М.: Изд-во Эксмо, 2002. С. 225 – 226.

的失败"[①]。安娜有时"甚至想推翻结论,但总是之后把自己臭骂一顿",因为她知道,"这不会有什么好结果"。[②] 穆尔是从哪里获取的能量呢?答案隐藏在文本中。她是靠榨取所有亲近人的精力和活力来获取能量的,她是利用亲人的弱点而活着的寄生虫。

为了满足母亲的种种需求,善良的安娜作出了种种的让步。她的生活简直就像地狱一般。在小说开篇,安娜做的梦预示着这一点。在梦中,"一个成年男子缩成了一个大娃娃,躺在写字台的抽屉里抱怨着:'妈妈,我在这儿太不舒服了'"[③]。在梦里,安娜梦见的正是自己的"本我"。她梦见自己虽然已经成年,而且生活丰衣足食,可竟然生活在抽屉里。当然,正是她自己的亲生母亲、老太婆穆尔使得她好像生活在压抑、憋屈的抽屉里一样。但是安娜本人并不明白这一点,"愁眉不展的女儿安娜,内心如同清教徒一样愁苦不堪,充满了深深的绝望,这种绝望情绪的产生是因为不可能爱上又不能不爱这个纤细的、非人般美丽的、总好像要去参加演出一样穿戴漂亮的女人,而她又是自己的亲生母亲"[④]。我们认为,正是这种心理蕴藏着主人公悲剧命运的萌芽。普希金笔下的丽莎因为自己可怜的处境不得不忍受伯爵夫人的刁难,而社会地位独立、善良无私的安娜为什么甘愿忍受邪恶的母亲呢?对这个问题她自己回答说:"我怕她。我也有义务照顾她。我也很可怜她。"[⑤]显然,正是安娜这种软弱的性格助长了穆尔邪恶势力的进一步扩大。

---

① *Улицкая Л.* Сквозная линия. Повесть. Рассказы. М.: Изд-во Эксмо, 2002. С. 201.

② *Улицкая Л.* Сквозная линия. Повесть. Рассказы. М.: Изд-во Эксмо, 2002. С. 200.

③ *Улицкая Л.* Сквозная линия. Повесть. Рассказы. М.: Изд-во Эксмо, 2002. С. 199.

④ *Улицкая Л.* Сквозная линия. Повесть. Рассказы. М.: Изд-во Эксмо, 2002. С. 218.

⑤ *Улицкая Л.* Сквозная линия. Повесть. Рассказы. М.: Изд-во Эксмо, 2002. С. 223.

在乌利茨卡娅的笔下，穆尔与女儿之间的对抗还由于穆尔同俄罗斯民间故事主人公之间的联系而获得了某种永恒的视角。穆尔那青筋凸出、泛黄的手指、长长的脖颈，再配上一个小脑瓜，使我们不自觉地将她同俄罗斯民间童话故事中凶恶的老妖婆娅迦（Баба-Яга）形象联系起来。她那经过修理的高高的眉发、一条跛腿、不友善的目光和"类似空镜子颜色的"[①]眼睛，更加突出了她与民间童话故事主人公的联系。著名的民俗学学者普罗普在《神话的历史根源》（*Исторические корни волшебной сказки*，1986）一书中认为，呆滞的眼睛和虚弱的眼神是联系人间和地狱、承续生活与死亡的妖婆的一个典型特征。[②] 甚至就连主人公在表达自身需要时的语气和口吻也同老妖婆一模一样："到不知在哪儿的地方去，取不知是什么的东西来。"[③]经常发生这样的情形，为了满足自己凌驾于众人之上的需求，甚至连她自己都不知道，为什么派人去，派谁去，到哪里去。

我们看到，普希金笔下伯爵夫人与妖婆的隐性联系在乌利茨卡娅的笔下获得了更充分的展现。在文本中，这种邪恶势力获得了某种特殊的表达，还因为穆尔的女儿安娜是一个眼科医生。也就是说，她的工作是帮助人们保有正常的视力。她因为医术高超而受到患者的敬重，但她自己却不知道如何应对极端自私的母亲。安娜像赫尔曼一样，被一种"未知的力量"[④]（неведомая сила）吸引着，每天的任务就是尽量满足母亲的各种无理的欲求。为了保证穆尔的牛奶供应，几乎每天早晨家里都要发生吵闹、拌嘴等不愉快的事情。家里经常没有牛奶这一事实，也是对穆尔恶魔般魔力的证明。要知道在斯拉夫民间叙事

---

① *Улицкая Л.* Сквозная линия. Повесть. Рассказы. М.: Изд-во Эксмо, 2002. С. 201.

② 参见 *Пропп В.* Исторические корни волшебной сказки. Л.: Изд-во ЛГУ, 1986. С. 70－76。

③ *Улицкая Л.* Сквозная линия. Повесть. Рассказы. М.: Изд-во Эксмо, 2002. С. 202.

④ *Улицкая Л.* Сквозная линия. Повесть. Рассказы. М.: Изд-во Эксмо, 2002. С. 202.

故事中,女妖的主要任务就是破坏或者偷盗牛奶。[①]

通过对人物结构关系的解构,乌利茨卡娅突出了母女之间、善恶之间的永恒冲突,如何摆脱恶,用什么方法对抗恶成为作者思考的主要问题。

富有魔幻色彩的女主人公以及相同的人物关系使得两部小说形成了呼应,对主人公的考验情节在深层次上连接了两部创作于不同时代的小说文本。

在普希金那里,年轻军官赫尔曼是叙述者"力求理解"的主要主体[②],他能否经受住象征着神秘力量的"黑桃皇后"的道德考验是作者关注的重点。托姆斯基讲述的"三张牌的奇闻"[③]启动了小说的情节,对这个"笑谈"(анекдот)的两种评价则成为小说"哲理思索的发端"[④]。一个赌徒回应说,"这是偶然的",赫尔曼却说这是"神话"。[⑤]他先是否定了这是一个偶然事件的说法,他那"坚定不移的愿望"以及"自己理不清的无法遏制的幻想"的双重性格[⑥],"使他强烈地幻想起来"[⑦],他甚至不再怀疑这个"神话"故事的虚幻性,像神话故事中的主人公一样,执意踏上了寻找秘密之路。他"根本就不在乎博弈的对象,

① 参见 Славянская мифология. Энциклопедический словарь. М.: Международные отношения, 2002. С. 63。

② *Эткинд Е.* Наполеон или Мефистофель? («Пиковая дама») // Он же. «Внутренний человек» и внешняя речь. Очерки психопоэтики русской литературы XVIII–XIX вв. М.: Школа «Языки русской культуры», 1998. С. 73.

③ 俄文原文为«анекдот о трёх картах»,冯春先生在其译作中称之为"三张牌的奇闻"(见普希金:《普希金小说集》,冯春译,合肥:安徽文艺出版社 1992 年版,第 295 页),现据原文将«анекдот»还其本义译为"笑谈"。——作者注

④ *Бочаров С.* Случай или сказка? // *Бочаров С.* Филологические сюжеты. М.: Языки славянской культуры, 2007. С. 121.

⑤ 普希金:《普希金小说集》,冯春译,合肥:安徽文艺出版社 1992 年版,第 286 页。

⑥ 普希金:《普希金小说集》,冯春译,合肥:安徽文艺出版社 1992 年版,第 299 页。

⑦ 普希金:《普希金小说集》,冯春译,合肥:安徽文艺出版社 1992 年版,第 295 页。

将它们看作无用的废物从自己的生活中抛了出去,就像玩够了的纸牌一样"[①]。为了实现自己的发财梦想,他甘愿做八十七岁的伯爵夫人的情人。他用"热情洋溢的信件"征服了轻信的养女,目的只是为了求见老伯爵夫人。他根本就不相信伯爵夫人关于这是一个玩笑的警示,用威逼胁迫吓死了老伯爵夫人。神秘的力量帮助他得到了秘密,但他很快就忘掉了曾经的约定——"三张牌立即把赫尔曼脑子里的死老太太的影子挤走了"[②]。神秘力量只衡量定约者的道德水平:"如果想借用这种强大的力量,那么你就要遵守约定的条件。"[③]这是神话的道德属性,也是《黑桃皇后》的道德属性。最终,赫尔曼没有经受住对其灵魂的考验,成为了一个背信弃义的人,"魔鬼"[④]是对他的道德品质最准确的断语。为此,他也遭到了道义的惩罚,输掉了先前赢得的钱财,最后得了癫狂症,住进了精神病医院。小说的情节建构像神话故事一样,魔幻色彩与现实因素紧密交织在一起,普希金的"《黑桃皇后》中的神话叙述结构以及与此相关的神话内容……构成了小说隐秘的语义核心"[⑤]。在这里,"黑桃皇后"既代表着神秘莫测的命运女神[⑥],也是考验赫尔曼道德品质的试金石。正是她惩罚了一味追求金钱而完全丧失了良知的赫尔曼,因为后者不仅欺骗了丽莎纯洁的爱情,吓死了老伯爵夫人,还使自己的灵魂遭到了毁灭。普希金告诉我们,这种试图以不正当手段对抗神秘的、不可知的命运,最终必然遭到恶的

---

① *Красухин Г.* Четыре пушкинских шедевра. М.: Изд-во МГУ, 2000. С. 32.

② 普希金:《普希金小说集》,冯春译,合肥:安徽文艺出版社 1992 年版,第 313 页。

③ *Красухин Г.* Четыре пушкинских шедевра. М.: Изд-во МГУ, 2000. С. 41.

④ 普希金:《普希金小说集》,冯春译,合肥:安徽文艺出版社 1992 年版,第 308 页。

⑤ *Петрунина Н.* Проза Пушкина. Л.: Наука, 1987. С. 222 – 223.

⑥ 参见 *Бочаров С.* Случай или сказка? // *Бочаров С.* Филологические сюжеты. М.: Языки славянской культуры, 2007. С. 142。

报复。

如果说，普希金小说考验的是赫尔曼在金钱诱惑下能否坚守住自己的灵魂，那么乌利茨卡娅考验的则是主人公们所信奉的“家庭和睦”理念以及对缺失男主人的朦胧渴望心理。

为了维护家庭的和谐，善良的安娜作出了极大的牺牲。作者在小说的开篇就展示了六十岁的安娜如何委曲求全地忍受着母亲的刁难和折磨。两者的关系“夸张变形到了荒诞的地步，主人公生活中的一切似乎要按照穆尔写好的脚本来进行”[①]。前夫马列克的到来推动了情节的发展。他的出现改变了家中原有的情势。短短的三天时间，他不仅赢得了家人的好感，而且取代了穆尔在众人心目中的主人地位。马列克用自己的关爱、自己的无私征服了所有人，“格里沙搂着马列克，偶尔不缠着他，但只是为了跑开后能更高地跳到他身上，能更紧地靠在他的身上。小列娜齐卡则对要全面崩盘的考期表现出一副无所谓的样子，因为这些天她完全荒废了学业，像影子一样跟在新来的外公后面。这是由于令人向往的英国使她不再对国内的教育感兴趣，所以对于明天即将到来的考试她感觉不到一丁点儿的不安。安娜·费奥多罗夫娜尽量不去打量卡嘉：她的面部表情简直令人难以忍受”[②]。

就是对马列克曾经怀恨在心的穆尔也改变了原有的敌意。她像一只“等待猎物的母老虎”[③]一样，期盼着马列克的再次光临。马列克深知怎样同穆尔搞好关系，而在适当的时候再反抗她的意志，叫穆尔不得不听他的话。穆尔提议到她的屋里坐一坐，马列克有礼貌地拒绝说：“对您深表谢意，女士。今天我只有一个半小时时间，所以我想和

---

① *Ткаченко С.* Деконструкция пушкинской темы в рассказе Л. Улицкой «Пиковая дама» http://portfolio. 1september. ru/? p = work&id = 554925.

② *Улицкая Л.* Сквозная линия. Повесть. Рассказы. М.: Изд-во Эксмо, 2002. C. 220.

③ *Улицкая Л.* Сквозная линия. Повесть. Рассказы. М.: Изд-во Эксмо, 2002. C. 220. 乌利茨卡娅笔下的主人公穆尔身上的邪恶本性与普希金笔下的赫尔曼存在着更本质的联系，作家都称他们是“老虎”、“恶魔”。——作者注

孩子们待在一起。我明天到您那里去，而现在请允许我送您回屋”，穆尔“还没来得及反驳，他就坚定又快活地调转她的轮椅连同轮椅上面的女主人一起把她送回到了卧室”。[①] 在第二次见面的时候，马列克像“一个狡猾的骗子”，故意向穆尔提了一个成功的问题，迫使她许久并且心甘情愿地回忆起过去，虽然“很多情况他从安娜那里已经知道了”。同所有人告别后，他先是来到穆尔的屋里，恭恭敬敬地在她面前鞠了个躬。她把一页写满要求的纸递给他，而他连看都不看一眼就揣进了斗笠里，答复说：“不胜荣幸。”[②]似乎只有具备非凡能力的人才能对抗这种“未知的力量”，乌利茨卡娅特意强调了马列克身上的这种神奇性。他就像童话里的圣诞老人那样给家人带来各种各样的礼物，就连他的外貌和衣着都与童话里的主人公无异：留着“雪白的卷发”，披着“红色的围巾”。[③]

马列克的出现唤醒了家人对多年来缺失男主人的渴望心理，无疑，这极大地威胁到了穆尔的权威和地位。同伯爵夫人不愿意将三张牌的秘密与人分享而死在赫尔曼眼前一样，穆尔不想让自己在家中的无上霸权受到任何人的挑战。在马列克走后，穆尔竭力使家庭生活恢复到原有的步调，重新施展自己的邪恶魔力。但马列克对待穆尔的态度动摇了安娜所信奉的家庭至上的观念，与女儿的交流也让安娜意识到了自己不正确的生活方式。安娜突然明白，同这个恶毒的老太婆打交道并不像想象中的那样困难。如果对这个恶予以回击，那么就能抑制它，对抗它。乌利茨卡娅的立场是不容妥协的：纵容恶就意味着滋生恶。这是贯穿通篇小说的主旨。如果纵容恶，那么恶的力量只会越来越大。如果你在恶面前退缩，那么你就是间接地助长了恶。这种被

---

① *Улицкая Л.* Сквозная линия. Повесть. Рассказы. М.: Изд-во Эксмо, 2002. С. 212.

② *Улицкая Л.* Сквозная линия. Повесть. Рассказы. М.: Изд-во Эксмо, 2002. С. 212.

③ *Улицкая Л.* Сквозная линия. Повесть. Рассказы. М.: Изд-во Эксмо, 2002. С. 218 –220.

动的生存态度，只能促进恶的不断壮大。她终于清楚地意识到了，在象征着极端邪恶的母亲面前应该怎么做，她应该打这个女人一记耳光。

与恶的对抗在小说的结尾达到了高潮。当穆尔得知马列克邀请自己的外孙们去希腊度假这一真相的时候，她对他们是特别的嫉妒。如果她不能去休息的话，那么她也不会允许别人去："你们哪儿也别想去。"①她想彻底毁掉刚刚建立起来的亲情联系，而安娜私下里努力地准备着这次远行。这似乎能使穆尔的恶被击溃，她找到了对付穆尔的方法。但是穆尔化身的神秘的恶好像是偷听到了这一未说出来的想法并惩罚了安娜。毕竟安娜的猝死在某种程度上帮了这个恶毒的女人一下。正是穆尔那恶魔般的力量注定了女儿的死亡。期待已久的远行，不得不面临被取消的危险。普希金笔下的赫尔曼发疯了，因为他触犯了"三样罪恶"②而罪有应得，丽莎不仅没有"受到邪恶力量的控制"③，而且收获了幸福，因为她在生活面前逆来顺受。在乌利茨卡娅的小说里，善的代表安娜却在抵制极端邪恶的母亲时意外地死去了，善恶的较量在这里表现出浓浓的悲剧意味。

穆尔的恶似乎又一次战胜了善："一切都应该遵照我的想法。"④但这显然只是穆尔的一厢情愿，家人已然感受到了自由的空气，安娜死后家里的情势必然要发生变化。卡嘉最后做了母亲想要做的事情，像伯爵夫人对待自己的丈夫一样，作为"家庭的处罚"⑤狠狠地打了穆

---

① *Улицкая Л.* Сквозная линия. Повесть. Рассказы. М.: Изд-во Эксмо, 2002. С. 225.

② 普希金:《普希金小说集》，冯春译，合肥：安徽文艺出版社 1992 年版，第 306 页。

③ *Коровин В.* А. С. Пушкин в жизни и творчестве. М.: Русское слово, 2004. С. 77.

④ *Улицкая Л.* Сквозная линия. Повесть. Рассказы. М.: Изд-во Эксмо, 2002. С. 229.

⑤ 普希金:《普希金小说集》，冯春译，合肥：安徽文艺出版社 1992 年版，第 285 页。

尔一记耳光。恶的力量遭到了惩治,善与恶的对抗带给人们一丝希望。

通过对故事情节的解构,乌利茨卡娅重建了小说的主题。普希金《黑桃皇后》的基本主题是考察人如果执迷于邪恶的想法是否会丧失自己的灵魂,乌利茨卡娅关注的是亲人为了信守自己的道德理念是否值得牺牲自己的个人幸福。

基于以上分析,我们看到,当代俄罗斯作家乌利茨卡娅的短篇小说《黑桃皇后》不仅在很多方面同普希金的同名小说形成了互文,而且作者在人物形象、人物结构关系以及故事情节等层面也解构了经典文本。通过分解和建构,乌利茨卡娅重新审视了恶这一永恒存在的哲学命题。在普希金那里,赫尔曼的恶失去了"英雄人物"拿破仑披在自己身上的神奇外衣,因而也改变了危害的规模,但因为它同秘密连接在一起,仍保留了自己的魔幻性。乌利茨卡娅笔下的恶则不再是神秘的、浪漫的,作者通过日常家庭生活展现了恶的无处不在和极端性,它不仅变得更加具有危害性,而且因为其被日常化而变得更加庸俗、可怕。

第四章　乌利茨卡娅小说的主题创新

第一节　个体与国家冲突的主题

人与国家的主题一直是俄罗斯文学的永恒主题之一。在二十世纪的俄罗斯作家笔下,这个主题得到了更加深入的展现。当代作家乌利茨卡娅素来以侧重表现主人公的内在精神而著称。在二十世纪九十年代的小说创作中,她对这个问题表现出了格外的关注。无论是处在极权国家体制下政权与人之间被激化了的紧张关系,还是个人与强权的搏争,以及在面对专制体制时表现出来的道德上的无奈乃至妥协,都在小说里得到了不同的表现。个人下意识里总是在力求千方百计地去捍卫自己的个性,自己的独特品性,而强大的国家体制却将其身上残存的个性无情地抹去。这一主题成为了乌利茨卡娅多数作品中的重要主题。这个问题在她的很多中长篇作品,如中篇小说《索尼奇卡》、长篇小说《美狄娅和她的孩子们》和《库科茨基医生的病案》等中都有体现。她早期创作的短篇小说集《穷亲戚们》中的多篇小说,如《那一年的3月2日……》《大麦粥》(Перловый суп, 1991)和《非人工的礼物》(Дар нерукотворный, 1994),就比较集中地探讨了这个问题。如何在消弭个性的时代捍卫个体的人格尊严,一直是作家关心的核心问题。在自己的作品中,乌利茨卡娅力求表现每一个单独的个体是否能够抗衡强大的国家机器和令人窒息的意识形态。与此同时,却又不迷失自己。

在俄罗斯当代评论界,有一些评论家指责乌利茨卡娅,说她笔下的主人公只知道沉迷于自己微不足道的女性世界,痴迷于"世俗的日常生活",只关心"从厨房到卧室的狭窄空间"(如亚·阿尔汉格尔斯基、巴·巴辛斯基、奥·达克尔、阿·拉蒂尼娜、谢·丘普里宁等)。应该说,这些指责毫无道理可言。作家笔下多数作品中的主人公在特定生活情势下作出的选择,既是由他们独特的心理特征决定的,也是由具体的社会历史条件决定的。卫国战争刚刚结束,冷峻的二十世纪五十年代自然地成为了乌利茨卡娅笔下很多小说叙事的大背景。短篇小说《大麦粥》,以及《穷亲戚们》和《49 年的童年》(Детство сорок девять, 2003)两部集子里,许多小说的故事情节都发生在这个时代。二十世纪四十年代末五十年代初的日常生活,可以让作家更加深入地刻画那个特定时代自身的矛盾本质及其内在的冲突实质。

一、《那一年的 3 月 2 日……》中的国家与个人冲突主题

短篇小说《那一年的 3 月 2 日……》以历史悲剧为时间背景,主要情节发生在斯大林时代的尾声——1953 年 3 月。这一点甚至在小说的标题中已有所预示,作家运用省略暗示法传达了那个特定时代的独特氛围。一方面,它暗含着一件极其重大的事件,关于其重要性甚至没有必要去挑明;另一方面,表明人们对既成事实的一切似乎还心存恐惧,在强大的国家机器面前,人们似乎连自己最普通的想法也不敢完全表达。这样,作家只是通过小说的标题就已经传达出了笼罩在人们头上的恐怖气氛:人们甚至连说明事实都感到无比的惧怕。众所周知,1953 年 3 月初在苏联发生了一件重要的历史事件——"各民族人民的父亲"斯大林去世了,它同时也标志着个人崇拜这一时代悲剧的终结。这里所说的"悲剧"并不是比喻,因为这个时代确实使得成千上万的人流离失所,甚至失去了自己最宝贵的生命。

在小说中,普通读者不难感受到斯大林的无处不在,虽然作家没有一次公开提到过斯大林的名字。只有一次,乌利茨卡娅以作者注释的方式让我们想起了这位在俄罗斯乃至世界历史上占据特殊地位的风云人物:"这只是 3 月 1 日,而且这艘永远不会沉没的巨轮的舵手仍

然在伟大领袖的掌控之中。”[1]由此可见，在当时斯大林的名字对于普通民众来说是一个禁忌，他被大家委婉地称为“伟大领袖”。乌利茨卡娅在这里有意识地运用了“隐讳”这种语言表达手段，即使这种手法在1991年已经完全没有必要。作家以此传达了专制体制的特殊氛围，让读者在言犹未尽中体会到了这位历史人物的存在。

在小说中，作为重大历史事件的故事背景是通过孩童的视角表达出来的。小说的主人公利丽娅·热日蒙尔斯卡娅力求在专制以及民族歧视的环境下维护自身的人格尊严。乌利茨卡娅在这种时代背景下向我们表现了这个孩童的非常命运，并以此来表达自己对这一特殊时代的谴责态度。

小说的主旨隐藏在文本的深处。小姑娘潜意识中深切地感受到了中央集权整体的强大压力：“任何一个爽朗的笑声、活泼的举动，任何一个绵绵低语，这一切的一切都让利丽娅觉得是在有意与她作对。她听到周围都是某种沉重的嗡嗡声，这是像暗褐色爬虫一样的吱吱声，它来自‘犹太人’一词。而且最令人痛心的是这种沉重的、像松脂一样黏稠而挥之不去的东西是同她们的姓氏、同爷爷阿龙的名字密切相关的。”[2]乌利茨卡娅意在通过这个小姑娘潜意识中的反抗来揭示那个虚伪的时代精神。社会的伪善以及政治上的压迫都是通过主人公的日常生活琐事，通过成年人与孩童的交往表现出来的。在文本中，作者精心选取了一些能够表现时代典型特征的艺术细节，如鸟笼、“那时还属稀罕物的电视”[3]和宣传画等。

小说讲述了这个来自典型知识分子家庭的犹太女孩利丽娅两三天的生活经历。乌利茨卡娅赋予了这个人物很多作家自己的性格特

---

① *Улицкая Л.* Сонечка: Повести. Рассказы. М.: Изд-во Эксмо, 2002. С. 359.

② *Улицкая Л.* Сонечка: Повести. Рассказы. М.: Изд-во Эксмо, 2002. С. 357.

③ *Улицкая Л.* Сонечка: Повести. Рассказы. М.: Изд-во Эксмо, 2002. С. 354.

征，而且也抒发了自己的世界观。乌利茨卡娅曾经说过："这些短篇小说自传性很强。虽然它们都是已然经历的事件，但它们更像是对特定题材的想象……我的童年时光可怕、荒谬，充满了重大的政治欺骗，以及对人的精神摧残……过去的一切我并没有完全忘记，它仍然存留着……而且时常带有某种令人恐惧的情调。"①

作家关注的是女孩的内心世界，她的精神折磨，通过对这一切的描写来揭示那段给人带来心灵创痛的现实生活。无疑，在这一点上乌利茨卡娅继承了陀思妥耶夫斯基的人道主义传统。通过全优生利丽娅·热日蒙尔斯卡娅与同院的儿时伙伴维克托尔·鲍德里克之间的冲突，乌利茨卡娅成功地传达了当时病态的社会现状，作家向我们展现的并不是这个社会外在的华美外表，而是其内部赤裸裸的灰色现实。

利丽娅生活在一个普通的家庭里，但这个普通的家庭却又同其他贫穷家庭具有明显的不同。利丽娅由祖父和祖母抚养长大，他们两人是莫斯科著名的医生，利丽娅接受的是旧式传统的"知识分子精神"教育。因此，在中学念书时的利丽娅是乌利茨卡娅笔下一个经常出现的人物形象。显然，作家对这个时期的小姑娘有很大的好感，这一点我们可以从对她的肖像描写上得到证实。她"长着一双炯炯有神的褐色眼睛，一头柔和的黑发，穿着褐色的校服，全身都是粉笔末和紫色的墨水印迹，表情温柔，散发着玫瑰般的清香"②。

乌利茨卡娅是从对主人公的外貌描写来展开自己的故事的，这并非偶然。在这里，肖像描写具有以下几个功能：首先，它表现了女主人

---

① *Улицкая Л.* «Принимаю всё, что даётся»: [Беседа с писательницей Л. Улицкой / Записала Анаставия Гостева] // Вопросы литературы. 2000. №1. С. 221.

② *Улицкая Л.* Сонечка: Повести. Рассказы. М.: Изд-во Эксмо, 2002. С. 352.

公的外在体表特征,“臂肘和毛茸茸的双膝”[①];其次,向读者传达了主人公的特定年龄变化,“腋下常有痛感,乳头也会不时发痒,而且,对这些身体上微小的凸起部、粗陋的暗色细发以及额头上的小脓包时常会产生一种莫名其妙的憎恶感”[②];最后,还揭示了主人公的民族属性,“她长着一副布满哀愁的闪族人特有的脸庞,高鼻梁,纤细的鼻子,眼睛下面有一层低垂着的并向外凸起的眼圈,温柔凸出的嘴,这副脸庞简直同玛利亚·约西耶娃的脸庞一模一样”[③]。主人公的年龄也在某种程度上强化了小说的故事冲突:“她已经快十二岁了。”[④]十一岁至十三岁正是一个过渡期,在这个时期生理上会发生相应的变化,并且性格得以形成。在描绘主人公的外貌时作家使用了各种颜色,这与通篇的灰色调形成了截然对比,作家以此表明,利丽娅就像是一抹亮丽的阳光,迥然不同于周围的人们。乌利茨卡娅使用的各种颜色,如“褐色”、“淡黑色”、“紫色”等,使得文本具有了某种庄重的色调,又带有了神秘性,这是因为出现在我们面前的是一个含苞待放的女孩儿。

小说的故事情节发生在冬末,这具有一定的象征意义,斯大林极权政治的末期与寒冬的末期形成了对应。“这一年的冬天是可怕的:严寒潮湿,令人憋闷,特别是低垂的天幕如同一床脏被压在每个人的肩上。”[⑤]那个特定时代令人窒息的氛围通过“一床脏被”这样的细节传达了出来。它让读者从小说的开篇就感受到极大的压迫感。在俄罗斯文学作品中,几乎少有比这篇小说里的天空形象还要压抑、沉重

---

① *Улицкая Л.* Сонечка: Повести. Рассказы. М.: Изд-во Эксмо, 2002. С. 352.

② *Улицкая Л.* Сонечка: Повести. Рассказы. М.: Изд-во Эксмо, 2002. С. 353.

③ *Улицкая Л.* Сонечка: Повести. Рассказы. М.: Изд-во Эксмо, 2002. С. 361.

④ *Улицкая Л.* Сонечка: Повести. Рассказы. М.: Изд-во Эксмо, 2002. С. 353.

⑤ *Улицкая Л.* Сонечка: Повести. Рассказы. М.: Изд-во Эксмо, 2002. С. 352.

的。这个低垂到肩膀上的天幕也在压迫着懵懂无知的孩童。小姑娘的生活看似很幸福、安逸，并被亲人的关爱包围着。在她的生活中，凡是同家庭相关的事物都是美好的。主人公的家里充满了爱、和谐以及人与人之间的相互信任和温情，"苏里克意味深长地且有所警惕地用手指敲了敲桌子，贝拉抬起张开的手掌，好像与聋哑人对手语一样。他们相互之间这样的动作、手势和外人无所知晓的形体语言有很多，所以他们基本上无须用语言，只通过相互的心灵交流就能够明白一切"①。然而，在主人公的生活中，一切最可怕的事情都发生在她那舒适的家庭以外的空间，被家人护佑有加的利丽娅在同院的鲍德里克面前却完全失去了保护。

紧张的情势在某种程度上受到当时特殊氛围的影响，起始于正在调查的所谓的"医生案"。神秘的恐惧感笼罩了很多人，其中也包括利丽娅的祖父和祖母。时代的这种沉重感在生活中无处不在，就是学校生活也未能幸免。摆放在主人公班级后面三角形标语上的"永恒"的话语展示的是苏联社会的正面形象，但能够反映社会真正实质的却是赤裸裸的民族主义，"每个时代都有属于自己的一套陈规陋习：鞑靼人与鞑靼人交朋友，中等生同中等生是好朋友，医生的孩子们与医生的孩子们结交，犹太医生的孩子们亦是如此"②，这种双重标准破坏的是人与人之间的和谐关系。个人完全受控于国家，无论他愿意还是不愿意，都将成为体制的牺牲品。

小说中的冲突不断激化，但是促使冲突激烈发展的却是那些在正常社会中微不足道的因素，因此，在文本中，这些因素强化了本来就紧张的叙述基调。主人公的家庭在社会地位上属于国家公务员，民族属性是犹太人的后裔，小说发生在斯大林主义的高潮这一特定的时间段，主人公又处在即将成人这样一个敏感的年龄段。

---

① *Улицкая Л.* Сонечка：Повести. Рассказы. М.：Изд-во Эксмо，2002. С. 353 –354.

② *Улицкая Л.* Сонечка：Повести. Рассказы. М.：Изд-во Эксмо，2002. С. 356 –357.

在学校里，利丽娅感到特别孤独。小说的悲剧性愈来愈浓，原因是主人公本想与同班同学沟通和交流，但“从秋天起班级里已经没有人跟她说话了”[①]。作家制造了“家园/学校”这样一对互相对立的形象。家庭护卫着主人公，而学校却使她不断感受到自己的无助。她的同桌很久以前就迁居里加，班里只有一个智力上有缺陷的尼卡·克尼亚泽娃经常同利丽娅打招呼，“一直想把她弄到弱智学校，但不知什么原因总是凑不齐必需的文件”[②]。原来，只有失去理智的人才能无意识地对公认的观点予以反驳，从而不随波逐流。具有象征意义的是，弱智的尼卡却有一个“显贵”的姓氏：克尼亚泽娃（Князева），在俄语中，它源于“公爵”（князь）一词。我们认为，作家选取这样的姓氏并不是偶然的。乌利茨卡娅想以此强调尼卡身上的不盲从、卓越性，甚至杰出性，因为她的弱智恰恰表明她完全缺乏社会适应能力。这当然是不接受现实生活的一种表现形式。乌利茨卡娅向我们展现了一个这样的社会：价值体系遭到了彻底的破坏，恶行被当作了善行，而善行却被公认为是恶行。人物形象在智力上的缺陷并不表明她精神上的贫穷；相反，所谓“弱智”的人身上却蕴藏着这样一些可贵的人性品质，如善良、同情以及怜悯等。

利丽娅的班主任老师的形象是那个特定时代的典型。作家在塑造这一形象时使用了最有代表性的外貌描写，如一口镶金的假牙，它“同胸前别着的银质胸针构成了金属器件的对话”[③]。透过这段外貌描写，我们不难捕捉到作者的有意嘲讽。在这里，并没有对人面貌的详细描写，作者只是刻意强调了人物身上的金属假牙这样一个极具代表性的细节，由此巧妙地传达出了当时的时代特征，即虚伪性。这个

---

① *Улицкая Л.* Сонечка：Повести. Рассказы. М.：Изд-во Эксмо，2002. С. 356.

② *Улицкая Л.* Сонечка：Повести. Рассказы. М.：Изд-во Эксмо，2002. С. 356.

③ *Улицкая Л.* Сонечка：Повести. Рассказы. М.：Изд-во Эксмо，2002. С. 359 – 360.

人物外表最美丽、最高雅的细节——“银质胸针”，让人联想起的却是生理上的不洁之物。她手中拿着的普通教鞭并不单单是一个教学用具，而是武器，作者称之为“花剑”①。这样，普通的物件就具有了不祥的含义。

在文本中，安东尼娜·弗拉基米罗夫娜这一形象具有双重性。她是“圣女，纯粹的贫民知识分子，她的祖父是教堂诵经士，母亲是洗衣女工，她是一个医疗手册上标注的纯洁处女。战争期间她收养了一个失去双亲的孤儿，一个斜眼的恶毒女孩佐依卡。她是车尔尼雪夫斯基的崇拜者，克拉拉·蔡特金、罗莎·卢森堡以及娜捷日塔·康斯坦金诺夫娜的忠实信徒，她身上流着未卜先知的女权主义者的血，她坚信‘物质是第一性的’，就像她的诵经士祖父坚信至纯的圣母一样，像窗户上的玻璃一样真诚质朴”②。在这里，作者一方面使用了一些崇高语体的词语表达人物的贞洁性，如“圣女”、“纯洁处女”等；另一方面，作者刻意强调了这个人物身上的那种乏味的信仰、盲目的执着，“像窗户上的玻璃”这个比喻强调了她的那颗冷漠而又易碎的心灵。笔者认为，正是基于这个道理，作者才有意让她失去做母亲的神圣权利。

正是在这个外在的世界，在学校，在班级里，主人公利丽娅敏锐地感受到了现实世界对她的敌意。心理学家说，与同龄人的交流是处于过渡年龄的孩童最主要的交际手段。正是“在这个年龄段才能逐渐掌握社会行为准则、道德准则，以此来确定平等关系以及相互尊重的关系”③。在小说中，与预期的恰恰相反，小姑娘利丽娅遇到的却是周围人对她的疏远和隔绝。伙伴们对她的彻底不接受使她处在一个精神与心理崩溃的边缘，处在生与死的一线之间。

---

① *Улицкая Л.* Сонечка：Повести. Рассказы. М.：Изд-во Эксмо，2002. С. 360.

② *Улицкая Л.* Сонечка：Повести. Рассказы. М.：Изд-во Эксмо，2002. С. 360.

③ *Обухова Л.* Детская психология：теории，факты，проблемы. М.：Тривола，1995. С. 290.

主人公只有在家里，在舒适、温暖的家园环境下，才有一种受到保护的感觉。利丽娅的家里生活着四代人：曾祖父阿龙、祖父亚历山大和祖母贝拉、父母及利丽娅本人。甚至家里摆放的各种物件，如罩上棉套的古旧转椅、当时普通百姓家里很少见到的电视机、配有铜制铁环的卧床、嵌有各种油画的画框以及厚实的窗帷等，都令人觉得生活在一种沉稳、充盈并且舒适的氛围中，这与公共住宅里的普遍贫穷和窘迫形成了鲜明的对照。作者认为，这种“舒适”感对于形成一个人的个性具有十分重要的意义。正像斯捷潘诺夫指出的那样，在俄罗斯文化中，舒适的概念经常会“让人想到‘自己的’、只属于自己的那块不大的空间，并与外在世界隔离开的……受到保护的‘角落’，在那里有温情，有平和的生活，而且外人无论如何也无法插足其间”①。

叙述者认为，在利丽娅的家中还维系着人与人之间的那种内在的精神联系，这一点非常重要。亚历山大与贝拉虽经历了战争的磨砺，但在内心深处仍保留了与对方的真挚情感。他们家里一直保持着和谐的关系，充满着“相互信任、友情和柔情”②，这使得他们的家庭有别于其他家庭。随着时间的发展，精神上的一致使他们在形式上变为独特的“固有舒适”：“不知是他们身体在一定姿势下形成的凸出部与凹陷部保障了他们的固有舒适，还是在共同度过的这些岁月里在夜晚拥抱时，为了迎合对方，身体本身自然地变化了形态，以便达成这种一致。”③

乌利茨卡娅坚信，正是精神上的沟通以及与过往生活的紧密联系才使家庭得以保全下来。在小说中，根本问题同主人公九十岁的曾祖父阿龙密切相关。他是家中最自由的人。在当时的语境下，这是一个

① Степанов Ю. Константы. Словарь русской культуры. Опыты исследования. М.: Школа «Языки русской культуры», 1997. С. 694.

② *Улицкая Л.* Сонечка: Повести. Рассказы. М.: Изд-во Эксмо, 2002. С. 354.

③ *Улицкая Л.* Сонечка: Повести. Рассказы. М.: Изд-во Эксмо, 2002. С. 355.

异类，在精神上他也远离当时那个时代。他是一个完全来自过去的人，是过往生活的“残片”，在自己的记忆深处仍保留着关于自己古老民族历史的回顾及传说。他的左臂上缠着两个小香包，从来就没有从身上摘下过，虽然这时他已病入膏肓。戴香包是犹太人的古老传统。那是两个方形的小包，在包里“收藏着用希伯来文写在羊皮纸上的四篇《圣经》珍文”①。按照犹太教的传统，携带写有《圣经》经文的香包意味着要严格遵守书面记录下来的规则。阿龙过的是富足的内在的精神生活，生活在各种关于过往生活的传说和回忆以及有关本民族的神话故事当中。可见，曾祖父成了久远的犹太传统与文化的象征。就是他本人的名字，也在强调这种象征。根据神圣的历史传说，阿龙是摩西的长兄，曾帮助摩西带领以色列人走出埃及。② 根据犹太人的神话传说，阿龙是“一支神甫族派的先祖”③。上帝正是让他做了以色列人的第一个神甫。曾祖父让利丽娅接受真正的价值观，他宣扬的是善、爱、和谐和正义。所以，他讲的故事甚至连已经当上了祖父母的亚历山大和贝拉都听上了瘾。正是在他的身旁他们才“感到在这里，在磨得破破烂烂的床榻前，在得到宽恕的和缓的死亡面前，一块从未有过的绿洲正在繁荣生长。在这里，既没有下毒的医生，也没有那种受困于千百万人的对于他们罪恶阴谋的神秘恐惧。只有在这里才看不到那些对这个现实生活毒物的畏惧感、憎恶感以及妖魔化。于是，心情沉重的学者，每天都准备要被逮捕、流放，甚至受到更加恶劣待遇的教授放慢了那双打算离开的脚步，因为在这里，在公共的餐厅里，重病缠身的老者正要离去”④。

---

① Еврейская цивилизация. Энциклопедический словарь. Персоналии. Деяния. Понятия. М.: Лори, 1997. С. 177.

② 参见 Библейская энциклопедия. М.: Российское Библейское Общество, 1996. С. 194。

③ Мифы народов мира. В 2 тт. М.: Просвещение, 1991. Т. 1. С. 585.

④ *Улицкая Л.* Сонечка: Повести. Рассказы. М.: Изд-во Эксмо, 2002. С. 354.

亚历山大·阿龙诺维奇和贝拉·季诺维耶夫娜是家里的第二代，他们在某种程度上与阿龙非常相近。他们还是在战前的欧洲受到的教育。他们非常理解阿龙。但从另一方面来讲，时代在他们身上也打下了自己的烙印。他们怀着一种谨小慎微的态度来看待当时的苏联生活。当阿龙向利丽娅讲述本民族的精神生活和宗教传统时，他们都非常害怕，担心由此导致的后果："我真担心，她在学校会不小心说走嘴！"[①]此外，与阿龙不同，亚历山大和贝拉都是无神论者，也是唯物主义者。

如果说，在老一辈人的心中还存留着《圣经》中倡导的聚合性和精神性，那么，在年轻一代人身上这些观念就要弱化得多。要知道年轻人是在一种全新的苏联当局倡导的无神论的现实语境下长大的。对于乌利茨卡娅来说，澄清这种不同时代人的心理差异显得特别重要。

利丽娅的父母是家里的第三代，他们是苏联新生代的代表。他们无论是在直接意义上，还是在间接意义上，都要远离自己的父辈和祖父辈。亚历山大的儿子也叫亚历山大，担任着一个"重大的，但又不确定的职务，生活在东北部，在北极圈以内"[②]。乌利茨卡娅只在小说结尾处向我们表明，亚历山大佩戴着"无辜的浅蓝肩章"[③]。他甚至不是红军战士，而是这个体制的服务人员、"伟大领袖"的卫士，也是古拉格群岛的护卫者或是某个护卫队的队长，是这个令人恐惧的国家机器上的一颗螺丝钉。作者言犹未尽，让我们无从知晓他具体在哪里工作以及为什么在那里工作。这也可以让我们发现那种潜藏的恐惧感。值得注意的是，在有关亚历山大的叙述中，作者使用的是贝拉·季诺维耶夫娜的非直接引语："他的工作领域是自己自愿选择的，这种工作正

---

① *Улицкая Л.* Сонечка: Повести. Рассказы. М.: Изд-во Эксмо, 2002. С. 356.

② *Улицкая Л.* Сонечка: Повести. Рассказы. М.: Изд-во Эксмо, 2002. С. 355.

③ *Улицкая Л.* Сонечка: Повести. Рассказы. М.: Изд-во Эксмо, 2002. С. 367.

常人是永远也不会去做的，哪怕是鬼来请他做都坚决不去。”[①]魔鬼不能诱惑利丽娅的父亲，但伟大的领袖却能做到。在小说的结尾，作者向我们表明，这个体制的螺丝钉，古拉格群岛的指挥员“面对摆在利丽娅班级墙角里的悠远而五彩斑斓的灰色三角形标语，面对着已然褪色的远景处站着的一小撮伟大民众的杰出代表，宣布道，‘他死了’”[②]。作者把他看作是一个完全受国家意识形态左右的典型。尤为令人关注的是在唯一一处对他的外貌描写时作者使用的修饰语：他，“利丽娅的父亲，体面双亲的儿子，痛哭流涕起来”[③]。可见，在小说中，“无辜的浅蓝肩章”一词的所指是多义的。他们一点儿也不无辜，恰恰相反，对于千百万人的死他们罪责难当。作者向我们表明，信奉“社会”高于“个人”的结果会导致第三代完全献身于新政权的标语和口号。为了所谓的国家利益，他们将五岁的小女孩留给了年迈的父母，丝毫不顾长辈的内心感受。对于乌利茨卡娅而言，这些被意识形态所左右的人是那个时代的典型代表。

我们可以发现，在描写利丽娅父母时作者选用的都是那些能简要概括他们性格特征的修饰语，如“痛哭流涕的父亲”[④]，“由于悲痛而变黑了的心”[⑤]，还有他“长得像熊一样粗壮的”[⑥]妻子等。在小说中，利丽娅家中有三口人都叫亚历山大，这在某种程度上也说明家庭成员个性的丧失。作者认为，家庭的主要责任是教育孩子，是在家人中间传

---

① *Улицкая Л.* Сонечка: Повести. Рассказы. М.: Изд-во Эксмо, 2002. С. 359.

② *Улицкая Л.* Сонечка: Повести. Рассказы. М.: Изд-во Эксмо, 2002. С. 367.

③ *Улицкая Л.* Сонечка: Повести. Рассказы. М.: Изд-во Эксмо, 2002. С. 367.

④ *Улицкая Л.* Сонечка: Повести. Рассказы. М.: Изд-во Эксмо, 2002. С. 367.

⑤ *Улицкая Л.* Сонечка: Повести. Рассказы. М.: Изд-во Эксмо, 2002. С. 367.

⑥ *Улицкая Л.* Сонечка: Повести. Рассказы. М.: Изд-во Эксмо, 2002. С. 359.

播永恒的价值观念。"正是家庭铸成人的个性"[1]，在一篇访谈录中乌利茨卡娅如是说。作者以利丽娅父母的经历向我们证明，当时现存的体制破坏了人类的普遍价值观念。

乌利茨卡娅将这种缺失的精神价值赋予了笔下的长者形象。在这篇小说中，我们可以找到很多作家的自传因素。作家说，"祖父母对我的影响"，"要比父母更大"。[2] 正像作家回忆的那样："从很小的时候起，我周围都不是与我父母同辈的长者，而是与我的祖父母同辈的长者……这也是同我父母这代人要求不同的人。我的父母……属于被摧残的一代，为了获取哪怕是一丁点儿的自由，他们都要克服很多困难……从这一点上说，我关注的是那些年长一代的人。而且，从他们身上我受益良多。"[3]

从作家的这段表述中，我们不难看到长者对作家自身的言传身教。首先，在小说中，阿龙的形象对于揭示全篇的创作主旨起着非常重要的作用。他是一个独立的个体，有自己的精神价值追求，努力使自己不依靠别人来战胜病魔。与此同时，他也非常体谅自己的亲人，尽量不把自己的痛苦传给他们。最重要的是，在他身上体现出了那种与过往生活、家族传统和民族传统的紧密联系。其次，在他的内心深处还保留着精神自由和人格尊严感。再次，他身上有一种为自己的后辈负责任的崇高道德感，这也是对国家的责任感。亚历山大和贝拉在某种程度上与阿龙近似，虽然精神维度上稍逊些。他们精神上也是自由的，但同时他们又是被吓坏了的。阿龙的孩子们能够克服意识形态方面的压力，在严酷的现实面前勇敢地承担了抚养利丽娅的重任。他的孙辈们则被国家机器完全征服。与长辈们不同，第三代人身上的精

---

① *Улицкая Л.* Запретных тем нет：[Беседа с писательницей Л. Улицкой / Записал Андрей Зайцев] // Независимая газета. 17 дек. 2003. №. 271. С. 8.

② *Улицкая Л.* «Спасение – в отказе от себя». http：// legeartis. medic-21vek. ru/critycs/uliska. shtml≠top.

③ *Улицкая Л.* «Никаких химических воздействий» // Независимая газета. 20 дек. 2001. №236. С. 9.

神维度以及道德品质都丧失殆尽。

作者认为，只有爱与道义上的和谐，这种内在隐秘的精神联系才能创建真正的家庭，也只有这样的家庭才是抵御生活中各种灾难、困苦的堡垒。乌利茨卡娅曾这样说过："家庭是生活中重要的组成部分……可能有人会觉得家庭观念已经过时了，我却非常珍重这些家庭观念。我觉得，家庭在苏联时期的作用尤其大。正是在家庭中可以找到与伪善不同的真正价值观，正是这些价值观无处不在地滋养着人们，从幼儿园到最后的墓地。"①

于是，在乌利茨卡娅的笔下，家园获得了某种象征性。在舒适、古老的家庭里还保留着与往昔的一切——如文化、艺术、文学等的联系。在这样的家庭中奏响的是一种风格迥异的音乐，阅读的是另外一些书籍，可以是"在郊外别墅里放置的破旧乐器上弹奏出的舒伯特小夜曲，午休时在深邃而灰暗的小溪边尽情地戏水，在木制的凉台上品茗，欣赏落日，夜晚沉迷于狄更斯或者梅里美的艺术世界"②。在到处都是以意识形态为主的政治话语以及社会隔膜中，家园成了人的唯一护卫者，利丽娅的家庭就其自身的生活方式而言，让我们想起了普希金、阿科萨克夫、列夫·托尔斯泰、阿·托尔斯泰、肖洛霍夫和布尔加科夫等人笔下的理想家园。

从自己的曾祖父那里，利丽娅获得的最大的精神支持就是《旧约》中的宗教历史故事，关于犹太民族的大法官达尼尔的传说，关于史诗中的英雄，也是犹太人的大法官之一的格杰奥的传说。在听到曾祖父讲述的这些跨越时代的故事之后，小姑娘也获得了内心的平静："只有处在曾祖父那散发着樟脑与古色纸墨沁香的卧榻前，她终于使自己摆

① *Улицкая Л.* «Принимаю всё, что даётся»: [Беседа с писательницей Л. Улицкой / Записала Анаставия Гостева] // Вопросы литературы. 2000. №1. С. 230.

② *Улицкая Л.* Сонечка: Повести. Рассказы. М.: Изд-во Эксмо, 2002. С. 354 – 355.

脱了那种沉重压抑的幻觉。"[①]这样，曾祖父成了利丽娅一家的精神支柱，甚至他睡觉的地方在某种意义上都具有了一种庄严感。对于孩子们而言，它是神圣不可侵犯的，这是他们在精神荒漠中的"一块从未有过的绿洲"[②]。这个家庭的其他成员正是从阿龙身上获取了温暖家园的感受，以及生存下去的支柱。

在文本中，与国家有关的一切都带上了强迫性，因此，它是偶然的，禁不住时间的考验。而家园却是人心向往的圣地、善与美的化身，所以它是永恒的。这样，国家与家园形成了语义相对的一对概念。我们看到，国家破坏了生活的自然进程，而家园则铸成了人的个性，加强了不同时代人的精神联系。

可以说，家园与国家的对立关系是乌利茨卡娅创作的一个核心主题。无论是在短篇小说《利丽娅之家》（Лялин дом，1994）、《包不离手的格涅列》等，还是在她的大部头作品《索尼奇卡》《美狄娅和她的孩子们》《库科茨基医生的病案》等中，都有不同程度的呈现。在自己的创作中，乌利茨卡娅向我们证明，只有那种靠精神生活维系的稳固的家庭，才能培养独立的个性，保障人的幸福和社会的和谐；与此相反，不完善的家庭则毁坏个性，为社会带来无穷的危害。

在小说中，家族史只是情节发展的背景。但正像佐罗托诺索夫指出的那样，"情节展开前发生的故事并不是装饰，它向我们讲述了主人公性格产生的源泉，以及蕴藏在其内心深处的密码，既有道德层面上的，也有行为层面上的"[③]。可以说，利丽娅·热日蒙尔斯卡娅在家中获取的价值观念与她在学校里和庭院中接触到的价值观念，发生了激烈的碰撞。如果说家人用爱和关怀来对待她，那么在学校里她遇到的

---

① *Улицкая Л.* Сонечка: Повести. Рассказы. М.: Изд-во Эксмо, 2002. С. 353.

② *Улицкая Л.* Сонечка: Повести. Рассказы. М.: Изд-во Эксмо, 2002. С. 354.

③ *Золотоносов М.* Мужчина ее мечты // Московские новости. 13 фев. 2004. №5. С. 7.

就是仇视和冷漠;如果说从曾祖父那里她知道了自己祖先不无浪漫的传说,那么在学校里和庭院中她遇到的却是一个被大众歪曲了的历史命题:“为什么你们犹太人要绞死我们的耶稣?”[①]对于周围人而言,她不过是叛徒和咒骂上帝的人的后代。品尝了孤独、害羞、恐惧,小姑娘自然要寄希望于自己的亲人,求助于自己的家人。正是在这些传说中,在家庭温馨的环境下,她才得以摆脱外在的恐怖世界,避免了残忍而不愉快的冲突。

但女主人公仍然无法摆脱大众的敌意。或者应该战胜恐惧,或者与其妥协。在乌利茨卡娅的艺术思维中,恐惧是能够被克服的:“我是一个在生活中恐惧感越来越少的人。就我的本质来讲,我并不是一个异常胆小的人,而且我下意识地把恐惧当作是应该克服、根除的事物。”[②]作家认为,正是在克服恐惧的过程中,才得以展现主人公的性格,锻造她的个性。

克服恐惧的主题是通过描写利丽娅同小院里“半大小子”鲍德里克之间的冲突来体现的。鲍德里克这个人物形象同利丽娅的形象截然对立。利丽娅衣着整洁、勤奋好学,鲍德里克衣着邋遢、举止粗俗、弃学在家。利丽娅出身于一个知识分子世家,而鲍德里克却没有一个像样的家,父亲正在服劳役,母亲是一个守院子的醉鬼。鲍德里克本人和他的妹妹经常需要别人的救助。作者通过女主人公那双饱含同情心的双眼向我们展现了“底层”人的典型居住环境:“房子里有一个大炉子,正中间低垂着一些绳子,上面挂着潮湿的衣裤,使人不能即刻看清楚屋子里的人和物,还散发着难闻的异味……这里是真正的最可怕的底层——体液、腐烂菜叶、发霉了的蘑菇还有臭水混在一起。”[③]

---

① *Улицкая Л.* Сонечка: Повести. Рассказы. М.: Изд-во Эксмо, 2002. С. 361.

② *Улицкая Л.* Автография [Записала Марина Георгадзе]. Май 2003. http: // www. litwomen. ru/autor23. html.

③ *Улицкая Л.* Сонечка: Повести. Рассказы. М.: Изд-во Эксмо, 2002. С. 365.

利丽娅同鲍德里克之间冲突的外在表现属于社会冲突，是富足与贫穷之间的冲突，是幸福与不幸之间的冲突。鲍德里克嫉妒利丽娅过着“她那富足又整洁的生活”①，虽然她按照祖母的吩咐定期给鲍德里克一家带去自己的旧衣物和零花钱。鲍德里克是新生活的宠儿，是其虚伪宣传的忠实信徒，是那个时代意识形态的坚决护卫者。与其说他令人惧怕，不如说他令人怜悯。他也是生于斯长于斯的那个时代的牺牲品。

作者让鲍德里克失去了精神支柱，因为他没有一个真正的家庭。天意让他没有感受到家人的关爱和善良，因此，他就像是一块海绵被浸到伪善的泥潭中一样被有毒思想完全浸泡。乌利茨卡娅证实，这种潜意识中的嫉妒如何轻松又粗鲁地转变为恶意和仇视。他整日呆坐在学校唯一的大门旁，只有一个目的，那就是要当众羞辱一下利丽娅·热日蒙尔斯卡娅，朝她的背部打一下。“他的手劲儿像澳大利亚的土著一样使用得恰到好处。”②在这个“游戏”中，他践踏的是人的尊严，却将利丽娅一家的善意忘得一干二净，得到了魔鬼般的满足感，他侮辱的是那些想成为梦中人却永远也做不成的人。鲍德里克是那个时代可怕而又可怜的产物。作者拒绝描绘他的外表：“他长着青铁般深蓝的双眼，面容毫无突出之处。”③乌利茨卡娅正是通过这种缺失了的肖像描写来表达自己对这个人物的看法。作家塑造了一个没有个性特征的人物形象，他那失去个性的面容是这个肆无忌惮国度中的无恶不作的典型代表。

在小说中，利丽娅的同学群像对于揭示小说的主旨也很重要，他们或多或少都参与了这个残忍的没有人性的游戏。当小姑娘快要走

---

① *Улицкая Л.* Сонечка: Повести. Рассказы. М.: Изд-во Эксмо, 2002. С. 362.

② *Улицкая Л.* Сонечка: Повести. Рассказы. М.: Изд-во Эксмо, 2002. С. 359.

③ *Улицкая Л.* Сонечка: Повести. Рассказы. М.: Изд-во Эксмо, 2002. С. 357.

到大门口的时候,她“尽量使自己藏在人群中,敏感的同学们或者故意落在后面,或者快步跑向前面”①。这样的场景几乎每天都要发生,“每一个不吝惜时间的人都打算瞧一瞧”②这个场景。在乌利茨卡娅的笔下,利丽娅同班同学的形象是一组盲目的随波逐流的群体形象,是一个言听计从的被愚弄的整体。他们身上体现了苏联学校整体的道德水平。在不幸的鲍德里克身上浓缩了社会和时代的本质特征。具有象征意义的是,叙述者称鲍德里克为演员③,而利丽娅的同学是观众。④ 使用这些戏剧词语的目的是否认那种偶然性,同时也强调了所发生一切的人为特征。

乌利茨卡娅向我们一步步地揭示了利丽娅同鲍德里克两个人是如何从个人之间的冲突转变为个人与社会的冲突、个性与环境的冲突的。终于,小姑娘再也无法忍受了,她开始了自己的反抗。鲍德里克在生活中正是依赖着那些虚伪的神话而活着。利丽娅在鲍德里克狡猾的问题里感受到的不仅是对自己的侮辱,而且也包括对自己民族的否定,她要奋起反击。作者试图表明,人的忍耐是有限度的。乌利茨卡娅运用一些艺术细节向我们描绘了主人公在情绪勃发时的精神状态:“那种她早就体验到的对她的复杂感受……就其力度与内在的正当性而言,都无法与她心中沸腾的冲天愤怒相比。”⑤她将自己的一切积怨、一切悲伤与屈辱都积聚到自己最后的一击上,因此,导致了鲍德

① *Улицкая Л.* Сонечка: Повести. Рассказы. М.: Изд-во Эксмо, 2002. С. 357 – 358.

② *Улицкая Л.* Сонечка: Повести. Рассказы. М.: Изд-во Эксмо, 2002. С. 358.

③ 参见 *Улицкая Л.* Сонечка: Повести. Рассказы. М.: Изд-во Эксмо, 2002. С. 361。

④ 参见 *Улицкая Л.* Сонечка: Повести. Рассказы. М.: Изд-во Эксмо, 2002. С. 358。

⑤ *Улицкая Л.* Сонечка: Повести. Рассказы. М.: Изд-во Эксмо, 2002. С. 362.

里克的“中度脑震荡”[1]。

利丽娅·热日蒙尔斯卡娅战胜了恐惧。同时，她也在某种程度上完成了自己的成人礼。众所周知，成人礼是“一组（以礼节性为主的）行动的集合体，通过实施这些行动来完成个体社会地位的转变，并在形式上将这种变化记录下来，从而将其纳入到某个封闭的团体，让他获取独特的知识，并掌握某些功能或权限”[2]。那些从一个年龄段过渡到另一个年龄段期间发生的礼仪，也属于成人礼节。我们有理由认为，利丽娅脸上的伤口完全就是这些极具象征意味的礼节的标志。女主人公自身发生的心理和生理上的变化，也说明了这一点。以前，利丽娅总是一想到必须要“经过那个地狱般的大门”[3]就心烦，然而，在冲突发生之后，她已经能够从容地看待别人对她的态度，好像“忘记了白天的事情，后来发生的一切又都瞬间浮上了心头，连同上周以及去年夏天发生的一切，但这一切完全是以另外一种让人认不出来的又显得极其微不足道的样子呈现出来的。这一切都显得无关紧要、微不足道，像是一件早就应该忘却的事”[4]。

这一天，即 1953 年 3 月 2 日，主人公是在一种双重的惊吓中度过的。她“浑身发冷，肚子下边阵阵酸痛”[5]，坐在洗手间里，她发现自己的衬裤上浸着“像郁金香一样鲜红的血块”[6]。根据心理学家的描述，第一次月经通常对于女孩来说是令人震惊的事情，常常将之等同于与

---

① *Улицкая Л.* Сонечка: Повести. Рассказы. М.: Изд-во Эксмо, 2002. С. 367.

② Психология. Словарь. / Под общ. ред. *А. Петровского*, *М. Ярошевского*. М.: Политиздат, 1990. С. 138 – 139.

③ *Улицкая Л.* Сонечка: Повести. Рассказы. М.: Изд-во Эксмо, 2002. С. 359.

④ *Улицкая Л.* Сонечка: Повести. Рассказы. М.: Изд-во Эксмо, 2002. С. 364.

⑤ *Улицкая Л.* Сонечка: Повести. Рассказы. М.: Изд-во Эксмо, 2002. С. 363.

⑥ *Улицкая Л.* Сонечка: Повести. Рассказы. М.: Изд-во Эксмо, 2002. С. 366.

童年的彻底告别。这种心理惊悸让她忘却了一切,她对祖母说:"我要死了。"小姑娘想,"真可怕,真让人羞耻",于是,她"怀着僵死的心情开始等待死亡的来临"。[①]

在小说中,利丽娅·热日蒙尔斯卡娅长大成人并过渡到另一个年龄段的事实是同两个人的死一起发生的。首先,是她的曾祖父的离世。一方面,它象征着与过往生活的彻底决裂;另一方面,也预示着主人公战胜自我,获得独立人格的开始。其次,是与全体苏联人民息息相关的"一个民族领袖"之死,它预示着一个时代的终结:"在莫斯科郊外自己的别墅里,在狭长的沙发床上躺着一个垂死的人,一件破旧的军大衣遮住了下半身。但这只是 3 月 2 日,又过了几个隆重的日子……才正式宣布……他已死去。"[②]这三件事,即曾祖父的离世、斯大林的逝世以及利丽娅身上发生的变化,都被作者作为同等重要的事情来描述。它们都罩上了一层神秘的光环,迫使小小的孩子和千百万人一起"感受着那种与死亡无异的未知恐惧,但与此同时,也开启了个体与历史发展的新前景"[③]。

在这篇小说中,乌利茨卡娅巧妙地将历史同个人的经历结合了起来。她向我们表明了特定时代的价值观同永恒价值观之间的冲突结果会带来什么样的悲痛。小说标题中的省略号似乎也充分说明了这一点。历史随意地侵袭了个人的私生活。在这样的情况下,只有家园、家人才会是个人的护卫者,只有家园才会让我们感觉到生存的希望,感觉到未来一定会更美好。在小说中,具体的历史题材有机地同永恒题材,如个性的成熟、个性的形成、代与代之间的相互影响、人的

---

① *Улицкая Л.* Сонечка: Повести. Рассказы. М.: Изд-во Эксмо, 2002. С. 366.

② *Улицкая Л.* Сонечка: Повести. Рассказы. М.: Изд-во Эксмо, 2002. С. 367.

③ *Остренко И.* Субкультура детства в цикле Л. Улицкой «Девочки» // Мировая словесность для детей и о детях. Вып. 9. М.: МПГУ. УНФЦ, 2004. Ч. 1. С. 62.

忍耐度等结合了起来。乌利茨卡娅还巧妙地将一个小姑娘的生活纳入到了一个永恒的视角，在文中作者引入了宗教仪式，还有一些圣徒、历史名人及二十世纪有影响的人物的名字，如耶稣基督、玛利亚·约西耶娃、阿龙、斯大林、克拉拉·蔡特金和罗莎·卢森堡等。

二、《非人工的礼物》中的国家与个人冲突主题

乌利茨卡娅的另一名篇《非人工的礼物》谈的也是国家与个人冲突的主题。这篇小说的故事情节很简单。同《那一年的 3 月 2 日……》一样，小说反映的也是二十世纪五十年代初期的苏联社会生活。与上一篇小说不同的是，文本中有五位主人公，其中的一位读者们已经认识了，她就是利丽娅·热日蒙尔斯卡娅，她也是贯穿短篇小说集《小女孩》的一个中心主人公。小说从主人公们参观博物馆开始，在这个过程中她们看到了一幅送给伟大领袖斯大林的画像，它是由失去双手的塔玛拉·科雷万诺娃用双脚缝制的。她们感到非常激动，就决定去拜访这个"失去双手的婶婶"[①]，以便弄清她是如何制作自己的画作的。

同塔玛拉·科雷万诺娃的结识，以及主人公们亲眼所见她制作赠画的艰苦条件，给小姑娘们留下了深刻印象。原来，塔玛拉阿姨并未想创建什么功勋，对于她而言，用脚缝制是再普通不过的事情。与这些品学兼优的少先队员的预期截然相反，她送给斯大林的画像并不是发自内心深处，而是故意做给那些官僚看的，甚至是为了让他们心生敬畏而做的。而且，与主人公们天真的想法截然不同的是，塔玛拉阿姨遵循的也不是什么爱国激情，更不是出于对领袖的由衷热爱，而是完全出于自己的小盘算，是在无望情绪折磨下的下策，她需要房屋拆迁后为自己保留一块生活空间，由于心愿无法实现而萌生了为领袖缝制礼物的想法，希望引起有关当局的重视。

---

① *Улицкая Л.* Сонечка：Повести. Рассказы. М.：Изд-во Эксмо，2002. С. 300.

虚伪的社会所流行的价值观念同暗无天日的、真实的生活之间的尖锐对立,想象的与亲眼所见之间的截然不同,这一切乌利茨卡娅都是用她擅长的写作风格(即日常生活细节与细微的心理描写)表现出来的。

小说的情节在某种程度上让我们想起了利丽娅·热日蒙尔斯卡娅在《那一年的3月2日……》中经历的成人仪式。略有不同的是,在上一篇小说中,作者展现的是一个小姑娘的成熟过程,在本篇小说中,表现的则是集体的成人礼。乌利茨卡娅本人对此曾经有过一段公开的论述:"当我们加入少先队的时候,从人类学的角度来讲,这正是一种成人礼:要经受住考验,从而长大成人。那些想出少先队仪式的人,同我小说中的小姑娘一样,从未想过这一事件的神话意蕴的根源,通过这些仪式正可以发现一定的文化自我认知。"[①]我们认为,作家正是以一个过来人的视角,从另外一个历史语境出发,力求弄清楚这种意识组成的解码。因此,在小说中她将这种仪式的全过程作了一个精心的描绘。只有"五个精选出的小姑娘"[②]参与了这个仪式,而且"这些小姑娘都是优等生中的优等生,无一例外的都是品学兼优"[③]。她们是斯维特兰娜·巴卡图利亚、利丽娅·热日蒙尔斯卡娅、索尼娅·波列奥布拉任斯卡娅、阿廖娜·普舍尼奇尼科娃和玛丽娅·切雷舍娃。需要强调的是,这五位女孩代表了不同的民族,但属于同一个社会阶层,斯维特兰娜的父亲是格鲁吉亚的党的领导,阿廖娜的父母是常年驻外的资深外交官,玛丽娅的祖父是真正的海军元帅,而利丽娅是犹太医生的孙女。我们认为,这是作者有意为之。如果成人礼的参与者来自不同的社会阶层,那么也就不会是有组织的礼节。仪式的庄重性

---

① *Улицкая Л.* «Творец знал, что делал!» [Беседу записала Инесса Ципоркина] // Книжное обозрение. 14 авг. 2000. №33. С. 5.

② *Улицкая Л.* Сонечка: Повести. Рассказы. М.: Изд-во Эксмо, 2002. С. 295.

③ *Улицкая Л.* Сонечка: Повести. Рассказы. М.: Изд-во Эксмо, 2002. С. 295.

是通过一些外在细节以及当时那种独特的氛围表达出来的。“她们从一大早就像过命名日那样装扮得极其特别……穿着中学校服，‘下身是黑色的，上身是白色的’。”①

苏联时期制定的一套严格的并经过数十年的锤炼形成的仪式是这个成人礼的突出特征。她们都站成纵队，在锣鼓的铿锵伴奏下，卓娅和舒拉的母亲还有经常参与这种活动的经验丰富的老战士作为特邀代表，讲述相关英雄事迹以及第一次少先队代表大会的盛况，一起倾听马雅可夫斯基那首号召建设新生活、为美好的未来奋斗的诗歌《让我们拿起新枪，像擎起红旗的旗杆一样……》，庄严地宣誓，齐声合唱少先队队歌“蓝色的夜幕，让我们燃起篝火”②等。这一切都是加入少先队必须要做的，而且在整个国家都要严格遵守这套已然固定下来的礼仪程序。

举行礼仪的地点是精心挑选出来的，那是陈列着送给斯大林同志礼物的博物馆。我们通过略带嘲弄口吻的叙述可以感受到作者对这件事情的态度：“印度人在米粒上写着自己的问候语……可以用显微镜来仔细观察这些苍蝇屎大小的波浪形的文字。”③作者用“苍蝇屎”这样直接的比喻使得本来高雅的事情带上了诙谐、嘲讽的语气，乌利茨卡娅使用这样的类比意在强调这些类比事物的微小性、怪诞性、荒唐性。还比如，“乌兹别克女人花了一辈子时间用自己身上的头发缝制了一个地毯，它一面是黑褐色的，另一面是浅蓝色的，中间是用灰白的、略微夹杂着其他颜色的忧郁的发辫做的”④。这种颜色上的对比既给人一种真实感，同时，也表达了作者的嘲讽语气。

---

① *Улицкая Л.* Сонечка: Повести. Рассказы. М.: Изд-во Эксмо, 2002. С. 295.

② *Улицкая Л.* Сонечка: Повести. Рассказы. М.: Изд-во Эксмо, 2002. С. 299.

③ *Улицкая Л.* Сонечка: Повести. Рассказы. М.: Изд-во Эксмо, 2002. С. 297.

④ *Улицкая Л.* Сонечка: Повести. Рассказы. М.: Изд-во Эксмо, 2002. С. 298.

小说对社会政治化的描绘是全面的,作者通过递进的手法实现了这一点:“这样的队伍来自许多学校,既有男子学校,也有女子学校,因为这样的活动是全市范围内的、全共和国范围内的,甚至是全苏范围内的。”①

成人礼总是同一般礼节素有的那种情感震荡紧密相关。所以,小说的主人公们在入队前夜都或多或少地感受到了紧张,甚或是恐惧。利丽娅·热日蒙尔斯卡娅“由于精神过度紧张发生了呕吐”,然后又是一阵剧烈的头痛,以至于“不得不将她领到医务室,让她躺到冰冷的病床上休息一下”。② 斯维特兰娜·巴卡图利亚一直在惊恐地反复说,她好像把庄严的誓词忘得一干二净。而索尼娅·波列奥布拉任斯卡娅是她们当中唯一一个在自己的衣服上面发现能装进红领巾的衣兜的小姑娘,但最后却鬼使神差地弄丢了这个“贵重的三角巾”③。

意识形态化的成人仪式完成了,小姑娘们原本的紧张情绪被一种庄严而又“神圣”的情感所替代。她们“排着整齐的队列走出大厅,但已经不是先前的自己了,都变得高傲起来,时刻准备着建功立业”④。

但在乌利茨卡娅的小说中,这种意识形态化的成人仪式并不是真正的成人仪式,因为它并不源自内心的真正需求。由此会有一种不真实感,虽然发生的一切看上去源自孩子们真挚的幼小心灵,但是作者那些话语不多的叙述及插叙让我们不由得会产生这样的想法。比如:在这个著名博物馆的台阶上矗立着一对石狮子,“不知从何时起就已然习惯了那些被精选出来的观众”,在参观博物馆的过程中,“大家看到那种帝国的革命式的雄奇伟岸都不禁屏住了呼吸”,而博物馆中摆

---

① *Улицкая Л.* Сонечка: Повести. Рассказы. М.: Изд-во Эксмо, 2002. С. 296.

② *Улицкая Л.* Сонечка: Повести. Рассказы. М.: Изд-во Эксмо, 2002. С. 295.

③ *Улицкая Л.* Сонечка: Повести. Рассказы. М.: Изд-во Эксмо, 2002. С. 297.

④ *Улицкая Л.* Сонечка: Повести. Рассказы. М.: Изд-во Эксмо, 2002. С. 299.

放着“仿佛是处在地狱部落的各色旗帜”，每一层台阶上的地毯“都晃来晃去，软绵绵的，就像干燥沼泽地上的青苔一样”。[①]

作家对这种强制性的但又被扣上自愿性质的事件持一种否定的态度，在书中这种态度是通过对一些所谓的“社会活动家”等边缘人物的描写表露出来的。这里的人物不少，但几乎每个人对于揭示全篇的主旨而言都承担着自己的特定功能。比如：队伍的前面站着一个上了年纪的少先队辅导员，“非常美丽，但是一个有点儿斜眼的姑娘”，她的旁边是女孩巴列波依姆，她“去少年宫的小号手活动小组已经有一年了，但还没有学会吹奏出连贯的旋律”。[②] 作者用近似怪诞的对比手法营造了一种嘲弄、讽刺的氛围。乌利茨卡娅还通过一些物象细节的描绘，将那些看起来不可分的事物分成若干组成部分，用隐晦的作者注释等手法来表达自己对事件的看法和观点。在队伍的后面站着一个学生的家长，她是家长委员会的代表，“肩上披着两个淫荡的黑褐色狐狸皮衣领”[③]。走进博物馆后，脱下华贵狐狸皮衣领下面“那件极不起眼的大衣”，仿佛“她的下巴一下子就陷入到厚厚的毛绒衣领中”。[④] 在这里，同一个细节重复了两次，作者意在强调人物过着的是一种受到保障的物质生活，它与二十世纪五十年代苏联普遍贫穷以及众人服饰的灰色调形成了鲜明的对比。在文本中，那个站在这位家长旁边的老社会活动家与当时的社会生活同样是格格不入的。按照讲述者略带嘲弄语气的话，大致知道他“在水中行走的诀窍，众人都无法逃避肮

---

① *Улицкая Л.* Сонечка: Повести. Рассказы. М.: Изд-во Эксмо, 2002. С. 296 – 297.

② *Улицкая Л.* Сонечка: Повести. Рассказы. М.: Изд-во Эксмо, 2002. С. 295 – 296.

③ *Улицкая Л.* Сонечка: Повести. Рассказы. М.: Изд-во Эксмо, 2002. С. 296.

④ *Улицкая Л.* Сонечка: Повести. Рассказы. М.: Изд-во Эксмо, 2002. С. 297.

脏的洗礼，而只有他的皮靴一直光亮如漆”[①]。在这里，作者用了一个隐晦的比喻。众所周知，人们常常把耶稣比喻成会在水中行走的圣者，这样的类比极大地贬低了这位新出世的智者形象。作者又一次将我们的目光转向他的装束，他“穿着神奇的不怕脏的皮靴”，“秃顶的头”发出“清亮的光，与他的皮靴相比，丝毫也不逊色”。[②] 先前轻松的嘲讽换成了辛辣的讽刺。所以，在文本中这些边缘人物都没有自己的姓名，显然，这并不偶然，他们都是那个消弭个性、人性的时代的典型。在这里，乌利茨卡娅使用了俄罗斯经典作家布宁惯用的手法把他们表现了出来。

在文本中，其他一些有特色的时代标记表现在更加细微、更加隐晦的层面。主人公们的直觉意识感受到了官方价值观的虚伪、生活的复杂，以及那些用惯常的理念无法理解的事物，这一点在小说的高潮处，即与心目中的“英雄”——失去双手的残疾人晤面这一场景上，体现得特别明显。这次远行的目的是在实践中进一步确信那些官方倡导的价值观念的正确性。作者成功地传达了笔下主人公那种令人感动的天真企图。姑娘们努力想证明一下自己无愧于少先队员的光荣称号，想尽快独立开展少先队的工作，于是她们执意要见一见自己心目中的英雄、伟人。在去的路上，阿廖娜、玛丽娅和索尼娅由于是第一次在没有大人的陪伴下乘坐有轨电车，专门“解开了大衣领，为的是让所有人都能看到她们身上那鲜艳的红领巾，仿佛也是独立生活的标志”[③]。姑娘们把即将到来的会面看作是刚刚完成的对于她们而言非常重要、非常神圣的加入少先队仪式的继续。

然而，作为“效仿对象”的成人世界，将其作为自己行为指导原则

---

① *Улицкая Л.* Сонечка: Повести. Рассказы. М.: Изд-во Эксмо, 2002. С. 296.

② *Улицкая Л.* Сонечка: Повести. Рассказы. М.: Изд-во Эксмо, 2002. С. 297.

③ *Улицкая Л.* Сонечка: Повести. Рассказы. М.: Изд-во Эксмо, 2002. С. 305.

的现实生活，原来却并不像小姑娘们想象的那样美好。她们亲眼所见的事实与书本上说的完全相反。这次会面在她们的内心深处留下的只有羞愧和“对生活虚伪性的强烈感受”①。这种鲜明的对比是通过塔玛拉·科雷万诺娃的形象折射出来的。她的现实生活与笼罩在她身上的英雄光环一点儿也不相符。作者用一些日常生活的艺术细节来打破了小说原本的高昂基调。

塔玛拉·科雷万诺娃阿姨住在偏远的玛丽茵密林区，路上用了大量的时间，因为只有有轨电车通往那里。通过这些幼小少先队员的双眼，乌利茨卡娅展现了战后那种普遍的荒芜，遭到破坏的废墟等。与自己的名字截然相反，玛丽茵密林区里很少有树木，而是“到处都是煤棚子、鸽子窝和木板房，随意扯拉起的粗绳子上晾晒着随风飘曳的破衣烂裤”②。在小说中，景物描写对于揭示小说的主题和创作主旨起着非常重要的作用。作者选择玛丽茵密林区作为故事发生的主要地点并非偶然。众所周知，二十世纪四五十年代这个地区既是莫斯科刑案频发的地方，也是罪犯集中藏匿的地区。在小说中，玛丽茵密林区是主人公们切身经历的活生生现实的真正体现。它与小姑娘们梦想中的生活截然相反。在这样一个景致单调的地方，冲突得到了进一步的激化，主人公们的心理也发生了微妙的变化。在文本中，冲突表现出来的只是它外在的那个层面，但就是这样已足够让小姑娘们的内心经历一番激烈的震荡。对于这些考验，她们根本没有准备。所以，当阿廖娜第一次看到这里孤寂的风景时，即刻就想回到自己那“在器械胡同里华美的家”③。

区内仅有的几处建筑衬托出塔玛拉·科雷万诺娃特殊的居住环

---

① *Улицкая Л.* Сонечка: Повести. Рассказы. М.: Изд-во Эксмо, 2002. С. 306.

② *Улицкая Л.* Сонечка: Повести. Рассказы. М.: Изд-во Эксмо, 2002. С. 305.

③ *Улицкая Л.* Сонечка: Повести. Рассказы. М.: Изд-во Эксмо, 2002. С. 305.

境。这里的房子"都是木制的，仿佛快散架似的，其中还可以看到几个真正的木制民房，每家门前还有一口水井"，只是在电车车站旁有"两栋二层砖楼"。[①] 我们神秘的女主人公就住在其中的一栋里。

走进"暗暗的走廊"，印象越来越强烈。小姑娘们发现，"门灯只有二楼才有，所以几乎什么也看不见"。当她们走进塔玛拉·科雷万诺娃那间"不大、狭长、黑魆魆的"房间时，不祥的预感达到了顶点。房间里一件家具也没有，更别谈什么多余的物件，唯一一件是那张铺着褥子的木床，上面"仿佛躺着一个岁数不小的姑娘，下身被厚厚的被子遮盖着"[②]。就这样，小说的主人公们终于见到了期盼已久的心目中的英雄。

特定情况下形成的性格也是特殊的。塔玛拉·科雷万诺娃的性格我们可以通过她的言谈举止看出来。有关为斯大林制作画像并由此获得了舒适的住房这件事，她讲得直率而粗鲁："我的劳动没有白费。我缝制了很久，足有两个多月，也可能是四个月。"[③]从她的口中姑娘们得知，以前她和自己的亲人住在纳哈洛夫贫民区，那是一块空地，在那里居住不用正式的许可。早就被吓傻了的小姑娘们朦朦胧胧中明白了，现在她的生活条件得到了明显的"改善"，因为她以前的生活要可怕得多："墙上结着一层结实的冰，只要你一烧火，水就直往下流，当时我们六口人就住在这样简陋的地方。"[④]

作者刻意强调了塔玛拉与其所处环境的一致性。这首先表现在她所使用的语言词语。在她的言语中杂糅了各种语体，这为揭示女主人公的性格起到了一定的作用。比如，她经常会使用一些过时了的、

---

① *Улицкая Л.* Сонечка: Повести. Рассказы. М.: Изд-во Эксмо, 2002. С. 305.

② *Улицкая Л.* Сонечка: Повести. Рассказы. М.: Изд-во Эксмо, 2002. С. 305.

③ *Улицкая Л.* Сонечка: Повести. Рассказы. М.: Изд-во Эксмо, 2002. С. 308.

④ *Улицкая Л.* Сонечка: Повести. Рассказы. М.: Изд-во Эксмо, 2002. С. 308.

老百姓常说的俗语，如«коли，откудова，отсюдова»[①]（如果、哪儿来的、从这儿），这表明主人公的一种怀旧心理。还有一些纯粹口语的表述，如«топтаться，дался тебе этот подарок»[②]（待在、你老是惦记礼物这件事），它们一般都是普通人常说的话，用于表达不赞成的观点，有时带有不满和嗔怒的色彩。还有一些污言秽语和尖刻的骂人话，如«рвань，жопа，выблядки，мокрописки，поссать»[③]（穿得破破烂烂的、屁股蛋、私生子、撒尿、尿尿），这些话与其说反映了主人公的粗鲁，不如说表现了环境对她施加的消极影响："我们的妈妈是一个农妇，玛露霞姐姐是个酒鬼，破烂货，穿得总是不像样子，而且整天老是哭哭啼啼的……怎么样，你们现在明白了吧，光荣的少先队员们？可以说，我的这套住房完全是斯大林本人亲自赠送的！你们什么也不会明白，乳臭未干的小鸡崽儿。快穿上你们的外衣，赶紧从这消失。"[④]

公正地说，塔玛拉·科雷万诺娃之所以对孩子们这么粗鲁，并不表明她就是具有这样品质的一个人，而主要是由她所在的非常独特的情况决定的。在孩子们的内心深处产生了一种非常矛盾的想法，她们看到了国家生活的另一面，看到了残疾人的现实苦楚。外在生活的种种细节更加突出了这种对比。来做客的少先队员们都穿着整洁的大衣、干净的雨靴，这从另一面反衬了塔玛拉生活的窘迫，因为她只穿着绿色印花布连衣裙，胸前挂着一个大布袋。小姑娘们住在市中心，家里有舒适的房间，而塔玛拉却偏居穷乡僻壤，生活在一个非人的环境中。她们是中学生，随时可以感受到老师的教育和关爱，而塔玛拉却主要靠路人偶然的施舍来生活，作为一个智力上有缺陷的人，她悲哀

① *Улицкая Л.* Сонечка：Повести. Рассказы. М.：Изд-во Эксмо，2002. С. 306.

② *Улицкая Л.* Сонечка：Повести. Рассказы. М.：Изд-во Эксмо，2002. С. 306，307.

③ *Улицкая Л.* Сонечка：Повести. Рассказы. М.：Изд-во Эксмо，2002. С. 308 – 309.

④ *Улицкая Л.* Сонечка：Повести. Рассказы. М.：Изд-во Эксмо，2002. С. 308 – 309.

地意识到，自己没有其他活路："要我说，如果上帝没有赐予智慧，那么生活就会异常艰辛。"①

但是，身体上的缺陷并不等同于道德上的退化。对于乌利茨卡娅而言，一个人往往会是各种不同品质的结合体。在小说中，真正的塔玛拉·科雷万诺娃是通过她同自己的侄女利达的关系表现出来的。利特卡②经常到自己的姑姑这儿"闲逛"，"每次来了之后就洗洗涮涮，还刷碗做饭"，虽然她来的目的"并不是就为这个"，而姑姑也总是会给她点儿零花钱，"不是三卢布，就是五卢布"。③ 因此，她们看到彼此后都会非常高兴，她们之间的关系"更像是朋友"④。她们只以亲切的小名来称呼对方。作者正是通过侄女的眼睛向我们描述了塔玛拉的外貌。这时，出现在我们面前的完全是另外一个人，一个非常可爱的人，"她的面容很可人，长着一副高高翘起的鼻子，只是下巴有点儿略显细长，可是头发很密，很重，像卷起的巨浪一样，仿佛是从别的女人那借来似的"（Личико у неё было миловидное, *курносенькое*, только подбородок *длинноват*, а волосы густые, тяжёлые, в крупную волну, как будто от другой женщины）⑤。她笑的时候，"一排微小的白牙"⑥就露了出来。在这里，作者有意地使用了一些带后缀的指小表爱的词语，表达了作者对主人公的好感，黑色的密发和洁白的牙齿是青春和健康的标志。乌利茨卡娅只是寥寥几笔就勾勒出了隐含在

---

① *Улицкая Л.* Сонечка: Повести. Рассказы. М.: Изд-во Эксмо, 2002. С. 308.

② 利特卡是利达的小名。——作者注

③ *Улицкая Л.* Сонечка: Повести. Рассказы. М.: Изд-во Эксмо, 2002. С. 302.

④ *Улицкая Л.* Сонечка: Повести. Рассказы. М.: Изд-во Эксмо, 2002. С. 302.

⑤ *Улицкая Л.* Сонечка: Повести. Рассказы. М.: Изд-во Эксмо, 2002. С. 303.

⑥ *Улицкая Л.* Сонечка: Повести. Рассказы. М.: Изд-во Эксмо, 2002. С. 303.

主人公身上的优点。在房间的墙壁上“挂满了缝制的衣物和画作,画上有小猫、小狗和公鸡等”[①]。所以,作者称塔玛拉为“女画家”[②](художница)并不是偶然的。塔玛拉对这些小客人开诚布公地说,她“更喜欢画小猫和公鸡”[③]。我们认为,这是因为她在画这些动物的时候完全是遵从自己内心的需要,按照她能理解的心灵的召唤进行创作。但生活中有很多事她不得不违心地去做,因为生存需要这样做,只有闲暇的创作,也就是这些小猫和公鸡是她自由意愿的体现。从另一方面来讲,这也是她多年来一直珍藏在内心深处的一种对于爱的情感的奢望。

塔玛拉·科雷万诺娃的命运与官方倡导的对个人幸福生活的重视截然相反。这个失去双手的残疾人巧妙地利用官僚们对“各民族人民的父亲”的恐惧心理,成功地收到了克里姆林宫的感谢信,从而达到了自己改善居住条件的目的。乌利茨卡娅笔下有很多这样的怪人,生活中的另类,她自己是这样解释的:“我感兴趣的并不是苏联人,而通常是那些或多或少处在我们主流社会之外的人,如病人、老人、残疾人、疯子等。在‘这些被社会排斥的人’身上,那种对待生活的人性的正常的态度体现得要比所谓的苏联人更加鲜明。”[④]在小说中,塔玛拉·科雷万诺娃这个形象非常重要,她是与官方主流意识形态所倡导的社会规范截然相对的典型。

我们认为,还要格外关注小说标题的含义。在某种程度上,它是揭示塔玛拉·科雷万诺娃本人世界观的一种有效手段。“非人工的礼

---

① *Улицкая Л.* Сонечка: Повести. Рассказы. М.: Изд-во Эксмо, 2002. С. 307.

② *Улицкая Л.* Сонечка: Повести. Рассказы. М.: Изд-во Эксмо, 2002. С. 307.

③ *Улицкая Л.* Сонечка: Повести. Рассказы. М.: Изд-во Эксмо, 2002. С. 307.

④ *Улицкая Л.* «Мне интересна жизнь “серых людей”» [Беседа с писательницей / Записала Маргарита Рюрикова] // Литературная газета. 20 сен. 1995. №38. С. 3.

物”指的是送给斯大林的画像，它不是手绘的，而是用双脚制作的，所以它是非手工的。就这一点来说，主人公对待自己画作的态度反映了她对待政权的态度。她对于这幅历时几个月制作的画像以及克里姆林宫的感谢信并不是真正地珍视，她看重的却是那瓶物美价廉的波尔多葡萄酒，对于主人公而言，它才是她发自内心喜欢的馈赠，是她想和自己的好朋友共同分享的快乐所在。她怀着无比喜悦的心情背着一份送给邻居叶戈雷奇的礼物，“他是她的朋友，于是她给他送来了礼物”①。在主人公看来，这瓶葡萄酒才是真正的非人工的礼物，因为它为普通人带来了喜悦的心情以及对生活的浓浓谢意。就这样，它也成为了上帝的礼物，这也暗含标题中“非人工”②一词的语义。而且，这恐怕也是作家的观点。

在小说中，乌利茨卡娅侧重描写的是孩童心理，并将孩子们没有能够领悟到的典型时代标志，如残忍、冷漠、欺骗、憎恨等与她们脆弱的心理加以对照。孩子们在现实生活中看到的一切让她们心生恐惧。这对于幼稚、天真的女孩子们来说不啻是一场心灵的震荡、灵魂的洗涤。斯维特兰娜·巴卡图利亚“由于受到惊吓”而张大了嘴；索尼娅“不知所措地眨着眼睛”③；玛丽娅·切雷舍娃在离开塔玛拉家后，重重地喘着粗气，“她得上了哮喘症，这在她是生平头一遭，而且以后将经常发作”④；而阿廖娜·普舍尼奇尼科娃，这个外交官的女儿，又是三年二班的少先队队长，感到一种深深的绝望，同时又不理解造成这种绝望心情的真正原因，她“真不幸，这种不幸只能想象”，但是她自己

---

① *Улицкая Л.* Сонечка：Повести. Рассказы. М.：Изд-во Эксмо，2002. С. 310.

② 根据达里词典的释义，“非人工的”一词有两个意思，第一个意思是指并不是手工做的，第二个意思是指上帝创造的。参见 Толковый словарь живого великорусского языка. М.：Рус. язык，2000. Т. 2. С. 534。——作者注

③ *Улицкая Л.* Сонечка：Повести. Рассказы. М.：Изд-во Эксмо，2002. С. 308.

④ *Улицкая Л.* Сонечка：Повести. Рассказы. М.：Изд-во Эксмо，2002. С. 309.

却不知道何以不幸,阿廖娜觉得,“这个女人真叫人嫌恶,她是个骗子”,“而且她也不爱斯大林同志”。[①] 小说的结尾具有浓厚的象征意味。作者让这个品学兼优的学生体验到了一种最深刻的内心震荡,迫使她在自己的内心深处承认,已然发生了一些可怕的变化:“正像现在悲痛不已的阿廖娜·普舍尼奇尼科娃本人承认的那样,她也从来就没有真正地爱过斯大林同志。”[②]

三、《大麦粥》中的国家与个人冲突主题

在小说《大麦粥》中,乌利茨卡娅同样思索了社会福利与个人悲剧命运之间的相互关系的问题。与上面分析过的两篇小说直接展示国家与个人之间的冲突略有不同,在这部小说里,这个主题是以一种间接的方式提出来的。小说的叙述中心是四岁的小女孩在回忆遥远的过去生活时联想的三个生活片段。

这部作品的情节性不是很强,给人的感觉是关于过去生活的零星记忆,但小说的艺术感染力并未因此让人感到有丝毫的弱化。这种感染力首先是通过贯穿全篇的艺术细节——“大麦粥”来实现的。普通的粥食不仅是小说的标题,而且在文中也被反复提及。它具备了艺术形象的基本特征,而且,在书本的语义层面起到了特殊的作用。就这个意义上讲,小说开篇的第一句话非常具有代表性:“为什么先前的记忆三次回想起的都是这个大麦粥?它确实是像珍珠一样白,其中略微点缀些像胡萝卜那种淡红,由于锅中时而浮起时而沉没的圆球形糖块导致颜色变化多端,并发着珍珠母色的亮光。”[③]这些修饰语,如“白珍珠的”(жемчужно-серый)、“变化多端”(с переливом)、“珍珠母色

---

① *Улицкая Л.* Сонечка: Повести. Рассказы. М.: Изд-во Эксмо, 2002. С. 309.

② *Улицкая Л.* Сонечка: Повести. Рассказы. М.: Изд-во Эксмо, 2002. С. 310.

③ *Улицкая Л.* Сквозная линия: Повесть. Рассказы. М.: Изд-во Эксмо, 2002. С. 246.

的"(перламутровый),让人很容易与贵重的装饰品珍珠联想起来。«перловый»是一个古语词,是«перл»(珍珠)的形容词,在现代俄语中,它指的是"用大麦米粒做的"。这样,乌利茨卡娅重建了这个词两个不同词义之间的隐秘联系。«перл»一词除了表示珍珠之外,俄语词典里还有以下两个释义:1. *перен. Лучший образец, наиболее яркое выражение, проявление чего-л.*(<转义> 珍品、杰作、精彩之处);2. *О ком-, чём-л. редком по своим достоинствам, замечательном, выдающемся*(稀有的、出色的、优秀的人或物)。[1] 可以说,这同一个词三个不同的词义之间隐秘的联系得到了恢复。这并不是偶然的,正是文本的内容决定了这一点。

在小说中,大麦粥成为连接三个相互互补故事的中心形象。在第一个故事中,它是一种常见的食物,是物质上相对有保障的小姑娘按照母亲的吩咐为贫困的邻里带来的。小姑娘之所以记住了大麦粥,是因为这些残疾人在节庆前夕将很快就要被清除出城市,因为当局不想让他们破坏节日的喜庆氛围。在第二个故事中,大麦粥是用来施舍给近乎浑身赤裸的遭受火灾的难民的衬景。而在第三个故事中,它是减缓年迈母亲苦涩命运的唯一值得安慰的药方,因为她刚刚失去了自己的宝贝女儿。

在这三个场景中,这个日常生活细节成了作者用以描写二十世纪四十年代苏联生活的主要手段,以此让我们思索这样一些紧迫的问题,如国家对那些毫无保障的公民的责任感,强大的国家机器同千百万人苦涩命运之间的相互关系,以及当局鼓吹的有关社会福利的空话同官僚无所作为之间的鲜明对比等。

小说用第一人称叙述,这种形式在乌利茨卡娅的创作中很少见,它使小说中发生的事件显得更加尖锐、真实。难怪评论家沙曼斯基认

① 参见 Словарь русского языка: в 4-х т. / Под ред. Евгеньевой А. М.: Рус. яз., Полиграфресурсы, 1999. Т. 3. С. 110。

为这部小说是“留存在记忆深处的自传体记事”①。

具有象征意义的是,这一切都是通过小女孩的接受视角呈现出来的,而且是一个只有四岁的小孩,一个尚不能完全理解生活全部意义的小孩。她只是将那些留存在自己记忆深处的经历记录了下来,但是,这对于揭示社会的实质以及个人生活悲剧命运的原因已经足够了。

我们认为,上述三篇小说的共同之处是反映了当代作家乌利茨卡娅对于孩童意识与生活现实乃至社会实质之间相互碰撞问题的强烈关注。在这些作品中,很多事物都是通过主人公的潜意识或是某种记忆层面表达出来的。通常情况下,主人公都处在个性发展的过渡期,处在性格形成的关键时期,这些因素使小说中的故事显得格外真实,冲突格外尖锐。乌利茨卡娅的艺术构思与其说关注的是社会层面,不如说关注的是更深一层的哲理层面,因为在这里,作者向我们展示了幼小主人公们独立探寻生活“不正确”本质原因的最初尝试,目的是力求克服自我意识中的矛盾心理。

在作家的创作体系中,对于国家与个人冲突主题的表达和解决方式越来越复杂。乌利茨卡娅逐渐放弃了那种展示冲突的直接表达方式,转而表现人物性格的演变过程或者是整整一代人在严酷的生存条件下坚决捍卫个人生活自由的命运轨迹。个人与国家之间的相互关系成为了很多作品的核心主题,如长篇小说《索尼奇卡》《美狄娅和她的孩子们》《库科茨基医生的病案》等,以及后期很多短篇,如《奥尔洛夫一索科洛夫一家人》(Орловы-Соколовы, 1998)和《亲爱的》(Голубчик, 1998)等。

几乎乌利茨卡娅的每一部作品,无论是中短篇还是长篇巨著,集中探讨的都是处在一个特定历史时间内的人的问题。

---

① *Шаманский Д.* 130 лет спустя. Часть III. От разночинной литературы к литературе мейнстрима. Людмила Улицкая. Окончание // Русский язык за рубежом. 2004. №3. С. 107.

正像评论家希罗科夫认为的那样，把苏联的现实生活当成一种不切实际的空想是“当代俄罗斯小说的一个主要趋势”①。这样的主题在不同作家的笔下得到了不同程度的艺术展现，解决的方法也各有不同。在伊斯坎德尔的短篇小说《复仇》（Возмездие, 1994）、《奇克的守卫》（Защита Чика, 1983）、《列姆季克》（Ремзик, 1994）等中，作者通过孩子们的行为和思索来表现成人的世界，揭示那个独特时代的民族心智。在这些小说中，笑成为了揭示荒诞的极权社会的手段，这种荒诞既可笑也令人悲痛。在布伊达的短篇小说《印度之行中的休息》（Отдых на пути в Индию, 1998）中，作者使用了幻象、夸张、象征等艺术手法，集中展示了发生在现实生活中的事件的荒谬、怪异以及不合常规等特征。当代作家们为了揭示荒诞的现实生活以及所谓的“新的世界秩序”的无序，往往会采用一些超现实的，甚至是怪异的艺术手法。这样的艺术手段在当代俄罗斯反乌托邦小说中，如沃伊诺维奇的长篇小说《莫斯科 2042》（Москва 2042, 1987）、马卡宁的短篇《无产街区的叙尔》（Сюр в Пролетарском районе, 1997）、彼得鲁舍夫斯卡娅的短篇《新鲁滨孙们》（Новые Робинзоны, 1989）等，体现得最为鲜明。

与这些同时代作家有所不同的是，乌利茨卡娅在描述现实的时候，更多依据的是具体的生活经验和历史事实。作者笔下的这些孩童体现了人类对正义的质朴追求。孩子们对日常现实生活的尖锐反思是乌利茨卡娅艺术世界中的一个鲜明特性，这种特征无疑继承了俄罗斯经典文学的优良传统。对于作者而言，孩子们的敏锐记忆恰恰选取的都是那些特别具有代表性的事件。因为童年的印象让人难以忘怀、不可磨灭。在乌利茨卡娅笔下，孩童们从生活中获取的这种经验来源于现实生活中的各种事件，正是由这些事件形成了主人公对现实世界

① *Широкова Л.* Трагический юмор как способ выражения авторской позиции в «детских» рассказах Ф. Искандера // Сборник научных работ студентов и аспирантов ВГПУ. Вып. 6. Вологда, 1998. С. 79.

的主观认识。对于这种对孩童形象的格外关注，乌利茨卡娅本人使用了生理学上的一个术语——“铭记”来加以解释说明：“在生理学上有一个概念，叫作铭记，指的是对于鲜活事物的最初的深刻印象……而且，在一个人的生活中也有这样一些时段，那时人会非常敏感。这首先就是一个人的童年时期，那里的一切都被放大了，得到了强化，具有一些格外添加的色彩，好像还存在着另外一种颜色和声音的谱系……这种童稚的新鲜感受我记忆犹新。这就是……那样的时间段，它比任何时候都格外鲜明。我觉得，七八十年代距离实在太近，所以在我的记忆中没留下什么值得记忆的事物，它们不过是浓缩成了一团……孩童时期的深刻记忆到现在还留存在我的脑际：我对童年的回忆到现在也让我无法静下心来。”①

通过上述对《那一年的3月2日……》《非人工的礼物》《大麦粥》以及主题相近作品的分析，我们得出以下结论：

第一，在乌利茨卡娅的笔下，国家同个人之间的关系往往是通过正处在性格发展时期的孩童表现出来的。这使得家庭同社会之间、想象与现实之间的冲突更加真实、尖锐、突出。

第二，作者揭示了政权同个人之间复杂的矛盾关系。国家往往要压制，而个人不得不自我防卫，真正的生活是隐秘的，用理性很难理解。

第三，主人公通常都分成对立的两派。一派是国家公务人员，也是体制的牺牲品；另一派则是永恒的人类价值的守卫者和护卫者。但无论处在这种被高度意识形态化的现实生活中的哪一方，他们的命运都令人悲痛，从社会发展的角度来讲都是注定了的。

---

① *Улицкая Л.* «Мировой компот», или казус Кукоцкого: Беседу вела Татьяна Мартюшева. http: // www. erfolg. ru/culture/ulizkaya. htm.

第二节 梦想与现实冲突的主题

在乌利茨卡娅的作品中,梦想和现实构成生活的两个层面,是生活的永恒组成,是生活复杂性和矛盾性的本质表现。拥有梦想会让人超越平庸的现实,鼓舞他去追求自己的生活方式,让生活变得更充实、更有意义。梦想使一个人的生活变得更加美好,将日常生活变为哲学上的存在。如果一个人没有自己的梦想,无异于失去了翅膀的飞鸟,不会飞越灰色、平庸的现实。但是,如果一味地沉湎于自己的梦想世界,这同过于追求世俗利益一样,也很危险。梦想会为你开启另外一扇生活之窗。理想和现实之间常常是一种不平衡的关系。如何兼顾理想与现实,是否能够找到摆脱现实的路径,一个人的理想与现实生活是否有出入,所有这些都是作家感兴趣的话题,乌利茨卡娅也不例外。

一、《布罗妮卡》中梦想与现实冲突的主题

对上述问题,作者在短篇小说《布罗妮卡》中,提出了自己的解决方案。

布罗妮卡像每个普通的中学生一样,在学校里表现得规规矩矩。突然,好像晴天里响了一声霹雷,人们惊悉,十四岁的她怀孕后成了母亲,这件事引起了大家强烈的反响。母亲西姆卡把布罗妮卡一顿暴打,以至于小姑娘失去了知觉,同学们也慢慢地疏远了她。同院的男孩子们一面嘲笑她,一面向她发出各种挑逗似的手势。布罗妮卡自己也被赶出了学校。但无论发生什么事情,布罗妮卡都表现得既镇定从容又大方得体。一段时间后,她又怀孕了。就这样,布罗妮卡一个接一个地生了四个孩子。

三十年后,布罗妮卡与她的女友伊罗奇卡不期而遇。布罗妮卡邀请伊罗奇卡到家中做客,并向她讲述了自己的生活。原来,四个孩子都是布罗妮卡同她的邻居,一位老摄影师、旧贵族维克托·彼得罗维

奇·波波夫爱情的结晶。他们真心相爱，互相理解，都视对方为自己生活的支柱。他们的孩子长大后，也过上了幸福美满的生活。

小说的中心思想深深地隐藏在文本的潜台词（подтекст）中。在文学理论中，潜台词是指"语词词义在与上下文，特别是与言语情景对比时流露出的言说的潜在意义"①。正是透过这部小说的潜台词，我们找到了对这段奇特的爱情故事的解释：十几岁的小姑娘对六十多岁的老男人发生了不可思议的爱情，实际上是主人公在面对灰色现实时作出的选择，是向臆想中的光明的逃亡，是从可怕的现实向温馨的过去的逃亡。

战后百废待兴的莫斯科，政治上的高压气氛，这一切作者都是通过对简朴的公用住宅里的日常生活的细致描写表现出来的。乌利茨卡娅精巧、凝练地挑选一些艺术细节，让它们传达出当时那种普遍贫穷，甚至饥饿的生活氛围。在这里，艺术细节指的是"最小的具有描述性质的或者是表现力丰富的艺术详情"，它包括"景物或者人物肖像描写，对单个的物体以及人物行为、心理活动等的描写"。②

布罗妮卡是作者笔下精心塑造的人物形象。正是通过以她为中心的叙述，传达了小说的主题思想。这是一个具有浪漫主义类型性格的人物，她追求崇高，向往理想中的生活，梦想冲出灰色现实的束缚。这个人物形象在小说里是动态发展的，通过在结构上两个完全相对的部分得到充分展现。每一部分都有自己的时空发展，这一时空展示在某种程度上决定了主人公的生活和命运。

小说开篇介绍，布罗妮卡和她的母亲从遥远的远东迁居莫斯科，她们拥有的全部家当竟然是一床大大的"上面布满斑点的羽绒褥子"（пятнастая перина）连同两个枕头，其中一个"会令人想起骨瘦如柴

---

① Литературная энциклопедия терминов и понятий / Под ред. *А. Николюкина*. М.: НПК «Интелвак»: НПК «Интелвак», 2003. С. 755.

② *Есин А.* Принципы и приёмы анализа литературного произведения. М.: Флинта: Наука, 2005. С. 75.

的小猪崽儿"[①]。作为平常的家居物品,羽绒褥子和枕头在这里被当作活生生的艺术细节来描写,这显然不是偶然的。作者有意破坏了俄语中的组词规则:«пятнастая перина» 好像是取代了 «пятнастая корова»(有花色斑点的母牛)。透过这些艺术细节,首先,强调小说的主人公出身于农村;其次,潜在地预示着其床笫恋曲,甚至母女俩原居住地"阿穆尔河畔"都有一定的寓意。众所周知,阿穆尔是古希腊神话中的小爱神。"上面布满斑点的羽绒褥子"又不禁使人联想起布罗妮卡的生育能力,我们所知道的她,就像是一头母牛,每年都在生孩子。

有教养的女邻居安娜·玛尔科夫娜家里的摆设同样简单,但桌上铺着白色桌布,上面摆放着镶金边的蓝色钴碗。"桌子上的白色桌布和蓝色茶碗"[②]对于贫穷的西姆卡来说成为一种富足生活的象征。这些外在物质上的贫穷生活,显然不能使主人公布罗妮卡感到满意。

作者勾勒了那个时代的典型肖像。这一点体现在对布罗妮卡的同班同学的外貌描写上:"男女分校制度已经引入,但学生们穿的服装尚未得到统一。孩子们穿得五花八门——大家都穿着或是打过补丁的衣服,或是重新组合的衣服,或是多次翻改过的衣服…… 所有的孩子们都长得像小不点儿,严重营养不良,没有一个胖孩子。"[③]

布罗妮卡好像不属于这个集体,"十二岁的布罗妮卡没有看镜头","布罗妮卡有点侧身站着"。[④] 她好像不在画面上,她那富于梦想的目光追寻的是完全另外一个方向,另外一个世界,而她身上穿的"革

---

① *Улицкая Л.* Сонечка: Повести. Рассказы. М.: Изд-во Эксмо, 2002. С. 199.

② *Улицкая Л.* Сонечка: Повести. Рассказы. М.: Изд-во Эксмо, 2002. С. 200.

③ *Улицкая Л.* Сонечка: Повести. Рассказы. М.: Изд-во Эксмо, 2002. С. 202.

④ *Улицкая Л.* Сонечка: Повести. Рассказы. М.: Изд-во Эксмо, 2002. С. 202.

命前式样的花裙”[1]似乎成为这个理想世界的象征，她也因此同其他人区别开来。在这里，我们可以看到乌利茨卡娅特有的写作风格，即通过极富艺术感染力的外在物质世界来表现人物内在的精神世界。

小说的故事发生在莫斯科市郊，这是一栋“隶属于结构复杂、重叠布局的小院的最为陈旧不堪的建筑物”[2]，这所小院子被作者“诗意地”称为“猫儿村”[3]（Котяшкина деревня）。这一称谓传达出一种童趣，既不失温馨，又流露出易受伤害的意思。但与此同时，它又间或预示着布罗妮卡的生育能力，她的不矫揉造作的自然天性及其本能属性。也许作者正是想用这个称谓表达主人公那种独特的、潜意识里的对“当时普遍放肆的专横风气”[4]的抗议。布罗妮卡“感到非常幸福，她同孩子们玩着，就像是一只母猫在同一群小猫崽儿在戏耍”[5]。

新住户西姆卡不仅很快成为“猫儿村”的自己人，而且成为它的“标志性人物”：“无论多么奇怪，她很快就融入了当地的社会生活。院子里的住户接纳了她，工作上如果不能说飞黄腾达，那也可以说是逐步攀升。”西姆卡时刻准备着生活不顺时沿街乞讨，稍不如意就大吵大闹，还有她那“一颗牙也找不到的面相”，都使得爱慕虚荣的主人公与众不同，然而她却“过得不比别人差”。[6]

布罗妮卡则相反，从一开始就没有融入到当时的公众生活中去。无论是表面上，还是精神实质上，她都同自己的母亲有很大的区别。

---

① *Улицкая Л.* Сонечка: Повести. Рассказы. М.: Изд-во Эксмо, 2002. С. 202.

② *Улицкая Л.* Сонечка: Повести. Рассказы. М.: Изд-во Эксмо, 2002. С. 199.

③ *Улицкая Л.* Сонечка: Повести. Рассказы. М.: Изд-во Эксмо, 2002. С. 202.

④ *Улицкая Л.* Сонечка: Повести. Рассказы. М.: Изд – во Эксмо, 2002. С. 204.

⑤ *Улицкая Л.* Сонечка: Повести. Рассказы. М.: Изд-во Эксмо, 2002. С. 205.

⑥ *Улицкая Л.* Сонечка: Повести. Рассказы. М.: Изд-во Эксмо, 2002. С. 200 – 201.

“布罗妮卡简直是一个特殊的、外来的活物——迈着时刻准备飞翔的芭蕾舞步伐，前倾的脊柱像是有根绳子牵着绷得紧紧的，头部向后高仰着…… 她总是目视上方或是旁视。”①在对布罗妮卡的外貌描写中，作者特别强调了主人公那种超然于现实生活之上的与众不同，她那耽于幻想的精神特质。“首先映入眼帘的是那一头淡红色的、长势蓬松的毛发，以及低低的、像是用精致的画笔画出的括弧形额头，只有在慢慢地、特别仔细地审视下，才可以看到她余下的由各个细小的不匀称会聚而成的美。”②一方面，我们可以看到，作者好像为主人公头上戴上了一束光环，罩上了一束略显神秘的光圈；另一方面，作者在这里又一次强调了主人公的自然天性。作者在对布罗妮卡的整个外貌描写中，似乎有意强调了主人公身上猫一样的特征：淡红色的毛发、浅黄色的眼睛、睡意浓浓的面部表情等等。她甚至是天天“蜷缩在窗台上”③长大的，作者简直是将主人公比喻成了一只母猫。布罗妮卡的美是“不匀称的”，这也把她同身边的人区别开来。主人公真正的美不能被外人发现，只有经过细微的观察，只有艺术家，只有摄影师，只有在“仔细地审视下”才能懂得这种美。“迈着时刻准备飞翔的芭蕾舞步伐”以及“头部向后高仰着”，表明她是一个具有独立精神、向往自由的人。她那“总是目视上方或是旁视”的独特目光，则说明了她的骄傲的个性。众所周知，猫是一种不受羁绊的动物，“猫想去哪儿就去哪儿”。但是，在她周围生活的却是一些俗人，一个因循守旧的群体，虽然不是自觉，但这个外表孱弱的小姑娘向这个世俗社会发出了自己的挑战。

作者在主人公身上特别强调了她那超脱于众人之上的个性意识。这个外貌很普通的小姑娘敢于对抗来自外面世界的无形压力，敢于挣

---

① *Улицкая Л.* Сонечка: Повести. Рассказы. М.: Изд-во Эксмо, 2002. С. 201.

② *Улицкая Л.* Сонечка: Повести. Рассказы. М.: Изд-во Эксмо, 2002. С. 201.

③ *Улицкая Л.* Сонечка: Повести. Рассказы. М.: Изд-во Эксмо, 2002. С. 201.

脱来自外面世界的种种束缚。布罗妮卡的“异样性”在周围人看来是对世俗范式生活的一种违背,他们把这看作是一种残缺,“但什么也不能使这个甚至是有点弱智的,但又镇定从容的小姑娘产生丝毫的动摇”[①]。

像乌利茨卡娅的大多数作品一样,梦在小说情节结构中起到了重要的推动作用。整部小说就像是被神秘莫测的梦境所笼罩。在小说的第一部分,作者使用了“睡意浓浓的面部表情”(сонливое выражение лица)[②]来形容布罗妮卡的外貌。在小说的第二部分,美梦成真,美妙的爱情故事和真善美也如同在童话故事里一样变成了事实。就像是一个童话,善良得到了应有的回报。

女友伊琳娜·米哈伊洛夫娜在街上偶遇布罗妮卡时,感到这“好像是多次在梦中看到的情景”(как многажды виденный *сон*)[③]。这里体现了梦的第一个功能,它总是代表了过去,总是代表着某种被稀释的形象。“面容是那么亲近,异常熟悉,好像是以前曾经铭记过一样。画笔画出的括弧形额头,小小的鼻头儿,尖尖的鼻梁儿,还有像埃及人那样的一双延伸到鬓角的眼睛,面容难以让人忘记,又是那么容易被遗忘,就像多次在梦中看到的情景…… 儿时…… 儿时…… 再让我仔细回想一下,好好搜索一下内心深处的隐秘。”[④]我们看到,梦和记忆是紧密相连的,当往事在现实生活中被蚀刻得了无踪影时,正是梦保存了对以往生活的记忆。梦总是深入到人的潜意识里,深入到不能进行逻辑分析的层面。布罗妮卡作为一个从儿时记忆深处走出来的形象,突然从“音乐厅售票亭”走了出来,出现在伊琳娜的生活中。

---

① *Улицкая Л.* Сонечка: Повести. Рассказы. М.: Изд-во Эксмо, 2002. С. 203.

② *Улицкая Л.* Сонечка: Повести. Рассказы. М.: Изд-во Эксмо, 2002. С. 202.

③ *Улицкая Л.* Сонечка: Повести. Рассказы. М.: Изд-во Эксмо, 2002. С. 209.

④ *Улицкая Л.* Сонечка: Повести. Рассказы. М.: Изд-во Эксмо, 2002. С. 208 – 209.

正在出售音乐会门票的她发给了伊琳娜一张能够进入几乎是被遗忘的过去生活的门票。在告别时,布罗妮卡对伊琳娜说:“如果需要什么票,就到我这儿来。我什么票都可以弄到。”[①]布罗妮卡成了一个无所不能的售票员,只有买了她的票的人才可以进到里面,去开启那扇进入美妙的过去的门,通向那扇不可触及的现世生活的门。

一帆风顺的伊琳娜小心翼翼地回忆起儿时的生活。而布罗妮卡却是那样的高兴,“以至于伊琳娜·米哈伊洛夫娜都有点儿不知所措了”[②]。她们对待过去的态度截然不同,对道德的评价尺度也完全相反。后者惊奇地观察着布罗妮卡,发现她的生活确实发生了巨大的变化。如果在小说的第一部分,作者有意强调了主人公身上的自然属性、温柔的本性和像母猫一样的爱子情怀的话,那么现在她全身上下穿戴的都是皮革:大皮包、绿色的鞣革上衣。很显然,这些衣物强调主人公得到了应有的保护,从此不会轻易受到伤害。值得指出的是,她现在的丈夫的名字廖瓦(Лёва)是列夫(Лев)的小名,而列夫在俄语中是狮子的意思。众所周知,狮子也是猫科家族的成员之一。这同样象征着主人公受到了保护,意味着她过着安然无恙的生活。

现在布罗妮卡的生活同伊琳娜·米哈伊洛夫娜等大多数人一样,拥有莫斯科市中心的住宅、如意的丈夫、事业有成的孩子们、漂亮的孙子们,甚至在某些方面更令人羡慕,她有“并不是在任何一个角落都能买到的绿色鞣革上衣”[③],已成稀罕物的“纪念”[④]牌糖果。现在的布罗妮卡身上失去了某种东西,先前突出的浪漫气质被磨损得了无踪影,原来对抗身边世俗势力的立场消失得那样干净,以至于在她那套“不

---

① *Улицкая Л.* Сонечка: Повести. Рассказы. М.: Изд-во Эксмо, 2002. С. 218.

② *Улицкая Л.* Сонечка: Повести. Рассказы. М.: Изд-во Эксмо, 2002. С. 209.

③ *Улицкая Л.* Сонечка: Повести. Рассказы. М.: Изд-во Эксмо, 2002. С. 210.

④ *Улицкая Л.* Сонечка: Повести. Рассказы. М.: Изд-во Эксмо, 2002. С. 211.

错的"住宅里没有一丁点儿有特色的暗示："标准的……带隔断的无个性的住所。"[①]伊琳娜记忆深处的那个四十年前的布罗妮卡，"戴着农村妇女常戴的灰色头巾，怀里抱着一个包裹在厚重的棉被里的孩子"[②]，同眼前生活幸福美满的布罗妮卡一点儿也不相像。对于伊琳娜来说，过去的布罗妮卡和现在的布罗妮卡之间存在着巨大的鸿沟，它使人感到迷惑，她开始怀疑：她所看到的一切究竟是现实生活，还是在做梦。

听了布罗妮卡自述的隐藏多年的恋爱故事，在伊琳娜面前布罗妮卡呈现出作为小姑娘时受到的内心创伤。原来，这个小姑娘在潜意识层面深刻地领悟到了当时那个时代现实生活的不正常和庸俗，而她从出生后就被生活所迫，天天与周围的世俗世界打交道。对理想生活的眷顾使得她不知不觉地为了自己的理想而与周围的人发生冲突。布罗妮卡的肺腑之言也使伊琳娜感到了一丝不快，因为这使得"伊琳娜·米哈伊洛夫娜固有的一大堆关于生活的想法"[③]都被毁掉了。理智的伊琳娜不能接受对她来说不习惯的价值体系。这同时也证明了布罗妮卡话语的力量，这些言语轻易地穿透了这个"凝固而又厚重的表层"[④]，将伊琳娜平静的生活搅起了阵阵涟漪。布罗妮卡细腻的情感和深邃的思想使伊琳娜极度震惊，她在想，"好像在某部小说里读到过"，她听着布罗妮卡的讲述像"穿过梦境，跋山涉水"。[⑤] 伊琳娜借助梦境好像对布罗妮卡真实的"浪漫爱情故事"有所防护，"梦境"、"水"

---

① *Улицкая Л.* Сонечка: Повести. Рассказы. М.: Изд-во Эксмо, 2002. С. 211.

② *Улицкая Л.* Сонечка: Повести. Рассказы. М.: Изд-во Эксмо, 2002. С. 212.

③ *Улицкая Л.* Сонечка: Повести. Рассказы. М.: Изд-во Эксмо, 2002. С. 215.

④ *Улицкая Л.* Сонечка: Повести. Рассказы. М.: Изд-во Эксмо, 2002. С. 215.

⑤ *Улицкая Л.* Сонечка: Повести. Рассказы. М.: Изд-во Эксмо, 2002. С. 217.

好像减轻了她由于所见所闻而受到的打击。作者着重强调伊琳娜身上“睡梦般的”状态。一方面，表达了主人公受到的心灵震撼；另一方面，将她带入到一个她无从知晓的能够吞没一切激情的似火的世界，一个可以设法改变极权国家那令人窒息的生活氛围的世界。原来，只有这个小姑娘能够看到那种美好的生活，那种早已被摧毁的生活，并触及它，甚至是实实在在地继续这种生活方式：生下四个“个子高高的”，“身体健壮的”，“独一无二的，那么成功的，那么富有天赋的”，“聪明绝顶的”，而且“健康活泼的”孩子。①

同伊琳娜不同，布罗妮卡还在孩提时就明白了现实生活的不和谐。生活对于她来说就像是一场噩梦，她“像是在梦境中生活，像是在做一场噩梦”②。她力求摆脱这场噩梦，并在另外一个梦境中，即在那些描绘俄罗斯革命前生活的照片里找到了出路，这就是关于以往生活的梦。在这些照片里她感到了某种不同寻常的东西，一种美好的东西：“我在照片里……认出了那种应该过的生活……那种我一直在等候的生活。”③她找到了一种理想的生活方式：外在的整洁、有序、丰富的精神生活，以及相互尊重的人际关系。实际上，她正是靠着这些老照片，远离“真正生活的”照片活了下来。这些照片实际上拯救了她：“如果我没有爱上他，我，大概会吊死在谁家的柴火棚子里，生活是那样的难以忍受。”④

这样，照片同梦的情节紧密相关。摄影师制作的经过剪辑的照片替换了主人公的现实生活，将她很久以来梦想的那种和谐生活变成了现实。

---

① *Улицкая Л.* Сонечка: Повести. Рассказы. М.: Изд-во Эксмо, 2002. С. 207.

② *Улицкая Л.* Сонечка: Повести. Рассказы. М.: Изд-во Эксмо, 2002. С. 215.

③ *Улицкая Л.* Сонечка: Повести. Рассказы. М.: Изд-во Эксмо, 2002. С. 216.

④ *Улицкая Л.* Сонечка: Повести. Рассказы. М.: Изд-во Эксмо, 2002. С. 216.

伊琳娜吃惊地在照片上认出了布罗妮卡，她无论如何也不能将照片里美丽的少女形象同现实生活中过惯了公共住宅生活的小女孩儿结合起来。她呓语着："……布罗妮卡……发疯了。"[①]

用照片剪辑而成的是另外一种现实，这是一种伟大的骗局。这些照片所表现的是一个充满爱与和谐的世界。但不是照片上的布罗妮卡，而是现实世界中的布罗妮卡面对着未来，布罗妮卡的孩子们实际上是这一美好但现实生活中又不存在的奇妙世界的延续，正是他们象征着灿烂的未来。因此，孩子们的形象在小说里是通过照片体现出来的。彩色照片上的尤拉奇卡，"他现在住在加利福尼亚。当上了电子工程师，他做的事可大着呢。很富有，不是我们想象中的，真正的有钱人…… 而这是米什卡，他现在是一个神经病学家…… 这是米沙的妻子，中国姑娘。想象一下吧，竟然娶了个中国姑娘"。黑白照片上的"格里什卡和萨沙住在这，和我们在一起"[②]。于是，"在伊琳娜的面前摆放着摞成小山一样的照片…… 离真正的现实生活很久远的照片"[③]。在真正的现实生活和照片之间就产生了一种二元对立，它们显得既复杂又矛盾，它们相互替代，相互依存。而真正的现实生活却悄然溜掉了，变成了一种不可捕捉的事实。

伊琳娜突然开始重新审视自己的生活，她心里产生了"一丝不可解释的对自己生活的不满情绪，对自己整个享受多年的美满生活的一丝不安的思绪"[④]。她的幸福生活："女儿……在读研究生，外孙子，教

---

① *Улицкая Л.* Сонечка：Повести. Рассказы. М.：Изд-во Эксмо，2002. С. 214.

② *Улицкая Л.* Сонечка：Повести. Рассказы. М.：Изд-во Эксмо，2002. С. 212.

③ *Улицкая Л.* Сонечка：Повести. Рассказы. М.：Изд-во Эксмо，2002. С. 212.

④ *Улицкая Л.* Сонечка：Повести. Рассказы. М.：Изд-во Эксмо，2002. С. 212.

授丈夫"[1]，自己本人是个副教授，同布罗妮卡的生活一比较就逊色很多了。伊琳娜·米哈伊洛夫娜承认："我非常喜欢照片。"[2]只有此时此刻，布罗妮卡才允许儿时的女友进入自己的世界，向她倾诉自己那浪漫的爱情故事，告诉她自己是如何因此而获救的，如何因此而获得了幸福，向她讲述那个自己备受折磨的世界。

把主人公从令人窒息的现实生活中解救出来的是她的同院邻居、摄影师维克托·彼得罗维奇·波波夫。在布罗妮卡的记忆深处到现在还保留着他那鲜明的形象："高高的个儿，瘦瘦的，样子像个贵族老爷。"[3]按照主人公的话，"他不仅是一个摄影师，更是一个艺术大师"[4]。布罗妮卡把他看作是自己想象中的理想生活方式的活生生的代表。"他对所有人都以'您'相称。"在他的周围"是另外一种生活，而且它与所有其他人过的生活毫不相关"。他讲述的关于革命前贵族家庭生活方式的故事，以及他"甚至对小猫儿"都一直不变的尊重态度，这一切都让布罗妮卡觉得他是一个可以相信的庇护者，跟他在一起，就可以摆脱令人恐惧的厚颜无耻和粗俗的现实生活："他好像同一切都隔绝开来。"甚至连老摄影师居住的房间都打上了另外一种生活状态的标记："在他的房间里你会感到像是在一座小岛上一样。"[5]值得指出的是，维克托·彼得罗维奇·波波夫的房间是整个公共住宅中最大的一间。我们都知道，岛屿在传统的欧洲文化中通常指的是某种奇妙的、一个与世俗生活迥异的世界，因为它"自身兼有世俗世界和神

---

① *Улицкая Л.* Сонечка: Повести. Рассказы. М.: Изд-во Эксмо, 2002. С. 212.

② *Улицкая Л.* Сонечка: Повести. Рассказы. М.: Изд-во Эксмо, 2002. С. 213.

③ *Улицкая Л.* Сонечка: Повести. Рассказы. М.: Изд-во Эксмо, 2002. С. 214.

④ *Улицкая Л.* Сонечка: Повести. Рассказы. М.: Изд-во Эксмо, 2002. С. 215.

⑤ *Улицкая Л.* Сонечка: Повести. Рассказы. М.: Изд-во Эксмо, 2002. С. 215–216.

灵世界的特质"[①]。具有象征意义的是,布罗妮卡正是在维克托·彼得罗维奇·波波夫的房间里,而不是自己住的从属于公用厨房的小贮藏室,将自己的孩子们抚养大,并让他们到这个世界上去寻找自己的位置。就连男主人公的姓氏也表明了他的与众不同,"波波夫"词义为"牧师",这让人联想起过去的生活。而他的摄影师的职业似乎也意味着要将一切逝去的美好的生活留住。

经过剪辑的照片和摄影师本人的"出淤泥而不染"的品性深深地吸引了布罗妮卡,她立刻爱上了这位老人。相互的爱慕和培育孩子使她的每一天过得都有意义。主人公对"猫儿村"旧道德秩序的破坏在孩子们身上得到了完全的辩护,就连"猫儿村"自身也没有经受住"新时代"的冲击:"后来新的时代到来了,甚至好像这新的时刻正是从猫儿村开始的。"[②]具有象征意味的是,布罗妮卡的孩子们最早接受并习惯了新生活,他们和母亲、外婆一起早早地搬到了一套三居室的住宅。

贵族维克托·彼得罗维奇·波波夫成为了布罗妮卡的精神"上帝"。在塑造他的形象时,作者着重强调了他身上特有的神奇的极富创造性的本质属性。因为,对于布罗妮卡来说,正是他创建了一个新世界,在那里布罗妮卡像在梦中一样幸福地生活着。他把自己的世界赠给了后者,并用剪辑照片的方式使布罗妮卡也置身其中。难怪就连他们的名字在语义上都是相近的:布罗尼娅在俄语中是"铠甲"的意思,由精铁打制而成,而维克托在俄语中是"胜利者"的意思,彼得罗维奇是"石头"的意思。他们的名字本身也表达了主人公的性格特征:坚硬、有力、不易屈服、坚韧不拔。

伊琳娜好久才想起那位老邻居。在她的记忆里,这是一个瘦瘦的穿着破破烂烂的老头。因为这一形象对于伊琳娜来说没有什么意义,所以才如此平常。

---

① *Степанов Ю.* Константы. Словарь русской культуры. Опыт исследования. М.: Школа «Языки русской культуры», 1997. С. 140.

② *Улицкая Л.* Сонечка: Повести. Рассказы. М.: Изд-во Эксмо, 2002. С. 207.

值得强调的是,在小说里布罗妮卡爱上的并不是某个具体的人,而是由维克托·彼得罗维奇·波波夫身上发出的那束光芒,那束照亮了她贫苦而又可怜生活的理想之光。女主人公的自白证明了我们的论断:"我爱上了他,年轻时的,在这些照片里的形象。"[①]在小说的结尾,作者首次用正式的大名来称呼主人公,这也说明作者本人对布罗妮卡的深深敬意,对她的如同英雄一样的行为和坚韧不拔的性格的赞赏。

二、《可怜的幸运儿科雷万诺娃》中梦想与现实冲突的主题

小说《可怜的幸运儿科雷万诺娃》主要讲述的也是理想和现实之间强烈对比的问题。

新学期伊始,五年二班来了一位新的班主任,她叫叶夫根尼娅·阿列克谢耶夫娜·卢金。她美丽端庄,穿着打扮总是新颖独特,这使她与周围的人迥然不同。她那时常更换的衣着成为女学生们闲谈中的主要话题。塔尼娅·科雷万诺娃这位在学习上总是拖全班后腿,而且总是形单影只地坐在最后一张课桌的学生对这位新老师的外在美也格外敏感。课间,她候在教师休息室的门后,盼望着能窥见到叶夫根尼娅·阿列克谢耶夫娜·卢金,即使是老师穿衣服的时候,她也在旁边仔细观察,甚至秘密地跟在老师的后面,无论老师去哪儿,她都如影相随。

"三八"节前夕,塔尼娅突然生出一个想法,她打算买一束鲜花作为礼物送给自己喜爱的老师。为了凑齐买花的钱,她多次央求妈妈,还向姐姐求助,甚至在自己的亲戚那里做了些零活,但诚实的劳动换来的却是极其微薄的收入。最后,为了实现梦寐以求的心愿,她决定要出卖自己的童贞。在她的梦想几近实现之时,小说的结尾却出人意料地令人悲伤至极——叶夫根尼娅·阿列克谢耶夫娜·卢金再也没

---

① *Улицкая Л.* Сонечка: Повести. Рассказы. М.: Изд-во Эксмо, 2002. С. 216.

有来学校上班。原来,出于嫉妒心理,叶夫根尼娅·阿列克谢耶夫娜·卢金的丈夫动手打了她一顿,于是她给学校送来了外伤诊断书。后来,她又跟着自己的军官丈夫飞往遥远的东方常驻。

作家乌利茨卡娅使用了自己常用的艺术手法,即小说的主旨深藏于文本的潜台词中。生活困苦的小姑娘突然生发出对"美妙如天仙般"老师的似火浓情,但却只能深深地暗恋于心,这表明了主人公对那种单调又灰色乏味的社会现实的一种规避逃离的态度,对臆想中的理想生活的一种极度渴望,对庸俗生活的鄙弃和对永恒的诗意生活的向往。

在小说中,主人公对自己偶像过度崇拜的心理是推动情节发展的基本动力。塔尼娅·科雷万诺娃是乌利茨卡娅笔下的又一个浪漫主义类型的主人公。作者将叙述的核心放在主人公的内在精神世界。尽管她在家中、学校里的处境很可怜,但是她在潜意识层面还是极其渴望着另外一种体面的、受人尊重的生活方式,而且她也成功地触及了那个在她的现实生活中不可能有的理想世界。

像布罗妮卡一样,塔尼娅也是"猫儿村"的住户,同样是社会边缘群体的代表。她同家人住在破烂不堪的板楼里。关于主人公的居住条件,在前面已经详细分析过的小说《非人工的礼物》中有一段详尽的述说:"所有姓科雷万诺夫的居住条件都很一般,多数都住在板楼和宿舍里。"[①]在作家的笔下,板楼、小院、公共合住房等处所得到了客观、翔实的展示,这与陀思妥耶夫斯基以及"自然派"的文学传统是一脉相承的。难闻的气味、肮脏的环境、冰冷冻人或者闷热难耐的住室,以及令人刺眼的黄色,再加上体液和腐烂菜叶混在一起的恶心味道构成了外在空间的典型特征。这样一个灰色的令人窒息的环境不能不影响到人物的行为和心理,它会使每一个人产生一种压力感。群殴、吵闹、谩骂构成了板楼住户的日常生活图景,甚至是这些居住地本身就经常

① *Улицкая Л.* Сонечка: Повести. Рассказы. М.: Изд-во Эксмо, 2002. С. 302.

唤起人心理上的缺失感和损伤感。主人公的家庭情况使原本恶劣的情况更加复杂，姐姐年龄不大，但已经开始在工厂做工，下面还有两个需要她照顾的小弟弟，没有父亲，四处打工的母亲经常会往家里领回不同的"情人"。这种令人难以忍受的情势导致塔尼娅·科雷万诺娃过早地获得了丰富的生活经验，这种经验与其他同学的经历完全不同，从性质而言，它更接近于成人的生活经验。在乌利茨卡娅的另外一个短篇小说《天花》(Ветряная оспа，1994)中对此曾有比较详尽的描绘。

正是塔尼娅那孩子般的梦想和幻想使她暂时摆脱了单调、庸俗的现实生活的困扰。这种梦想在新的班主任到来之后得到了进一步的强化。可以说，叶夫根尼娅·阿列克谢耶夫娜·卢金这个形象有力地拓展了乌利茨卡娅创作体系中的一系列教师形象。这些形象在作家的笔下总是得到精心的描绘，特别是她们的外貌成为当代作家精雕细刻的主体。在叶夫根尼娅·阿列克谢耶夫娜·卢金身上，主人公意识到了，或者说是潜意识里悟到了梦想中的和谐世界外在的活生生的体现，它象征着一种富足的生活与美丽的人生。她知道，这在现实生活中是可遇而不可求的，虽然关于这种美好人生她不止一次地听说过，但她自己从来就没有接触过。

现实与梦想之间的永恒矛盾，实际与想象之间不可逾越的鸿沟，作者是通过那些鲜明的富有丰富色调的艺术细节将其表现出来的。这种色彩上的差异几乎是随着叶夫根尼娅·阿列克谢耶夫娜·卢金在文本中的出现而即刻显现出来的。在满是灰色的世界里，冲进来的五彩缤纷的色彩一下子成为美好世界的象征。

像往常一样，作者运用一些艺术细节来勾勒主人公生活的那个独特时代。比如，校长安娜·福米尼奇娜的形象就充满了一系列的细节描写："她梳着麻绳色的平头，头上戴着一个圆发卡，蓝色上衣的衣襟上平日里到处是洞眼，但一到节日期间，每一个洞眼都会被勋章或者是其他的荣誉徽章遮盖住，同样是用螺丝扣住的，而其他的，比如奖章等，都用小别针别在衣服上。”[①]在这里，我们有意强调的词语，如“圆发卡”及“蓝色上衣”等，既说明了主人公着装质朴，也表明她在物质生活方面的无欲无求以及某种程度上的男性特征。“衣襟上平日里到处是洞眼”说明了当时物质生活的贫困，也表明了主人公谦虚的品性。“勋章”、“徽章”以及“奖章”表明主人公令人尊重的社会地位。在这里，作者向我们塑造了一个苏联战后教育家的典型形象，刻意强调了这个人物身上朴实的外貌以及与时代一致的朴素着装。这种质朴的服饰同其高贵的社会地位之间的矛盾给人留下了极为深刻的印象。

新来的教师成为相对于当时特定时代灰色基调来说的特例。她艳丽、时尚的着装同周围世界的对比是如此强烈，以至于学校里的其他教员把叶夫根尼娅·阿列克谢耶夫娜·卢金联想成了一名“女演员”，而且是“外国的”：“这个新来的卢金与其说是一名苏联小学女教师，不如说更像一名西洋女演员。”[②]对于叶夫根尼娅·阿列克谢耶夫娜·卢金光彩夺目的着装，作者的态度是一种轻微的嘲讽。小说开篇就形成了一组相互对立的语义组：“西洋的女演员/苏联的小学教师”。随着对叶夫根尼娅·阿列克谢耶夫娜·卢金外貌的更为详尽的描写，这种强烈的对比就更加鲜明了。她“从头到脚都是一种赤裸裸的挑战，她的双腿特别惹人注目，是那种不堪入目的暴露，她的丝袜是肉色的、透明的，而且中间没有连线，属于最时尚的奢侈品”[③]。从对这位女教师外在衣着的关注转而对其身体的关注显得很自然。周围的人羡慕的目光扫过主人公那双惹人注目的美腿。我们认为，作者对主人公身体的关注（尤其是腿部）并不是偶然的，这样一来，女教师的形象就具有了某种情色倾向。一些感情色彩丰富的词语，如“挑战”、“惹

① *Улицкая Л.* Сонечка：Повести. Рассказы. М.：Изд-во Эксмо，2002. С. 394.

② *Улицкая Л.* Сонечка：Повести. Рассказы. М.：Изд-во Эксмо，2002. С. 395.

③ *Улицкая Л.* Сонечка：Повести. Рассказы. М.：Изд-во Эксмо，2002. С. 395.

人注目”、“不堪入目”等也跳进了人们的视野,这也印证出周围的人由于初次见到着装如此美艳的女性所产生的嫉妒心理。我们不能忘记,物质上的极度匮乏在当时的苏联是司空见惯的事情。任何一个漂亮的物品都被当作是奇迹。因此,从国外回来的叶夫根尼娅·阿列克谢耶夫娜·卢金,穿着和配饰都不同于当时普通苏联人的穿戴,她的出现使周围的人产生热烈的,甚至是相互矛盾的情感是很自然的事情。

在文本中,这位老师让人想起演员这一形象并不是偶然的。在普通人的意识中,演员总是过着另外一种有别于现实世界中普通人的生活,一种漂亮而光鲜的生活,这种生活只有在银幕或舞台上才能够看到,但是,在通常情况下,它对于很多人而言又是在现实生活中无法实现的。演员的生活总是让人觉得很美好、高不可攀,因此,人们对这种生活方式的梦想曾经有过,现在也有,将来也还会有,这种梦想在物质生活极度贫乏的时代就更常见、更普遍了。

乌利茨卡娅通过对叶夫根尼娅·阿列克谢耶夫娜·卢金详尽的外貌描写,揭示了其身上像演员一样的特质。当她首次出现在班级的时候,“她那头秀发,像摆放在学校礼堂里透明瓦亮的钢琴盖一样,闪着耀眼的光……红色的唇膏略微涂到了樱桃小口的外侧;深绿色的平底皮鞋上面有一个黑色的小蝴蝶结,拎着深绿色的女士包,它与主人公全身的装束十分相配。令人难以置信的是,手上还戴着一个当时很少有人戴的扁平的钻戒”[①]。值得注意的是,在对主人公的外貌描写中,作者给予格外关注的是那些装饰物品,如蜡染的头发、涂多了口红的双唇、带小蝴蝶结的皮鞋、深绿色的女士包和钻戒等。女主人公被这些物件装饰一新的外表确实具有某种“电影明星”的味道,这种味道甚至有点儿不自然,因为一切都被粉饰与装扮过。叶夫根尼娅·阿列克谢耶夫娜·卢金像电影明星一样的装束同校长质朴的外表形成了

---

① *Улицкая Л.* Сонечка: Повести. Рассказы. М.: Изд-во Эксмо, 2002. С. 396.

鲜明的对照。作者刻意强调了叶夫根尼娅·阿列克谢耶夫娜·卢金外表各种颜色的多样性,使得主人公在当时单色调的环境中一下子脱颖而出。她身上的主色调——红色极具象征意义,“红色的口红”盖过了“深绿色的皮鞋”和“深绿色的女士包”。在斯拉夫文化中,红色首先是“生命、火焰的颜色,象征着丰收和健康”[①]。它和绿色一样,都象征着生命、兴盛以及青春。从这个意义上来说,我们就不难理解为什么小说的开篇正是从一组对立的颜色描写开始的了:“红砖房的女子中学矗立在灰色的男子中学对面。”[②]这两种颜色上的对立是潜意识的,表达了作者对古已有之的原型象征的一种刻意追求。红色让人联想起女性气质。具有象征意义的是,在文本中,男性气质是与灰色联系在一起的。乌利茨卡娅可能想以此来强调那种在官方的压迫下已然消失了的、已经消融的男性气质。这种具有象征意义的释义完全符合事实,因为正是女子中学,“无论是从成绩、举止,还是从伤病情况(指的当然是它的反面数据)来看,总是在竞赛中占据领先地位”[③]。红色与灰色这两种颜色的鲜明对照,好像在某种程度上预示了小说的独特发展走势。

小说中,远离真正生活的叶夫根尼娅·阿列克谢耶夫娜·卢金星光熠熠,“有幸”降临凡间,但她与周围的世界又是极度疏远的。她“在学校教师大会上,从来就没有像其他教师一样一直待到会议的最终结束”[④]。她被保护得严严实实,让人看起来是那么遥不可及,她身边的人和事也充分说明了这一点。她的丈夫是个将军,她的情人是个又高又年轻的军官,她以前的学生也都是军人,甚至女主人公的名字

① Славянская мифология. Энциклопедический словарь. М.: Международные отношения, 2002. С. 480.

② *Улицкая Л.* Сонечка: Повести. Рассказы. М.: Изд-во Эксмо, 2002. С. 394.

③ *Улицкая Л.* Сонечка: Повести. Рассказы. М.: Изд-во Эксмо, 2002. С. 394.

④ *Улицкая Л.* Сонечка: Повести. Рассказы. М.: Изд-во Эксмо, 2002. С. 410.

和姓氏都透着那种坚韧不拔的精神：她的父称是阿列克谢耶夫娜，它源于希腊语，是“保卫者”①的意思，她姓卢金，源于俄语的«лук»（弓）一词，它像这个词本身具有的词义一样，好像无时无刻不在护卫着这个“威武姓氏”的主人。值得注意的是，就连主人公那“将军之家”的入口都装饰着“巨大的花岗岩石球”，很像大炮的炮弹。② 叙述者为叶夫根尼娅·阿列克谢耶夫娜·卢金创建了一层特殊的保护膜，使其不能受到别人的伤害，并把时刻跟在她后面的塔尼娅比喻成了一个隐身保安：“就这样，叶夫根尼娅·阿列克谢耶夫娜·卢金天天都和自己看不到的护卫兵生活在一起。”③此外，在新学期初次与女老师见面的时候，塔尼娅完全是以一个忠诚的崇拜者的眼光来看待老师的：“早上八点钟，科雷万诺娃已经站在学校的大门口望眼欲穿地等着叶夫根尼娅·阿列克谢耶夫娜·卢金的到来，像是在众多细小的漂浮物中等待着那艘战列舰的到来一样。她来了，比科雷万诺娃想象中的还高贵，还美丽，她身上穿的不是茨盖羊毛皮短大衣，而是一件红色的貂皮短上衣，戴着一件满是花纹的绿色丝巾。”④

在学校里出现的这个外表装束极其不凡的新老师引起了大家热烈的议论。如果同事们出于嫉妒都认为年轻时尚的女老师是对这个社会趣味的挑战，那学生们则是不理解她们生活中发生的这一切，她们“目瞪口呆地、懵懂无知地瞪着自己的双眼，瞧着这个尤物”⑤。只有曾经在小说《非人工的礼物》中已经出现的阿廖娜·普舍尼奇尼科

---

① *Петровский Н. А.* Словарь русских имён. М.: Советская энциклопедия, 1984. С. 45.

② *Улицкая Л.* Сонечка: Повести. Рассказы. М.: Изд-во Эксмо, 2002. С. 399.

③ *Улицкая Л.* Сонечка: Повести. Рассказы. М.: Изд-во Эксмо, 2002. С. 400.

④ *Улицкая Л.* Сонечка: Повести. Рассказы. М.: Изд-во Эксмо, 2002. С. 402.

⑤ *Улицкая Л.* Сонечка: Повести. Рассказы. М.: Изд-во Эксмо, 2002. С. 396.

娃，作为五年二班少先队队长及时地说出了自己的想法："我长大以后，一定也给自己做一件这种带条格的上衣。"[①]阿廖娜同样也被新老师的美所震动，当然，她受到的震撼无论如何也比不上塔尼娅·科雷万诺娃。

与班级同学不同的是，塔尼娅·科雷万诺娃把叶夫根尼娅·阿列克谢耶夫娜·卢金的内心世界完全想象成了另外一种样式，她把自己的新班主任看作是独一无二的，那种隐藏在美丽外表装束下的不同寻常的人："班级里的女孩子们经常议论叶夫根尼娅老师的着装，但是科雷万诺娃无法理解这些谈话：她认为，叶夫根尼娅·阿列克谢耶夫娜·卢金的美丽服饰并不单单是一种高雅品位、富有的见证，也不只是证明了那个叶夫根尼娅·阿列克谢耶夫娜·卢金曾经长时间在国外生活过的事实，而是只有她本人才具备的独特气质，好像光闪闪的皮大衣和靴子，毛茸茸的高领衫和上衣，她只是把这些衣物从自身具备的本质属性上分离了出来，就像软体动物从自己体内分离出珍珠一样。"[②]

这个外表贫弱的小姑娘在潜意识层面（对于乌利茨卡娅而言，捕捉住这种潜意识的流动总是很重要）感觉到了叶夫根尼娅·阿列克谢耶夫娜·卢金那一身美艳装束下隐藏的内在含义。科雷万诺娃坚信，一个人外表的美也就意味着她的内心世界同样是美丽的，外在与内在品格一起构成了一个人的整体，只有合在一起才能创建一种理想的和谐的生活，构建一个完全不一样的世界，一个美好的世界，一个充满着梦想和诗意的世界，一个到处是祥和、尊重和有序的世界。只有塔尼娅·科雷万诺娃才有能力敏锐地感受到这个美好世界的一切外在表现，并接受它。作者甚至将自己喜爱的主人公神秘化："不知为什么，上天让科雷万诺娃具备一种非常精细的嗅觉，她能第一个闻到香水那

---

① *Улицкая Л.* Сонечка: Повести. Рассказы. М.: Изд-во Эксмо, 2002. С. 396.

② *Улицкая Л.* Сонечка: Повести. Рассказы. М.: Изд-во Эксмо, 2002. С. 400.

极其复杂又令人迷醉的沁香。她深深地吸了一口这种浓烈的又有些刺鼻的味道,但又没能够控制住这种香气,打了一个响亮的喷嚏,所有人都向她看去。"[①]塔尼娅不仅具有出色的嗅觉,而且视力出众。小说中提到她坐在班级的最后一排,作者似乎想以此向我们说明,正是这些才使她能够感受到日常生活的那种多样性并融入其中,触摸到生活的实质。

塔尼娅,这样一个同时生活在可见的现实空间和难以触摸的梦想世界的人,找到了一种摆脱现实的方法,并因此获得了某种生存的幸福感和喜悦感。作者所描述的她的内心状态细腻而深邃。

科雷万诺娃在学校里是幸福的,"一周两次课以及走廊里与老师的擦肩而过并不能使科雷万诺娃满足。通常在课间休息时,她会有意站在教师休息室的门口等着老师出来,就像等待歌剧女主角的出现一样。于是,每一次叶夫根尼娅·阿列克谢耶夫娜·卢金的出现都让她觉得比想象中的还要美丽,她那无法形容的美远远超过了预期,塔尼娅幸福得要窒息。尽管由于幸福她变得有点儿傻里傻气的,微小的细节还是没有逃过那双欣赏的目光"[②]。

科雷万诺娃在暗暗跟踪叶夫根尼娅·阿列克谢耶夫娜·卢金的时候是很幸福的,"有一次,在9月末,她像密探一样一直跟着叶夫根尼娅·阿列克谢耶夫娜·卢金,直到把老师送到地铁站,她决定继续自己的跟踪,不知不觉间在'白俄罗斯'车站换了车,在'迪纳摩'下车了,她一直追踪着老师那件浅色的风衣,始终保持着固定的距离。风衣在林木间闪来闪去,沿着前彼得公园荒废的别墅区间的小路绕来绕去,塔尼娅走在满地红绿色的槭树叶上,像翱翔在天际一般,为了能看到她前面的那件打了皱的风衣以及发髻上扎着的美丽古典的结扣,她

① *Улицкая Л.* Сонечка: Повести. Рассказы. М.: Изд-во Эксмо, 2002. С. 396.

② *Улицкая Л.* Сонечка: Повести. Рассказы. М.: Изд-во Эксмо, 2002. С. 398.

打算就这样走一辈子"[①]。

甚至在叶夫根尼娅·阿列克谢耶夫娜·卢金同自己情夫幽会的时候她也是幸福的,"科雷万诺娃远远地瞧着他们,体验到了一种与美丽零距离接触的幸福,就像在看电影、欣赏话剧一样,像在天国一般"[②]。

在这里,作者描写的是美对小姑娘心灵的高尚影响,展示了精神爱恋的本质,一些相应的比喻以及修饰语说明了这一点,如"像翱翔在天际一样"、"天国的"、"神奇的"等。

叶夫根尼娅·阿列克谢耶夫娜·卢金身边的一切以及与其有关的一切,都让塔尼娅觉得是最优等的、神秘的、令人揣摩不透的。对于塔尼娅来说,老师那算不上漂亮的女儿也是"不平凡的","真像是仙境里的女孩"。[③] 甚至老师的名字都意味着某种神圣、高尚,列吉娜源于拉丁文,是"女王"的意思。老师的情人是一个"年轻人,像叶夫根尼娅·阿列克谢耶夫娜·卢金一样俊美"[④]。而叶夫根尼娅·阿列克谢耶夫娜·卢金讲授的德语课,"让她觉得是那么美妙,那么令人神往"[⑤]。

秘密跟踪自己的老师使小姑娘懂得了生活的意义。她为自己开启了一个新的世界,一个美丽和谐的世界,一个生机勃勃的世界。当然,现实生活中的叶夫根尼娅·阿列克谢耶夫娜·卢金要明显逊色于塔尼娅为自己构建的美好形象。新老师的出现将小姑娘内心深处沉

---

① *Улицкая Л.* Сонечка: Повести. Рассказы. М.: Изд-во Эксмо, 2002. С. 398 – 399.

② *Улицкая Л.* Сонечка: Повести. Рассказы. М.: Изд-во Эксмо, 2002. С. 403.

③ *Улицкая Л.* Сонечка: Повести. Рассказы. М.: Изд-во Эксмо, 2002. С. 399.

④ *Улицкая Л.* Сонечка: Повести. Рассказы. М.: Изд-во Эксмо, 2002. С. 403.

⑤ *Улицкая Л.* Сонечка: Повести. Рассказы. М.: Изд-во Эксмо, 2002. С. 412.

睡着的对美的追求,将深藏在其潜意识或者某个遗传记忆中对美好生活的向往彻底激活了。

在小说中,花成为了接触并切实参与另外一种美妙生活的标志。在主人公的内心有一个想法越来越成熟:“给叶夫根尼娅·阿列克谢耶夫娜·卢金买一个真正的花篮,就像赠给演员们一样,而且要秘密地送,但是这只代表个人,而不是以全班的方式。”[①]为了实现这个理想,为了能瞬间感受一下美好的生活,主人公作出了伟大的自我牺牲——她出卖了自己的童贞。以这样的巨大代价购买来的仙客来花,那种颜色也似乎在表明这种幸福获取是如此艰难,那是“令人扎眼的深红”[②],是经历磨难和付出牺牲的颜色。

虽然幸福很短暂,而且等待的时间也备受煎熬,但塔尼娅·科雷万诺娃本人却感受到了一种无上的喜悦:“她想象了一下那个花篮,里面装满了大朵柔和的仙客来,叶子很饱满,闪闪发光,首次在生活中体验到了做富人的骄傲以及对贫穷的蔑视,对家里那种异味弥漫的蔑视。而且有了一种难以表达的参与到美好和谐世界的感受,况且为这种和谐她作了很大的贡献:对于叶夫根尼娅·阿列克谢耶夫娜·卢金来说,仙客来很相配,就像她那些所有的漂亮衣服,就像摆放在她家单元门口的那对花岗石球形装饰物,就像现在几乎天天都要在地铁站等候她的那个留着小胡子的美男子。”[③]

我们认为,最重要的是,主人公本人虽然付出了重大的自我牺牲,但这次切实地“感触”到了那个“美妙的”世界,她自身也因此发生了变化,变得崇高起来,这一切都得到了叙述者的展现。“班级里所有的女孩子都长大了,一个个都那么丰满,只有她一个人还是一直往高长,

---

① *Улицкая Л.* Сонечка: Повести. Рассказы. М.: Изд-во Эксмо, 2002. С. 404.

② *Улицкая Л.* Сонечка: Повести. Рассказы. М.: Изд-во Эксмо, 2002. С. 409.

③ *Улицкая Л.* Сонечка: Повести. Рассказы. М.: Изд-во Эксмо, 2002. С. 410.

就像一棵大树，成了班级里最高的人，甚至比男孩子还要高。后来，她突然长出了漂亮的乳房，先前灰色的头发一下子变成了浅灰色……就这样，她先是变成了一个可爱的姑娘，后来就完全成了一个美女。"[①] 无意中她步入了自己偶像的生活道路，她"考上了师范学校"[②]。

小说的结尾像童话一样离奇。主人公经历了苦难后长大成人，并终于收获了一份迟到的幸福。她的梦想变成了现实。像叶夫根尼娅·阿列克谢耶夫娜·卢金一样，塔尼娅也出了国，她同未来丈夫交流的竟然也是德语。梦想为她指明了生活的道路。在嫁到瑞典之后，她甚至在装束上也效仿自己的偶像："她在那儿，第一件事就是给自己买了一双白色橡胶皮靴，茨盖羊绒大衣以及一些毛茸茸的高领衫。"[③] 甚至偶像的名字都似乎在说明那种美对小姑娘意识的高尚影响，叶夫根尼娅语出希腊文，是"高尚"的意思。就是叶夫根尼娅老师的住址也在强调塔尼娅·科雷万诺娃经历的感受，要知道叶夫根尼娅·阿列克谢耶夫娜·卢金住在七层，而在俄罗斯文化中，数字"七"常常是神秘、神奇、美妙的象征。

像通常一样，小说给人留下的印象是双重的。一方面，我们的心情很沉重，为主人公遭受的身心折磨痛心；另一方面，又为她在精神上收获的幸福，感到由衷的高兴并欢欣鼓舞。作者就是以这种方式提出了自己对待世界和人的观念。乌利茨卡娅认为，生活并不只是能看到、可以直视的现实，还存在着一种多数人无法预见的梦想。正是这种梦想使人得以摆脱压抑的灰色现实，净化人的心灵，为她开启一个崭新的、美好的，充满了爱、美、和谐的世界。这种世界是永远都存在着的，甚至是在那个最没人性的时代也有自己的存在空间。并且，这

---

① *Улицкая Л.* Сонечка: Повести. Рассказы. М.: Изд-во Эксмо, 2002. С. 412.

② *Улицкая Л.* Сонечка: Повести. Рассказы. М.: Изд-во Эксмо, 2002. С. 413.

③ *Улицкая Л.* Сонечка: Повести. Рассказы. М.: Изд-во Эксмо, 2002. С. 413.

个世界对于我们每一个人来说都是公平的，如果我们坚信、有梦想，它们就会出现。小说的标题似乎也在某种程度上说明了这条真理的双重特征，要知道小说名为“可怜的幸运儿科雷万诺娃”。

三、《苏一黎世》中梦想与现实冲突的主题

乌利茨卡娅创作于2002年的小说《苏一黎世》（Цю－юрихь），主要表现的也是梦想与现实矛盾的主题。

利季娅是一个毫无魅力可言的莫斯科女人，她一直梦想着国外的幸福生活。一次，在展览会上她认识了一个叫马尔丁的瑞士人，就约他到自己家里吃午饭。马尔丁离开俄罗斯后，他们一直保持着联系，相互通信。马尔丁的妻子偶然间发现了利季娅写给她丈夫的信，大闹了一场，这场家庭闹剧促使马尔丁痛下决心，要与妻子离婚。

利季娅的梦想实现了，她嫁给了一个富有的并且“体态丰腴、脸色红彤彤的”[①]瑞士人。婚后，他们决定实施酝酿许久的一个伟大的想法，即在苏黎世开设一家俄式餐厅。他们一边攒钱，一边上培训班，一边寻找合适的地点。终于，“俄罗斯之家”餐厅隆重开业。开餐厅设想的实现并未使二人收获幸福，因为饭店开业的第二天马尔丁就离奇地中风了，很快就瘫痪了。从此，利季娅不得不一个人承担生活的所有重担，她要照顾生病的丈夫，还要把刚刚开始的事业做好、做成功。一年之后，她不仅经受住了这些考验，而且事业上还出现了转机，她手头“有了盈余”。

七年时间转瞬即逝，先前的“俄罗斯傻姑娘”变成了一个真正的商业女强人，“一位有情趣的女士”。[②] 现在，让利季娅担心的只有一件事：她想获得别人的承认，尤其想让她过去的房东艾米丽娅·卡尔洛

① *Улицкая Л.* Сквозная линия: Повесть. Рассказы. М.: Изд-во Эксмо, 2002. С. 134.

② *Улицкая Л.* Сквозная линия: Повесть. Рассказы. М.: Изд-во Эксмо, 2002. С. 157.

夫娜看一看她现在“伟大的飞跃”[①]。但是,命运又一次同她开了一个玩笑,像马尔丁一样,先前优雅的艾米丽娅在利季娅来看她之前刚刚瘫痪。她现在只能摆一摆扑克牌,吃一吃甜食。短暂的还乡之旅让利季娅一无所获,她遗憾地离开了莫斯科。

这部小说属于乌利茨卡娅比较新的一篇创作,它同前几篇小说不同的地方是对生活的思考有一种更多的哲理意味。作者将梦想同现实冲突的主题描绘成一幅幽默漫画,主人公逃避苏联单调现实的梦想实现了,她要像外国人那样生活的梦想也实现了,不过这种梦想给人一种虚假的感觉。

利季娅的命运和性格是小说叙述的核心,她冲破了重重的阻挠,终于实现了自己的梦想,但只有在经受了种种考验之后,她才深刻地认识到了生活的真正含义。

像布罗妮卡和塔尼娅·科雷万诺娃一样,利季娅也是社会边缘人物的代表,她来自乡下,从小就是一个孤儿,没有什么特殊的才能。但与上述两个浪漫类型的主人公不同的是,她是一个非常讲究实际的人物,她是一个拥有丰富生活经验的成熟女性。她很了解自己,也善于清醒地审视各种不同的情况。她知道,只有不断地充实自己的内心世界,才能弥补外表的平凡。为此,她定期上各种培训班:按摩培训班、厨师培训班、语言培训班等。在生活中,她已经经历了很多,两次不顺利的婚姻使她特别绝望,“在对待男人方面,她可以允许他们的一些愚蠢行为,比如和科里卡,还有根纳季就是这样”[②]。在两次婚姻之后,她突然醒悟了,她想过另外一种生活,另外一种幸福的、美好的生活,“现在她一下子猛醒过来,她这一生过的都不太对劲儿。但正像俗语

---

① *Улицкая Л.* Сквозная линия: Повесть. Рассказы. М.: Изд-во Эксмо, 2002. С. 157.

② *Улицкая Л.* Сквозная линия: Повесть. Рассказы. М.: Изд-во Эксмо, 2002. С. 139.

说的,醒悟总比执迷不悟要好得多"①。因此,为自己找一个理想的男人成了利季娅生活的重要目标。

作者刻意强调了主人公身上的那种执着、实用,甚至是油滑。她想要做的一切事情她都要深思熟虑,并考虑到所有的微小细节。这种性格本质我们可以通过主人公的行为、语言、内心独白以及作者使用的艺术细节等来发现。主人公专门候在展览馆的大门口等着"自己的诱饵"上钩。当她看到出来一个合意的外国男人并且坐到了她的身边时,她"把自己完全埋在了那本打开的教科书中,一手把持着书的中缝,为的是让别人能看到书的封面"②。同马尔丁结识后,马尔丁领她来到了自己的展台。走进展厅后,她"谦谦有礼地微笑着,纤小薄细的嘴唇难以掩盖两颗闪着亮光的金牙。合上手里教材的同时她会马上想到,背包里有一副白色尼龙手套,带着皱边,同上衣的款式一模一样,此时用不用把它戴上……手套很雅致,但会不会看起来很假……犹豫之后,她决定暂且不戴手套,但还是把它们抽了出来,攥在了手里"③。在这里,作者通过主人公外表装束的一些细节描写和内心独白,向我们传达了利季娅当时内心细微的感受——她在"狩猎",而且很清醒,应该怎样做才举止得体。她一看到马尔丁展台上摆着的各种油漆染料,就兴奋地说:"真是太漂亮了!"④在这"兴奋的"表情后面隐藏着谁也看不见的、真正的利季娅:"不能怀疑她的真诚。在她的许多优点中包括朴实,但真诚却恰恰是她所不具备的,不如说她有点儿圆滑。就是这样:朴实和圆滑。但如果要说她的生活策略,那么在当时

---

① *Улицкая Л.* Сквозная линия: Повесть. Рассказы. М.: Изд-во Эксмо, 2002. С. 139.

② *Улицкая Л.* Сквозная линия: Повесть. Рассказы. М.: Изд-во Эксмо, 2002. С. 134.

③ *Улицкая Л.* Сквозная линия: Повесть. Рассказы. М.: Изд-во Эксмо, 2002. С. 135.

④ *Улицкая Л.* Сквозная линия: Повесть. Рассказы. М.: Изд-во Эксмо, 2002. С. 136.

的情况下,她正是打算要耍滑头,弄手腕,甚至是欺骗。”[①]作者通过“耍滑头”、“弄手腕”、“欺骗”等语义不断递进的词语,传达出了主人公那看似“真诚的”言语下面的真正意图。利季娅有意把马尔丁引入那个她精心编织的情网,当然她并无恶意,只是想引起对方的注意,以便能够认识对方,如果一切成功的话,就可以摆脱单调俗气的现实。为了实现这个梦寐以求的目的,她表现得非常主动,甚至有点儿过分:“‘您需要按摩。您有腰间盘突出!’——她坚决地喊道,没等对方回过神儿,就一把抓住了对方的肩膀,用她那纤细但有力的双手沿着马尔丁丰满的脖颈摩搓起来。”十五分钟后,她又主动邀请马尔丁到家中做客:“‘我将很荣幸地请您到我家里来共进午餐。我有厨师证,’利季娅解释说,‘西餐,苏联各民族的大菜,节食菜谱。我有在饭店当厨师的许可。’”[②]她的邀请,正中马尔丁的下怀:他早就梦想开一家私人小饭店。

见到的同想象的之间的强烈反差贯穿整个午餐场景。利季娅将这顿午餐看作是摆脱当前生活最好的机会,因此,她全身心地投入到了这次会面中。她采买的都是最可口的俄式菜肴:鱼子、鱼汤、馅饼;还有世界各国菜系的招牌菜:保加利亚的西红柿、带馅的羊奶酪、波罗的海的鳗鱼;她弄到的都是可能找到的最好的食品:熏制的鲟鱼肉、阿斯特拉罕的鱼子、沃洛格达的黄油。为了能招待好自己的客人,她向自己一生中最敬重的老师艾米丽娅·卡尔洛夫娜求助,她从老师那儿借来了那些象征着富足与和谐生活的银质餐具,还有“叠成银环形”的餐巾纸,叉子上带有“哥特字体”的“德文图案”,这些都是美与和谐的象征。需要强调的是,在小说中,作者想表达的是那些银制的餐具不仅仅是过往美好生活的标志,而且也传达出它们是那种脆弱的、转瞬即逝的生活的象征,因为它们是“旧时代”唯一保存下来的物品。

---

① *Улицкая Л.* Сквозная линия: Повесть. Рассказы. М.: Изд-во Эксмо, 2002. С. 136.

② *Улицкая Л.* Сквозная линия: Повесть. Рассказы. М.: Изд-во Эксмо, 2002. С. 136–137.

利季娅所做的一切与她的现实生活极其不符。现实生活中,她住的是"无产者的"楼房,房间"破烂不堪",没有洗澡间,只有一个单独的卫生间。作者在描写马尔丁的时候,多次刻意强调了他看到的这些矛盾:"他坐在了那个她让他坐的椅子上,看着她桌子上摆放的饭菜,就像看博物馆里的橱窗一样,嘴又轻微地张开……"或者"他的脸上看不到表情:只有惊奇和不理解"。[①] 房间里简单的摆设同丰盛的午餐之间的鲜明反差,就是在主人公的沉思中也可以找到。开始他认为"这是一个很有情趣的女性,可是……"后来他想明白了:"这是一个特别的女性。多么漂亮的秀发。如果把它放下来的话,这是一笔财富,大概要低垂到腰部。"开始的惊奇、感叹逐渐变成了不解:"他无论如何也想不通——真是罕见的款待,他从前从来没吃过鱼子,也从没有想过,餐具如同宫廷使用的,像是摆放在博物馆中的……真是一个神秘的女性……难怪大家都说:神秘的俄罗斯灵魂。"[②]这样,在马尔丁的脑海中利季娅的形象便诗意化了,崇高化了:"利季娅,这是一个令人愉快的名字……精致的名字。而且身段也很雅致。腰身……在个子不高的女性身上还是可以找到可爱之处的。艾丽莎,个头儿高高的,腰宽体胖,从来就没给人雅致的感觉","而她的小脚真是惹人爱怜,纤细的脚踝,迈着芭蕾舞的步伐。脚跟高高的……"他作了一个总结,"这个俄罗斯的利季娅是一个真正的奇迹,简直就是一颗神秘的俄罗斯灵魂……"[③]在主人公的内心独白中,固有的表述"神秘的俄罗斯灵魂"重复了两次,这一方面表达了女主人公对马尔丁施加的影响,另一方面也说明了作者对所发生的一切的嘲讽态度。

如果说,在马尔丁那里,他心里想象的利季娅形象要远远高于现

---

① *Улицкая Л.* Сквозная линия: Повесть. Рассказы. М.: Изд-во Эксмо, 2002. С. 140.

② *Улицкая Л.* Сквозная линия: Повесть. Рассказы. М.: Изд-во Эксмо, 2002. С. 141 – 142.

③ *Улицкая Л.* Сквозная линия: Повесть. Рассказы. М.: Изд-во Эксмо, 2002. С. 143.

实生活中的利季娅，虽然在他的内心深处对女主人公的真诚还存有一丝怀疑，但对于利季娅来说，她亲眼所见的马尔丁与她想象中的外国男人的形象是吻合的。马尔丁的一切都被她理想化了，都被她看作是自己的梦想。在这方面，以下场景中女主人公的内心独白很典型，也具有一定的象征意义："而他的脚，多么健壮，多么好看的脚趾头。难道脚也做美容吗？她突然想起了科里卡的那双蹄子，脚趾甲上满是泥屑，没有任何的修饰，他总是说靴子弄脏了他的脚。由于穿靴子弄出了脚气，是我的靴子弄出来的还是别人的靴子的气味已经不重要了。无论是充革布，还是薄皮革，只要是男人穿了靴子，自然就会臭气熏天。"[1]看到马尔丁吃惊的样子，利季娅不禁想到："他总是先弄一点儿，用舌头舔一舔，用牙齿咀嚼一下，表情很谨慎，简直跟艾米丽娅一模一样"，或是"他吃饭真有规矩！慢条斯理，细致认真，餐巾放在膝盖上，刀叉从不出响。就好像是艾米丽娅亲自教过他似的。并不是为了填饱肚皮，而是为了美观，就像人们在演奏钢琴或者跳舞一样。我们这儿从不这样吃饭，哪怕杀了他们，他们也学不会这样"。最后，她得出了一个结论："在我们这儿，像他这样的男子根本就没有，哪怕再过一百年，在我们这儿也碰不上这种男人。可能，只有演员或者歌星中有这样的男人，但我本人在这儿从来没遇到过这样的男人，无论是在艾米丽娅的家里，还是在医院，无论是在师范学校，还是在马列主义大学，哪儿都没有。"[2]

利季娅总是把马尔丁同艾米丽娅·卡尔洛夫娜相提并论。这并不偶然，因为在小说中，艾米丽娅的形象起着非常重要的作用。她是一个受过良好教育的知识女性，她是利季娅的偶像，也是利季娅在生活中百般效仿的对象。正是她把利季娅从莫斯科郊区带到了自己家里，后来又把她看成了自家的亲戚，给了她很多有益的建议，与她共同

---

① *Улицкая Л.* Сквозная линия: Повесть. Рассказы. М.: Изд-во Эксмо, 2002. С. 140.

② *Улицкая Л.* Сквозная линия: Повесть. Рассказы. М.: Изд-во Эксмо, 2002. С. 141 – 143.

分享自己的生活经验。正是在艾米丽娅的帮助下,利季娅几乎完全变成了另外一个人:“受了教育,拥有了自己的住宅,甚至连自己那原本毫不起眼的外貌都越来越完美,终于拥有了自己的风格。”[①]值得注意的是,来到瑞士之后,利季娅感到少许缺憾,她觉得自己缺少艾米丽娅的承认,因此,她重返莫斯科,就是为了让艾米丽娅能够亲眼看到她取得的成就,并作出肯定。

一顿简单的午餐被主人公寄予了极大的热望,充满着“梦想”的味道。作者通过使用非直接引语,细致地传达出了女主人公送走马尔丁后的心理状态:“只有一点有意义,那就是利季娅感到很幸福,一种一生从未体验过的幸福,但她很快就明白,这种幸福转瞬即逝,在以后的生活中她再也不会遇到这个马尔丁了,这个不同寻常的人,这样一个打着灯笼也难找的男人,他身上甚至都没有汗味,简直像天使一样。”[②]主人公怀疑自己的梦想是否能实现。

各种情势让利季娅的梦想变成了现实,马尔丁与妻子离了婚,于是利季娅有幸来到了梦寐以求的城市——苏黎世。但叫人哭笑不得的是她没有丝毫的幸福感,因为这个现实的生活并不如想象中的那样如意,那样美好。与俄罗斯不同,瑞士的生活水准要高一些,但与此同时,一切生活日用品的价格却也很贵:“在富裕的瑞士一切都是那么昂贵,尽管她很机灵,适应性也很强,但还是费尽了周折才勉强立足。”[③]在马尔丁病倒之后,生活对于利季娅而言,成了“一个可怕的噩梦”,“一种苦役”,一种不可预见的“恐惧”。[④] 这并不是对其命运的普通一击,而是对其已然实现的梦想的沉重一击,对其世俗观念(西方的一切

---

① *Улицкая Л.* Сквозная линия: Повесть. Рассказы. М.: Изд-во Эксмо, 2002. С. 147.

② *Улицкая Л.* Сквозная линия: Повесть. Рассказы. М.: Изд-во Эксмо, 2002. С. 145.

③ *Улицкая Л.* Сквозная линия: Повесть. Рассказы. М.: Изд-во Эксмо, 2002. С. 153.

④ *Улицкая Л.* Сквозная линия: Повесть. Рассказы. М.: Изд-во Эксмо, 2002. С. 155.

都比东方好,美好富有的生活会轻而易举获得)的沉重打击。

正是从马尔丁病倒以后,利季娅的性格得到了真正的展现。为了维持生活,她不知疲倦地工作:“好的时候能睡上五个小时左右,糟糕的时候连三个小时都睡不到。”[①]经过自己日夜精心的忙碌,她终于实现了自己的梦想:富有、幸福的夫妻生活,与商业女性之间的交流。但最重要的是,她终于明白了生活的意义,明白了在她的梦想世界里幸福意味着什么,“如果马尔丁身体还健康,她可能在幸福的婚姻迷雾中还不能明白这一点。但由于一切早就结束了,所以利季娅终于醒悟了,在这里幸福是用数字来表示的。数字越多,幸福就越多”[②]。乌利茨卡娅认为,对于主人公而言,这种警醒的时刻,这种获取生活真知的时刻非常重要。作家希望主人公通过自己的劳动,有时甚至是承受苦难,来亲自品味生活的真理、天赐的良言,这样的顿悟只属于个体行为。小说的结尾谈的也是这个主旨。当利季娅希望获得艾米丽娅·卡尔洛夫娜的承认时,取而代之的却是略带嘲笑意味的完全失望。就连小说的标题也向我们预示着梦想同现实冲突的主题,在标题中,作者有意将主人公梦想中的城市苏黎世用一字线分开,这样就变成了“苏—黎世”。这种手法一方面传达了梦想的“甜美”感,另一方面也包含一种“苦涩”感,具有双重寓意。作者意在说明,要在现实生活中实现自己的梦想是多么困难的一件事。

评论家认为,乌利茨卡娅在很多方面继承了其前辈作家的创作理念,如彼得鲁舍夫斯卡娅、托卡列娃、托尔斯泰娅等。[③] 作家自己也不

---

① *Улицкая Л.* Сквозная линия: Повесть. Рассказы. М.: Изд-во Эксмо, 2002. С. 154.

② *Улицкая Л.* Сквозная линия: Повесть. Рассказы. М.: Изд-во Эксмо, 2002. С. 154.

③ 详见下列文献:*Казарина Т.* Бедные родственники: Людмила Улицкая. Серия «Первая книга». М., «Слово». 1994 // Преображение. 1996. №4. С. 169; *Шаманский Д.* 130 лет спустя. Часть 3. От разночинной литературы к литературе мейнстрима. Людмила Улицкая // Русский язык за рубежом. СПб., 2004. №2. С. 66 – 74; *Рыжова О.* Коитус Кукоцкого, или Самая интеллигентная домохозяйка // Литературная газета. 22 – 28 сен. 2004. №37. С. 11。

否认这一点。[1] 但必须强调的是，虽然是书写相近的主题，但乌利茨卡娅往往会在小说中建构出自己的情节发展模式，对同时期作家笔下不同人物的命运表达自己的见解。她们之间有呼应，但不是相互借鉴，更不是对已有题材的单调重复，而是对同一题材的不同表达方式，甚至是另外一种睿智的展现。

现在我们以梦想与现实的冲突这一主题为例，来看看她们之间创作上的差异。因为这个主题，是这些作家创作中的一个核心主题。

对于彼得鲁舍夫斯卡娅而言，主人公的梦想一般都无法实现。在小说《小提琴》(Скрипка, 1988)、《两个国度》(Две царства, 1993)、《骨瘦如柴》(Слабые кости, 2001)中，主人公都过着艰苦的尘世生活，都希冀用自己的愿望来代替沉重的现实。为此，他们四处说谎、欺骗，引起了周围人的指责和不满，但实际上他们每个人都深陷生活的泥沼而不能自拔。《两个国度》中的丽娜甚至处于濒临死亡的绝境，虽然还没有完全放弃求生的欲望。对于这些人物而言，他们的梦想再正常不过了，只是要过一种人的正常生活并体会自己做人的尊严，但这些看起来微不足道的想法在现实生活中都遇到了无法逾越的障碍。对于彼得鲁舍夫斯卡娅的主人公而言，唯一的出路是死去，或是向环境妥协。他们竭尽全力地想证明自己"并不比别人差"，但又不知道如何做到这一点。对于作者而言，重要的不是结果，而是要表现主人公追求梦想的过程本身。

几乎所有托尔斯泰娅的小说写的都是同样的主题，即浪漫的理想、玫瑰色的梦幻同鄙俗现实的激烈冲撞以及这些梦想的破灭。对于作家而言，主要的是审视这种现象本身。她显然是在有意识地使自己的主人公处在各种不同的生活情景中，以便考察他们的生活能力和态度。

---

① 详见作家的下列表述：*Улицкая Л.* Плохой писатель // Вопросы литературы. 1996. №1. С. 34; *Улицкая Л.* «Считайте меня ретроградом» // Санкт-Петербургский университет. 25 дек. 1998. №28 – 29. С. 4. http: // www. spbumag. nw. ru/oldindex. html。

托卡列娃的小说,如《关于生活中不存在的事》(О том, чего не было, 1969)和《幸福的结局》(Хэппи энд, 1995),主人公的梦想都实现了,但他们却并没有丝毫的幸福感。

整体而言,无论是彼得鲁舍夫斯卡娅、托卡列娃,还是托尔斯泰娅,她们的写作目的都不是考察自己笔下主人公的命运和性格。与其说这些作家展现的是人物性格,不如说她们更关注梦想这个现象本身,因此,对其并没有进行更加深入的思索,她们作品中的作者形象更突出。①

乌利茨卡娅与这些作家的区别在于,她将自己的艺术嗅觉集中在主人公的性格和命运上,她感兴趣的首先是一组具有典型性格的人物类型,他们不满足于生活中的一切。作家关注的是处在这个"世俗"世界中的个体生命的意义和价值。所以,在上面三篇讲述梦想与现实冲突主题的小说中,有两篇直接以主人公的名字命名,这并不是偶然的,它表明小说在情节上是以独特的个性为中心展开叙事的,侧重表现的是人的性格的发展历程及其命运的演变。

乌利茨卡娅与当代小说家的区别还体现在"作者对待自己主人公的那种独特的令人感动的爱"②。而且,作家笔下绝大多数主人公的梦想都实现了。她们成功地摆脱了现实生活对她们的百般困扰,作为生活中希望的象征,梦想的实现成为了对她们忍耐、坚韧品性的最好奖励,她们也因此获得了拯救,并感受到了幸福,虽然这种幸福看起来是那么易碎,而且转瞬即逝。

在当代小说中,还有一些作品的结局,与契诃夫的《醋栗》(Конштанка, 1888)以及布宁的《从旧金山来的先生》(Господин из Сан - Франциско, 1915)类似。如托卡列娃的一些小说与托尔斯泰娅的《一张白纸》(Чистый лист, 1984)、《奥凯尔维利河》(Река Оккервиль,

---

① 有关这几个作家更详尽的比较分析请参阅:*Писаревской Г.* Реализация авторской позиции в современном рассказе о мечте / По произведениям Л. Петрушевской, В. Токаревой, Т. Толстой. М.: Московский пед. ин-т, 1992. 22 с。

② Проза 1980 – 2000-х годов. Воронеж: Родная речь, 2003. С. 256.

1985）等，主人公的梦想都实现了，但期盼中的幸福却没有到来，作者对笔下主人公的态度不是嘲讽就是同情，由此更加重了那种深深的绝望和虚无感。我们认为，乌利茨卡娅在处理这个主题时艺术构思更加乐观，在她的作品中那种积极向上的生活态度始终是主导基调。她笔下的主人公常常会引起读者由衷的赞赏，使你产生一种要追随她们的冲动，我们认为，这正体现了作者对人和世界的一种人本主义的世界观。就这一点而言，乌利茨卡娅无疑是承继了十九世纪俄罗斯文学的光荣传统，那就是"坚信理想，坚信人，无论它从自己的位置上跌落得有多狠"①。

贯穿《布罗妮卡》《可怜的幸运儿科雷万诺娃》和《苏一黎世》等小说的核心主题，正是梦想与现实的冲突。这显然有一定的社会原因。在中央集权体制下，个人会不由自主地逃离现实，奔向自己的理想，因为只有在那里，人才能够做一个自己设想的人，成为真正的"我"。在上述作品中，乌利茨卡娅对生活中的现象进行了高度的总结，对生活中的梦想者类型进行了深入的概括，在生活的危急时刻，她们展现了人性的本质属性。作家对于"逃离现实"的母题格外关注，其作品中主人公在直觉和潜意识层面非常向往"另外一种生活"（《布罗妮卡》和《可怜的幸运儿科雷万诺娃》）。作家一边在讲述着这些孤独梦想者的故事，一边力求弄清楚，是什么原因促使她们走向"逃离"，她们又是怎样成功地挣脱了现有的生活，找到了摆脱无望困境的出路。梦想通常总是高尚的。布罗妮卡梦想的是另外一种生活，它是美好的，到处都是关爱、对美格外珍视。塔尼娅在遇到如天仙般美丽的班主任后，把自己变得像偶像一样妩媚便成了她日思夜想的心事。对利季娅来说，梦想展现了自己不可预知的那一面，但幸运的是，她在自己身上找到了那种能够将梦想变成现实的力量。

---

① *Скворцов В.*, *Скворцова А.* Самобытие человека в повести Людмилы Улицкой «Весёлые похороны» // Вестник ВолГУ. Серия 2: Филология. Журналистика. Волгоград, 2000. №5. С. 106.

正是生活中的梦想挽救了上述几位主人公,使她们避开了平庸、乏味的灰色现实生活。具有象征意义的是,上述作品中主人公的所有梦想都与苏联社会倡导的主流意识形态截然相反。乌利茨卡娅用这样一种方式,间接地表明了苏联社会的不和谐。

上述小说的梦想都同牺牲母题有关联。为了追求自己的理想,布罗妮卡牺牲了自己的个人名誉,塔尼娅·科雷万诺娃出卖了自己的童贞,利季娅则失去了自己的自尊心。在力求实现梦想的过程中,主人公们变得幸福、坚韧。生活中的挫折已经不能摧毁她们,她们具有了能够对抗整个世界的伟大而独立的个性,甚至按照自己的方式改变了现实世界。

理想也同迷人的梦幻等母题紧密相关。在上述小说里,现实与梦境之间的界限往往模糊不清,难以确定。主人公们能够轻松跨越这个界限,从一个时代迈向另外一个时代,从一种生活方式跨入另外一种生活方式。

梦想经常通过一定的人或物来表现,比如,照片(《布罗妮卡》)、一篮子鲜花(《可怜的幸运儿科雷万诺娃》)、外国丈夫(《苏一黎世》)。梦想往往会变得更加遥不可及,但与此同时,生活中好像有一种神奇的力量,让梦想最终还是改变了主人公们的生活,把她们从贫穷、可怜的生活环境带入到另外一种空间,一个舒适、安全、平安的世界。作家反复强调说,这一切不过是一种外在的现象。初看起来,小说中主人公的结局都很幸福,但实际上这是一种假象,一个圈套。比如,在小说《苏一黎世》里,主人公的梦想实现了,但这种"幸福的结局"使主人公陷入了更深的失望当中。《布罗妮卡》和《可怜的幸运儿科雷万诺娃》的结尾几乎像童话故事一样,"灰姑娘变成了漂亮的公主"。这样的结局会让人觉得流于俗套,作者意在表明,为了实现自己的梦想,人往往要付出巨大的代价,作出巨大的牺牲。于是,我们发现,那个"可怜的幸运儿科雷万诺娃"在嫁到瑞典之后,立刻就给自己买了一件羊毛大衣,这同果戈理笔下的阿尔卡季·阿尔卡季耶维奇不无相似之处。

在上述小说的诗学体系中,梦想往往起着连接情节的作用,它几乎一直"拽着"情节主线。常常是在小说的后半部分,主人公的梦想变成了现实(《可怜的幸运儿科雷万诺娃》和《苏—黎世》)。这样,主人公潜意识中的梦境不仅推动了小说故事情节的发展,还在小说的结构中起到了至关重要的作用。

在上述小说里,现实与梦想之间的关系遵循的是一种补充原则。梦想在主人公的生活中往往物化成了现实生活中缺失的事物:舒适的住宅、和睦的家庭、和善的友邻关系、漂亮的衣裳等等。

现实与梦想并不完全对立,恰恰相反,现实因为梦想的存在而更加美好。乌利茨卡娅笔下的梦想有着建设生活的积极因素。梦想让灰色、单调、世俗的生活变成了不无意义的永恒存在。

主人公沉醉于自己的理想,在同理想接触的那一瞬间,她们自身也发生了变化。布罗妮卡变成了一个全能的、可以傲视众人的人;科雷万诺娃突然变成了一个漂亮的姑娘,由此也享受到了甜美的爱情和幸福的生活;利季娅成了一个成功富有的女商人。正是梦想拯救了这些主人公,并让她们享受到另外一种生活。梦想本身就是关于另外一个世界、另外一种社会的模板。

第三节　心灵与自我牺牲主题

"心灵"是一个指涉人的内心世界的最为复杂的概念。在宗教和心理学中,它指的是人的肉体以外的非物质本性。在哲学史上,"心灵"这一概念是"与作为物的肉体概念相对的(心灵是一种动态的力),是与有机的肉体相对的(心灵则是积极的富有生命力的元素),是与精神概念相对的(心灵是统一的精神本性的个性体现或者是上帝创造的独一无二的个性的因素),是同人的行为的外在社会表现形式相对的(心灵是人内在的精神世界,是人的自我认知)"①。

① Большая Советская энциклопедия. М.: Сов. энциклопедия, 1976. Т. 8. С. 554.

众所周知，每一个人都具有独一无二的、独特的心灵，世界上有多少人，就有多少心灵。在俄罗斯文学中，人是否具有灵魂、是否具有自己内在的精神生活等主题是很多作家关注的焦点问题。当代作家乌利茨卡娅也不例外。

一、《布哈拉之女》中的心灵与自我牺牲主题

在短篇小说《布哈拉之女》中，作家探讨了人的心灵主题，并提出了自己的解决方案。

德米特里和阿莉是一对年轻的夫妇，不幸的是，他们却生了一个智障儿。唐氏综合征就像是给小孩儿判了死刑一样。不久，丈夫遗弃了妻子，投向了另外一个女人的怀抱。女主人公深知自己也将不久于世，因为她得了不治之症，为了使弱智的女儿能够在生活中自立并感受生活的意义和幸福，她竭尽所能。几乎身处彼岸世界的阿莉为女儿今后的生活出谋划策，她翻遍了医院的卡片，为的是给自己心爱的女儿找一个与她般配的丈夫，找到了这个人后，阿莉就死去了。

为了自己唯一的女儿，阿莉付出了一切，甚至把自己的生命也献了出来。为了使女儿幸福，她不得不完全改变自己的生活。她像一位猎手，循着女儿的病情，为她挑选着配偶。她希望这个人心智上应该同女儿一样没有恶意、心存善良，而且能和女儿共度余生。乌利茨卡娅塑造了一个光辉的周身洋溢着母爱的女性形象，她使出自己所有的能力养育、教育自己的孩子，而且以坚不可摧的意志保证了女儿的人生幸福。

小说在结构上由两个部分组成。夫妇俩生育了智障儿米拉奇卡是故事的拐点。在情节展示部分，阿莉的个性完全被年轻英俊的丈夫以及和谐的家庭生活所遮盖。随着情节的逐渐展开，尤其是在米拉奇卡出生之后，阿莉的性格得到了全新的展示。这“锻造了她的性格和经历，她成为了小说真正意义上的主人公，表达了小说的思想，成为了

它的一个象征"①。弱小羸弱的女性战胜了生活中的不幸。女儿慢慢长大了,母亲为她找到了格里高利·贝尔曼,给她带来了应有的幸福感。出乎所有人的意料,阿莉战胜了附在女儿身上的病魔,也战胜了命运。在这个表面弱小却具有内在顽强毅力的女性面前,连病魔和命运也不得不向她屈服。值得指出的是,阿莉首先战胜的是死神,要知道,她借助草药使自己得以多活六年,为的是让自己的孩子能够获得足够的成长空间,以便适应严峻、残酷的现实。

这个来自神秘东方毫不起眼的女性成为了生命的创造者,和谐的构建人。她的丈夫,一个健康、强壮的医生,却临阵脱逃,瞬间就抛弃了自己生病的孩子,投入到了同样身强体健的女同事的怀抱。在这里,乌利茨卡娅主要采用了对比的手法。起初,年轻夫妇过着相对富裕的田园牧歌式的生活,这与周围邻居的灰色生活,与后半部分阿莉艰难支撑的孤苦生活形成了鲜明的对照。但来自布哈拉之女的阿莉全身心地付出,最终不但避免了生活中又一幕悲剧的发生,而且演绎出了一曲不平凡的家园恋曲,一支歌颂两个智障人彼此温存和关爱的心灵之歌。面对残酷的现实,主人公阿莉为女儿营建了一座安详、舒适的小岛,在它上面,女儿不会感到自己智力的不足,而且还能快乐地生活。

正像大多数乌利茨卡娅的小说一样,在本部作品里,时间和空间对于揭示主人公的性格起到了非常重要的作用。小说中描述的故事发生于经济全面崩溃的严峻的战后生活,在"1946 年 5 月末的一天"②。小说的空间对于乌利茨卡娅来说是很典型的莫斯科小院。在这样一个环境里,每个人都没有隐秘的私人生活空间,生活中发生的任何一件小事都会瞬间传遍全院。讲述者怀着苦涩的嘲弄,又不失幽默地说:"我们不存在正常的私人生活,因为哪怕是一个晾在公共衣绳

---

① *Кириллов И.* «Колбаса косы» Людмилы Улицкой // Завтра COMPLETA-RE. 8 авг. 2000. №4 (44). http: // zartra. ru/cgi/veil/data/denlit/044/42. html.

② *Улицкая Л.* Сонечка: Повести. Рассказы. М.: Изд-во Эксмо, 2002. С. 231.

上的衬裤上的小补丁，也会即刻令全院人无一遗漏地知晓。”[1]但是，就在任何一件小事物都会让别人看到，任何一句闲言都会让别人听到的时候，“那些没有被人看见的、没有被人听到的就具有非同寻常的隐秘意义了”[2]。作者将主人公置于艰难的生活环境下，以此来考验她们的人性，进而挖掘出她们性格中以及心灵中所蕴含的道德维度。

主人公过的是一种与小院中其他人截然不同的和谐完美的家庭生活。整个小院子的住户都非常羡慕他们，但他们无私高超的职业道德修养又令大家尊重。人们生活在板楼和破瓦房里，而医生的一家却住在一个建于革命前的可爱而雅致的小楼里，“小楼还带着一个不大的园子”[3]，被栅栏围了起来。刚刚从中亚回来的年轻夫妇坐着自己的车子，好像是来自另外星球的住户，跟半饥半饱“不知是城里来的还是农村来的流民”[4]的生活格格不入。在邻居们看来，这对年轻人过的是一种“别致的、精美的、富有的”[5]贵族生活，他们家有三个卧房，“不在厨房，而是在饭厅里”吃饭，还有专门的书房。邻居们能够容忍他们一家人的这种贵族生活，是因为安德列·英诺肯基耶维奇平日里给院子里的人看病。“院子里所有的老太婆都找过老大夫，所有的小孩儿也都被老大夫诊断过，也没有谁能说出来，老大夫索取过什么东西。”[6]

对于这些居住在莫斯科市郊的贫苦饥民来说，医生一家人的生活

---

① *Улицкая Л.* Сонечка: Повести. Рассказы. М.: Изд-во Эксмо, 2002. С. 231.

② *Казарина Т.* «Бедные родственники» : Людмила Улицкая. Серия «Первая книга» . М., «Слово» . 1994 // Преображение. 1996. №4. С. 171.

③ *Улицкая Л.* Сонечка: Повести. Рассказы. М.: Изд-во Эксмо, 2002. С. 231.

④ *Улицкая Л.* Сонечка: Повести. Рассказы. М.: Изд-во Эксмо, 2002. С. 232.

⑤ *Улицкая Л.* Сонечка: Повести. Рассказы. М.: Изд-во Эксмо, 2002. С. 232.

⑥ *Улицкая Л.* Сонечка: Повести. Рассказы. М.: Изд-во Эксмо, 2002. С. 233.

好像是一出精彩的话剧一样叫人艳羡。从小楼里好像总是能射出一束他们在生活中见不到的亮光。所有人都被阿莉的美深深地吸引："没有一个女邻居会错过时机，在路过的时候，顺便往吸引人的窗户上瞧两眼。"[①]邻里之间的关系总体上还是和谐的，但是，正像我们后来看到的那样，也存在着潜在的危险。乌利茨卡娅并没有回避人性的弱点，而是向我们原原本本地展示了这一点：当阿莉孤独一人的时候，不无恶意的邻里因为嫉妒她过去的美满生活而开始报复她。布哈拉色彩艳丽又富有东方神韵的花裙子以及样式不一的挂毯确实给人一种像是在看戏的幻觉。

在小说的下半部分，当老大夫病逝后，布哈拉孤零零一个人带着女儿生活的时候，"附楼/小院"之间人们的对立不断激化，羡慕变成了仇恨。

邻里对阿莉的仇视很能说明问题，"先前邻里对布哈拉及其女儿有种不能满足的好奇心，这种心情由于高高的栅栏以及他们一家完全与邻里隔离的生活方式而变得更加离奇，现在被一种将外来户彻底挤出去的怀有敌意的愿望完全取代了，拿当时的话说，这叫作'压实'"[②]。在俄语中，«уплотнить» 这个单词属于苏联时期专有的词语，它表示"使居住面积更加紧凑；将一些住户迁入另外一户去居住"[③]。作者在这里仅运用了一个不再使用的旧词，就传达出了当时独特的社会氛围。为了强占阿莉的住宅，邻里使出了浑身解数，他们投诉讼函，向有关部门告密，将死猫隔着"布哈拉家高高的栅栏扔进小院里"[④]。

然而，在赤贫的时代也生活着物质上有保障的住户，更重要的是，

---

① *Улицкая Л.* Сонечка: Повести. Рассказы. М.: Изд-во Эксмо, 2002. С. 232.

② *Улицкая Л.* Сонечка: Повести. Рассказы. М.: Изд-во Эксмо, 2002. С. 239.

③ *Мокиенко В.*, *Никитина Т.* Толковый словарь языка Совдепии. СПб.: Фолио-Пресс, 1998. С. 623.

④ *Улицкая Л.* Сонечка: Повести. Рассказы. М.: Изд-во Эксмо, 2002. С. 240.

他们还具有深厚的人文传统。在乌利茨卡娅的作品中,根基母题及其与过往精神生活的紧密联系的母题,对于理解全书的创作主旨非常重要。在这部小说中,这一母题是通过德米特里的爷爷安德列·英诺肯基耶维奇表达出来的。对于作者来说,爷爷安德列这个人物形象非常重要,因为他是家族世代繁衍的传人。与此同时,他对于揭示文本蕴含的思想也具有不同寻常的意义,因为他是坚守信仰的体现者。

安德列·英诺肯基耶维奇是一名老大夫,是老一代的杰出代表。他忠于自己的职业操守,是传统的最后一批捍卫者。他为人治病图的不是名利,而是听从于自己的良知。正是因为这一点,邻里们才暂时体谅了他们,使得医生一家人过上了虚幻的幸福生活。医生家中,连续五代人都是单传,而且每个人都是医生。德米特里还不到一周岁的时候,他的父亲就由于感染伤寒而不幸早逝了,他是在爷爷的抚养下长大的。毫无例外,德米特里也承继了家族的光荣传统。在这里,作者有意将过去的生活理想化,把自己小说中的人物同经典文学作品中的主人公相提并论。爷爷生活俭朴并且在其身上具有一些优秀的道德品质,如善良、宽容地对待周围的每个人等。出于同情,他连续二十几年都在庇护孤单的卫生员帕莎,让她一直负责"打理医生轻松的家务"①。

阿莉和安德列·英诺肯基耶维奇在心灵世界有很多共通之处,他们都待人随和,对人友善。老大夫在年轻的时候去过中亚,因此,他非常了解东方人的生活方式,"非常理解东方世界的独特性"②。出乎爷爷的意料,阿莉快速地融入到了新的环境。她的言谈举止说明了她格外珍视自己的家庭,对长辈也敬爱有加。当丈夫还在收拾办公室的时

① *Улицкая Л.* Сонечка: Повести. Рассказы. М.: Изд-во Эксмо, 2002. С. 233.

② *Улицкая Л.* Сонечка: Повести. Рассказы. М.: Изд-во Эксмо, 2002. С. 234.

候,“他的妻子已经细致并且热忱地干起了家务”①。她认为这是自己作为晚辈在家中应尽的义务。她对家里的仆人帕莎“既亲切又敬重”。对老大夫,“只要一看见他那满头银发,她就会不自觉地低下自己温顺的眼神”②。她知道他年事已高,受过良好的教育,而且,这些都使她想起了自己的父亲。

乌利茨卡娅特别强调了女主人公对自己丈夫的深深爱意:“抱着自己一生中第一个,也是唯一的男人的时候……她悄声说:‘我把德米特里写在了我的胸脯上,’而且,这是用别人都听不懂的东方语言说出来的,这些话不是简单的温存,而是祈祷文。”③这里既表现了对恋人的特殊感情,对他的尊重和深深的爱,还体现了一种悠久的东方式的传统观念。同时,又像是一种特殊的仪式,一种只有在潜意识层面才会迸发出的情愫。难怪丈夫和妻子对爱情的理解会是如此的不同。所有这些差别在智障的女儿出生后成为了决定性的因素。对于德米特里来说,他是“突然”被东方美女迷住了双眼,他认为这是“战争时期真正的奇迹”④。吸引他的首先是阿莉美丽的外表,她那完美的容貌,他被自己心上人充满异国情调的美所深深迷住,至于阿莉内在的品德、深藏于内心深处的精神世界,他并不太感兴趣。但是,正是这一点在很大程度上决定了他此后作为一个“强人”的行为。

德米特里与阿莉最大的不同体现在对待生病孩子的态度上。对德米特里来讲,一个人外在的因素最重要,因此,对智力先天性发育不足的女儿,他更多的感受是嫌恶;而阿莉则正相反,她好像根本就没有注意到女儿的智力缺陷,她“给女儿穿上色彩艳丽的丝绸花裙,在稀稀

① *Улицкая Л.* Сонечка: Повести. Рассказы. М.: Изд-во Эксмо, 2002. С. 233.

② *Улицкая Л.* Сонечка: Повести. Рассказы. М.: Изд-во Эксмо, 2002. С. 235.

③ *Улицкая Л.* Сонечка: Повести. Рассказы. М.: Изд-во Эксмо, 2002. С. 237.

④ *Улицкая Л.* Сонечка: Повести. Рассказы. М.: Изд-во Эксмо, 2002. С. 237.

落落的黄头发上系上漂亮的头绳，欣慰地注视着女儿光滑又时不时乐滋滋的小脸蛋，她的小鼻子扁扁的，湿乎乎的小嘴儿总是半张着”①。生活中的磨难测试着主人公的意志力，测试着她们克服困难的能力，考验她们身上的人性、精神力度和心灵维度。在看似向命运“低头”的过程中，阿莉表现出一种极大的精神力量、意志力和母性情怀。像大多数作品一样，乌利茨卡娅的笔下几乎没有坏人。德米特里也是一个不错的人，一个负责任的医生。作家在这里谴责的是一个人的精神取向，由此，读者对这个人物形象的指责并不会有丝毫的减少。

平缓的叙述突然变调，光明的生活也陡然逆转。家族的传统没有使德米特里免于道德的沦丧。他也不是一个反英雄，他只不过与阿莉不同，是一个缺少意志力的人。

德米特里是爷爷“按照马可·奥勒留道德模式”②教育出来的。马可·奥勒留是古罗马皇帝，斯多葛派的代表，主张唯物论的禁欲主义。这一哲学流派认为，“人是自然界最高级的也是最理智的生物，实践‘智慧’是人最大的美德”，号召人们遵从自然，把它看作是“生活中完全没有欲望的、理想的艺术大师”。③ 乌利茨卡娅在小说里提到马可·奥勒留的名字并不是偶然的。因为，德米特里在生活中遵循的正是这种实践智慧，在这种理念中，心灵和道德并不是主要的。作者在这里并没有对此进行批驳，她只是在冷静地叙述，将思考的权利留给了读者。必须指出的是，在作者其他的一些作品里，比如短篇小说《那一年的3月2日……》、中篇小说《索尼奇卡》和长篇小说《库科茨基医生的病案》，乌利茨卡娅是怀着一种嘲弄的态度反对这种唯物论教育方式的，作者认为这种教育方式尚须完善，还有很多不足之处。

---

① *Улицкая Л.* Сонечка: Повести. Рассказы. М.: Изд-во Эксмо, 2002. С. 237.

② *Улицкая Л.* Сонечка: Повести. Рассказы. М.: Изд-во Эксмо, 2002. С. 238.

③ Большая советская энциклопедия. М.: Сов. энциклопедия, 1976. Т. 24. Кн., 1. С. 526.

阿莉接受的则是浓厚的东方人文传统的教育。乌利茨卡娅赋予她鲜明的民族特色以及道德评判标准。初看起来,阿莉在向命运低头,她坚忍、顽强地背负着自己的十字架。但实际上,她在生活中找不到其他的出路,她永远也不会遗弃自己的孩子,她宁愿放弃丈夫,宁愿舍弃自身的欲求,也绝不会抛弃自己的孩子,更不会抛弃一个智力有缺陷的孩子。

作者在刻画主人公肖像的时候强调了她身上的这种独特性。站在邻里面前的是"一个世所罕见的年轻东方美人,披着一头蕴藏着无穷力量的光亮的黑发,它沉得使她不得不总是仰起自己小小的头颅"(молодая женщина *невиданной* восточной красоты, с блестящими, *несметной* силы волосами, своей тяжестью запрокидывающими назад её маленькую голову)[①]。作者仅仅使用了两个修饰语"世所罕见"(невиданный)和"无穷"(несметный),却将主人公外表瘦小孱弱但却具有坚韧不拔的意志力和坚强性格的实质表达了出来。我们知道,在斯拉夫神话中,头发是"一个人生命力的集中体现"[②]。所以,在乌利茨卡娅的笔下,像塔玛拉·科雷万诺娃、布罗妮卡等人物具有这样的外貌特征也就不足为奇了,这表明了作者对主人公的喜爱。

阿莉温顺、忠诚,遵循着东方式的生活准则。对她来讲,家庭是生活中最重要的,甚至是神圣不可侵犯的。在女儿出生之后,如何挽救她的生活决定了阿莉的行为和举动。"她时刻把女儿抱在怀里,甚至就是在夜间也尽量把女儿放在自己的身边。"[③]阿莉"去掉词尾",称女儿为米拉。[④]"米拉"这个俄文名字喻指"人见人爱",但生活却开了一

① *Улицкая Л.* Сонечка: Повести. Рассказы. М.: Изд-во Эксмо, 2002. С. 232.

② Славянская мифология. Энциклопедический словарь. М.: Международные отношения, 2002. С. 88.

③ *Улицкая Л.* Сонечка: Повести. Рассказы. М.: Изд-во Эксмо, 2002. С. 236.

④ *Улицкая Л.* Сонечка: Повести. Рассказы. М.: Изд-во Эксмо, 2002. С. 236.

个玩笑，她甚至都不能让自己的生身父亲感到自己是可爱的。而阿莉却完全是另外一种态度，对于阿莉来说，"米拉……比所有的孩子都好"①。尽母亲的职责成为了阿莉生活的全部意义，其他的一切对她来说并不重要。为了能让丈夫幸福，她甚至应允丈夫再找一个女人。她认为，如何保存家园，为丈夫和孩子创造必要的条件是她在生活中的责任和应该做的事情。对于女主人公来讲，善良、爱、仁慈，这些被很多人嗤之以鼻的道德规范重于一切。对于作者乌利茨卡娅来说，同样如此："我非常看重这些微不足道的'规矩'，人就是靠这些自己总结出来的规矩才得以生存的。"②

为了保全自己的家庭，阿莉竭尽了全力。她准备作出让步："我知道，我已使你厌倦。把你的新妻子带来吧。我不反对。我自己就是爸爸的小老婆生的……布哈拉低沉着双眼说道。"③真正的基督徒式的牺牲表现在小说的高潮部分，当德米特里将自己要离开家的打算告诉阿莉的时候，这场告别无疑更像是一场心理搏斗。布哈拉安静地听完了丈夫的话，没有表示出一丁点儿的反对。作为东方女性，她认为摆脱这一情势再简单不过了，大家可以像先前一样生活在一起，就像生活中什么也没有发生一样。但在另一种文化语境下长大的德米特里却无论如何也不理解她的想法：听闻德米特里打算离开自己，她"仍旧低垂着眼帘，没有任何表情地问他，为什么他要离开"④。在这里，主人公虽然没有情感的表露，但是乌利茨卡娅却表现了主人公的心理斗争，表达了她自我牺牲的力度。她向丈夫提议说："把你的新妻子带到

---

① *Улицкая Л.* Сонечка：Повести. Рассказы. М.：Изд-во Эксмо，2002. С. 243.

② *Улицкая Л.* «Младшая шестидесятница и ценности моей жизни»：［Интервью подготовила Мария Седых］// Общая газета. 2002. №20. С. 8.

③ *Улицкая Л.* Сонечка：Повести. Рассказы. М.：Изд-во Эксмо，2002. С. 239.

④ *Улицкая Л.* Сонечка：Повести. Рассказы. М.：Изд-во Эксмо，2002. С. 239.

家里。我不反对。”①对此，丈夫却没有任何的话语可以作答，他“没听明白妻子的问题，让她说得再清楚些”②。这个情景，对于表明小说的主旨是非常重要的。此时，德米特里明白了布哈拉心灵的深度，体会到了妻子高尚的品德，同时也意识到了自己在道义上的不足，懦弱的他被抛到了不道德的深渊。因为，为了照顾先天弱智的女儿，要求他每一天都要全心全意地付出，这对他来说，是根本不可能做到的。于是，他就离弃了爱妻和女儿。

具有象征意义的是，在小说的开始，作者将德米特里比喻成被描画在宣传画上的战士：“从车上下来一个医疗队的少校，相貌端正，一排白净净的牙齿，一看就是一个纯粹的俄罗斯人，就像是从宣传画上刚刚跳下来似的，因为他与画上皮肤黝黑的解放军战士一模一样。”③众所周知，宣传画并不能真实地反映现实生活，它更多的是反映了一种对现实生活充满浪漫色彩的理解。这种对生活现象不切实际的态度，在那些反映战争场景的宣传画上体现得最为明显。在那些宣传画上，对战争的刻画往往与实际情况截然不同。所以，也就难怪，“宣传画式的”德米特里不能战胜现实生活中的挫折，在困难面前只能一味地退缩。叙述者好像是忘了德米特里的存在，从宣传画上跳出来的他好像又回到了宣传画里。这样，宣传画的粉饰性再一次地突出了德米特里的浅薄。这些看起来不引人关注的非情节性描述，在乌利茨卡娅的笔下经常会起到非常重要的作用，它会使我们更好地理解故事情节。

丈夫走后，家里的生活发生了急剧的转变。养育孩子并供养家用，这些异常艰辛的工作一下子都落到了阿莉的肩上。正是在这种极

---

① *Улицкая Л.* Сонечка: Повести. Рассказы. М.: Изд-во Эксмо, 2002. С. 239.

② *Улицкая Л.* Сонечка: Повести. Рассказы. М.: Изд-во Эксмо, 2002. С. 239.

③ *Улицкая Л.* Сонечка: Повести. Рассказы. М.: Изд-во Эксмо, 2002. С. 231.

端的情势下,主人公展现了自己的性格和意志力。

“过去/现在”之间的对立成为小说下半部分的主要内容。黑色取代了各种鲜艳的色调。花裙子也被暗色的衣服所代替。主人公苍白的脸颊上,也出现了“一股令人感到不祥的暗色调”。但是,对阿莉来说,这一切一点儿也不重要,要知道她是一个生活在“内在生活”中的人。她的心灵还像先前一样光明依旧。她不向任何人诉苦,也不埋怨别人,更不去诅咒自己的丈夫。无论外在的情形发生了多么大的变化,她的一言一行始终如一,她尽量在自己的内心找到所有问题的答案,她自己解决所有的疑惑,她只不过是外表发生了变化:“布哈拉突然,并且是一下子就不是美人了。她变得更娇弱,脸色也逐渐变暗,她将自己的花裙子放到了那只德国旧皮箱里,穿上了暗色调的衣服。她的面颊和下巴都长出了讨厌的黑色绒毛,就是白亮的牙齿也失去了自己漂亮的颜色”(Бухара тем временем резко и окончательно перестала быть красавицей. Она сильно исхудала, *потемнела* лицом, убрала в старый немецкий чемодан свои *цветные* платья, оделась в *тёмное.* Лицо её обросло по щёкам и подбородку неприятным *чёрным* пухом, и ярко сверкающие зубы *потеряли* свой праздничный *цвет*)[①]。作者在这里采用了对比的手法,女主人公外表上的虚弱、谦和、平淡无奇以及羞涩与内在强大的意志力、丰富的精神生活形成了鲜明的对比。乌利茨卡娅在阿莉去穷老头贝尔曼家做客这一情景中,突出表现了这种强烈的对比。当阿莉向老人提议要将他的同样智障的儿子介绍给自己的米拉奇卡认识时,“贝尔曼突然间战栗了一下,想要说什么,但是,温顺的布哈拉却极力地劝阻了他”[②]。在这里,作者用语词上的矛盾修饰法传达了女主人公坚强的内在力量。这位母亲身上外表和内在本质之间的反差体现得淋漓尽致。

---

① *Улицкая Л.* Сонечка: Повести. Рассказы. М.: Изд-во Эксмо, 2002. С. 246.

② *Улицкая Л.* Сонечка: Повести. Рассказы. М.: Изд-во Эксмо, 2002. С. 245.

乌利茨卡娅表明，女主人公身上具有的这种精神力量源于家族的传统、特有的文化和习俗。“精细的、千百年来在亚洲最好的宗教学校里熏染的血液”[①]流淌在女主人公的身体里。她的父亲是老一代乌兹别克的学者。“他自己本人在生命的晚期只专注于神学，一直到去世还在抄写关于穆罕默德神游天堂般的耶路撒冷的故事”，他是一个拥有自由思想的人，“不仅使自己众多的儿子，也让女儿们接受了教育”。[②] 具有象征意义的是，只有在自己的故国，阿莉才能够获取减轻病痛的草药，这种起死回生的汤汁延缓了她的生命，使她一直活到了女儿生活能够自理的那一天为止。在这里，作者无疑又借用了童话和英雄传说中的情节。

小院的邻里称女主人公为“布哈拉”，而且这个昵称也被列入到了小说的标题里，显然，这并不是偶然的。布哈拉是中亚的一座古城，具有灿烂的古代文化。乌利茨卡娅将这个外表弱小的女性看作是这一文化和传统的代言人。同母亲度过的每一天使米拉奇卡获得了在现实世界里同成人打交道的力量和勇气，使她懂得了做人的尊严和人应有的自豪感。

虽然作者赋予主人公的外貌和性格一定的民族属性，但我们认为这并不非常重要。对于作家而言，心灵的维度才是最重要的，至于这颗心属于谁，并不十分重要。

布哈拉孤苦无欲求的生活令人肃然起敬，叫人不得不佩服。小说中的次要人物帕莎就是这样对待女主人公的。通过布哈拉这个人物，作者也传达了人与人之间要有心灵的沟通和理解这样一个主旨。两位女性之间的关系，在小说中具有特殊的意义。在小说开始的时候，帕莎并不爱阿莉。只要阿莉一做家务，无形中她就做了帕莎应做的工作。渐渐地，帕莎满腹的不满情绪转变成了公开的仇视，“哎呀，看见

---

① *Улицкая Л.* Сонечка: Повести. Рассказы. М.: Изд-во Эксмо, 2002. С. 235.

② *Улицкая Л.* Сонечка: Повести. Рассказы. М.: Изд-во Эксмо, 2002. С. 235.

她我就心里憋屈。竟然娶了一个亚洲女人……一句话，布哈拉！"[①]作者以自己惯有的风格，不无嘲讽地注解说："看得出来，帕莎心底里还没有完全吃透国际主义这一名词的内涵。"[②]在二十世纪三四十年代，国际主义问题在苏联非常尖锐，对此，乌利茨卡娅一直非常关注。作家认为，这个口号过于虚伪，口头上说的是一套，实际上做的却是另外一套。

在德米特里走后，唯有帕莎留了下来，她也因此成为这个家庭所有变故的亲历者。阿莉的言行证明了自己心灵的纯正。随着时间的流逝，帕莎终于从原先的对头变成了阿莉的知己。这一随着情节的发展而变化的主人公之间的关系，并不是像我们想象的那样简单。实际上，这是阿莉心灵活动的结果。

正像在多部作品中表现的那样，乌利茨卡娅对老一代人，特别是革命前一代人经常予以格外的关注。正是这批杰出代表在塑造苏联现实时成为敏感的晴雨表。对于作家而言，他们所忠心捍卫的是不受虚假意识形态影响的真正的价值体系。作者通过一些物象以及日常生活细节，表现了帕莎独特的精神取向：在她的屋里摆着一个罩上纱巾的圣像画。这一细节表明了主人公与时代精神之间的对立，表明了主人公对自己的信仰、对高尚的精神生活以及基督教的宽容主旨的忠诚。引起我们注意的是，当布哈拉去工作的时候，正是帕莎留在家里陪伴可怜不幸的小姑娘，长时间地给她讲述各种历史故事，亲昵地称之为"我的可怜孩儿"[③]。她在努力向小姑娘传达古人的生活经验，她尽其所能地让小姑娘了解自己的家族史。我们不会忘记，东正教文化向来有崇拜"圣愚"的传统。他们经常被视作上帝惠顾的特殊群体，是

① *Улицкая Л.* Сонечка: Повести. Рассказы. М.: Изд-во Эксмо, 2002. С. 234.

② *Улицкая Л.* Сонечка: Повести. Рассказы. М.: Изд-во Эксмо, 2002. С. 234.

③ *Улицкая Л.* Сонечка: Повести. Рассказы. М.: Изд-во Эксмо, 2002. С. 241.

参悟最高真理的圣人。

同安德列·英诺肯基耶维奇一样,在小说中,帕莎也代表着即将故去的一代人。作者本人对这一代人特别尊重、钟爱。具有象征意义的是,在小说的结尾,正是帕莎仍然留在了布哈拉的家里,成为米拉奇卡及其丈夫生活的唯一的见证人。这样,帕莎也成为了乌利茨卡娅笔下老一代主人公系列群体肖像的又一位代表。我们还记得,类似的人物还有《别人的孩子》和《弃儿》中的艾玛·阿肖托夫娜和尤里·索洛门诺维奇,《那一年的3月2日……》中的阿龙,《幸福的人》中的贝尔塔和玛季斯·列维等。

坚信自己、坚信自己的女儿,使得布哈拉成功地避免了一场人间悲剧。这也是乌利茨卡娅为我们描绘的理想世界图景。作家认为,宽容、智慧、自我牺牲精神、心存感恩和爱是我们存在的基础。主人公的名字就是这种思想的缩影,阿莉这个名字在拉丁语中是“白色”的意思,是心灵纯正的象征。

智力上有缺陷的人通常会偏离惯有的生活模式,他们好像被社会完全抛弃了。如果从人们普遍接受的评判标准来审视,我们也往往很难真正理解这些人。但乌利茨卡娅正是将自己创作的目光聚焦在了这些“不正常”的人身上,并以此证明他们首先也是人。小说反映的不仅是一个道德问题,而且也是一个现实生活中非常迫切的社会问题。这些我们不理解的弱势群体也有自己的私人生活,也有权利像大多数人一样过正常人的生活。通过如何对待这些贫穷、无助的弱势群体,作者乌利茨卡娅“检验”了我们的社会。阿莉的女儿米拉奇卡,尽管过着与我们不一样的生活,尽管内心世界孤苦伶仃,但是与大家对其悲苦生活的预期相反,她不仅在社会生活中找到了自己的位置,而且过着自己的幸福生活,虽然这种幸福在别人看来有些不一样。为了这种幸福,她的母亲付出了自己宝贵的生命,而周围的人却无动于衷。也可能有人会说,没有理由将别人一手为我们创造的幸福生活,而且主体自身也根本无法体会到的幸福称为幸福。然而,在小说的结尾,作者却称这种幸福是“美好的”①。这一饱含深情的称谓表达了作者对这个来自布哈拉的女性英雄般坚毅性格的由衷赞美。这不仅是一部描写神秘东方女性的小说，更是一部表现其心灵和精神维度的好小说。

二、《布哈拉之女》与当代俄罗斯同类题材小说的比较分析

乌利茨卡娅笔下描写心灵主题的小说都具有其独特的解决方案，如果我们把这些小说同其他俄罗斯当代作家类似主题的小说作一番比较，就能清晰地看到它们之间的不同。在当代俄罗斯文学界，描写精神上有缺陷的孩子的小说并不少见，比如托尔斯泰娅的短篇《一张白纸》（Чистый лист，1984）和《夜》（Ночь，1987），彼得鲁舍夫斯卡娅的短篇《潘尼娅痛苦的心》（Больное сердце Пени，1990）和《像天使》（Как ангел，1996），托卡列娃的中篇《漫长的一天》（Длинный день，1986），马卡宁的《洞口》（Лаз，1990）和瓦尔拉莫夫的《生》（Рождение，1995）等。这些作家写的都是同样的主题，即反映由于“大自然的错误”来到人世的人，在不同作家的笔下，该主题得到了不同的书写，它们从不同的侧面展示了那些鲜有人去关注，顶多是出于同情，但更多的则是完全漠视，甚至排斥的个人的命运。作家正是想通过对这些先天有生理缺陷、精神残疾的孩童的态度来测试人性。这也是众多不同风格的作家都写出了这个近似主题的意义所在。

短篇小说《一张白纸》与《布哈拉之女》写的是同一题材。如果说乌利茨卡娅将自己的艺术构思主要集中在了布哈拉的内在精神维度与高尚的道德本性上，那么托尔斯泰娅向我们展现的恰是相反的情形，即主人公的灵魂在生活的重压下逐渐退化的过程。如果说乌利茨卡娅笔下的主人公是一个勇敢的母亲，坚强的女性，那么托尔斯泰娅则是从父亲的视角艺术地考察了家里有一个患病孩子的问题。

---

① *Улицкая Л.* Сонечка：Повести. Рассказы. М.：Изд-во Эксмо，2002. С. 249.

托尔斯泰娅小说的主人公名字叫伊格纳季耶夫,这是一个"二十世纪末文学中的典型主人公,'中等的、大众的'人"①。像乌利茨卡娅笔下的女主人公一样,他有一个先天有病的儿子瓦列里克,总是"病恹恹的、虚弱不堪"②,为了这个孩子,主人公的妻子舍弃了自己的工作,冷淡了自己的丈夫。但与布哈拉不同的是,伊格纳季耶夫不知道他该怎么办才能摆脱生活的困扰和无望。一方面,他非常可怜自己那"疲惫不堪的"③妻子,还有那无可救药的"有病"的孩子;另一方面,他也非常可怜自己。他被那些经常充盈于头脑中的各种想法和疑虑弄得心神不安,痛苦不堪。伊格纳季耶夫梦想要彻底摆脱这些烦扰,但又没有任何具体的行动。每天早晨他都像念咒语一样不断地重复着:"我发誓,明天早上醒来的时候我就会变成另外一个人,精神振奋。我会把阿纳斯塔西娅忘掉,挣好多钱,带瓦列里克到南方玩儿一玩儿……我要把家里重新装修一下,以后天天早上跑步。"④而到了晚上,一股忧愁又像幽灵一样控制了他,他"低垂着头,就坐在床边,握着孩子的手,成了无可救药病人的悲痛的陪护。就这样手握着手,一坐就是几个小时"⑤。在这里,托尔斯泰娅使用了拟人手法,忧愁获得了人的具体特征,它被人格化了,它有自己的思想、自己的性格。意志力不坚强的伊格纳季耶夫无法掌控自己,完全成了忧愁的俘虏,忧愁将他紧紧地攥在了自己结实的手掌中。就这样伊格纳季耶夫一直和自己的忧愁坐在一起,沉默不语,丝毫也没有抗争的意味,不作任何努力。就是白天,忧愁也不让伊格纳季耶夫平静,他到哪儿,忧愁就跟到哪里,并在"他那平坦愚钝的头颅上不时地显露,一会儿在那儿,一会儿

---

① *Черняк М.* Современная русская литература. СПб., М.: САГА: ФОРУМ, 2004. С. 163.

② *Толстая Т.* Река Оккервиль. Рассказы. М.: Эксмо, 2004. С. 164.

③ *Толстая Т.* Река Оккервиль. Рассказы. М.: Эксмо, 2004. С. 163.

④ *Толстая Т.* Река Оккервиль. Рассказы. М.: Эксмо, 2004. С. 167.

⑤ *Толстая Т.* Река Оккервиль. Рассказы. М.: Эксмо, 2004. С. 163.

在这儿”[①]。

具有象征意味的是,在文本中一次也没有提到过“心灵”,它成了一种禁忌。作者使用了一个本体意义的名词“活物”(живое)来代替这个众所周知的词,虽然这个“活物”用的是阴性代词(она),而且作者对此还专门加以强调:“——你想想,以后再告诉我。狗身上是没有它的,它们有条件反射的能力,这是巴甫洛夫的学说。——是的,你说得对”[②];“它们生下来就是这样,而且一生也这么活,根本就不知道,它是什么怪物,突然,每个生物都有了,快给它们做个移植手术吧”[③];“——这是什么?——这是提取器。——怎么这么小?真没想到。——您以为它会很大吗?”[④]“心灵”一词已经不再是现代人的常用词语,这一点简直形同灾难。伊格纳季耶夫好像从来就不知道自己曾有过心灵,他只是感觉到,身体中有个地方老在疼痛,但到底是哪儿,他并不知道。

当他从同学那里听说,有一个科研所正秘密地做这个“活物”的手术,而且效果“特棒”[⑤],伊格纳季耶夫半信半疑,但还是决定冒一下险。手术后,他开始了新生活。主人公焚烧旧衬衫的行为是其与过往生活以及现在生活彻底告别的第一个标志,因为这件衬衫他的父亲曾经穿过,他结婚时穿过,在产房迎接新生的儿子时也穿过。这件衬衫本应成为世代相传的家族纪念品,但是主人公为了自己的新生把它丢得一干二净。托尔斯泰娅采用奇幻的写作手法,使小说的主旨进一步彰显。

摘除“活物”的手术进展得非常顺利。伊格纳季耶夫完全变成了另外一个人,不过他是往坏的那方面改变了。托尔斯泰娅通过主人公的“个性语言”揭示了他的变化。伊格纳季耶夫在他的忧愁女友的指

---

① *Толстая Т.* Река Оккервиль. Рассказы. М.: Эксмо, 2004. С. 166.
② *Толстая Т.* Река Оккервиль. Рассказы. М.: Эксмо, 2004. С. 164.
③ *Толстая Т.* Река Оккервиль. Рассказы. М.: Эксмо, 2004. С. 176.
④ *Толстая Т.* Река Оккервиль. Рассказы. М.: Эксмо, 2004. С. 181.
⑤ *Толстая Т.* Река Оккервиль. Рассказы. М.: Эксмо, 2004. С. 168.

引下，想法深邃，他的内心独白充满了各种隐喻和联想，变成了带有大量行话、俚语的直接引语："那好吧，傻瓜，我要走了。给我五卢布。快点儿。"[①]

手术以后，伊格纳季耶夫感到很轻松，很舒心。但是，如果先前他的梦想还很高尚，那么术后他盘算的则完全是另外一种行动方案。首先，"现在就到纳斯奇卡那去。让她不再埋怨我！"[②]其次，写一封投诉信，就说伊万诺夫医生收受贿赂，虽然事情的真相是他本人亲自送上门的。再次，要最终确定一下儿子的命运，"即刻送往社会保障部，还是听从医生的建议？反正我总不能老把这个弱智儿养在家里，不卫生，你懂吧。让我把他送到孤儿院去吧。他们那儿肯定不接收，还得送点儿钱。这早已经司空见惯，是很普遍的现象"[③]。新伊格纳季耶夫甚至连妻子都没提，在主人公新的生活空间里，妻子就像"一汪冰冻到底的湖水"[④]一样根本就没有存在的地位，这和他们的儿子突然从"孱弱的小家伙儿"、"土豆上的幼芽儿"[⑤]变成了"弱智儿"是一样的，在获得新生的男主人公那里没有他们生存的空间。作者向我们展示了这种令人嫌恶的类型的出现过程，对于这种人而言，不存在任何神圣的事物。这一切之所以发生，都是因为从伊格纳季耶夫身上切除了使其成为人的那个器官，他因此才成为了一个没有心灵的人，没有良心的人。

托尔斯泰娅使用夸张的魔幻艺术手法，向我们展示了一个人的灵魂从有到无的过程。失去灵魂的人变得更加厚颜无耻、蛮横无理，对别人的痛苦更加冷漠。在手术后，伊格纳季耶夫不仅彻底摆脱了忧愁的困扰，而且也不再犹豫，不再疑心重重，但他也丧失了同情心和怜悯心，而这些品质正是为人的基础。当他决心同意做手术的时候，他就

---

① *Толстая Т.* Река Оккервиль. Рассказы. М.: Эксмо, 2004. С. 184.
② *Толстая Т.* Река Оккервиль. Рассказы. М.: Эксмо, 2004. С. 184.
③ *Толстая Т.* Река Оккервиль. Рассказы. М.: Эксмо, 2004. С. 184.
④ *Толстая Т.* Река Оккервиль. Рассказы. М.: Эксмо, 2004. С. 168.
⑤ *Толстая Т.* Река Оккервиль. Рассказы. М.: Эксмо, 2004. С. 164.

等于在自己的死亡判决书上签了字，因为这意味着他将变成一个活着的死者。所以，在书中托尔斯泰娅对医生的形象给予了格外的关注。众所周知，眼睛是一个人心灵的窗户。伊格纳季耶夫非常惊奇地发现医生“没有眼睛”①。在对医生形象的塑造上，作者刻意强调了主人公身上近似死神的特殊气质：“空荡荡的眼窝深深地塌陷着，好像通向地狱的黑洞，去往阴间的地下通道，直直地射向暗无天日的死海的深处。”②两者共同之处在于都没有了心灵，这与他们都缺失代表个体的名字相互呼应。在小说中，只有主人公生病的儿子，还有他臆想中的情人有自己的名字。

乌利茨卡娅同托尔斯泰娅这位作家的写作风格完全不同，但无论是崇尚写实的乌利茨卡娅，还是明显受后现代写作范式影响的托尔斯泰娅，她们都在一件事情上找到了彼此的共同点，即发现人性（尤其是男性身上）的冷酷无情和自私自利，因为无论是前者的《布哈拉之女》，还是后者的《一张白纸》，正是家庭中最亲的人（丈夫和父亲）背叛了主人公。无论是乌利茨卡娅，还是托尔斯泰娅，都敏锐地发现现实生活中的男性身上勇气的缺失。两位作家都认为，只有主人公身上高尚的母性和牺牲精神才能拯救世界，使其免于毁灭。更准确地说，两位作家认为这样的人物负有拯救世界的使命。这种解决方法在古典文学中也比较常见。与所有的预测相反，生活终将战胜死亡。母亲不会将自己的孩子丢弃在“绝望与痛苦”的深渊，将会为他斗争到底。

小说标题的含义在结尾得到了揭示，“伊格纳季耶夫撞了一下邮局的门。‘您要什么？’一位卷发的姑娘问道，‘一张白纸’伊格纳季耶夫说道，‘就要一张白纸’”③。这样，伊格纳季耶夫的生活连同他内在本质就变成了要填写内容的一张白纸，而且读者也能够揣摩出将要在这张白纸上写什么。

---

① *Толстая Т.* Река Оккервиль. Рассказы. М.: Эксмо, 2004. С. 178.
② *Толстая Т.* Река Оккервиль. Рассказы. М.: Эксмо, 2004. С. 178.
③ *Толстая Т.* Река Оккервиль. Рассказы. М.: Эксмо, 2004. С. 184.

托尔斯泰娅的短篇小说《夜》谈的也是同样的主题，只不过是以弱智孩子的视角展开叙事的。具有象征意义的是，小说的主人公有名也有父称。对托尔斯泰娅而言，这是一个非常重要的细节，它表明主人公是一位具有灵魂的人物。

同米拉奇卡不一样，阿列克谢·彼得洛维奇具有自我反省的能力。他经常思考，看待世界的角度也没有成规和定式，所以他显得清新而富有洞察力："阿列克谢·彼得洛维奇的头脑中有一个自己的世界，一个真正的世界。在那里可以做一切事情。而外在的世界是荒诞的，不正确的。而且他要记住什么是好的，什么是坏的也非常困难。他们商量好了，定好了条件，写下了规则，特别复杂的规则，并且记了下来，他们的记性都很好。但让他按照别人定下来的规则生活很困难。"①弱智孩子头脑中的世界有其自身的和谐性和理性。现实世界不仅对病人而言具有潜在的威胁，而且对正常人而言同样如此。读过小说后，读者首先产生的就是这样一种感觉。

如果说乌利茨卡娅笔下的米拉奇卡由于有布哈拉的全力护佑，最终免于接触残酷而可怕的现实，就说她适应了社会，那么在托尔斯泰娅的小说中，我们看到的完全是另外一回事。首先，阿列克谢·彼得洛维奇和母亲一起住在一个多家合住的公用住宅里。对布哈拉来说，在米拉奇卡孩童时她就有能力保护女儿，使其免于接触残酷的外部世界，但对阿列克谢·彼得洛维奇的母亲来说，根本就没有这种可能性。米拉奇卡善良、温厚，因为她不知道现实生活的残忍。而阿列克谢·彼得洛维奇却经常受到周围世界的伤害，没有人能够保护他。难怪母亲的形象对于主人公而言是那么伟岸。她的外表像一座气派雄伟的建筑物一样壮观："妈妈的正面被白色的带有垂直凹槽的胸衣遮盖着，而且把后背的衣带、衬里、看不到的饰物、公用的走廊、备用的出口都藏得严严实实，这个壮观的庞然大物将结实的蓝色羊皮大衣啪地一

---

① *Толстая Т.* Река Оккервиль. Рассказы. М.: Эксмо, 2004. С. 195.

系,一座宫殿耸立了起来。”[①]为了保护自己有病的儿子,她应该非常强大。在儿子的眼中,她就是堡垒,她就是柱石。

托尔斯泰娅笔下的主人公阿列克谢·彼得洛维奇不得不生活在双重世界中,一个是外在的现实世界,一个是内在的臆想世界。对于他来说,“外在的世界”是不真实的,非理性的,“糟糕透了的,不正确的”;而他脑海中臆想的世界是真实的,“在那里没有任何限制”。[②] 这就是他的病态逻辑。事情的关键就在于阿列克谢·彼得洛维奇是一个非理性的人,是一个具有怪异逻辑思维的人,而且这种逻辑是他按照自己的方式建构的,并只向他本人解读生活的法则。阿列克谢·彼得洛维奇的世界中只有最普通的规范,他只懂得遵守最简单的卫生习惯。这是一个非常脆弱的世界。任何一个外在的哪怕是最微不足道的干扰都能威胁它,摧毁它。因此,阿列克谢·彼得洛维奇总是要谨慎地护卫自己脆弱世界的边界。他总是处在一种紧张的内心独白的精神状态中。他同外界的接触非常有限,因此,他只和自己交流,不断地说出自己的想法。托尔斯泰娅的人道主义体现在她赋予自己主人公一种思考的能力。在阅读的过程中,读者会情不自禁地感到自己也像主人公一样弱势、易受伤害、不被保护。这样,通过塑造阿列克谢·彼得洛维奇这个形象,托尔斯泰娅试图在测试我们生活的这个世界,发现它的潜在危险和残酷。托尔斯泰娅认为,这个世界从没有接受弱者和穷人的打算。可以说,《夜》是一篇对现实世界提出严厉审判的小说。

作家使用了意识流的手法来表现主人公的生存状态。小说全篇充斥着无法融入社会生活的主人公的独白。

具有象征意味的是,阿列克谢·彼得洛维奇的词汇量非常丰富。他既有孩童的语言,也有正常人的语言,如«кушинькать» [③],«тупу-ту-

① *Толстая Т.* Не кысь. М.: Изд-во Эксмо, 2004. С. 193.

② *Толстая Т.* Не кысь. М.: Изд-во Эксмо, 2004. С. 195.

③ *Толстая Т.* Не кысь. М.: Изд-во Эксмо, 2004. С. 194. 这是俄文动词кушать(吃东西)的指小表爱形式。——作者注

пу-тупочки» [1]等。主人公对世界认识的独特之处在于把它魔幻化了。“好,好,妈妈。你瞧,你说的一切多么正确。一切都很明了,远方的地平线一下子就展现在你的面前,在经验丰富的引航员带领下远航是多么惬意……所有的危险都配以醒目、晓畅的小图:这里有凶残的雄狮,而在这里的岸上有犀牛;这里鲸鱼在玩耍时会射出水柱,而那边则是最危险的大眼珠长尾巴的水仙女,不可靠、恶毒,而且有诱惑力。”[2]或者“那里住着一种特殊的人,跟我们不一样:他们像白鸽一样飞翔,在阳台间飞来飞去。胸脯光滑多毛,长着人的面容,如果这种鸟落在你家楼梯的扶手上,向你垂下头并咕咕地叫,这时只要一看它的眼睛,你就会失语,像鸟一样啪啪地扇动起翅膀,毛茸茸的四爪在铁杆上蹦来蹦去”[3]。这是一个充满各种神奇生物的神话世界。而且,最重要的是,这是一个美妙的世界。作家让阿列克谢·彼得洛维奇能够敏锐地感受到世界的美丽并理解它。妈妈守卫在这两个世界的交界处,她在护佑着自己的孩子。像乌利茨卡娅一样,托尔斯泰娅也塑造了一个永远也不会抛弃自己生病的孩子并将全部身心都用在孩子身上的英勇母亲的形象。无论是乌利茨卡娅,还是托尔斯泰娅,她们歌颂的都是永恒的母爱。对于主人公而言,这种母爱正是他们得以在这个病态的、虚伪而又怯懦的、令人好奇而又残忍的世界里生存下去的基础。在托尔斯泰娅的小说中,父亲的形象是缺失的。这说明了一个重要的道理。首先,它表明现实世界父性因素的丧失;其次,羸弱的女性独自承担了本应是两位家长共同承担的重负,而且她们勇敢地接受了这项艰巨任务的挑战。

对于阿列克谢·彼得洛维奇来说,妈妈意味着一切,意味着世界和生活。“啊,妈妈,你是我的指路明星!金灿灿的!你会把一切都处

---

① *Толстая Т.* Не кысь. М.: Изд-во Эксмо, 2004. С. 196. 这是俄文 топ-топ-топ(噔噔噔)模仿走路的声音。——作者注

② *Толстая Т.* Не кысь. М.: Изд-во Эксмо, 2004. С. 193.

③ *Толстая Т.* Не кысь. М.: Изд-во Эксмо, 2004. С. 196.

理得井井有条,你是那么睿智,会解开生活中所有的谜团!"[①]在小说的诗学体系中,星星的形象非常重要。首先,作家把母亲比喻成了指路明星。这样,母亲的形象就具有了世界宇宙的特征,涵盖宇宙的母爱拥抱了被深夜包围的世界。"弱小的孩子,弱小的孩子,你孤独一人迷失在街道上,你不该来到这个世界上!快从这儿离开吧,它不适合你!阿列克谢·彼得洛维奇狼嚎般大声哭诉着,抬起自己早已没有人样的脸看着天上的群星。"[②]其次,值得我们关注的是,为什么这样一个弱智如孩子一样的病危男子,独自一人在深夜转向天上的星辰,寻求它们的帮助和同情。小说的标题是"夜"。起初,夜晚的形象给人的感觉象征着主人公的病态思维,但在小说结尾,我们明白了,夜成了现实世界的象征:"他知道一切,他理解了这个世界,懂得了生存法则,参悟了事情之间的隐秘联系,彻底明白了如何将撕成无数小碎块的物品整合起来的复杂规则!闪电击活了阿列克谢·彼得洛维奇的大脑!他深感不安,辗转反侧,随便抓起一张纸撕了起来,用胳膊肘移开玻璃杯。于是,自己都对自己的这种喜悦的醒悟感到震惊,他迅疾地将刚刚参悟的真理大写着记了下来:'夜。夜。夜。夜。夜。夜。夜。夜。夜。夜。'"[③]

小说的主人公受控于自己的母亲,因为只有和妈妈在一起,他才有做人的尊严感。但在文本中我们丝毫也体会不到托尔斯泰娅仁厚的博爱精神,抑或是某种甜腻的矫揉造作;相反,她非常严酷地向我们展示了主人公挑衅性和动物性的病态心理。"当时一种可怕的无来由的愤怒充满了阿列克谢·彼得洛维奇,他眨着双眼,吐了口吐沫,把要说的话忘得一干二净,愤怒的火苗在眼前晃来晃去,他可以掐死他,将其撕成碎片!这是谁干的?!谁胆敢这么做?!快点儿滚出来吧!他卷起自己的衣袖,他在哪?!妈妈一路跑来,不停地宽慰,将出离愤怒

① *Толстая Т.* Не кысь. М.: Изд-во Эксмо, 2004. С. 195.
② *Толстая Т.* Не кысь. М.: Изд-во Эксмо, 2004. С. 200.
③ *Толстая Т.* Не кысь. М.: Изд-во Эксмо, 2004. С. 200.

的阿列克谢·彼得洛维奇带走,把刀子收起,好不容易从他那攥得死死的拳头里把小斧子抠出来。"[①]或者"阿列克谢·彼得洛维奇一下子躺到了自来水管道上,吐着脏字,龇着利牙……如鬼哭般号叫着"[②]。在小说的结尾,"妈妈领着平静下来的阿列克谢·彼得洛维奇回到了自己温暖的小巢,舒缓的小窝,回归母亲银白翅膀的庇护之下"[③]。

现实世界和人们不能接受他,尽力在疏远他,不由自主地要伤害他,给他带来痛苦。在这么大的世界上没有阿列克谢·彼得洛维奇的位置。人们的内心深处没有对身患绝症病人的同情和怜悯。"弱小的孩子,弱小的孩子,孤苦无依的人,你孤独一人迷失在街道上,你不该来到这个世界上……妈妈,你的孩子在哭泣,他要死了,你这唯一的孩子,你怎么也看不够的孩子,对其寄托无限期盼的孩子,经历种种磨难的孩子。"[④]

对于主人公而言,体验一下现实世界,品味一下生活,这一点很重要。所以,主人公的手里突然拿着一把钱(这个虚幻的权利象征物)并不令人意外。但是,在这个世界上,他无法买到宽容,人们对他一顿暴打。受到打击之后,他顿悟到了一个别人无法体会到的真理——"夜"。最后,阿列克谢·彼得洛维奇只得重新回归自己独特的心灵世界,回归"自己温暖的小巢,舒缓的小窝,回归母亲银白翅膀的庇护之下"[⑤]。小说的标题和结构都说明了主人公闭塞、无望的生存状态,象征着其生活的恒久孤独。

彼得鲁舍夫斯卡娅在自己的作品中完全按照另外一种方式,描写先天残疾的病人在世界上的特殊生存状态。在短篇小说《像天使》中,作家向我们展现了一个养育弱智孩子的家庭无望的生存状态。作者在展现这个悲剧的自然根源的同时,也力求挖掘其社会根源。

---

① *Толстая Т.* Не кысь. М.: Изд-во Эксмо, 2004. С. 195 – 196.

② *Толстая Т.* Не кысь. М.: Изд-во Эксмо, 2004. С. 200.

③ *Толстая Т.* Не кысь. М.: Изд-во Эксмо, 2004. С. 200.

④ *Толстая Т.* Не кысь. М.: Изд-во Эксмо, 2004. С. 200.

⑤ *Толстая Т.* Не кысь. М.: Изд-во Эксмо, 2004. С. 200.

小说的情节如下：两个上了年纪又相貌平平的普通农艺工作人员在一次科学考察中一见钟情，并于九个月后生下了一个孩子。他们管小女孩叫安格丽娜，“就像有意似的”①，这个孩子先天弱智。起初，安格丽娜受到了中年父亲一大家族人的喜欢和溺爱，尤其是年迈的祖母和姑妈们。她总是能够得到各种礼物，所有的亲人都装出好像一切都正常的样子，这种假象逐渐地导致了预期的灾难性后果。在主人公十五岁的时候，她还像小孩一样公开索要自己的那份“幸福”，以便“庆祝生活的喜悦”：“我的礼物在哪里？给我的东西呢？”②家人经常会听到她类似的喊叫声。

只有在自己亲人的眼中，主人公才是天使，周围人对她完全是另外一个样子。开始的时候，她还尝试过让周围的人喜欢自己，她百般修饰。但这并没有带来期望的效果，“同龄人都叫她鳄鱼，而且趁安格丽娜不注意就往她的头上打一下，还好，不会弄伤她”③。她吸取了教训，以同样的方式来回应周围人对她的侮辱，她“在地铁站里用拳头直接向人们的头部打去”，“攥着拳头就扑向了周围的乘客”。④ 三十岁的时候，她变得越来越像动物，“她的脸涂满了蓝色和红色，经常张着空洞洞的大嘴，里面立着四颗乳牙，她的长相给所有人都留下了深刻的印象”⑤。

对于亲人的关心和爱护，她却回应以凶狠的击打。每天早晨，“无论是严寒还是阳光明媚，无论是下雨还是风和日丽，无论是狂风暴雨

---

① *Петрушевская Л.* Мост Ватерлоо：Рассказы и повести. М.：Издательство «ВАГРИУС»，2001. С. 32.

② *Петрушевская Л.* Мост Ватерлоо：Рассказы и повести. М.：Издательство «ВАГРИУС»，2001. С. 33.

③ *Петрушевская Л.* Мост Ватерлоо：Рассказы и повести. М.：Издательство «ВАГРИУС»，2001. С. 36.

④ *Петрушевская Л.* Мост Ватерлоо：Рассказы и повести. М.：Издательство «ВАГРИУС»，2001. С. 36.

⑤ *Петрушевская Л.* Мост Ватерлоо：Рассказы и повести. М.：Издательство «ВАГРИУС»，2001. С. 35.

还是大雾迷蒙"，她都带母亲出去散会儿步。如果父母反对，她就"立刻用行动回应他们"。[①] 情势到了一种非常难堪的程度，七十岁的母亲，"从早上七点起迈着自己有病的双腿，它们虚胖又浮肿，开始长时间的环城远行"，不得不陪她来到户外，为的是让"她没有捶打七十岁父亲的理由"。[②] 这种爱的结果，对于父母而言，就是"没有任何能够解救他们的方式"[③]。

这样，拒绝同外人交往后，天使逐渐变成了一个恶魔，"她在与全人类作对，随心所欲、无拘无束、凶狠残暴、缺德透顶"[④]。彼得鲁舍夫斯卡娅并没有指责她笔下的主人公。作家认为，所有人都是上天的造化，因此都有权寄希望于上帝的护佑。作者的人道主义体现在对世界的阴暗面、残忍面的客观展示。在这个弱肉强食的社会中，先天残疾的弱智最有可能不是变得更好，而是变得更坏。

在上面分析的几篇小说中，主人公的父母为了自己心爱的孩子可以做一切他们能做到的事情，但最终的结果却各有不同。布哈拉成功地将米拉奇卡领入了现实生活，目的明确地教会了她同这个世界打交道的规则和技巧，由此得以让女儿在现实生活中能够与别人和谐相处。她并没有将米拉奇卡紧紧地抱在自己的手心里，或是仅仅局限于家务以及其他一些简单的手工劳动上。因此，在她死后，米拉奇卡过着平静的幸福生活。这一点，无论是阿列克谢·彼得洛维奇，还是安格丽娜，如果他们的父母去世了，都无法做到。米拉奇卡拥有自己的生活，自己的世界。无疑，这是布哈拉疼爱并作出自我牺牲的结果。所以，布哈拉这个形象具有像童话故事里的主人公一样的魔力，正是

---

① *Петрушевская Л.* Мост Ватерлоо: Рассказы и повести. М.: Издательство «ВАГРИУС», 2001. С. 36.

② *Петрушевская Л.* Мост Ватерлоо: Рассказы и повести. М.: Издательство «ВАГРИУС», 2001. С. 36.

③ *Петрушевская Л.* Мост Ватерлоо: Рассказы и повести. М.: Издательство «ВАГРИУС», 2001. С. 36.

④ *Петрушевская Л.* Мост Ватерлоо: Рассказы и повести. М.: Издательство «ВАГРИУС», 2001. С. 39.

在童话世界中经常会发生丑小鸭变成美公主的奇迹。只不过布哈拉与这个过程恰恰相反，为了救护自己患有先天残疾的女儿，她从一个原本年轻貌美的女性变成了一个老太婆。

阿列克谢·彼得洛维奇的母亲为了让自己的儿子得以平安地生存下去，则不得不采取全天候的防御策略。

在这些父母当中，《像天使》主人公的父母形象最令人可怜。彼得鲁舍夫斯卡娅意在说明，如果父母像基督徒般忍耐、顺从，就可能导致这种令人悲痛的结果。他们完全听从于安格丽娜随心所欲的愿望和需求，不曾努力让自己的孩子去适应社会，适应现实生活。所以，小说的结局非常感伤，主人公就好像是在绕着封闭的圈子一样无止境地走来走去。

几篇小说主人公在对待母亲的态度上也有区别。听说母亲要离开自己时，米拉奇卡哭着表示强烈的反对。米拉奇卡不可能有别的反应，因为她和母亲都是彼此继续生活下去的精神支柱。她那孩子般的短暂记忆，仍保留着亲爱母亲的形象。她一看到那些母亲留下的物品就自然想起了自己的妈妈，"妈妈的围裙，妈妈的茶碗"①等。在这里，乌利茨卡娅肯定的是，爱具有创造力，真心的爱甚至在有病孩子的意识中也能唤起相应的爱。

在托尔斯泰娅的笔下，阿列克谢·彼得洛维奇把自己的妈妈看作是一栋高大的建筑，而且雄伟壮观，是那种不仅现在而且将来也必然存在的事物。他永远也不会想到，如果在他最需要帮助的时候，妈妈有一天可能会突然离去。在这里，作者主要强调的是母子之间的一种深深的眷恋之情，略微含有一丝对生活的恐惧。看似雄伟壮观的母亲，实际上恰恰最容易受到伤害，最不恒久。

"带着让全世界人都爱上自己的希冀"②，不知道愁滋味的安格丽

---

① *Улицкая Л.* Сонечка：Повести. Рассказы. М.：Изд-во Эксмо，2002. С. 248.

② *Петрушевская Л.* Мост Ватерлоо：Рассказы и повести. М.：Издательство «ВАГРИУС»，2001. С. 34.

娜天天游荡在大街小巷，寻求别人的关爱，寻求那种她认为父母不能提供给她的那份爱。但对孩子的纵容和娇惯并不是真正的爱。正像彼得鲁舍夫斯卡娅用这个反面的例子证实了，爱首先是对自己孩子的那份责任感和义务感。

在托尔斯泰娅和彼得鲁舍夫斯卡娅的小说中，主人公之间的关系也非常复杂，充满了矛盾，具有不同的悲剧体现。对于先天弱智儿来说，如何融入正常人的生活是最为复杂的问题。米拉奇卡在母亲的帮助下，融入了成人的社会，并且能够与其进行简单的对话。阿列克谢·彼得洛维奇则一直处在自我独白的状态。托尔斯泰娅向我们艺术地展现了弱智儿的内心世界。小说中，阿列克谢·彼得洛维奇像孩子般热爱普希金，这一点具有深切的含义。作家以此表达了对俄罗斯精英文化的一种向往，间接地表达了一种思想，即弱智儿也是这个世界不可分割的一部分，俄罗斯天才诗人杰作的美妙和善意适用于所有的人，包括弱智儿。

在上述几篇小说中，最不幸的主人公当属安格丽娜。在文本中，我们丝毫也找不到主人公可以依托的与文化相关的艺术细节。当然，除了她的父母亲的专业——化学，但后者却变成了对其命运的残酷预测。亲人们只热衷于送给她各种各样的礼物。值得注意的是，小说中没有一处能够体现父母之爱的情景描写。

当然，作家对待主人公的态度也不同。

乌利茨卡娅的小说充满了作者对笔下主人公深切的爱及对其建立的功勋的由衷赞赏。作家意在向我们表明，正是母亲坚贞的精神及其宁折不弯的意志拯救了自己孩子的命运。文中的三十多个充溢着各种情感但又无法表达清楚的省略号，也说明了作者的这种态度。

对于托尔斯泰娅而言，阿列克谢·彼得洛维奇是“一个迟到的孩子，小小的团状物，大自然一时疏忽之作，漏种的庄稼地，剩下的香皂头，无用的杂草，丢弃的果皮，天生就是为了让人烧掉的，是造物主在大地上慷慨抛撒丰满的生命的种子时偶然混进健康的兄弟里去的"[①]。作家对笔下这个先天残疾的主人公充满了无尽的同情。她不断地为他进行辩护，对其在世界上的出现进行解释，她告诉我们，在主人公出生之前他就已经不幸被"造物主"选中。作家认为，即使是这种人也同样有生活的权利，所以赋予他敏捷的反应，让他具有思辨能力："早班的远轮已经起航，正劈开一道深深的航道，甲板上刮着大风，到处都是穿戴整齐的游客。他们一边笑着，一边在甲板上交谈。前面是什么地方？妈妈手握船舵，妈妈坐在指挥台上，妈妈站在桅杆的顶端眺望着远方泛光的波纹。"[②]作者对主人公的同情，或者更确切地说，作者的人道主义体现得并不十分清楚、明确，它们潜藏在文本的深处，隐蔽在作者的潜意识层面。可能正是因为这个原因，有很多读者认为，托尔斯泰娅主要是在嘲讽自己的主人公。透过作家尖刻、不无游戏精神的写作方式，我们可以感受到托尔斯泰娅对弱者的真切同情之心。

彼得鲁舍夫斯卡娅在对待同类主题时有自己的解决方法。她的写作方式更直接、更冷漠，好像是"从旁观的角度"进行创作，几乎是客观叙述而没有任何情感表露，但由此得出的印象更令人震撼。有时，没有说出的痛要比说出来的更富有说服力。"看起来，父母在内心深处一致认为安格丽娜一点儿也不比别人差，她只不过有病，而病人是不能指责的。"[③]在小说的结尾，母亲突然意识到，原则上"所有人都是无辜的"[④]。

在拯救弱智儿时试图寻找有罪责的人，可能是最不可取的方法。众所周知，俄罗斯文化对弱智者有种特殊的崇拜，俗称为"圣愚崇拜"。

---

① *Толстая Т.* Не кысь. М.: Изд-во Эксмо, 2004. С. 192.

② *Толстая Т.* Не кысь. М.: Изд-во Эксмо, 2004. С. 193.

③ *Петрушевская Л.* Мост Ватерлоо: Рассказы и повести. М.: Издательство «ВАГРИУС», 2001. С. 37.

④ *Петрушевская Л.* Мост Ватерлоо: Рассказы и повести. М.: Издательство «ВАГРИУС», 2001. С. 39.

这些圣愚总是被人当作是“上帝的人”、“上帝的使者”。上面分析过的俄罗斯当代作家乌利茨卡娅、托尔斯泰娅和彼得鲁舍夫斯卡娅的小说，主要描写了这些“被上帝眷顾的人”在我们当今社会遇到的事情和经历。

在这些书写相似主题的小说中，作家的创作主旨和作者的态度都不一样。我们认为，这种解决方式并不意外。这和作家的艺术构思与创作原则密切相关。对于托尔斯泰娅和彼得鲁舍夫斯卡娅来说，重要的是提出问题。彼得鲁舍夫斯卡娅就自己的创作原则以及对待作品中所描写的生活现象和事实的态度时曾经说过：“我想坚决地答复说，作家写作的目的不是要解决什么问题。我们的任务在于提出问题。”①而对于乌利茨卡娅来说，她的创作并不会仅仅局限于提出问题，重要的是揭示笔下主人公的独特性，表现个体独一无二的非凡品性。这种思想她曾经不止一次地表达过：“我认为世界上最吸引我的是人，还有他的感受、经历、灵魂上的以及精神上的体验……正是人，而不是问题、原则和思想。”②

乌利茨卡娅经常向读者展示，在严酷时代其笔下主人公性格的形成过程，她们如何克服各种社会壁垒并通过自身的努力探索到生活的真谛。如果主人公们无法摆脱生活困境，作者会努力找到造成这种结果的原因。虽然乌利茨卡娅不止一次地承认，她受到了彼得鲁舍夫斯卡娅创作的深刻影响：“从彼得鲁舍夫斯卡娅最初的作品起，我就强烈地感受到了她创作的重要性。这真是一个能够给出天才的、深刻的社会诊断的作家。我总觉得这种诊断过于残忍，但又令人信服。”③可以说，乌利茨卡娅成功地摆脱了前辈作家的影响，找到了适合于自己的

① *Петрушевская Л.* «Бессмертная любовь» : [Интервью с письмом в руках] // Литературная газета. 1983. №47. С. 6.

② *Улицкая Л.* «Для меня самое интересное-человек» : [Беседу вёл А. Мирошкин] // Книжное обозрение. 2004. №22 – 23. С. 3.

③ *Улицкая Л.* Плохой читатель // Вопросы литературы. 1996. №1. С. 34.

创作道路。在她的作品中,更多的是反映人是如何克服社会壁垒并正大光明地摆脱困境的母题。就此,作家本人曾经说过这样一段话:“在她(即彼得鲁舍夫斯卡娅,作者注)的世界里,人该上吊自尽,而不是生育下一代。我的创作正好相反,我是竭尽全力地要从那些黑暗得几乎都要腐烂变质的角落里发现还没有被玷污的生活幼苗儿。我不管怎么样都坚信,美好生活会马上到来,而且也会在我的身上得到应验。”[①]我们认为,这种乐观的、积极的创作原则,在某种程度上与乌利茨卡娅曾经的职业有关。她大学期间所学的专业是遗传学、生物学,这不能不影响到她看待世界和人的观点与态度。作家本人承认,她在作品中塑造的人的形象同先前在做遗传科学研究工作时对人的关注是大同小异的。对于乌利茨卡娅而言,正是生活中的人才最吸引她,无论她做什么样的工作。

显然,乌利茨卡娅的这种创作态度有别于多数当代俄罗斯作家,使她更接近于经典俄罗斯文学人道主义的优秀传统。

三、《别人的孩子》中的心灵与自我牺牲主题

短篇小说《别人的孩子》(Чужие дети, 1994)讲的也是心灵主题,论述的也主要是人的情感活动历程、隐秘的感受等问题。

小说的情节如下:玛格丽特不顾父母的反对,年纪轻轻就嫁给了一位成熟男性谢尔戈。两个人之间的感情很强烈,互相爱慕,过着幸福的家庭生活。十年过去了,他们一直没有孩子。为此,谢尔戈很痛苦,玛格丽特也很悲伤。

卫国战争前,谢尔戈被派到了远东工作。一年后他回来了,这次是到前方打仗。谢尔戈在家里度过了临别之夜,正是这一晚让他们有了孩子,而且还是双胞胎。但家人却没有因此而感受到幸福。因为谢

---

① *Улицкая Л.* «Считайте меня ретроградом» // Санкт-Петербургский университет. 25 дек. 1998. №28 – 29. С. 4. http: // www. spbumag. nw. ru/oldindex. html.

尔戈怀疑自己的妻子背叛了他。收到妻子的喜讯后，他写了封回信，可这封信对于玛格丽特而言却是灾难性的。读过信后，玛格丽特就陷入到与自己亲爱丈夫的疯狂对话中。她病了，身体变得很虚弱，进入到一种完全麻木的状态中。这样，养育新生的双胞胎并照料突然患病的女儿的重任就落到了玛格丽特的母亲艾玛·阿肖托夫娜身上，她的这个神圣任务一直持续到战争结束，谢尔戈从前线返回并确信这一切都是事实。情节很简单，但充满了戏剧性。

小说全篇充满了细腻的心理分析。作者力求向我们展示隐藏在当前生活中并构成其基础的那些神奇的、魔幻的因素。乌利茨卡娅关注的焦点，还是人的心灵生活、特性的深层基础以及性格的道德本质。作者的创新体现在这些存在的本质都是艺术地通过人们的日常生活行为展现出来的。作者认为，通过一个人的日常行为就能够看出他的生活态度以及精神境界。在探寻这些道德问题时，作家试图给出一个关于生活意义的答案。“善与恶”之间的永恒主题使得小说的主题更加激化，同爱与恨、真理与谎言、正义与冷漠、责任与良心的缺失等问题连在了一起。小说描述了“个人的道德与思想自我判定的过程，人探索真理的过程”①。

小说在主要事件开始之前，有一段篇幅比较长的开场白，在这里作者简单地勾勒出了主人公的性格。盼望已久的一对双胞胎女儿的诞生是情节的展开部分。在这里，有点儿迷信的艾玛·阿肖托夫娜帮了倒忙。对于谢尔戈而言，女儿的出生非常意外，他不相信他是孩子的父亲，他变得孤僻，内心却非常愤怒。先前对他而言唯一的、最珍爱的女性，几乎是神圣不可侵犯的妻子，现在他却把她同最肮脏的事物等同了起来。正是在他思想深处产生的“圣女与荡妇”的想法给玛格丽特带来了深深的心理伤害，使她失去了知觉，陷入到了迷狂的状态。她那敏感的神经无法承受丈夫对自己的这种可怕的冷遇。生活是脆

---

① *Есин А.* Принципы и приёмы анализа литературного произведения. М.: Флинта, Наука, 2002. С. 50.

弱的这一思想是小说的一个主要思想。两个女孩儿来到了世上，按照讲述者的话说，这生活就像是“一座易折的小桥，它被人从一个深渊抛入另一个深渊”[①]。孩子的出生本来是一件喜事，让家人感到由衷的高兴，但却使父亲陷入悲伤和绝望，让母亲失去了理智。在这座脆弱的小桥上，只有孩子的姥姥艾玛·阿肖托夫娜接受了两个小姑娘。为了家族的延续，她坚忍地承担了所有的重担，她没有向任何人抱怨，勇敢地背负上了这个沉重的十字架。

可以说，艾玛·阿肖托夫娜的生活智慧拯救了所有的人，使家庭免于崩溃，使外孙女没有成为孤儿，使女儿终于不再癫狂，使女婿摆脱了疑虑。作家认为，在生活中一切都取决于人是否有灵魂以及它同别人的心灵交流的能力。谁有崇高的心灵，谁就能克服任何障碍。当人的理智不起作用的时候，人就会听从心灵的召唤，就会转而寻求那种能将所有人联系起来的非理性因素的帮助。玛格丽特陷入了癫狂的状态，因为她的心灵已经僵死。在她的内心深处，什么也不能同对丈夫的爱相提并论，甚至是母爱这种女性本能。她无法听到孩子的哭喊声，她只热衷于同心爱丈夫的心灵交流。

作者很少将笔下的人物分成好人和坏人。乌利茨卡娅是从现实生活的角度看待这个问题的，大多数人身上都有自己的缺点和优点。但是，无论是谢尔戈，还是玛格丽特，在他们身上我们看到的却是某种感觉或者情绪的集中体现，而且它们几乎将主人公引向灾难的边缘。

乌利茨卡娅向读者分别展现了这两个人极端的爱和极端的嫉妒心理。同时，也通过展示他们心灵状态的各种表现形态揭示了某些典型的心理类型。小说建构结构的主要原则是倒叙。作者开始叙述某种事实时，就好像在唠家常一样，看起来，没有什么特别之处。难怪小说以这样平实的话开篇：“事实是这样的……”[②]稍后我们才清楚所发

---

① *Улицкая Л.* Сонечка: Повести. Рассказы. М.: Изд-во Эксмо, 2002. С. 311.

② *Улицкая Л.* Сонечка: Повести. Рассказы. М.: Изд-во Эксмо, 2002. С. 311.

生事件的令人痛心的本质。从后来者的角度看,对这些事件又会有新的认识。小说中的人物形象体系,像乌利茨卡娅的多数小说一样,并不复杂。主要由年长一辈人(以艾玛·阿肖托夫娜、她的丈夫亚历山大·阿拉莫维奇以及家里的保姆菲尼亚为代表)和年轻一代人(以谢尔戈和玛格丽特为代表)构成。同作家的很多小说一样,故事都发生在主人公的家庭内部。尽管正在打仗,但在文本空间几乎找不到外在现实生活的痕迹。乌利茨卡娅认为,家庭是一个单独存在的自给自足的世界,什么也无法破坏这个世界,无论是战争,还是社会的崩溃。只有从内部才能毁坏这个世界。谢尔戈从前线寄回来的信,像一颗炮弹一样,一下子就击破了玛格丽特那脆弱的心理防线。

谢尔戈是一个特别的人物类型,他是一个极端主义者。他铁石心肠,但这种性格上的强硬却让他轻易地受到别人的伤害,他好像非常恐惧生活,在他的性格中有某种模糊不清的东西。他是一个亚美尼亚人,作者在谈他的性格时做了一个隐喻:“他身上的亚美尼亚特性早就凝固了,还是小的时候他就失去了那种鲜明的性格。”①值得指出的是,这种缺失典型民族特征的主人公对于乌利茨卡娅来说并不是很典型。大多数主人公都被作家赋予了鲜明的民族特征,如乌兹别克女性布哈拉(《布哈拉之女》)、希腊女性美狄娅(《美狄娅和她的孩子们》)、犹太女孩利丽娅·热日蒙尔斯卡娅(《那一年的3月2日……》)、布罗妮卡(《布罗妮卡》)、索尼娅(《索尼奇卡》)等等。对于乌利茨卡娅而言,主人公身上的这种民族性很重要,作家很珍视这一点。她将人物身上的民族性看作是其个性组成的一个因素,虽然不是主要因素,但也属于一个人的优点之一。关于这种思想,她在一篇采访录中曾经说过:“虽然我可以和一个人相处二十年,而且我一点儿也不在乎他身上流着谁的血,但正是他的个性特征决定了他的为人,在这里,民族特征

---

① *Улицкая Л.* Сонечка: Повести. Рассказы. М.: Изд-во Эксмо, 2002. С. 314.

并不是可有可无的。"[①]从这一点上说，谢尔戈身上模糊不清的民族性在作者看来显然是一个缺陷，这种缺陷好像又预示了主人公以后充满矛盾的行为。

从对谢尔戈的描写上看，没有证据表明他曾经受到过别人的伤害，但是能揣测到他的心灵受过伤，曾经的恐惧心理还残留在他的内心深处，还在影响他的行为。讲述者是这样解释的："对于那些新潮的思想，他总是表现得很克制，对于不认识的人，他总是怀有一种疑心，他抵触一切复杂的事物。"[②]正像事情的进展随后表明的那样，正是他的这种对别人的怀疑和不信任决定了小说的悲剧冲突。

谢尔戈世界观的闭塞和狭隘在对待女性的态度上表现得尤为明显："从小他就怕女人，认为她们低下、不道德。"[③]所以，只是在"男性成熟的年龄"，他才挑选了十七岁的玛格丽特做妻子，而且观察她已经连续五年了。对于谢尔戈而言，她是他的一切，既是生活的全部意义，还是生活支柱。他对妻子的这份深刻的爱以及眷恋之情是通过富有艺术表现力的比喻来表达的。在他的眼中，她纤细、温柔，"全身上下都长着像桃子一样水灵的绒毛"[④]。在度过了一段夫妻生活之后，他依然感到，妻子还那么"年轻、清秀，像一头山中的梅花鹿"[⑤]。作者把玛格丽特比喻成美国流行动画片中感人的并深受喜爱的主人公形象，这些比喻传达出了青春、温柔、面容娇好的玛格丽特的形象。"在生活

---

① Улицкая Л. «Мне интересна жизнь "серых людей"»: [Беседа с писательницей Л. Улицкой / Записала Маргарита Рюрикова] // Литературная газета. 20 сен. 1995. №38. С. 3.

② *Улицкая Л.* Сонечка: Повести. Рассказы. М.: Изд-во Эксмо, 2002. С. 314.

③ *Улицкая Л.* Сонечка: Повести. Рассказы. М.: Изд-во Эксмо, 2002. С. 317.

④ *Улицкая Л.* Сонечка: Повести. Рассказы. М.: Изд-во Эксмо, 2002. С. 314.

⑤ *Улицкая Л.* Сонечка: Повести. Рассказы. М.: Изд-во Эксмо, 2002. С. 314.

中，她成了他的上帝。”[①]这些辞藻漂亮的语句同时也说明了谢尔戈性格上有一定的缺陷，说明了他某种幼稚的心理。他把玛格丽特捧到了别人望尘莫及的高度，同时，他又轻而易举地把这个偶像一下子破坏掉，让她摔个粉身碎骨。

但是，“女神”并不是全能的。叙述者试图让我们明白，有种宿命的东西似乎在故意与主人公的心愿作对，并且认为，生活并不是像初看上去那样简单。两个人都为长时间没有孩子而非常痛苦。

谢尔戈完全沉浸到对妻子的爱上面，生活中其他一切事物他都觉得微不足道、毫无意义。但遗憾的是，他并没有从自己的这个爱里获取什么有价值的东西，这让他非常痛苦。像在多数情况下一样，乌利茨卡娅力求通过主人公的一些外在行为特征来展现他的内心世界。“折磨人又毫无结果的那份期待，使他这个原本性格克制的人愁眉不展。”[②]妻子的年轻貌美同丈夫的老到成熟形成了鲜明对照：“他显得老多了，毫无生气，甚至是年轻时非常出色的工程技能都不知为何褪色不少。”[③]这样，作家在逐渐地制造文本的紧张心理氛围。

小说的特定时间也在某种程度上强化了情势的戏剧性。幸福的夫妻生活被残酷的战争打破了。作者对谢尔戈的疑虑是通过嘲讽的语气表达出来的。按照叙述者的话，谢尔戈走上了“战事的舞台”[④]。

谢尔戈的内心本质在他得知孩子出生的消息时体现得最鲜明，这是小说的高潮部分。乌利茨卡娅细腻地传达出了主人公所经历的那份内心激荡。

在第一封回信中，主人公的不满情绪流露得还很隐晦：“请接受我

---

① *Улицкая Л.* Сонечка: Повести. Рассказы. М.: Изд-во Эксмо, 2002. С. 314.

② *Улицкая Л.* Сонечка: Повести. Рассказы. М.: Изд-во Эксмо, 2002. С. 314.

③ *Улицкая Л.* Сонечка: Повести. Рассказы. М.: Изд-во Эксмо, 2002. С. 314.

④ *Улицкая Л.* Сонечка: Повести. Рассказы. М.: Изд-во Эксмо, 2002. С. 315.

对新生儿的祝贺。”[1]我们可以间接地猜想到主人公的怀疑心理。在电文中看不到主人公对所发生事情的积极参与，他好像与对方保持着一段距离，冷漠地向亲人祝贺了孩子诞生的事实，尽管这对他来讲也是一件喜讯。我们通过作者的注释可以清楚地看到谢尔戈当时真正的内心感受：“他收到这封意外的电报后，就如同掉入地狱熊熊燃烧的大火中。”[2]先前如天堂般幸福的生活，突然间变成了魔鬼般的嫉恨。如果说，先前妻子是上帝，那么“现在对玛格丽特的顶礼膜拜（把她当作至高无上的、毫无瑕疵的圣物）瞬间就崩溃了”[3]。作者用各种艺术手法强调了主人公对妻子的不同感受。

在小说里，谢尔戈贫乏的情感都体现在主人公那极富感情色彩又被时常被打断的非直接引语中：“她们所有的人，所有的人，所有的人，都……于是乏味的、光秃秃的、同呕吐物一样的玫瑰色的俄语，他说的时候带着一种暴虐狂似的满足感，有一种无法遏制的语调。‘臭－婊－子’——就是这个词。”[4]在主人公独白时插入的作者注释可以使我们更加深入地了解他的内心世界，而且也间接地表达了作者对他的嘲讽态度。“鬼才知道他的脑海里不知怎么突然出现了一个犹太男孩米沙的形象，他是玛格丽特的同班同学，爱她爱得发狂……现在，这个小矬子突然对他纠缠不休起来，让他无论如何也忘不了。”[5]在叙述者不无嘲讽的口吻中可以感受到，作家认为主人公的这种想法十分荒谬。“他根本就不相信玛格丽特真的病了，特别担心听到他的敲门声

---

① *Улицкая Л.* Сонечка：Повести. Рассказы. М.：Изд-во Эксмо，2002. С. 316.

② *Улицкая Л.* Сонечка：Повести. Рассказы. М.：Изд-во Эксмо，2002. С. 316.

③ *Улицкая Л.* Сонечка：Повести. Рассказы. М.：Изд-во Эксмо，2002. С. 317.

④ *Улицкая Л.* Сонечка：Повести. Рассказы. М.：Изд-во Эксмо，2002. С. 317.

⑤ *Улицкая Л.* Сонечка：Повести. Рассказы. М.：Изд-во Эксмо，2002. С. 317.

后为他开门的是这个拉小提琴的米沙，真要是这样，他会把这个傻瓜给杀了，让他到阎王爷那儿去报到，用手一掐就能把他给弄死。”①这些口语中常用的表蔑视语义的词语，如«недомерок»（不足月的小儿）、«недоносок»（早产儿），说明了谢尔戈的妒忌心理，而有意用连字符隔开的骂人话«билядь»（贱货）暴露了主人公的阴暗心理，其灵魂先前不为人知的一面。谢尔戈公开承认孩子不是自己的，并对妻子怀有隐秘的怨恨，这使妻子精神彻底紊乱。

虽然谢尔戈在生活中也是一个不错的人，但是作者让我们屡次看到了其精神世界的不足。我们认为，这并不是他的错，而是精神缺陷。作者意在表明，同情心的缺乏是如何导致了心灵的冷漠。还是在怀孕初期，玛格丽特就在一封信中向丈夫暗示“出现了一些新情况，但谢尔戈并没有猜到字里行间的意思”②。从这一点上我们也可以看到，主人公不够敏感，心思不细致。

谢尔戈的内心世界是通过玛格丽特的梦呈现在读者面前的，这些梦“她几乎每个晚上都做”。这些梦“七形八怪，不知道是如何开始的，反正是从第一个出现的场景开始，但是结尾都一样，一定会出现两个互相敌对的事物，总是不很大，且对称均匀。它们时而是两只小狗，时而是两个被丑化的拿着冲锋枪的法西斯匪徒，时而是分成两半的藤本植物”③。在这里，显然，玛格丽特梦见的都是谢尔戈要梦见的，乌利茨卡娅使用一种独特、极富表现力的艺术手法。众所周知，她作为母亲不可能将自己的两个女儿看作是相互敌对的人。我们在文学作品中经常会见到这样一种艺术手法，一个主人公梦见的是另外一个主人公的梦。列夫·托尔斯泰、库普林、安德烈耶夫还有其他作家都曾

---

① *Улицкая Л.* Сонечка: Повести. Рассказы. М.: Изд-во Эксмо, 2002. С. 320.

② *Улицкая Л.* Сонечка: Повести. Рассказы. М.: Изд-во Эксмо, 2002. С. 316.

③ *Улицкая Л.* Сонечка: Повести. Рассказы. М.: Изд-во Эксмо, 2002. С. 316.

使用过这种手法。乌利茨卡娅不过是将其复杂化了，获得了新的表现，但文学素养深的读者不难猜到这一点。要知道，梦属于人的潜意识领域，人是无法控制它的。心理学家认为，现实生活中的真相往往会出现在梦中。在玛格丽特的梦中，她的两个女儿变成了互相敌视的对手。不祥的预感让年轻的母亲十分压抑，使她"冲破了那种中间状态"。

在这篇小说中，梦在揭示主人公的性格方面起到了特殊的作用。因为生活中人在有愿望的同时，往往又会对自己的愿望表示动摇和犹疑。谢尔戈就是这样，接到妻子的信，他马上就对她的忠诚表示怀疑，"妻子的背叛对他而言确信无疑"，他还一边设想妻子背叛他的情景，作家以一种嘲讽的态度这样来解释谢尔戈的这些幻想，"不能说，这样的情景他是梦到的"。[①] 作家让谢尔戈失去了做梦的能力，他的梦是通过他妻子的梦表现出来的。他对生活的认识还不够细致、敏锐。他是一个只生活在自己那易受伤害的本我层面的人。折磨他的是他自找的嫉妒心，是他那些无节制的病态幻想臆造出来的不正常心理。从这一点上可以说，在他的性格里缺乏那种对自我价值的认同感。

得到丈夫的回信后，玛格丽特陷入了癫狂状态，她总是在同丈夫独自交流，这是为自己辩护的表白，同时，也是对丈夫不满的流露。她的内心世界只有对丈夫的热爱，以至于都没有孩子的位置。由此，作者展示了玛格丽特的这种具有破坏性的爱。爱情没有使她的生活更美好，却让她失去了理性。看起来，十年的共同生活应该让谢尔戈和玛格丽特深入了解对方。但是在新的环境下，即随着孩子的出生，他们两个人却都暴露了各自的缺陷，即不能够克服一时的情感冲动。从孩子出生的时刻起，两个人的爱情二重奏戛然而止。两个人的爱情结晶不仅没有使家庭得以巩固，甚至还破坏了原来的和谐关系，这种情况确实令人费解。难怪小说叫"别人的孩子"。母亲不需要孩子，因为

---

① *Улицкая Л.* Сонечка: Повести. Рассказы. М.: Изд-во Эксмо, 2002. С. 317.

与期盼的正相反，在她身上并没有唤醒母爱的本能；父亲也不需要孩子，因为他根本就不相信自己是两个孩子的父亲。

从根本上说，谢尔戈和玛格丽特是一对有着共同性格特征的主人公。一个是被病态的幻想控制了，而另一个则是自己陷入了这种病态之中。当压力出现的时候，他们两个人的反应出奇地一致。可以说，这是两个相互映衬的形象。两个人都受一时情绪的困扰。对于他们而言，除了对彼此的爱，什么也不存在。因此，两个人的爱情非常脆弱，任何一个微小的疑虑都可能破坏这种爱情。甚至是出生的双胞胎，即两个一模一样的孩子这样的事实，似乎都在说明主人公相互之间的对应和映衬。

谢尔戈的刚性在"学生练习本四分之三页篇幅的"[①]信中体现得淋漓尽致，上面写着"粗大的字迹"[②]。这封信"引爆了"玛格丽特的神经。谢尔戈只考虑自己，只在乎自己脆弱的自尊心；妻子会怎么想，他一点儿也没想过。他只从自身的感受出发，把无辜的妻子、孩子的母亲带入了痛苦的深渊。他对臆想出来的情敌的恨都由玛格丽特来埋单，因为根本就没有什么情敌。玛格丽特没有力量对抗这份仇恨，因此，她力求理性地证实自己的无辜，长时间地陷入了一种非理性、疯癫的状态。谢尔戈的恶意是盲目的，玛格丽特的癫狂也徒劳无益，而处在他们之间的却是孩子们，"别人的孩子"。

当然，谢尔戈身上还有很多优点，这一点也应该肯定。他曾许诺，如果自己死在战场，可以让两个女孩儿随他的姓。他是如此"善良"，甚至答应让自己的亲生孩子姓她们的本姓。我们看到，谢尔戈对妻子的不信任使事情发展到了荒诞的地步："战争还远未结束，他可能被打死，那时就让她的女儿们姓诚实的奥加涅相的姓氏，这样还能领取养

---

① *Улицкая Л.* Сонечка: Повести. Рассказы. М.: Изд-во Эксмо, 2002. С. 317 – 318.

② *Улицкая Л.* Сонечка: Повести. Рассказы. М.: Изд-во Эксмо, 2002. С. 318.

老金。这比没有父亲要强很多。”[①]在小说中,善与恶的界限就是这样微妙、透明,孩子的出生却演变成了家庭悲剧。谢尔戈的善意是理性思考的结果。对于他而言,善良是可以度量的,它可以用诚实的行为来衡量,也可以用一定的金钱来换算。在对谢尔戈进行外貌描写的时候,作者强调了主人公身上这样一个艺术细节,即“低低的额头”[②],这并不是偶然的,尽管它也“很宽”。作者用这种矛盾修饰法表明,主人公并不十分聪明,心思也常常欠缺缜密。传统上,“低低的额头”通常是缺少智慧的象征。这与实际情况完全吻合,在谢尔戈身上,在他的行动中,总有某些因素不能算作规范之举。通俗点儿说,他并不是一个知识、涵养丰富的人,也并不高尚。他的爱实际上也是一种伟大的幻象,从最初的疑虑起,这种爱就消失得无影无踪,让位给了强烈的嫉恨。谢尔戈的内心世界很普通,他不能理解别人的暗示,思想比较单一,考虑事情比较简单,或者是至死的爱,或者是终生的恨。虽然谢尔戈内在精神世界有一定的缺陷,但他在战场上却表现得非常勇敢、无所畏惧。起先是他自己主动提出要参战;在前线他作战很勇敢,“参与了战争期间所有的大型坦克战,从库尔斯克一直到夺取捷耶洛夫高地的战斗”;甚至立下了赫赫战功,“一次,在退却时,他为了修理被打坏的坦克留在了敌占区的一个灯光暗淡的小花园里,夜里把坦克开走了,而当时城里到处都是德国人”。[③] 外在的英雄行为以及内在的妥协屈服,这就是谢尔戈性格的真实写照。

玛格丽特要比自己的丈夫小很多,这在东方并不是什么稀罕事。我们认为,她是一个典型的勇于自我牺牲、具有奉献精神的东方女性。乌利茨卡娅向我们表明,具有这种个性的人很容易受到伤害。一旦失

① *Улицкая Л.* Сонечка: Повести. Рассказы. М.: Изд-во Эксмо, 2002. С. 318.

② *Улицкая Л.* Сонечка: Повести. Рассказы. М.: Изд-во Эксмо, 2002. С. 320.

③ *Улицкая Л.* Сонечка: Повести. Рассказы. М.: Изд-во Эксмо, 2002. С. 320.

去了丈夫的爱,个人也就失去了存在的价值。玛格丽特的问题在于,她或者做一个好女儿,或者做一个好妻子,再也不能扮演其他的社会角色。在丈夫出征前,她的父亲突然瘫痪了。她从此闭门不出,一心照顾自己的父亲,直到他病故。玛格丽特既是一个好女儿,又是一个贤惠的妻子。但她并不能完全适应社会,所以才易受伤害。她的生活空间只局限在自己的家庭。她并没有做好当母亲的准备工作。一想到她要被丈夫从这个家庭中抛弃,一想到丈夫怀疑她的忠诚,她就无法再活下去,所以一下子失去了理智。难怪我们在整部小说中从来没有看到玛格丽特与同事、同行、女友、邻人的交流。她像一朵含羞的温室花朵,只生活在亲人中间。她的生活空间如此有限,以至于周围正在打仗,但她却闻不到硝烟的味道。当遇到困难时,玛格丽特甘拜下风,瘫坐在椅子上,一坐就是好多年。

玛格丽特的内省精神和她的独特性格在对待丈夫的态度上表现得一览无余。看到丈夫担心没有后代,她"感到自己也有一定的罪责"①。乌利茨卡娅表明,与谢尔戈不同,玛格丽特的性格更有活力,更精细。她善于而且也能够分担亲人们的痛苦和悲伤、喜悦和幸福。如果说,丈夫看到的只是玛格丽特的忠诚、美丽、青春等优点,并狠心地怀疑她的缺点。那么,玛格丽特眼中的丈夫跟实际情况相符,既有优点,也有缺点。

作家使用了一些富有表现力的艺术细节来揭示主人公的性格。如玛格丽特打算去远东探视谢尔戈,在收拾行装时,她把为丈夫"浆洗到硬如纸盒的衬衣"以及"用皱皱巴巴的破报纸包着的瓷器茶碗"放到了箱子里。作者通过描写人物的一言一行来展现她的内在本质。送走丈夫回家后,"她趴在床上,抱着还散发着浓烈的男式香水的枕头,以这种姿势躺了四天半,直到这种味道完全消失为止"②。收到丈

① *Улицкая Л.* Сонечка: Повести. Рассказы. М.: Изд-во Эксмо, 2002. С. 314.

② *Улицкая Л.* Сонечка: Повести. Рассказы. М.: Изд-во Эксмо, 2002. С. 315.

夫的回信后，她像先前一样，“趴在床上开始对丈夫长时间地默念内心独白”①。同样的动作出现在小说里，但表达的含义却略有不同。在第一种情况下是一种本能的、女性气质的体现，而在第二种情况下则体现了主人公的幼稚、不成熟。

玛格丽特是谢尔戈的“上帝”，她唤醒了他对生活的激情。令人痛心的是，随着时间的流逝，玛格丽特逐渐失去了这种建设性的、能让人精神复苏的能力。她完全融入到了对丈夫的爱中，成了一个不能独立自主的人，她的生活现在完全取决于谢尔戈的观点。她对丈夫的爱这样热烈，以至于她的心灵不能够承受来自丈夫的不怀好意的疑心。女主人公患的病很离奇，没有人能够治愈。乌利茨卡娅在描写女主人公的外貌时刻意强调了她的这种幼稚以及不成熟，“脸色略微有些苍白的玛格丽特，头发已是半白，这比她年轻的时候更像一只红额羚”②。难怪作者经常把她比作小鹿，比作羚羊。

乌利茨卡娅以自己的方式歌颂了女性对待爱情的忠贞态度。她笔下这类女性都具有以下特征：对亲人的热烈的爱、勇于奉献、善于宽恕，对生活抱着一种感激的态度，认为生活本身就是幸福，虽然生活中会有很多戏剧性，有时甚至是深刻的悲剧。这样的女主人公类型有很多，比如《幸福的人》中的贝尔塔、《布哈拉之女》中的布哈拉、《奥尔洛夫——索科洛夫一家人》中的塔尼娅・索科洛娃，以及长篇巨著中的索尼奇卡、美狄娅，还有《欢乐的葬礼》中的瓦列金娜等。

正像乌利茨卡娅多部作品中经常出现的情形那样，在危机时刻，正是那些年长一辈人的出现使主人公的生活避免了更大的危机。玛格丽特的父母以及家中的老保姆菲尼亚拥有丰富的生活经验，对待生活的态度很执着，克服困难的决心也很坚定，他们不会被困难吓倒，反而在精神上更坚强，生活态度更睿智。家族传承的有机联系被打破

① *Улицкая Л.* Сонечка: Повести. Рассказы. М.: Изд-во Эксмо, 2002. С. 318.

② *Улицкая Л.* Сонечка: Повести. Рассказы. М.: Изд-во Эксмо, 2002. С. 321.

了，父亲不承认自己的孩子。外婆艾玛·阿肖托夫娜，这个过往生活的象征，接受了象征着未来的孩子们。

乌利茨卡娅再一次点明了那种与过往生活紧密联系的母题。艾玛·阿肖托夫娜出身于一个“古老的亚美尼亚望族”[①]，甚至是她的外表都似乎在有意强调对这种悠久文化的归属感：她的手上戴着一对镶有古老珊瑚的戒指。叙述者多次重复了这个细节。显然，它是文化的一种物化表现。在这篇小说的续篇《弃儿》中，作者对艾玛·阿肖托夫娜的外貌进行了更加详尽的描写。她长着“一双炯炯有神的黑眼睛”，“一头浓密的秀发”。夏天，她穿着一件新“蓝色带圆点的裙子”，绸制的裙边；冬天，她穿着“傲人的皮衣，戴着皮帽，帽子后面带一个绸制的饰物”。[②] 无疑，这种精致的着装表明了主人公的审美品位。正像乌利茨卡娅向我们表明的那样，艾玛·阿肖托夫娜的外表与内心世界是和谐相符的。

为了照料尚在襁褓中的外孙女们，艾玛·阿肖托夫娜更换了自己原本待遇优厚的工作。她在相邻的大楼里找了一份工作，而且随时能在白天需要的时候“跑回家来，喂她们吃东西”[③]。作家关注主人公情感的外在体现，以便传达出其内在的心灵世界。把孩子们从产房抱回家后，艾玛·阿肖托夫娜看到“她们全身那皮包骨头的可怜样子”[④]，禁不住失声痛哭。这一情景话语不多，但却具有很大的表达容量。作家向我们表明，在主人公的内心这种对外孙女的关爱是如何悄然而起的，这种情感将先前对她们“隐秘的”嫌恶感一下子挤得一干二净。在小说中，正是艾玛·阿肖托夫娜付出的巨大劳作避免了事态进一步恶

---

① *Улицкая Л.* Сонечка: Повести. Рассказы. М.: Изд-во Эксмо, 2002. С. 314.

② *Улицкая Л.* Сонечка: Повести. Рассказы. М.: Изд-во Эксмо, 2002. С. 330.

③ *Улицкая Л.* Сонечка: Повести. Рассказы. М.: Изд-во Эксмо, 2002. С. 312.

④ *Улицкая Л.* Сонечка: Повести. Рассказы. М.: Изд-во Эксмо, 2002. С. 312.

化。为人妻、为人母的艾玛·阿肖托夫娜在这篇小说中又找到了一个新的定位——为人祖母。她把自己的女儿从死亡的边缘"拉了"回来，她也解救了自己的两个外孙女。

在塑造艾玛·阿肖托夫娜这个形象的时候，作者格外关注她的思想根源和遗传记忆等因素。她出身显贵，为此，她暗地里很是骄傲，同时，她也是一个对生活中的所有预兆坚信不疑的普通妇女。除了菲尼亚之外，艾玛·阿肖托夫娜没有向任何人展示自己的外孙女们。当菲尼亚站在她规定的距离仔细端详大自然的这两个奇迹时，艾玛·阿肖托夫娜"独出心裁地把双手交叉在一起，向四外轻微地吐着什么"①。原来，这个"奇怪的"手势具有非常特殊的意义，"这可以使孩子们免遭不测，因为众所周知，婴儿在一岁前，还有小姑娘在出嫁前，对此非常敏感"②。

作家通过简约的描写传达出了艾玛·阿肖托夫娜独特的个性。除了信奉一些迷信，她还有一套自己的讲究和说法，这些怪癖对周围的人毫发无损，而被她奉为生活原则，"比如说拒食羊肉……坚信榅桲树叶具有神奇的药效，惧怕黄色，暗中摆弄念珠的习惯等"③。

艾玛·阿肖托夫娜的这些迷信以及自己的"怪癖"，丝毫也没有降低她的人格尊严；相反，在作家的笔下，它们都是正面的性格特征，不仅为个性添了彩，而且使她更显独特。主人公的一举一动，在女婿看来有些"怪怪的"，不符合逻辑，所以他暗地里称呼自己的岳母为"老妖婆"④。作者以谢尔戈的视角再现了其从前线回家的场景。在现实生活中，这个"老妖婆"确实能够做到很多并不是每个人都能做到的

① *Улицкая Л.* Сонечка: Повести. Рассказы. М.: Изд-во Эксмо, 2002. С. 313.

② *Улицкая Л.* Сонечка: Повести. Рассказы. М.: Изд-во Эксмо, 2002. С. 313.

③ *Улицкая Л.* Сонечка: Повести. Рассказы. М.: Изд-во Эксмо, 2002. С. 313.

④ *Улицкая Л.* Сонечка: Повести. Рассказы. М.: Изд-во Эксмо, 2002. С. 320.

事情。

艾玛·阿肖托夫娜非同寻常的意志力，在玛格丽特陷入癫狂状态之后表现得最为鲜明。她认为，女儿的病与自己也不无干系，正是她不让女儿及时向谢尔戈通告孩子出生的事实，为的是让外孙女免遭不测。但现在，处心积虑隐瞒的事情却导致了令人十分悲痛的结局。当然，并不只是出于罪责感，还有对自己女儿的深沉的爱，为了救玛格丽特，她尽一切可能使女儿的家庭再现和谐。"于是，艾玛·阿肖托夫娜的一天是从伺候女儿起床开始的，领她上厕所，去洗漱间，给她洗脸，为她沏好茶，再把她重新放到床上"（И Эмма Ашотовна *начинала* свой день с того, что *поднимала* дочь, *вела* её в уборную, в ванную, *умывала*, *поила* чаем и *укладывала* снова в постель）[①]。这些未完成体动词，如«начинать»（开始）、«поднимать»（起床）、«вести»（领）、«умывать»（洗脸）、«укладывать»（放到）等，说明了主人公这些行为的常态性，表明了她长久付出的艰辛劳动。乌利茨卡娅运用自己非常擅长的比喻来展现主人公对外孙女们无微不至的关怀，她们"两个人一颠一倒地睡着，包裹得严严实实，像烤箱里的馅儿饼一样热得红光满面"[②]。作者指明了两代人在对待孩子方面的不同，"母亲对她们的哭叫几乎没有什么反应，父亲一想到她们的存在就十分痛苦，只有外祖母把她们当作上天的礼物来看待，关爱有加，满怀感恩的心，一直为最初对她们的嫌恶感到内心愧疚"[③]。

乌利茨卡娅在小说的结尾处，即谢尔戈从前线凯旋之后，表达了对主人公的感谢之情。这是一个澄清事实的关键时刻。谢尔戈在长时间痛苦的犹疑之后，终于下决心到曾经的家看最后一眼。在这段描

---

① *Улицкая Л.* Сонечка: Повести. Рассказы. М.: Изд – во Эксмо, 2002. С. 318.

② *Улицкая Л.* Сонечка: Повести. Рассказы. М.: Изд-во Эксмо, 2002. С. 319.

③ *Улицкая Л.* Сонечка: Повести. Рассказы. М.: Изд-во Эксмо, 2002. С. 319.

写中，发生了很多不可思议的事情。他“摁了四遍门铃，而艾玛·阿肖托夫娜好像存心站在门口就不想给他开门一样，过了好半天才给他开了门”①。很明显，艾玛·阿肖托夫娜的睿智似乎在提醒她应该怎么办、如何劝说。她懂得，全家人的命运就取决于这有限的几分钟时间。

读者期待着艾玛向“糊涂女婿”发泄不满和抱怨，但是她的表现却出乎所有人的意料，她似乎下意识地猜到了谢尔戈的所思所想，本能地在寻找合适的言辞来婉转地表达自己的想法。

外孙女们见到陌生的谢尔戈后十分惊恐，看到这种情况，艾玛适度地解释说：“谢廖莎，她们会习惯的，会习惯的……你把她们吓坏了……在家里她们从没有见过男人……”②在小说中，谢尔戈的小名首次出现，而且是从“烦人老妖婆”的嘴里说出来的。这充分说明了艾玛·阿肖托夫娜宽广的心灵世界，三个不断重复的省略号也传达了主人公的内心精神状态。

在这样一个关键时刻，作者通过主人公直接说出来的话揭示了她的性格。“你的家人都在等着你，谢尔戈……我们等啊等，终于把你给盼回来了……只是亚历山大·阿拉莫维奇已经不在了……你的孩子们也盼着你能平安的回来，谢尔戈。我知道，她很快就会从床上站起来的。”③这些话的语调很重要，艾玛说得朴实、自然，使谢尔戈不得不信服。每一句话中都有那些与人的存在息息相关的词语：家、妻子、孩子、亲人。明晰的睿智通过质朴的言辞表达得非常生动、准确。这些话对谢尔戈的影响无疑像是经历了地震一样令其震撼：“他的妻子背叛了他，是一个‘婊子’，虽然病得很重。孩子是别人的。但是扛在他

① *Улицкая Л.* Сонечка: Повести. Рассказы. М.: Изд-во Эксмо, 2002. С. 321.

② *Улицкая Л.* Сонечка: Повести. Рассказы. М.: Изд-во Эксмо, 2002. С. 321.

③ *Улицкая Л.* Сонечка: Повести. Рассказы. М.: Изд-во Эксмо, 2002. С. 322.

那坚硬臂膀上的铁灰色的天空,一下子颤动了起来。"[1]

而在这个生平"最重要的时刻",艾玛也在思考,"她生平第一次敏锐地感到,她还不够聪明,缺少生活常识,也不会说漂亮话,于是她祈祷上苍的帮助:'上帝啊,求求你了! 快帮帮我吧,我的上帝,'——她的心灵绝望地呼喊着,但表面上她仍是一副镇定自若、欣喜有加的样子"。[2]在这样一个本来想好好发泄一下内心积怨的时刻,艾玛·阿肖托夫娜听从了内心的召唤。她明白,手指突然"可怕地剧痛起来"[3],这是内心长久积愤的结果,但是她成功地克制住了内心的痛苦,甚至把这份痛苦变成了对大家都有利的结局,"脓疮长到一定程度的时候,就把它们挑破了,一切又很快复合了,但她手上的绷带又戴了两周左右,为的是让谢尔戈能够和孩子们早点互相熟悉"[4]。她几乎用自己的双手以及付出的心血把父亲和女儿们连接在一起,"他给她们喂饭,穿衣服,把她们小便。他的心由于每一次接触这两个黝黑的、美妙的小脸蛋儿,还有点湿润的卷发以及像玩具一样的手指头而幸福得要流泪"[5]。

在小说中,有关艾玛如何具体照料生病的女儿以及幼小的外孙女着墨不多。作者认为,这些日常生活的困难同女儿的心理疾病、女婿的精神疏远、外孙女们可能成为孤儿等问题比起来要微不足道得多。

这样,艾玛·阿肖托夫娜的形象成了老一辈人的又一个杰出代表。在乌利茨卡娅的笔下,这些老者的典型有《幸福的人》中的贝尔塔和玛季斯、《布罗妮卡》中的安娜·玛尔科夫娜、《布哈拉之女》中德米

---

① *Улицкая Л.* Сонечка: Повести. Рассказы. М.: Изд-во Эксмо, 2002. С. 323.

② *Улицкая Л.* Сонечка: Повести. Рассказы. М.: Изд-во Эксмо, 2002. С. 322.

③ *Улицкая Л.* Сонечка: Повести. Рассказы. М.: Изд-во Эксмо, 2002. С. 323.

④ *Улицкая Л.* Сонечка: Повести. Рассказы. М.: Изд-во Эксмо, 2002. С. 323.

⑤ *Улицкая Л.* Сонечка: Повести. Рассказы. М.: Изд-во Эксмо, 2002. С. 323.

特里的爷爷安德列·英诺肯基耶维奇、《包不离手的格涅列》中的格涅列等。

对于乌利茨卡娅而言,展现这些老者身上的道德价值观非常重要。为此,作家几乎对文本中的日常生活作了稍微的变动。在乌利茨卡娅的笔下,日常生活遇到了前所未有的困难,几乎变成了人存在的瓶颈。这是作家的主要创作原则。初看上去,文本中的这些主人公并不是主要人物,但他们的存在绝不是作者偶然为之的。他们为揭示作品的思想道德主旨起着非常重要的作用。正是由于他们的存在,作家的一个重要思想才得以实现,即高尚的人几乎都来自过去。他们就好像盾牌一样护卫着自己的后代,使其免受疾病的困扰和死亡的威胁,使其摆脱绝望的心境、孤独的存在。他们是世界的希望。正是在他们的努力下,与预想的相反,生活得以延续下去。

第五章　乌利茨卡娅小说的诗学特征

第一节　乌利茨卡娅小说的时空观

总体而言,乌利茨卡娅特别善于选取那种十分严峻,甚至是残酷的历史时刻作为自己小说的时代背景。

苏联卫国战争刚刚结束,冷峻的二十世纪五十年代成为了乌利茨卡娅笔下许多短篇小说叙事的大语境。在短篇小说《大麦粥》以及《穷亲戚们》和《49 年的童年》两部集子里,许多小说的故事情节都发生在这个时代。二十世纪四十年代末五十年代初的日常生活,可以让作家更加深入地刻画那个特定时代自身的矛盾本质及其内在的冲突实质。在《那一年的 3 月 2 日……》和《非人工的礼物》中,小说的故事情节发生在斯大林时代尾声的 1953 年,这一点甚至在前一部小说的标题中已有所预示,作家运用省略暗示法传达了那个特定时代的独特氛围:人们对既成事实的一切似乎还心存恐惧。

乌利茨卡娅多数小说(短篇小说尤为典型)中的时间并不是直接表达出来的,需要读者细心阅读后才能透过隐藏在字里行间的潜台词推测出来。作家经常会使用一些艺术细节来传达特定时代的标志,如作品中的肖像细节。《幸福的人》中的主人公玛季斯"留着斯大林式浓密的短须"①,从人物的这种外表我们不难看出时代留给他的痕迹;

① *Улицкая Л.* Сонечка: Повести. Рассказы. М.: Изд-во Эксмо, 2002. С. 191.

《弃婴》中维克多利娅暗自杜撰出来的用来吓唬姐姐加扬涅的邻居别肯利哈的外貌，几乎成了那个可怕时代的典型："个头儿甚至比男人还高，剃着男人一样的平头，苍白的面容，身上的衣服总是破破烂烂的，大家都知道她是一个酒鬼，虽然没有人见过她喝醉的样子"①；类似的人物类型在前面分析过的小说里还有很多，如《那一年的 3 月 2 日……》中的鲍德里克、《可怜的幸运儿科雷万诺娃》中的"蜘蛛侠"、《布罗妮卡》和《布哈拉之女》中小院里的半大小子等。

乌利茨卡娅笔下的日常生活既表明了主人公生存的物质基础，也是特定时代的特殊标志。作家通过一些生活中的物象细节，同样反映了那个特殊时代的独特性。也难怪，对于西姆卡来说，邻居家"桌子上铺着的白色桌布和蓝色茶碗"②简直是富足、有保障生活的象征(《布罗妮卡》)。自传女主人公利丽娅·热日蒙尔斯卡娅家里摆放的各种物件，如罩上棉套的古旧转椅、当时普通百姓家里很少见到的电视机、配有铜制铁环的卧床、嵌有各种油画的各种画框以及厚实的窗帷等，令人觉得生活在一种沉稳、充盈并且舒适的氛围中，这与公共住宅里的普遍贫穷与窘迫形成了鲜明的对比(《那一年的 3 月 2 日……》)。描绘民众生活的宣传画(《那一年的 3 月 2 日……》《布哈拉之女》)和摆在教室后面的三角形标语(《那一年的 3 月 2 日……》)具有某种象征意义。一方面，它们反映的是官方所倡导的理想社会模式；另一方面，它们又预示着所发生事件的真正实质。这里有紧张的国际主义问题："每个时代都有属于自己的一套陈规陋习：鞑靼人与鞑靼人交朋友，中等生同中等生是好朋友，医生的孩子们结交的是那些父母也同样是医生的同学，犹太医生的孩子们更是如此"③；这里也有被意识形

---

① *Улицкая Л.* Сонечка: Повести. Рассказы. М.: Изд-во Эксмо, 2002. С. 339.

② *Улицкая Л.* Сонечка: Повести. Рассказы. М.: Изд-во Эксмо, 2002. С. 200.

③ *Улицкая Л.* Сонечка: Повести. Рассказы. М.: Изд-во Эксмо, 2002. С. 356 – 357.

态迷醉的广大群众:"面对摆在利丽娅班级墙角里的悠远的五彩斑斓的灰色三角形标语,画上面,在已然褪色的远景站着一小撮伟大民众的杰出代表,宣布道,'他死了'。"[①]这个艺术细节在《布哈拉之女》里也反复出现过,不同的是,在后一部小说里,作家意在把它同男主人公的脆弱性格相提并论。摆放在博物馆中的那些送给伟大领袖斯大林的礼物,连同被多次提到的物象,不只是特定时代的标志,而且传达了当时那种唯官方至上的特殊气氛,甚至也表达了一种戏剧性和游戏性。当然,也抒发了作家对当时所发生的一切的独特态度(《非人工的礼物》)。《大麦粥》里的"大麦粥"形象是连接三个互不相干的小故事的核心母题。"为什么儿时的生活三次清楚地留下了大麦粥这个印记? 它确实呈珍珠灰色,搅拌时会变成与胡萝卜类似的粉红色,在锅里煮时会有几块糖块拌在里面。"[②]在小说里,这个细节被作家用来概括和描述二十世纪四十年代复杂的苏联生活。

一些物象细节贯穿乌利茨卡娅的多部作品,成为作家笔下那个特定时代典型的中心细节。这样的细节有"茶碗"、"桌布"、"手提包"等。乌利茨卡娅笔下的物象世界与主人公的内在精神世界息息相关。这一点在小说《包不离手的格涅列》里表现得比较集中。具有象征意义的是,在作家的很多小说里,物象甚至成为了小说的标题,如《大麦粥》《白菜奇事》(Капустное чудо,2003)、《蜡制尿壶》(Восковая уточка,2003)、《小木丁》(Гвозди,2003)等。

作家在作品中不经常使用的一些描述性的文字能够直接表露小说故事情节发生的时代背景。《幸福的人》中的玛季斯是一个"手艺丝毫也不比巴黎同行逊色的华沙裁缝"[③],这句看似无意中的表述向

① *Улицкая Л.* Сонечка: Повести. Рассказы. М.: Изд-во Эксмо, 2002. С. 367.

② *Улицкая Л.* Сквозная линия. Повесть. Рассказы. М.: Изд-во Эксмо, 2002. С. 246.

③ *Улицкая Л.* Сонечка: Повести. Рассказы. М.: Изд-во Эксмо, 2002. С. 191.

我们揭示了主人公的生活历程：年轻时先是在巴黎做活，又到华沙工作过，二战后来到俄国继续自己的老本行；《古利娅》的同名女主人公坐过两次牢，“一次是遭到丈夫的连累，而另外一次，她自己解释说，是因为她的教育程度过高”①，不难从中体会到斯大林时期肃反扩大化对个人生活的影响；《弃婴》中的主人公生活在一个典型的莫斯科小庭院中，早晨在小院的泔水沟旁发现了一具新生婴儿的尸体，警察向左邻右舍索取证词，得到的几个线索却显得非常不可思议，因为这里面“既有私欲，还有蛊惑力，也有想告密的热情”②，正是特定的时代造就了这种人与人之间的隔阂与疏远。

乌利茨卡娅认为，每一个时代既有自己的时代精神，还有自己的时代品位、时代气息，甚至有专属于那个时代的音乐，“亚霞的塔夫绸连衣裙发出响亮的刷刷声，金黄色的浓密的头发像是用整块透明的松脂浇铸成的，齐齐地落在肩上，与那年走红的影片《妖女》里的女主角玛丽娜·弗拉吉一模一样”③（《索尼奇卡》）。在这里，作家并没有明确指明事件的具体年代，但我们不难得知，影片《妖女》在苏联广为流行是在 1959 年第一届莫斯科电影节首映后的事情。

在自己的作品中，乌利茨卡娅正是通过上述种种艺术手法塑造了一个战后特定时代人的群像。由于乌利茨卡娅小说叙事的核心几乎都是人的个性命运，所以作品中的时间对表达文本的中心思想起着非常重要的作用。在这里，时间起到了让我们熟悉的功能。它一方面强调了社会进程的荒谬和悲剧意味；另一方面，也由此衬托了人的生活的恒定价值和先天的坚定品性。

乌利茨卡娅笔下的很多小说都发生在一个闭塞的空间中，主人公

---

① *Улицкая Л.* Сонечка: Повести. Рассказы. М.: Изд-во Эксмо, 2002. С. 273.

② *Улицкая Л.* Сонечка: Повести. Рассказы. М.: Изд-во Эксмо, 2002. С. 339.

③ 柳·乌利茨卡娅：《美狄娅和她的孩子们》，李英男、尹城译，北京：昆仑出版社 1999 年版，第 38 页。

的生活空间往往十分有限，他们很少能够摆脱这种封闭的、自给自足的世界。比较典型的空间是莫斯科的简陋小院、莫斯科近郊的破败板楼，或者是几户人家共用一间厨房的公共住房。在作家的笔下，小院、公共住房得到了客观、翔实的展示，这与陀思妥耶夫斯基以及“自然派”的文学传统是一脉相承的。这里是“泥土的庭院，在古老的杨树与长有竹子并饰着金黄色球体的华丽的栅栏之间到处都是绳子，上面搭着各种衣裤”①（《布罗妮卡》）。这段文字里虽没有评价色彩的词语，但却充满了代表时代特征的词语：“泥土的庭院”、“古老的杨树”、“长有竹子并饰着金黄色球体的华丽的栅栏”。根据这些具体、翔实的细节，不难断定故事情节发生的自然时间及历史时间。

难闻的气味、肮脏的环境、冰冷冻人或者闷热难耐的住室，以及令人刺眼的黄色，再加上体液和腐烂菜叶混在一起的恶心味道，构成了外在空间的典型特征。“房子里有一个大炉子，正中间挂着一些绳子，上面低垂着浅灰色的衣裤，使人不能即刻看清楚屋子里的人和物”②（《那一年的3月2日……》）。战后的萧条、停滞，甚至从作者对主人公生活空间的称谓都可以感觉到。在《布罗妮卡》《幸福的人》《天花》和《可怜的幸运儿科雷万诺娃》中，主人公栖居在自己的“猫儿村”。小说《非人工的礼物》里，少先队员们眼中的“女英雄”住在二十世纪四五十年代莫斯科一个治安情况最为混乱的“玛丽茵密林区”。与此相应，这块地区“到处都是煤棚子、鸽子窝和木板房，随意扯建的粗绳子上堆放着随风摇摆的破衣烂裤”③。这些特定的居住场所无疑对主人公的心理会施加一定的影响，主人公之间的打斗、争端以及谩骂成为其日常生活的主要内容。

---

① *Улицкая Л.* Сонечка：Повести. Рассказы. М.：Изд-во Эксмо，2002. С. 208.

② *Улицкая Л.* Сонечка：Повести. Рассказы. М.：Изд-во Эксмо，2002. С. 365.

③ *Улицкая Л.* Сонечка：Повести. Рассказы. М.：Изд-во Эксмо，2002. С. 305.

可以说，这样艰苦的生存空间使得人与人之间原本的隔阂与矛盾更加激化，使得这种社会日常冲突充满了内在的悲剧，显得异常荒诞，也从另一个方面突出强调了那些能够经受住生活磨砺的主人公的独特性格和迷人气质，表现了他们敢于向生存环境挑战的十足勇气。

第二节　乌利茨卡娅小说的梦境描写

乌利茨卡娅的创作往往以塑造人物性格为主，在刻画主人公性格方面，作家擅长运用各种艺术手法，梦境描写就是乌利茨卡娅常用的一种手段。作家曾承认说："梦境中的世界以及与其相关联的世界对我而言非常重要，我从那里获得很多启示。"①纵观乌利茨卡娅的整个创作体系，无论是中短篇小说，还是长篇巨著，对于梦的描写都非常普遍。

从表现形式上看，乌利茨卡娅小说中的梦境描写多数比较简短、精练，往往三言两语就完成对梦境的描写。绝大多数作品是直接点明梦境，有些作品则像描绘真实的生活细节和场景那样去写梦，读者需要联系上下文，留意前言后语，方能领悟到作者那隐含在字里行间的梦境。这种梦境与现实互为"渗透"、相互"交融"的场景在前面已经详尽分析过的那些书写梦想与现实冲突的小说里表现得特别明显，如《布罗妮卡》《可怜的幸运儿科雷万诺娃》《苏一黎世》等。还有一些梦境是在主人公潜意识层面出现的幻觉，这往往是由于他们在生活中的某一时段受到了严重的刺激，或者是精神处于一种异常兴奋的状态下表现出来的，这在那些书写十二三岁女孩子所经历的"成年礼"小说中特别明显，如《弃婴》《那一年的 3 月 2 日……》《天花》等。

总体而言，梦是乌利茨卡娅创作风格中的一个鲜明艺术特征，在

---

① Улицкая Л. «Принимаю всё, что даётся»: [Беседа с писательницей Л. Улицкой / Записала Анастасия Гостева] // Вопросы литературы. 2000. №1. С. 227.

文本中起着重要的功能和作用。

首先,它揭示了人物的心理活动,往往能够造成深切细致、真实动人的艺术效果。例如,《穷亲戚们》中的梦境描写。这部小说篇幅很短,它主要讲述了玛季斯和贝尔塔在老年得子后又突然失去爱子的故事。与孩子共同生活的八年时光为主人公带来了无穷的欢乐,使他们的生活显得充实而又有意义。所以,回忆过去、回忆先前的幸福生活几乎成为主人公日常生活的全部。这一点甚至表现在他们的梦中,"梦中他们见到的景象是每个星期日午饭后都要梦见的,是他们三个人共同生活过的最幸福的那八年时光"①;对于贝尔塔而言,"在梦中,她就像走入邻居家的房间一样轻松地回到了过去,并在其中轻快地游走,幸福地与自己的儿子呼吸着一样的空气"②。这里虽没有对梦境的具体描绘,但它却表达了主人公对残酷的现实生活中那些难忘的美好情景的向往,对能够获取哪怕是很微小幸福感的深深感激之情。这样的梦在长篇小说《库科茨基医生的病案》中也有大量的描写。它在小说中首次出现是在第一部第十三节"叶莲娜的第一本日记"中,即库科茨基同妻子叶莲娜发生激烈的争论之后,此处的梦境描写既表明了叶莲娜对丈夫力主堕胎合理化主张的深深失望之情,也标志着夫妻间十年幸福、和谐的婚姻生活彻底结束,更是叶莲娜抛却尘世生活、执迷于回忆和幻觉的心理活动的真实写照。

其次,梦境是现实人生的真切反映。乌利茨卡娅是一位观察力十分敏锐的作家,她笔下的梦境描写往往有一定的现实基础,作家希望借此来述说人情世事,以"虚"写"实",却是为了呈现"实"的本质。这样的小说在乌利茨卡娅笔下有很多。《古利娅》中的同名女主人公,年轻的时候受了很多苦:遭流放、蹲监狱、不幸的婚姻生活等,但古利娅对待生活却始终乐观、积极,把每天都当作节日一样度过。在小说中,

---

① *Улицкая Л.* Сонечка: Повести. Рассказы. М.: Изд-во Эксмо, 2002. С. 189.

② *Улицкая Л.* Сонечка: Повести. Рассказы. М.: Изд-во Эксмо, 2002. С. 191.

有关主人公的过去生活作家很少提及，但却通过梦境描写呈现了出来："但这一次临近早晨的时候却做了一个梦，但是它并不是立刻就出现的，却破坏了古利娅如同过节一样的快乐心情。梦没有头绪。只是觉得受到了别人的摆布，还有对另外一种封闭空间的感受。非常粗俗，异常粗俗。快走开，快走开，真不想继续回忆！桌子上摆放着绒布……乌杰科夫大尉令人嫌恶的骂人话不时传到耳边……滚你……滚你……奴才……下流坯……救世主。快滚开！我不想！"[①]《天花》主要描写了六个中学生在同学阿廖娜家聚会的情景，除了阿廖娜之外，关于其他人物的家庭背景、生存状态并没有过多的描述，作家只是在欢聚过后不同主人公的梦境描写中简单提了一下，"在那天晚上，普里希金娜也生病了，把她折腾得够呛，被子被拧成了一团……她喝了点儿水，又一次陷入到可怕的梦境中：在她的面前躬身站着一个又高又壮的老头儿，长得十分可怕，留着尖尖的黑胡须，一个劲地向她的身上吹热气，他就是那个妈妈怕得要死的税务检察官，她的妈妈没有工作，只靠在家里给人缝缝补补赚点儿钱，多少年来都是无证经营"[②]。具有象征意义的是，对于主人公而言，这次聚会很快就被遗忘了，因为它是偶然的、意外的，而由现实生活得到的恐惧却像幽灵一样永远缠绕在身，使其终生难以忘怀；利丽娅·热日蒙尔斯卡娅同样感受到了类似的痛苦，只不过在她那里，现实的悲痛换了另外一种形式：她梦到了不想见到的亲生父母来接她。[③] 在前面分析过的小说《可怜的幸运儿科雷万诺娃》中，同样出现了类似的梦境描写。在作品中，主人公把自己的班主任理想化了，文本的空间几乎都是对其不切实际的浪漫幻想。在小说的结尾，乌利茨卡娅通过梦境描写向我们描绘了现实生活

---

① *Улицкая Л.* Сонечка: Повести. Рассказы. М.: Изд-во Эксмо, 2002. С. 271.

② *Улицкая Л.* Сонечка: Повести. Рассказы. М.: Изд-во Эксмо, 2002. С. 392.

③ 参见 *Улицкая Л.* Сонечка: Повести. Рассказы. М.: Изд-во Эксмо, 2002. С. 392 – 393。

中科雷万诺娃同叶夫根尼娅·阿列克谢耶夫娜·卢金之间比较可能的关系:"她有一次梦见了叶夫根尼娅·阿列克谢耶夫娜·卢金,但却令人感到不快:好像是老师在上课的时候走到了她的跟前,就开始用涂得花花绿绿的手指背敲她的脑袋。"①梦中的叶夫根尼娅与虚幻中的她完全相反,这说明主人公只是生活在自己的潜意识幻想之中。

再次,梦境描写有时能起到"统率"全篇结构的作用。它是情节的"发端",又是情节发展的推动力和转机,还是情节的某种"归宿"。前面分析过的《黑桃皇后》《别人的孩子》,就是以梦境描写开启小说叙事的,它的目的不是为了把读者带入一个奇幻的天地或者神秘的世界,而是作为再现真实人生或者抒发情感的楔子,以虚境带来实境,在引人好奇联想或情感共鸣时,进入主要故事情节。《美狄娅和她的孩子们》以及短篇小说《二号人物》(Второе лицо, 2002)中的梦,则有"承上启下"的作用。美狄娅在自己的丈夫萨穆埃尔去世周年之际梦见了他,"他手里拿着一张斯大林像,不知怎么搞的,人像两腿朝上。他拿起锤子,用它敲打玻璃边,然后整整齐齐地取出人像。但是就在他摆弄玻璃时,斯大林消失不见了,在他先前的位置上出现了亚历山德拉年轻时的大照片"②。梦中出现的景象引起了美狄娅的疑虑,她在整理丈夫的遗物时发现了妹妹亚历山德拉写给他的一封情书,不仅多年的婚外恋情曝了光,而且主人公也顺藤摸瓜地发现,外甥女尼卡是萨穆埃尔与自己妹妹的女儿。这样,梦境描写打破了先前的情节发展,导向了新的人物关系,成为"小说第二部的结构重心,将后面的叙事串联了起来"③。《二号人物》中的主人公叶夫根尼·尼古拉耶维奇

---

① *Улицкая Л.* Сонечка: Повести. Рассказы. М.: Изд-во Эксмо, 2002. С. 412.

② 柳·乌利茨卡娅:《美狄娅和她的孩子们》,李英男、尹城译,北京:昆仑出版社1999年版,第212页。

③ *Барашкова С.*, *Желобцова С.* Сюжетообразующая функция сна в романах Л. Улицкой «Медея и её дети» и К. Вольф «Размышления о Кристе Т.» // Русское литературоведение в новом тысячелетии. В 2 тт. Т. 2. М.: ИД «Таганка», 2003. С. 201.

一生喜好收藏古董,积累了大量价值连城的文物。八十多岁的他没有子女,如何分配自己的遗产成了主人公的一块心病,在他犹豫不决之际,他的一个梦提示了他,梦里"好像是由于什么票的事情,他同已故的妻子吵了起来。只是无论如何也想不起来,不是他想走,而她表示反对,就是相反,她要即刻上路,而他哪儿也不想去。后来跑来了一群大小不一的狗,数量特别多。于是,一切的人和物都消失不见了,包括艾玛"①。这个梦似乎在告诉叶夫根尼要慎重对待自己的决定,于是他把所有的继承人都请来单独谈话,以便下最后的决心。情节的发展证明了梦中的情景。最后,他决定把自己的遗产全部留给自己的侄子——兽医亚历山大,因为他为人善良忠厚、有爱心,平日里最感兴趣的就是收留那些无家可归的流浪狗。

最后,借助梦境可以深化作品的主题,更便于艺术想象力的升腾飞跃,从而打破"时空"界限,从更深更广的意义上去揭示作品的创作主旨。短篇小说《上帝的选民》(Народ избранный, 1989)写的是弱智女孩济娜在母亲死后到教堂前乞讨的经历,主要探讨了人的生活态度的问题,尤其是弱势群体应该以何种态度去面对生活中的各种艰难的问题。对小人物、边缘人物的描写是俄罗斯文学的一个优良传统,乌利茨卡娅的创新之处在于她对待这些人物的独特观点。作家的立脚点不在于展现主人公的困苦生活,也不是其贫弱的内心世界,而是这些小人物如何面对生活中的艰辛。作家通过卡嘉之口向我们表明,每个人都可能在生活中遇到不幸,而那些遭遇不幸的人的使命就是要勇敢地面对生活,无悔地背负自身沉重的十字架,善于在悲苦的现实中找到自己的定位,而且还要因为自己被上帝选中作为对别人的启示而感谢生活,这就是人生的全部意义。在小说的结尾,济娜的梦说明愚笨的她终于领悟到了卡嘉话语中的思想,因为她发现"自己的周围到处都是细小的淡蓝色及暗色的鲜花",她还梦到了唯一的亲人——

① *Улицкая Л.* Сквозная линия: Повесть. Рассказы. М.: Изд-во Эксмо, 2002. С. 104.

自己的母亲，而且“向她微笑地挥着手，又非常年轻”。[①]《美狄娅和她的孩子们》中美狄娅的第一个梦也具有这样的功能。在父母十周年祭日之际，美狄娅为双亲扫墓，当她坐在一棵橄榄树下时，梦见了自己的父母以及夭折的妹妹，“他们三人对美狄娅的态度非常和蔼，却没有开口说话。等到他们消失之后，美狄娅才发现自己根本没有打盹，至少没有从梦中苏醒的感觉，空中却飘逸着一股美妙的古色古香的松香，浸人肺腑，使她激动不已，意识到刚才他们三人轻飘飘地郑重下世，特别是留下这股香气，意思是感谢她把弟弟妹妹们养大成人，同时又好像解除了她多年来自愿承担的义务”[②]。通过这个梦乌利茨卡娅进一步深化了小说的自我牺牲主题，在今后的生活中，受到父母感谢的美狄娅把自己的高尚心灵发挥到了极致，将自己的全部心血都用在了照顾弟弟、妹妹的下一代子女身上了，她成了连接众多家族后代精神世界的中心纽带。而在短篇小说《野兽》(Зверь, 1998)以及《库科茨基医生的病案》第二部中，现实生活无法实现的精神追求(主要是亲人之间的和谐与关爱关系)却在主人公的梦中实现了。这样，梦境描写不仅拓展了小说的时间，而且升华了作品的主题，即现实生活中个性之间的永恒矛盾关系，就连自己的亲人也不例外。

总之，乌利茨卡娅笔下的梦境描写是其塑造人物性格和体现小说创作主题的一手“绝招”。她在作品空间中所描绘的“梦的情景”，给我们提供了一把开启梦者心扉的“金钥匙”，这些梦既是结构全书的手段，又是表达小说主题以及创作主旨的有机组成部分，让读者得以窥见书中人物的情感、爱憎、性格等品性。

---

① *Улицкая Л.* Сонечка: Повести. Рассказы. М.: Изд-во Эксмо, 2002. С. 292.

② 柳·乌利茨卡娅:《美狄娅和她的孩子们》，李英男、尹城译，北京：昆仑出版社1999年版，第89页。

第三节　乌利茨卡娅小说的叙事话语

在乌利茨卡娅的小说中,叙述者的作用同样不能忽视。叙述者在组织文本、描绘客观世界时显得从容、自信。在刻画人物、描述各种事件时会间或流露出自己的观点。在表达作者的观点方面,叙述者同作者之间并没有非常明显的距离,作者的道德观和美学观是密不可分的。这个写作风格在前面章节中对文本的具体分析上已经有比较明显的体现,这使得乌利茨卡娅与她同时代的后现代作家具有明显不同的美学观念。

作家特别善于使用非直接引语(несобственно-прямая речь)来叙事,并以此重构了主人公的思想意识,揭示了小说情节发展的内在动力。

准确又恰当的比喻是乌利茨卡娅鲜明的叙事手段之一。在文本中,作家使用的比喻多数是其独创的个性比喻。由于乌利茨卡娅的创作重心是人,是人的性格发展过程,所以绝大多数比喻都用来描写人物,描写他们的行为以及道德品质等。有关主人公的生存环境、景物描写的比喻非常少。在对人物的塑造方面,数量众多的比喻又与文本的中心人物密切相关,用来揭示其生活、行动、心理活动以及相关言说等。乌利茨卡娅在小说中大量使用比喻“改变了事物原初的形象,展现了其鲜为人知的层面,同时也将人与动物、人与事物、现状与物体等连接成了一个统一的整体”①。

作家经常采用对比的手法建构人物形象体系。在塑造主人公的性格层面上,乌利茨卡娅善于使用丰富的艺术细节与轻微的嘲讽,将主人公的名字直接纳入作品的标题是乌利茨卡娅经常采用的一种艺术手法。

---

① *Щурова И.* Сравнения и их функции в повести Л. Улицкой «Весёлые похороны» // Поэтика художественного произведения. Курган: Изд-во КГУ, 2002. С. 69.

结 语

二十世纪八九十年代的俄罗斯文学色彩斑斓,群星荟萃。追本溯源,这一切都似乎缘起于1985年苏联政治生活提出的改革和公开性等变革性措施。随着"回归文学"浪潮的兴起以及书刊审查制度被取消等一系列变化,当代俄罗斯文学发生了显著的变化。先前社会主义现实主义一统天下的格局被打破了,过渡性、多元化、各种风格的相互融合及后现代性是这段时期文学发展的突出特征。俄罗斯文学丧失了其先前在社会文化生活中的核心地位,被"复归原位"是当代俄罗斯文学发展的一个明显标记。与此相应,文艺作品素有的娱乐功能、审美功能开始发挥愈来愈明显的作用。一时之间,不同创作手法的作家齐聚文坛这一广阔的星空。笼统地说,传统写实小说、神秘隐喻小说、自然严酷小说及后现代派小说构成了当代俄罗斯小说的主要风格流派。

"女性文学"是新时期俄罗斯文学蓬勃发展的鲜明体现,也是当代文学研究中的一个热点问题。以彼得鲁舍夫斯卡娅、托尔斯泰娅、乌利茨卡娅、托卡列娃为首的一群女作家的创作占有非常重要的位置。她们的创作不仅引起了广大读者的关注,而且在批评界也掀起了热烈的争论。学者们就是否存在"女性文学"及其主要特征和审美独特性等问题展开了辩论。不可否认,女作家有自己独特的题材和看待生活的视角,性别研究也是一个有效适用的批评方法。但我们认为,如果把女作家的创作进行单独审视,容易遗漏其中一些具有真正规模和意义的优秀作品。所以,本书主要遵循的还是传统的文学批评方法,试图通过对那些有代表性作品的分析来揭示作家创作的美学品性。归纳看来,这一时期女作家的创作主要有两个贡献:1. 她们用通俗易懂的语言表述了人类一些传统的价值观念及人性存在的最高范畴,如童年、爱情、家庭、健康的个性发展,舒适稳定的生活,和谐的人际关系,对老年问题的关注等(在我们这个愈来愈物质化、人与人之间愈来愈淡漠的时代,这些文学题材成为了现实生活中迫切需要面对和解决的问题);2. 这些女性作家的创作以对日常生活的高度关注重新审视了日常生活与存在之间的相互关系。在当代多数女作家的作品中,情节的聚焦中心几乎都是主人公对生活难以满足的各种需求,很多问题都是在日常生活的层面上展开并得到解决的。透过日常生活表现生存本质,用世俗的细枝末节来表现生活的永恒本质,是当代俄罗斯女作家创作的主要特征。

在二十世纪至二十一世纪之交的当代俄罗斯文学语境下,后现代主义创作对世界图景的整体性、人的个性以及存在的否认,几乎成为文学的主流。乌利茨卡娅二十世纪八九十年代的文学创作迥然有别于这一文学主流。主要体现在以下四个方面:

1. 对现实的不同态度。与俄罗斯后现代作家对苏联现实的否定态度和解构意识不同,乌利茨卡娅对社会现象的描述比较客观、中立,是一种建设性的、积极的态度。

2. 对待主人公的不同立场。在自己的作品里,乌利茨卡娅善于挖掘处在社会底层的所谓边缘人身上蕴含的人性本质,通过对主人公内在精神世界的书写,来表现他们是如何克服各种痛苦和不幸,从而变成一个配得上生活的人、幸福的人,并且具有内在自由和精神道德的个体。与后现代作家笔下模糊不清的个性不同,乌利茨卡娅力求表达鲜明的个性,这即使在那些最普通的人物身上都体现得特别明显。这些个性像一束阳光照亮了周围的一切。有些人物甚至具备了圣智的光辉,成为善良、睿智和有创造力的象征,如索尼奇卡、布哈拉、美狄娅、阿利克等。

3. 表达作者观点方面的不同。如果说后现代作家是冷静的记录者,那么乌利茨卡娅就其内心而言则是一个乐观的观察者。在乌利茨卡娅的创作中,我们可以感到那种对笔下主人公的由衷赞赏,对生活以及我们身边的一切事物的愉悦和欣赏。乌利茨卡娅对笔下的主人公抱着欣赏的态度,作家对所有的人物都一视同仁,没有明显的好恶区别。在她看来,每个人都有生存的权利,都有获得幸福、关爱的权利。作家并不是简单地描写普通人的行为,乌利茨卡娅好像以自己的善意和关怀护卫着笔下的这些宠儿,使他们免遭不测,不受外面险恶世界(无论是来自别人,还是来自当局和国家)的干扰。她是那样怜悯自己笔下的人物,诚挚地捍卫着他们的人格尊严,以至于很多作品都是以大团圆的结局收尾。作家对待主人公的那种令人感动的深切关爱之情,那种对"个体生活"的高度关注和褒奖,以及同文学前辈(如普希金、果戈理、陀思妥耶夫斯基、契诃夫、安德烈耶夫等)创作的密切联系是乌利茨卡娅创作的突出特征(如其代表小说《索尼奇卡》和《黑桃皇后》)。

4. 作品中不同的现实生活。如果说后现代作家笔下的现实荒诞而混乱,那么乌利茨卡娅笔下的世界就比较理性、和谐。乌利茨卡娅向我们展示的往往是一个严峻的时代。我们仔细审读作家的文本,总是会发现其中描写的是某个具体的历史时间。对于乌利茨卡娅而言,布罗妮卡、索尼奇卡、布哈拉、美狄娅、阿利克及其他主人公之所以值得珍视,恰恰是因为他们虽然生活在一个严酷的时代,一个艰难的社会政治氛围中,他们却像对待天气、对待自然现象一样从容。他们的生活原则以及道德基础要比他们所处的环境厚重得多。

纵观乌利茨卡娅二十世纪八九十年代的小说创作,个体与国家冲突、梦想与现实冲突,以及心灵与自我牺牲主题是其核心主题。

1. 对人与国家主题的重新审视

人与国家的主题一直是俄罗斯文学的永恒主题之一。在二十世纪的俄罗斯作家笔下,这个主题得到了更加深入的展现。当代作家乌利茨卡娅素来以侧重表现主人公的内在精神而著称。在二十世纪八九十年代的小说创作中,她对这个问题表现出了格外的关注。无论是处在极权国家体制下政权与人之间被激化了的紧张关系,还是个人与强权的搏争,以及在面对专制体制时表现出来的道德上的无奈乃至妥协,都在小说里得到了不同的表现。个人下意识里总是在力求千方百计地去捍卫自己的个性,自己的独特品性,而强大的国家体制却将其身上残存的个性无情地抹去。这一主题成为了乌利茨卡娅多数作品中的重要主题。这个问题在她的很多中长篇作品(如中篇小说《索尼奇卡》、长篇小说《美狄娅和她的孩子们》和《库科茨基医生的病案》等)中都有体现。她早期创作的短篇小说集《穷亲戚们》中的多篇小说,如《那一年的3月2日……》《大麦粥》和《非人工的礼物》就比较集中地探讨了这个问题。如何在消弭个性的时代捍卫个体的人格尊严,一直是作家关心的核心问题。在自己的作品中,乌利茨卡娅力求表现每一个单独的个体是否能够抗衡强大的国家机器和令人窒息的意识形态;与此同时,却又不迷失自己。

作家笔下多数作品中的主人公在特定生活情势下作出的选择,既是由他们独特的心理特征决定的,也是由具体的社会历史条件决定的。卫国战争刚刚结束,冷峻的二十世纪五十年代自然地成为了乌利茨卡娅笔下很多小说叙事的大背景。短篇小说《大麦粥》以及《穷亲戚们》和《49年的童年》两部集子里,许多小说的故事情节都发生在这个时代。二十世纪四十年代末五十年代初的日常生活可以让作家更加深入地刻画那个特定时代自身的矛盾本质及其内在的冲突实质。总体而言,乌利茨卡娅对这一主题的创新体现在以下三个方面:

第一,在作家的笔下,国家同个人之间的关系往往是通过正处在性格发展时期的孩童表现出来的。这使得家庭同社会之间、想象与现实之间的冲突更加真实、尖锐、突出。

第二,作家揭示了政权同个人之间复杂的矛盾关系。国家往往要压制,而个人不得不自我防卫(如《那一年的3月2日……》),真正的生活是隐秘的,用理性很难理解(如《非人工的礼物》)。

第三,主人公通常都分成对立的两派,一派是国家公务人员,也是体制的牺牲品;另一派则是永恒的人类价值的守卫者和护卫者。但无论处在这种被高度意识形态化的现实生活中的哪一方,他们的命运都令人悲痛,从社会发展的角度来说都是注定了的。

2. 对梦想与现实冲突主题的创新

梦想和现实是生活的永恒组成,是生活复杂性和矛盾性的本质表现。拥有梦想会让人超越平庸的现实,鼓舞他去追求自己的生活方式,让生活变得充实、有意义。梦想使一个人的生活变得更加美好,将日常生活变为哲学上的存在。如果一个人没有自己的梦想,无异于失去了翅膀的飞鸟,不会飞越灰色、平庸的现实。但是,如果一味地沉湎于自己的梦想世界,这同过于追求世俗利益一样,也很危险。梦想会为你开启另外一扇生活之窗。理想和现实之间常常是一种不平衡的关系。如何兼顾理想与现实,是否能够找到摆脱现实的迷路,一个人的理想与现实生活是否有出入,所有这些都是作家感兴趣的话题。

梦想与现实的冲突是俄罗斯文学中的一个贯穿始终的主题。梦想者是俄罗斯经典文学作品中常见的人物群像。如果戈理《涅瓦大街》中的庇斯卡辽夫、《肖像》中的恰尔特柯夫、《狂人日记》中的波普里希斯,陀思妥耶夫斯基《穷人》中的杰沃什金、《白夜》中的"幻想家"以及《白痴》中的梅什金公爵,契诃夫笔下有着不同表现类型和独特精神气质的梦想者,有孩童形象,如《万卡》《草原》,也有涵盖众多社会层面的芸芸众生,如《梦想》《幸福》等,还有社会精英即知识分子形象,如《在路上》《灯光》《没意思的故事》《决斗》中的拉耶夫斯基《第六病室》中的拉京医生《匿名氏故事》中的"我"、《黑衣修士》中的科弗林、《语文教师》中的尼基金等。

如何兼顾理想与现实,是否可以找到摆脱现实的途径,一个人的理想与现实生活是否有差距,所有这些都是俄罗斯作家感兴趣的话题,乌利茨卡娅也不例外。

贯穿乌利茨卡娅《布罗妮卡》《可怜的幸运儿科雷万诺娃》和《苏—黎世》等小说的核心主题,正是梦想同现实的冲突。这显然有一定的社会原因。在中央集权体制下,个人会不由自主地逃离现实,奔向自己的理想,因为只有在那里,人才能够做一个自己设想的人,成为真正的"我"。在上述作品中,乌利茨卡娅对生活中的现象进行了高度总结，对生活中的梦想者类型进行了深入概括，在生活的危急时刻展现了人性格的本质属性。作家对于“逃离现实”的母题格外关注，主人公在直觉和潜意识层面非常向往“另外一种生活”（如《布罗妮卡》和《可怜的幸运儿科雷万诺娃》）。作家一边在讲述着这些孤独梦想者的故事，一边力求弄清楚，是什么原因促使他们走向“逃离”，他们又是怎样成功地挣脱了现有的情势，找到了摆脱无望困境的出路。梦想通常总是高尚的。布罗妮卡梦想的是另外一种生活，它是美好的，到处都是关爱、对美格外珍视。塔尼娅在遇到如天仙般美丽的班主任后，把自己变得像偶像一样妩媚便成了她日思夜想的心事。对利季娅来说，梦想展现了自己不可预知的那一面，但幸运的是，她在自己身上找到了那种能够将梦想变成现实的力量。

正是生活中的梦想挽救了上述几位主人公，使她们避开了平庸、乏味的灰色现实生活。具有象征意义的是，上述作品主人公的所有梦想都与苏联社会倡导的主流意识形态截然相反。乌利茨卡娅用这样一种方式，也间接地表明了苏联社会的不和谐。

上述小说的梦想都同牺牲母题有关联。为了追求自己的理想，布罗妮卡牺牲了自己的个人名誉，塔尼娅·科雷万诺娃出卖了自己的童贞，利季娅则失去了自己的自尊心。在力求实现梦想的过程中，主人公变得幸福、坚韧。生活中的挫折已经不能摧毁她们，她们变成了能够对抗整个世界的伟大而独立的个性，甚至按照自己的方式改变了现实世界。

理想也同迷人的梦幻等母题紧密相关。在上述小说里现实与梦境之间的界限往往模糊不清，难以确定。主人公能够轻松跨越这个界限，从一个时代迈向另外一个时代，从一种生活方式跨入另外一种生活方式。

梦想经常通过一定的人或物来表现。比如照片（《布罗妮卡》）、一篮子鲜花（《可怜的幸运儿科雷万诺娃》）、外国丈夫（《苏—黎世》）等。梦想往往会变得更加遥不可及，但与此同时，生活中好像有一种神奇的力量，让梦想最终还是改变了主人公的生活，把他们从贫穷、可怜的生活环境带入到另外一种空间,一个舒适、安全、平安的世界。作家反复强调说,这一切不过是一种外在的现象。初看起来,小说中主人公的结局都很幸福,但实际上这是一种假象,一个圈套。比如:在小说《苏一黎世》里,主人公的梦想实现了,但这种"幸福的结局"使主人公陷入了更深的失望当中。《布罗妮卡》和《可怜的幸运儿科雷万诺娃》结尾几乎像童话故事一样,"灰姑娘变成了漂亮的公主"。这样的结局会让人觉得流于俗套,作者意在表明,为了实现自己的梦想,人往往要付出巨大的代价,作出巨大的牺牲。于是,我们发现,那个"可怜的幸运儿科雷万诺娃"在嫁到瑞典之后,立刻就给自己买了一件羊毛大衣,这同果戈理笔下的阿尔卡季·阿尔卡季耶维奇不无相似之处。

在上述小说的诗学体系中,梦想往往起着连接情节的作用,它几乎一直"拽着"情节主线。常常在小说的后半部分,主人公的梦想变成了现实(如《可怜的幸运儿科雷万诺娃》和《苏一黎世》)。这样,主人公潜意识中的梦境不仅推动了小说故事情节的发展,还在小说的结构中起到了至关重要的作用。在这些作品里,现实与理想之间的关系遵循的是一种补充的原则。梦想在主人公的生活中往往物化成了现实生活中缺失的事物:舒适的住宅、和睦的家庭、和善的友邻关系、漂亮的衣裳等等。

现实与梦想并不完全对立,恰恰相反,现实因为梦想的存在而更加美好。乌利茨卡娅笔下的梦想有着建设生活的积极因素,梦想让灰色、单调、世俗的生活变成了不无意义的永恒存在。

主人公沉醉于自己的理想,在同理想接触的那一瞬间,她们自身也发生了变化。布罗妮卡变成了一个全能的、可以傲视众人的人;科雷万诺娃突然变成了一个漂亮的姑娘,由此也享受到了爱情的甜美和幸福的生活;利季娅成了一个成功富有的女商人。正是梦想拯救了这些主人公,并让她们享受到另外一种生活。梦想本身就是关于另外一个世界、另外一种社会的模板。

3. 对心灵与自我牺牲主题的创新

人是否具有灵魂,是否具有自己的内在精神生活等主题是很多俄罗斯作家关注的焦点问题。乌利茨卡娅也不例外。《布哈拉之女》《别人的孩子》等小说就集中探讨了这一主题。乌利茨卡娅笔下描写心灵主题的小说都有其独特的解决方案,通过与其他当代作家的类似主题小说(如托尔斯泰娅的短篇《一张白纸》和《夜》,彼得鲁舍夫斯卡娅的短篇《潘尼娅痛苦的心》和《像天使》)作比较研究,我们能更清晰地看到这些作品的不同。

首先,这些作品中主人公的父母为了自己心爱的孩子可以做一切他们能做到的事情,但最终的结果却各有不同。《布哈拉之女》中的布哈拉成功地将米拉奇卡领入了现实生活,目的明确地教会了她同这个世界打交道的规则和技巧,由此得以让女儿在现实生活中能够与别人和谐相处。她并没有将米拉奇卡紧紧地抱在自己的手心里,或是仅仅局限于家务以及其他一些简单的手工劳动上。因此,在她死后,米拉奇卡过着平静的幸福生活,这一点,无论是《夜》中的阿列克谢·彼得洛维奇,还是《像天使》中的安格丽娜,如果他们的父母去世了,都无法做到。米拉奇卡拥有自己的生活,自己的世界。无疑,这是布哈拉疼爱并作出自我牺牲的结果。所以,布哈拉这个形象具有像童话故事里的主人公一样的魔力,正是在童话世界中经常会发生丑小鸭变成美公主的奇迹。只不过布哈拉与这个过程恰恰相反,为了救护自己患有先天残疾的女儿,她从一个原本年轻貌美的女性变成了一个老太婆。

其次,几篇小说主人公对待母亲的态度上也有区别。听说母亲要离开自己时,米拉奇卡哭着表示强烈的反对。米拉奇卡不可能有别的反应,因为她和母亲都是彼此继续生活下去的精神支柱。她那孩子般的短暂记忆仍保留着亲爱母亲的形象。在这里,乌利茨卡娅肯定的是,爱具有创造力,真心的爱甚至在有病孩子的意识中也能唤起相应的爱。

在托尔斯泰娅笔下,阿列克谢·彼得洛维奇把自己的妈妈看作是一栋高大的建筑,而且雄伟壮观,那是一种不仅现在而且将来也必然存在的建筑。他永远也不会想到,如果在他最需要帮助的时候,妈妈有一天可能会突然离去。在这里,作者主要强调的是母子之间的一种深深的眷恋之情,略微含有一丝对生活的恐惧。看似雄伟壮观的母亲，实际上恰恰最容易受到伤害，最不恒久。

不知道愁滋味的安格丽娜天天游荡在大街小巷，寻求别人的关爱，寻求那种她认为父母不能提供给她的那份爱。但对孩子的纵容和娇惯并不是真正的爱。正像彼得鲁舍夫斯卡娅用这个反面的例子证实了，爱首先是对自己孩子的那份责任感和义务感。

在托尔斯泰娅和彼得鲁舍夫斯卡娅的小说中，主人公之间的关系也非常复杂，充满了矛盾，具有不同的悲剧体现。对于先天弱智儿来说，如何融入正常人的生活是最为复杂的问题。米拉奇卡在母亲的帮助下，融入了成人的社会，并且能够与其进行简单的对话。阿列克谢·彼得洛维奇则一直处在自我独白的状态。托尔斯泰娅向我们艺术地展现了弱智儿的内心世界。小说中，阿列克谢·彼得洛维奇像孩子般热爱普希金，这一点具有深切的含义。作家以此表达了对俄罗斯精英文化的一种向往，间接地表达了一种思想，即弱智儿也是这个世界不可分割的一部分，俄罗斯天才诗人杰作的美妙和善意适用于所有的人，包括弱智儿。

在上述几篇小说中，最不幸的主人公当属安格丽娜。在文本中，我们丝毫也找不到主人公可以依托的与文化相关的艺术细节。当然，除了她的父母的专业——化学，但后者却变成了对其命运的残酷预测。亲人们只热衷于送给她各种各样的礼物。值得注意的是，小说中没有一处能够体现父母之爱的情景描写。

再次，作家对待主人公的态度也不同。乌利茨卡娅的小说充满了作者对笔下主人公深切的爱及对其所建立的功勋的由衷赞赏。作家意在向我们表明，正是母亲坚贞的精神及其宁折不弯的意志拯救了自己孩子的命运。《布哈拉之女》中的三十多个充溢着各种情感但又无法表达清楚的省略号，也说明了作者的这种态度。

托尔斯泰娅对笔下的阿列克谢·彼得洛维奇，这个先天残疾的主人公充满了无尽的同情。她不断地为他进行辩护，对其在世界上的出现进行解释，她告诉我们，还是在主人公出生之前他就已经不幸被“造物主”选中。作家认为，就是这种人同样有生活的权利，所以赋予他敏捷的反应，让他具有思辨能力。作家对主人公的同情,或者更确切地说,作家的人道主义体现得并不十分清楚、明确,它们潜藏在文本的深处,隐蔽在作者的潜意识层面。可能正是因为这个原因,有很多读者认为,托尔斯泰娅主要是在嘲讽自己的主人公。透过作家尖刻的、不无游戏精神的写作方式,我们可以感受到托尔斯泰娅对弱者的真切同情之心。

彼得鲁舍夫斯卡娅在对待同类主题时有自己的解决方法。她的写作方式更直接、更冷漠,好像是"从旁观的角度"进行创作,几乎是客观叙述而没有任何情感表露,但由此得出的印象更令人震撼。有时,没有说出的痛要比说出来的更富有说服力。

在拯救弱智儿时试图寻找有罪责的人,可能是最不可取的方法。众所周知,俄罗斯文化对弱智者有种特殊的崇拜,俗称为"圣愚崇拜"。这些圣愚总是被人们当作是"上帝的人"、"上帝的使者"。上面分析过的俄罗斯当代作家乌利茨卡娅、托尔斯泰娅和彼得鲁舍夫斯卡娅的小说,主要描写了这些"被上帝眷顾的人"在我们当今社会遇到的事情和经历。

最后,在这些书写相似主题的小说中,作家的创作主旨和作者的态度都不一样。我们认为,这种解决方式并不意外。这和作家的艺术构思与创作原则密切相关。对于托尔斯泰娅和彼得鲁舍夫斯卡娅来说,重要的是提出问题;而对于乌利茨卡娅来说,她的创作并不仅仅局限于提出问题,重要的是揭示笔下主人公的独特性,表现个体独一无二的非凡品性。

显然,乌利茨卡娅的这种创作态度有别于多数当代俄罗斯作家,使她更接近于经典俄罗斯文学人道主义的优秀传统。

乌利茨卡娅小说的诗学特征主要体现在以下几个方面:

1. 乌利茨卡娅笔下的很多小说都发生在一个闭塞的空间中,主人公的生活空间往往十分有限,他们很少能够摆脱这种封闭的、自给自足的世界。比较典型的空间是莫斯科的简陋小院、莫斯科近郊的破败板楼,或者是几户人家共用一间厨房的公共住房。在作家的笔下,小院、公共住房得到了客观、翔实的展示,这与陀思妥耶夫斯基以及"自然派”的文学传统是一脉相承的。这样艰苦的生存空间使得人与人之间原本的隔阂与矛盾更加激化,使得这种社会日常冲突充满了内在的悲剧,显得异常荒诞,也从另一个方面突出强调了那些能够经受住生活磨砺的主人公的独特性格和迷人气质,表现了他们敢于向生存环境挑战的十足勇气。

2. 在塑造人物形象时,作家主要使用的是语言、肖像描写和物象细节描写,还有非直接引语等手法来勾勒性格。在乌利茨卡娅的小说中,非情节元素常常起着十分重要的作用,借助于它们(如作者的插叙、主人公的梦境、使人产生联想的各种回忆等)读者往往能够进一步澄清人物性格中一些自觉的以及潜意识下的精神活动过程。

3. 乌利茨卡娅的多数小说以细腻的心理分析见长。作家有意将发生在成年人与孩童内心世界中种种心理波动严格区分开来。从这个方面而言,处在极权体制下的人格尊严主题小说具有突出的风格特征。作家往往通过孩子的视角来看待个性同国家冲突的主题。乌利茨卡娅小说以对人物性格进行翔实的心理刻画而有别于后现代小说。乌利茨卡娅在自己的创作中刻意使用了各个不同时代的代表人物之间的对比手法来刻画人物性格,在小说中,人们是否接受他们所生活的那个时代赋予他们的道德准则以及他们对待过去、对待永恒价值观的态度,在揭示主旨方面具有十分重要的意义。

4. 乌利茨卡娅笔下的梦境描写是其塑造人物性格和体现小说创作主题的一个“绝招”。她在作品空间中所描绘的“梦的情景”,给我们提供了一把开启梦者心扉的“金钥匙”,这些梦既是结构全书的手段,又是表达小说主题以及创作主旨的有机组成部分,让读者得以窥见书中人物的情感、爱憎、性格等品性。

5. 作家经常采用对比的手法建构人物形象体系。在塑造主人公的性格层面上,乌利茨卡娅善于使用丰富的艺术细节与轻微的嘲讽,将主人公的名字直接纳入作品的标题是乌利茨卡娅经常采用的一种艺术手法。

参考文献

[1] АБАШЕВА М. Чистенькая жизнь не помнящих зла // Литературное обозрение[J]. 1992. №5 – 6. С. 9 – 14.

[2] АЛЕКСАНДРОВ Н. «Я леплю из пластилина...» // Дружба народов[J]. 1995. №9. С. 130 – 135.

[3] АРБАТОВА М. Женская литература как факт состоятельности отечественного феминизма // Преображение[J]. 1995. №3. С. 26 – 27.

[4] АРХАНГЕЛЬСКИЙ А. «Триумф» и трагедия / Литературные итоги года: анкета «Знамени». Критики о премиях // Знамя [J]. 1998. №1. С. 190 – 208.

[5] БАРАШКОВА С., ЖЕЛОБЦОВА С. Сюжетообразующая функция сна в романах Л. Улицкой и К. Вольф «Размышления о Кристе Т.» // Русское литературоведение в новом тысячелетии[C]. В 2 тт. М.: ИД «Таганка», 2003. Т. 2. С. 199 – 202.

[6] БАСИНСКИЙ П. Позабывшие добро?: Заметки на полях «новой женской прозы» // Литературная газета[N]. 20 фев. 1991. №7. С. 10.

[7] БАСИНСКИЙ П. В пустом саду: личные заметки на полях русской литературы 1992 г. // Литературное обозрение[J]. 1993. №3 – 4. С. 14 – 16.

[8] БАХТИН М. Заметки // Бахтин М. Литературно-критические статьи[M]. М.: Художественная литература, 1986. С. 3 – 45.

[9] БЕЛОКУРОВА С., ДРУГОВЕЙКО С. Русская литература. Конец XX века[M]. СПб.: «Паритет», 2001.

[10] БЕРГ М. Проблема присвоения и перераспределения власти в литературе[M]. М.: Новое литературное обозрение, 2000.

[11] Библейская энциклопедия[M]. М.: Российское Библейское Общество, 1996.

[12] БОГДАНОВА О. Современный литературный процесс (К вопросу о постмодернизме в русской литературе 70 – 90-х годов XX века)[M]. СПб.: Филологический факультет Санкт-Петербургского государственного университета, 2001.

[13] БОГДАНОВА О. Постмодернизм в контексте современной русской литературы (60 – 90-е годы XX века–начало XXI века)[M]. СПб.: Филол. ф-т. С.-Петерб. гос. ун-та., 2004.

[14] Большая Советская энциклопедия[M]. М.: Сов. энциклопедия, 1976.

[15] БОЧАРОВ С. Филологические сюжеты[M]. М.: Языки славянской культуры, 2007.

[16] БОЧАРОВ С. Характеры и обстоятельства // Теория литературы[M]. Т. 1. М.: Изд-во Акад. наук СССР, 1962. С. 312 – 485.

[17] БУЙДА Ю. Отдых на пути в Индию. Фарфоровые ноги // БУЙДА Ю. Прусская невеста[M]. М., 1998. С. 10 – 13; С. 47 – 50.

[18] БЫКОВ А. «Сонечка» и другие // Урал[J]. 1994. №2 – 3. С. 287 – 288.

[19] В мире литературы[M]. / А. Кутузов, А. Киселёв, Е. Романичева и др.; Под ред. А. Кутузова. М.: Дрофа, 2002.

[20] АЙЛЬ П., ГЕНИС А. Современная русская проза[M]. Анн Арбор: Эрмитаж, 1982.

[21] ВАЙЛЬ П., ГЕНИС А. Принцип матрёшки // Новый мир [J]. 1989, №10. С. 247 – 250.

[22] Введение в литературоведение / Под ред. Г. Поспелова[M]. М.: Высш. шк., 1988.

[23] Введение в литературоведение. Литературное произведение: Основные понятия и термины / Под ред. Л. Чернец[M]. М.: Издательство Высшая школа ; Издательский центр Академия, 2000.

[24] Введение в литературоведение / Под ред. Л. Чернец[M]. М.: Высшая школа, 2004.

[25] ГАБРИЭЛЯН Н. Ева – это значит «жизнь» // Вопросы литературы[J]. 1996. №4. С. 3 – 15.

[26] ГАЛИНА М. Литература ночного зрения (Малая проза как разрушитель мифологической системы) // Вопросы литературы[J]. 1997. №5. С. 3 – 21.

[27] ГЕДРОЙЦ С. Людмила Улицкая. Цю-юрихъ. Виктория Токарева. Своя правда. Алексей Цветков. Просто голос // Звезда[J]. 2003. №4. С. 228 – 229.

[28] ГЕНИС А. Иван Петрович умер[M]. М.: НЛО, 1999.

[29] ГЕССЕН Е. В порядке сожаления: Продолжаем разговор о «новой женской прозе» // Литературная газета[N]. 17 июл. 1991. №28. С. 11.

[30] ГИНЗБУРГ Л. О литературном герое[M]. Л.: Советский писатель, 1979.

[31] ГОРДОВИЧ К. Русская литература конца XX века[M]. СПб.: Изд-во «Петербургский институт печати», 2003.

[32] ГРЕХНЁВ В. Словесный образ и литературное произведение [M]. Нижний Новгород, 1997.

[33] ГРУШКО Е. , МЕДВЕДЕВ Ю. Словарь фамилий[M]. Нижний Новгород: Три богатыря, 1997.

[34] ДАРК О. Женские антиномии // Дружба народов[J]. 1991. №4. С. 257 – 269.

[35] ДОБРОЛЮБОВ Н. Собрание сочинений[M]. Т. 7. М.-Л.: «Гослитиздат», 1963.

[36] Еврейская цивилизация. Энциклопедический словарь. Персоналии. Деяния. Понятия[M]. М.: Лори, 1997.

[37] ЕГОРОВА Н. Проза Л. Улицкой 1980 – 2000-х годов: Проблематика и поэтика[D]. Автор. на соис. уч. ст. кандидата филологических наук. Астрахань, 2007.

[38] ЕСИН А. Психологизм русской классической литературы[M]. М.: Флинта; Московский психолого-социальный институт, 2003.

[39] ЕСИН А. Принципы и приёмы анализа литературного произведения[M]. М.: Флинта, Наука, 2002.

[40] ЕСИПОВ Б. Исторический подтекст в повести Пушкина «Пиковая дама» // Вопросы литературы[J]. 1989. №4. С. 193 – 205.

[41] ЗОЛОТОНОСОВ М. Чувствительность с приставкой «нео» // Московские новости[N]. 7 фев. 1993. №6. С. 5В.

[42] ИВАНОВА Н. О живом и застывшем: Полемические заметки о современном рассказе // Литературное обозрение[J]. 1986. №2. С. 20 – 26.

[43] ИВАНОВА Н. Триумфаторы, или Новые литературные нравы в контексте нового времени // Звезда[J]. 1995. №4. С. 178 – 183.

[44] ИВАНОВА Н. Скрытый сюжет: Русская литература на переходе через век [M]. СПб.: Русско-Балтийский информ. центр «Блиц», 2003.

[45] ИШКИНА Е. Поэтика рассказов Л. Улицкой // Актуальные проблемы современной филологии. Литературоведение[C]. Киров, 2003. С. 102 – 104.

[46] КАЗАРИНА Т. Бедные родственники: Людмила Улицкая. Серия «Первая книга». М., «Слово». 1994 // Преображение[J]. 1996. №4. С. 169 – 171.

[47] КАЗАРИНА Т. Современная отечественная проза [M]. Самара.:Самарская гуманитарная академия, 2000.

[48] КАРАПЕТЯН М. Аристократы духа, бражники и блудницы: «Лёгкое дыхание» героев Людмилы Улицкой // Культура[N]. 23 – 29 июл. 1998. №27. С. 10.

[49] КАСАТКИНА Т. «Но страшно мне: изменишь облик ты...» // Новый мир[J]. 1996. №4. С. 212 – 219.

[50] КИЛЯКОВ В. О женском в современной литературе // Литературная учёба[J]. 1996. №4. С. 108 – 110.

[51] КЛЮЧАРЕВА И. К вопросу о поэтике «малой прозы» Л. Улицкой (рассказ «Бедные родственники») // Проблемы литературного образования[C]. Вып. 3. Пенза, 2003. С. 52 – 59.

[52] КОЛЯДИЧ Т. Можно ли считать «женскую прозу» явлением? // Проблема эволюции русской литературы XX века[C]. Вып. IX. М.: МПГУ, 2003. С. 241 – 247.

[53] КОЛЯДИЧ Т. Своеобразие организации циклов рассказов Л. Улицкой // Литературный процесс в зеркале рубежного сознания[C]. Магнитогорск: МаГУ, 2004. С. 332 – 334.

[54] КОРОВИН В. А. С. Пушкин в жизни и творчестве[M]. М.: Русское слово,2004.

[55] КРАСУХИН Г. Четыре пушкинских шедевра[M]. М.: Изд-во МГУ, 2000.

[56] КУЗИЧЕВА А. В списках значится... «Вечная Сонечка»? // Книжное обозрение[N]. 17 дек. 1993. №50. С. 13.

[57] КУЗНЕЦОВ Ю. Под женским знаком // Литературная газета[N]. 11 ноя. 1987. №46. С. 5.

[58] КУКЛИН Л. Казус Улицкой // Нева[J]. 2003. №7. С. 177 – 183.

[59] Культурология: XX век. Словарь / Гл. ред., сост. и авт.

проекта С. Левит[M]. СПб.: Унив. кн. , 1998.

[60] ЛЕВИДОВ А. Автор-образ-читатель[M]. Л.: Изд-во ЛГУ, 1983.

[61] ЛЕЙДЕРМАН Н. , ЛИПОВЕЦКИЙ М. Между хаосом и космосом: Рассказ в контексте времени // Новый мир[J]. 1991. №7. С. 241.

[62] ЛЕЙДЕРМАН Н. , ЛИПОВЕЦКИЙ М. Современная русская литература: В 3-х кн[M]. М.: «УРСС», 2001.

[63] ЛИПЕЦКИЙ В. Парадокс Нарбиковой. Логико-литературный трактат // Даугава[J]. 1993. №6. С. 141 – 155.

[64] Литература последнего десятилетия – тенденции и перспективы // Вопросы литературы[J]. 1998. №3 – 4. С. 3 – 82.

[65] Литературная энциклопедия терминов и понятий[M]. М.: НПК «Интелвак», 2003.

[66] ЛИХАЧЁВ Д. Человек в литературе Древней Руси[M]. М. ,Л.: Изд-во АН. , 1958.

[67] ЛОТМАН Ю. «Пиковая дама» и тема карт и карточной игры в русской литературе начала XX века // ЛОТМАН Ю. Пушкин [M]. СПб.: Искусство – СПБ, 2005.

[68] МАКАНИН В. Лаз // Новый мир[J]. 1991. №5. С. 92 – 133.

[69] МАРКОВА Е. Нитки рвутся – я вижу // «Русская душа»: Сборник поэзии и прозы современных писательниц русской провинции[M]. Wilhelmshorst: Verlag F. K. Gopfert,1995. С. 11 – 24.

[70] МАРКОВА Т. Современная проза: конструкция и смысл (В. Маканин, Л. Петрушевская, В. Пелевин): Монография [M]. М.: Изд-во Моск. гос. обл. ун-та, 2003.

[71] МАРЧЕНКО А. Рассказ в отсутствие романа // Новый мир[J]. 1995. №12. С. 225 – 227

[72] Материалы круглого стола «Современная проза–"пейзаж после битвы"» // Вопросы литературы[J]. 1995. №4. С. 3 – 36.

[73] МЕЛА Э. «Сонечка» Людмилы Улицкой с гендерной точки зрения: новое под Солнцем? // Преображение[J]. 1998. №6. С. 101 – 107.

[74] МЕСКИН В. Грани русской прозы: Ф. Сологуб, Л. Андреев, И. - Бунин [M]. Южно-Сахалинск: Изд-во Сахал. гос. ун-та, 2000.

[75] МИНЕРАЛОВ Ю. История русской литературы: 90-е годы[M]. М.: Гуманит. изд. Центр ВЛАДОС, 2002.

[76] Мифологический словарь / Гл. ред. Е. Мелетинский[M]. М.: Советская энциклопедия, 1991.

[77] Мифы народов мира[M]. В 2 т. М.: Просвещение,1991.

[78] МОКИЕНКО В. , НИКИТИНА Т. Толковый словарь языка Совдепии[M]. СПб.: Фолио-Пресс, 1998.

[79] НЕМЗЕР А. Замечательное десятилетие. О русской прозе 90-х годов // Новый мир[J]. 2000. №1. С. 199 – 219.

[80] НЕФАГИНА Г. Русская проза конца XX века[M]. М.: Флинта: Наука, 2003.

[81] НОВИКОВ В. Точка, поставленная вовремя // Знамя[J]. 1993. №2. С. 205 – 208.

[82] НОВИКОВ В. Деноминация: литераторы в плену безымянного времени // Знамя[J]. 1998. №7. С. 206 – 213.

[83] ОГРЫЗКО В. Русские писатели. Современная эпоха. Лексикон[M]. М.: Литературная Россия, 2004.

[84] ОСТРЕНКО И. Субкультура детства в цикле Л. Улицкой «Девочки» // Мировая словесность для детей и о детях[C]. М.: МПГУ. УНФЦ, 2004. Вып. 9. Ч. 1. С. 55 – 62.

[85] ПЕРОВА Н. Есть ли в России женская литература? // Литературная газета[N]. 1994. №9. С. 4.

[86] ПЕТРОВСКИЙ Н. Словарь русских имён[M]. М.: Советская энциклопедия, 1984.

[87] ПЕТРУНИНА Н. Проза Пушкина[M]. Л.: Наука, 1987.
[88] ПЕТРУШЕВСКАЯ Л. «Бессмертная любовь»: [Интервью с письмом в руках] // Литературная газета[N]. 1983. №47. С. 6.
[89] ПЕТРУШЕВСКАЯ Л. Скрипка. Слабые кости // ПЕТРУШЕВСКАЯ Л. Бессмертная любовь: Рассказы[M]. М.: Издательство «ВАГРИУС», 189 – 92. 1988. С. 63 – 67; С. 171 – 181.
[90] ПЕТРУШЕВСКАЯ Л. Бедное сердце Пани // ПЕТРУШЕВСКАЯ Л. Свой круг: Рассказы[M]. М.: Издательство «ВАГРИУС», 189 – 92. 1990. С. 32 – 35.
[91] ПЕТРУШЕВСКАЯ Л. Как ангел // ПЕТРУШЕВСКАЯ Л. Мост Ватерлоо: Рассказы и повести[M]. М.: Издательство «ВАГРИУС», 189 – 92. 2001. С. 32 – 39.
[92] ПЕТРУШЕВСКАЯ Л. Два царства // ПЕТРУШЕВСКАЯ Л. Невинные глаза [M]. М.: Издательство «ВАГРИУС», 189 – 92. 2003. С. 101 – 109.
[93] Постмодернисты о посткультуре: интервью с современными писателями и критиками[M]. М.: Издание Р. Элинина, 1998.
[94] Проза 1980 – 2000-х годов[M]. Воронеж: Родная речь, 2003.
[95] ПРОПП В. Исторические корни волшебной сказки[M]. Л.: Изд-во ЛГУ, 1986.
[96] ПРУСАКОВА И. Людмила Улицкая. Сонечка. Повесть // Нева[J]. 1993. №1. С. 236.
[97] РЕМИЗОВА М. GRANDES DAMES прошедшего сезона // Континент[J]. 2002. №112. С. 396 – 405.
[98] РОВЕНСКАЯ Т. Женская проза конца 80-х – начала 90-х годов. Проблематика, ментальность, идентификация: Дисс. … канд. филолог. наук[D]. М., 2001.
[99] РОЗАННА ДЖАКВИНТА В сенях смерти: лимб Л. Улицкой // XX век и русская литература. Сборник научных статей[C]. М.:

Изд-во РГГУ, 2002. С. 267 – 281.

[100] РУДНЕВ В. Энциклопедический словарь культуры XX века. Ключевые понятия и тексты[M]. М.: Аграф, 2003.

[101] Русская литература (90-е годы XX века) [M]. Казань: Матбугат йорты, 2000.

[102] Русская проза конца XX века / Под ред. Т. Колядич[M]. М.: Издательский центр «Академия», 2005.

[103] Русские писатели 20 века: Биографический словарь[M]. М.: Большая Российская энциклопедия: Рандеву-АМ, 2000.

[104] Русские цветы зла: Сб. / Сост. В. Ерофеев[M]. М.: ООО «Издательство АСТ»: Издательский дом «Зебра Е», 2004.

[105] РЫЖОВА О. Коитус Кукоцкого, или Самая интеллигентная домохозяйка // Литературная газета[N]. 22 – 28сен. 2004. №37. С. 11.

[106] САТКЛИФФ Б. Критика о современной женской прозе // Филологические науки[J]. 2000. №3. С. 117 – 132.

[107] СКВОРЦОВ В., СКВОРЦОВА А. Самобытие человека в повести Людмилы Улицкой «Весёлые похороны» // Вестник ВолГУ. Серия 2: Филология. Журналистика[J]. Волгоград: изд-во ВолГУ, 2000. Вып. 5. С. 105 – 112.

[108] СКОРОПОНОВА И. Русская постмодернистская литература[M]. М.: Флинта: Наука, 2001.

[109] СЛАВНИКОВА О. Недолёт указывает на цель // Урал[J]. 1999. №2. С. 183 – 186.

[110] Славянская мифология. Энциклопедический словарь[M]. М.: Международные отношения, 2002.

[111] Словарь русского языка: в 4-х т. / Под ред. Евгеньевой А [M]. М.: Русский язык, 1999.

[112] СЛЮСАРЕВА И. Оправдание житейского: Ирина Слюсарева

представляет «новую женскую прозу» // Знамя[J]. 1991. №11. С. 238 – 240.

[113] Современная литература: Ноев ковчег? // Знамя[J]. 1999. №1. С. 191 – 214.

[114] Современная проза – глазами прозаиков // Вопросы литературы[J]. 1996. №1. С. 3 – 49.

[115] Современная проза: «Пейзаж после битвы» // Вопросы литературы[J]. 1995. №4. С. 3 – 36.

[116] Современная русская литература (1990-е гг. – начало XXI в.) / С. Тимина, В. Васильев, О. Воронина и др[M]. СПб.: Филологический факультет СПбГУ; М.: Издательский центр «Академия», 2005.

[117] Современный словарь иностранных слов[M]. М.: «Русский язык», 1992.

[118] СТЕПАНОВ Ю. Константы. Словарь русской культуры. Опыты исследования[M]. М.: Школа «Языки русской культуры», 1997.

[119] ТЕСМЕР Б. Проза Людмилы Улицкой на рубеже XX —XXI веков (специфика творческой манеры) // Традиции русской классики XX века и современность[C]. М.: Изд–во МГУ им. М. Ломоносова, 2002. С. 280 – 283.

[120] ТИМИНА С. Медея XX века: полемика, традиция, миф // Санкт-Петербургский университет[N/OL]. 29 июн. 1998. № 16 – 17. http://www. spbumag. nw. ru/oldindex. html

[121] ТОКАРЕВА В. О том, чего не было // ТОКАРЕВА. О том, чего не было. Рассказы[M]. М.: Мол. гвардия, 1969. С. 7 – 34.

[122] ТОКАРЕВА В. Из жизни миллионеров // ТОКАРЕВА. Телохранитель [M]. М., «Оникс», «ОЛМА-Пресс», 1997.

[123] ТОКАРЕВА В. Хэппи энд // Огонёк[J]. 1990, №10. С.

12 – 15; №11, С. 17 – 20.

[124] ТОЛСТАЯ Т. Кого спасать – кошку или Рембрандта? // Московские новости[N]. 1991. 28 июля. №30. С. 14.

[125] ТОЛСТАЯ Т. Река Оккервиль // Аврора[J]. 1985. №3. С. 137 – 146.

[126] ТОЛСТАЯ Т. Не кысь[M]. M.: Изд-во Эксмо, 2004.

[127] ТОЛСТАЯ Т. Река Оккервиль. Рассказы[M]. M.: Эксмо, 2004.

[128] ТОМАШЕВСКИЙ Б. Теория литературы. Поэтика[M]. M.: Аспект Пресс, 1996.

[129] ТУХ Б. Первая десятка современной русской литературы [M]. M.: ООО Издательский дом «Оникс 21 век», 2002.

[130] УЛИЦКАЯ Л. Бронька // Огонёк [J]. 1989. №52. С. 20 – 23.

[131] УЛИЦКАЯ Л. Счастливые // Ковчег[J]. 1991. №2. С. 85 – 89.

[132] УЛИЦКАЯ Л. Второго марта того же года... // Русская мысль[N]. Париж, 1991. №3889. С. 10 – 11; №3890. С. 10 – 11; №3891. С. 10 – 11.

[133] УЛИЦКАЯ Л. Перловый суп // Столица[J]. 1991. №46/47. С. 120 – 121.

[134] УЛИЦКАЯ Л. «Я пишу в шкаф»: [Беседа с писательницей Л. Улицкой / Записала Е. Гущина] // Столица[J]. 1991. №46/47. С. 118 – 119.

[135] УЛИЦКАЯ Л. Дочь Бухары // Новый мир[J]. 1993. №1. С. 172 – 180.

[136] УЛИЦКАЯ Л. Генеле-сумочница // Огонёк[J]. 1993. №44/46. С. 27 – 29.

[137] УЛИЦКАЯ Л. Гуля // Октябрь[J]. 1994. №2. С. 8 – 14.

[138] УЛИЦКАЯ Л. Чужие дети // Новый мир[J]. 1994. №2. С.

105 – 124.

[139] УЛИЦКАЯ Л. «Мне интересна жизнь "серых людей"»: [Беседа с писательницей Л. Улицкой / Записала Маргарита Рюрикова] // Литературная газета [N]. 20. сен. 1995. №38. С. 3.

[140] УЛИЦКАЯ Л. Плохой писатель // Вопросы литературы[J]. 1996. №1. С. 33 – 36.

[141] УЛИЦКАЯ Л. «Литература происходит из жизни…» // Русская мысль[N]. 20 ноя. 1996. № 4149. С. 16.

[142] УЛИЦКАЯ Л. Конец века–конец чернухи? // Искусство кино [J]. 1998. №3. С. 166 – 168.

[143] УЛИЦКАЯ Л. «Выражается сильно российский народ!» // Новый мир[J]. 1999. №2. С. 219 – 220.

[144] УЛИЦКАЯ Л. «Принимаю всё, что даётся»: [Беседа с писательницей Л. Улицкой / Записала Анастасия Гостева] // Вопросы литературы[J]. 2000. №1. С. 224.

[145] УЛИЦКАЯ Л. «Творец знал, что делал!» [Беседу записала Инесса Ципоркина] // Книжное обозрение[N]. 14 авг. 2000. №33. С. 5.

[146] УЛИЦКАЯ Л. «Никаких химических воздействий»: Людмила Улицкая стремится увидеть жизнь с запредельной точки зрения. [Беседа с писательницей Л. Улицкой / Записал Илья Кукулин] // Независимая газета[N]. 20 дек. 2001. №236. С. 9.

[147] УЛИЦКАЯ Л. «Я пишу для вас. . . »: [Беседа с писательницей Л. Улицкой / Записала Наталья Мавлевич] // Семья и школа[J]. 2002. №3. С. 24 – 27.

[148] УЛИЦКАЯ Л. «Младшая шестидесятница и ценности моей жизни»: [Интервью подготовила Мария Седых] // Общая газета[N]. 2002. №20. С. 8.

[149] УЛИЦКАЯ Л. Сквозная линия. Повесть. Рассказы[M]. М. Изд-во Эксмо, 2002.

[150] УЛИЦКАЯ Л. Сонечка: Повести. Рассказы[M]. М. Изд-во Эксмо, 2002.

[151] УЛИЦКАЯ Л. Запретных тем нет: [Беседа с писательницей Л. Улицкой / Записал Андрей Зайцев] // Независимая газета [N]. 17 дек. 2003. №. 271. С. 8.

[152] УЛИЦКАЯ Л. Детство сорок девять: Рассказы[M]. М.: Эксмо, 2004.

[153] УЛИЦКАЯ Л. «Для меня самое интересное – человек»: [Беседу вёл А. Мирошкин] // Книжное обозрение[N]. 2004. №22 – 23. С. 3.

[154] УЛИЦКАЯ Л. Люди нашего царя[M]. М.: Эксмо, 2005.

[155] ХАЛИЗЕВ В. Теория литературы[M]. М.:Высшая школа, 2005.

[156] ЧЕРНЯК М. Современная русская литература[M]. СПб., М.: САГА: ФОРУМ, 2004.

[157] ЧИСТЯКОВА О. Концепт «жизнь» в повести «Сонечка» // Русская и сопоставительная филология: Лингвокультурологический аспект[C]. Казань: Казан. гос. ун-т, 2004.

[158] ЧУПРИНИН С. Заметки о журнальной прозе 1988 г. // Знамя[J]. 1989. №1. С. 214 – 223.

[159] ЧУПРИНИН С. Другая проза // Литературная газета[J]. 8 фев. 1989. № 6. С. 4.

[160] ЧУПРИНИН С. Россия на пути от самой читающей и самой пишущей страны в мире // Знамя[J]. 1998. №1. С. 190 – 208.

[161] ЧУПРИНИН С. Перемена участи: Статьи последних лет [M]. М.: НЛО, 2003.

[162] ЦУРКАН А. Единство в многообразии, или народ избранный // Старое литературное обозрение [J]. 2001. №2. С.

136 – 139.

[163] ШАМАНСКИЙ Д. 130 лет спустя. Часть 3. От разночинной литературы к литературе мейнстрима. Людмила Улицкая // Русский язык за рубежом[J]. СПб. , 2004. №2. С. 66 – 74; 2004. №3. С. 102 – 111.

[164] ШИРОКОВА Л. Трагический юмор как способ выражения авторской позиции в «детских» рассказах Ф. Искандера // Сборник научных работ студентов и аспирантов ВГПУ[С]. Вып. 6. Вологда, 1998. С. 79 – 87.

[165] ШКЛОВСКИЙ Е. На рандеву с гармонией: Размышления о молодой прозе // Литературное обозрение[J]. 1986. № 1. С. 22 – 29.

[166] ШОЛЬЦ У. «Пиковая Дама» Л. Улицкой в современном диалоге культур // Русское слово в мировой культуре[С]. СПб.: Политехника, 2003. С. 453 – 459.

[167] ЩЕГЛОВА Е. В своём кругу: Полемические заметки о «женской прозе» // Литературное обозрение[J]. 1990. №3. С. 19 – 26.

[168] ЩЕГЛОВА Е. О спокойном достоинстве - и не только о нём: Людмила Улицкая и её мир // Нева[J]. 2003. №7. С. 183 – 188.

[169] ЭММАНУЭЛЬ В. Русская литература от Петра Великого до наших дней[М]. М.: РГГУ, 2002.

[170] Энциклопедия литературных героев: Русская литература второй половины XIX века[М]. М.: Олимп; АСТ, 1997.

[171] ЭПШТЕЙН М. Debut de siecle, или От пост-к прото-. Манифест нового века // Знамя[J]. 2001. №5. С. 112 – 130.

[172] ЭПШТЕЙН М. Постмодернизм в России: Литература в теория[М]. М.: Издание Р. Элинина, 2000.

[173] ЭПШТЕЙН М. Постмодерн в русской литературе[М]. М.:

Высш. шк., 2005.

[174] ЭТКИНД Е. «Внутренний человек» и внешняя речь. Очерки психопоэтики русской литературы XVIII – XIX вв [M]. М.: Школа «Языки русской культуры», 1988.

[175] FERNANDEZ D. Tolstoi et les bebes[J]. Nouvel observateur, 2003, 2038: 59.

[176] Les pauvres parents: Nouvelles/Ludmila Oulitskia; Traduit du russe par Bernard Kreise[J]. Paris, 1993.

[177] MOUZE C. L'amour... est partout[J]. Quinzaine litt. P., 2002, 824: 9 – 10.

[178] OBERMULLER K. Der Mensch, das korrumpierbare Wesen[J]. Weltwoche. Zunch, 2001, Jg. 69, №21:39.

[179] OBERMULLER K. Von der Kunst der Lebensluge[J]. Weltwoche. Zunch,2003, Jg. 71, №32:70 – 71.

[180] 西蒙·波娃. 第二性[M]. 桑竹影,等译. 长沙:湖南文艺出版社,1986.

[181] 陈方. 拥有最多读者的俄罗斯女作家:乌利茨卡娅[J]. 译林, 2006(4): 197 – 200.

[182] 陈静.《库科茨基医生的病案》之"存在与选择"主题初探[J]. 南京师范大学文学院学报,2008(2):136 – 141.

[183] 董颖. 俄罗斯当代女性话语的巨擘——乌利茨卡娅作品解读[J]. 绍兴文理学院学报:哲学社会科学版,2008(1):99 – 102.

[184] 段丽君. 纯洁而崇高的"小人物"——试论俄罗斯当代女作家柳·乌利茨卡娅的创作特色[J]. 当代外国文学, 2001(4): 91 – 96.

[185] 冯维辛. 冯维辛 格里鲍耶陀夫 果戈理 苏霍沃-柯贝林戏剧选[M]. 多人,译. 北京:人民文学出版社,1997.

[186] 格里鲍耶多夫. 聪明误[M]. 李锡胤,译. 哈尔滨: 黑龙江人民出版社,1980.

[187] 金亚娜,等. 充盈的虚无——俄罗斯文学中的宗教意识[M]. 北京:人民文学出版社,2003.
[188] 李英男. 前言[J]. 世界文学,1997(6):6-7.
[189] 李英男. 柳·乌利茨卡娅[J]. 俄语学习,1999(3):41-43.
[190] 哈利泽夫. 文学学导论[M]. 周启超,等译. 北京:北京大学出版社,2006.
[191] 普希金. 普希金小说集[M]. 冯春,译. 合肥:安徽文艺出版社,1992.
[192] 普希金. 叶夫根尼·奥涅金[M]. 王士燮,译. 杭州:浙江文艺出版社,1991.
[193] 契诃夫. 契诃夫文集[M]. 第十二卷. 汝龙,译. 上海:上海译文出版社,1997.
[194] 谭绍凯. 质朴、精炼、离奇、合理 读普希金的《黑桃皇后》[J]. 贵阳师范高等专科学校学报:社会科学版,1986(2):28-32.
[195] 陀思妥耶夫斯基. 白夜[M]. 荣如德,等译. 上海:上海译文出版社,1993.
[196] 陀思妥耶夫斯基. 罪与罚[M]. 朱海观, 王汶, 译. 北京:人民文学出版社,1991.
[197] 王加兴. 从视角结构看《黑桃皇后》的作者形象[J]. 解放军外国语学院学报,1999(3):40-43.
[198] 汪介之.《黑桃皇后》:魅力与价值[J]. 名作欣赏,1999(2):80-83.
[199] 柳·乌利茨卡娅. 美狄娅和她的孩子们[M]. 李英男, 尹城, 译. 北京:昆仑出版社,1999.
[200] 吴晓都. 普希金叙事创作对俄国文学的意义——纪念普希金诞辰二百周年[J]. 外国文学评论, 1999(3):41-46.
[201] 张铁夫,等. 普希金的生活与创作[M]. 北京:中国社会科学出版社,2004.
[202] 张晓强. 2001 年俄罗斯小说"布克奖"获得者柳·乌利茨卡娅

如是说[J]．外国文学动态,2002(1):37－38.
[203] 周启超．她们在幽径中穿行——今日俄罗斯女性文学风景谈片[J]. 当代外国文学,1996(2):141－145.

后　记

初春时节,北国冰城却飘起了漫天的雪花。这不禁让我想起了十年前刚到莫斯科求学时的情景。同样是白雪纷飞,银装素裹。当时,我是怀着一颗既激动又不安的心来到莫斯科国立师范大学语文系二十世纪教研室的。激动的是难得有这样一个千载难逢的好机会,使我这样一个刚刚从事俄罗斯文学研究的年轻人可以在俄国圆梦,亲耳聆听那些只在书本中读到的专家学者的高谈阔论,近距离地接触、感受俄国人的生活和文化气息。但一想到完全要用俄文撰写十几万字的博士论文表达自己的思想,就不免“头昏脑涨”。从事当代俄罗斯文学方面的研究,更让我惴惴不安了好长一段时间。经过艰难的彷徨、犹疑,我终于下定了“啃”这块硬骨头的决心。在俄国导师麦斯金的推荐下,我选取了当红作家乌利茨卡娅的短篇小说作为自己的博士研究对象。四年的光阴转瞬即逝,令人难忘。难忘在教室里听课时的忐忑,难忘参加课堂讨论时的束手无策,难忘出席教研室讨论会的青涩,难忘与专家学者们在学术交流上的懵懂无知,更令人难以忘怀的是那些苦苦求索、潜心修读的日日夜夜。我深知自己学识有限,所以在博士毕业一年后,进入黑龙江大学外国语言文学博士后流动站,继续博士论文的课题研究工作。经过几年的加工完善,形成了现在这本书稿。

毋庸讳言,当代文学是一个既新鲜又艰难的研究课题,当代外国文学尤其如此,异彩纷呈的当代俄罗斯文学就更是如此。看着即将出炉的劳动成果,心中既兴奋又忐忑。作为一个年轻人,书中对当代俄罗斯文学文化语境的整体把握难免有挂一漏万之处。乌利茨卡娅是一个仍在积极创作的作家,佳作又不断推陈出新,而且影响也愈来愈大,几乎成了当代俄罗斯文学的翘楚。本书仅以这位作家二十世纪九十年代主要的小说创作为研究对象,对它们的主题分析和诗学把握还比较浅显,肯定有不当之处。尤其是在诗学解读层面,可以说还有很多工作要做,很多论点还需要进行深入的考证、细致的说明和进一步的梳理。但不管怎么说,这本书都是一个尝试,也为未来的研究工作作了一个小小的铺垫。想到这里,我又不免释然。

从最初构思到最后定稿,我一直盼着这最后一刻的来临。在本书即将付梓之际,我想将自己心爱的作品呈现给那些曾经在学术道路上帮助、关心过我的师长和朋友。

首先要感谢的是点燃我心中对俄罗斯文学热爱火焰的金亚娜教授——我研究生时代的导师,同时也是我博士后的指导教师。金亚娜老师酷爱俄罗斯文学,对俄罗斯文学、文化有着深刻的领悟和解读。她那渊博的知识、严谨求实的治学态度、一丝不苟的工作作风、诲人不倦的师者风范和敏锐的学术洞察力,深深地感染和激励着我。从课题的选择到最终完成,金亚娜老师都始终给予我细心的指导和不懈的支持,使我的科研能力、理论水平得到了很大的提高。多年来,金亚娜老师不仅在学业上给我以精心指导,同时还在思想上、生活上给我以无微不至的关怀,在此谨向金亚娜老师致以最诚挚的谢意和最崇高的敬意。

同时要感谢我的博士导师麦斯金教授。来到俄国后,无论是在博士论文的选题、开题过程中,还是在论文的资料搜集和撰写过程中,包括最后的预答辩和答辩环节,麦斯金教授都投入了大量的心血,提供了宝贵的指导性意见,使我在方法论和文艺学理论方面有了不小的进步,更让我领悟到了博大的俄罗斯文学的一些精髓。与麦斯金教授每两周一晤面的经历,至今还在脑海中回荡。在此,我要对麦斯金老师表示最深切的谢意。

感谢在我求学和工作期间曾给予我精神支持和鼓励的黑龙江大

学俄语学院的老师和同事们,特别是曾悉心指导并一直关怀我成长的张家骅教授、邓军教授、王铭玉教授和孙淑芳教授。各位前辈对我的引导和帮助我将终生铭记。

该书先后经过两次答辩,各种观点和见解开阔了我的视野和思路,而且进一步丰富了有关章节,加深了我对研究对象的认识。所以我要感谢参加我博士论文答辩并提出中肯意见的俄罗斯人民友谊大学的卡瓦连科教授,莫斯科国立师范大学的斯拉文教授、季阿罗娃教授、阿格诺索夫教授、科利亚季奇教授、特鲁比娜教授、西戈夫教授以及莫斯科大学的尼奇波罗夫教授;参加我博士后出站答辩并给出指导意见的华劭教授、李锡胤教授、张家骅教授和谷启珍教授。

本书的出版得到了黑龙江大学领导的大力支持,在此向他们表示真诚的谢意。黑龙江大学出版社的责编章海宁老师以其深厚的学术素养和高度的责任心对本书进行了严谨认真的审校。在此特别感谢章海宁老师为本书得以顺利出版所付出的辛勤劳动。

妻子高伟多年来一直默默奉献,支持着我的教学和科研工作,为此付出了巨大的牺牲和心血。在此,我要对她表示特别的感谢。

谨以此书献给所有关心和帮助过我的人。

孙　超

2012 年 3 月 26 日